名家谈诗词

叶嘉莹 主编

陈斐 执行主编

一代宗师、方家泰斗

讲给大家的诗词课

词史与词境

詹安泰 著

彭玉平 编选 导读

生活·讀書·新知 三联书店 生活書店出版有限公司

图书在版编目（CIP）数据

词史与词境 / 詹安泰著；彭玉平编选、导读 . —
北京：生活书店出版有限公司，2022.11
（名家谈诗词 . 詹安泰卷）
ISBN 978-7-80768-387-2

Ⅰ . ①词… Ⅱ . ①詹… ②彭… Ⅲ . ①古典诗歌—诗
歌研究—中国 Ⅳ . ① I207.22

中国版本图书馆 CIP 数据核字 (2022) 第 163039 号

责任编辑 苏 毅
装帧设计 罗 洪
责任印制 孙 明

出版发行 生活書店出版有限公司
（北京市东城区美术馆东街 22 号）
邮　　编 100010
印　　刷 三河市腾飞印务有限公司
版　　次 2022 年 11 月北京第 1 版
2022 年 11 月北京第 1 次印刷
开　　本 880 毫米 ×1230 毫米 1/32 印张 14.25
字　　数 295 千字 图 1 幅
印　　数 0,001–3,000 册
定　　价 69.00 元
（印装查询：010–64052612；邮购查询：010–84010542）

编 委 会

总序

叶嘉莹

我从小喜欢读诗、背诗，1945 年大学毕业后就开始登上讲台教授古典诗词。我所以一生以诗词为伴，不是出于对学问的追求，而是古典诗词生发的精神力量对我的感动和召唤，这一生命感发蓄积着古代伟大诗人的心灵、智慧、品格、襟抱和修养。我一生经历很多苦难和挫折，在外人看来，我一直保持乐观、平静的态度，这与我热爱古典诗词实在有很大关系。

诗歌价值在于滋养精神和文化。中国古代伟大诗人往往是用生命谱写诗篇、用生活实践诗篇，他们把自己内心的感动写了出来，千百年后的我们依然能够体会到同样的感动，这就是中国古典诗词的生命力。古典诗词凝聚了中华文化的理念、志趣、气度、神韵，是我们民族的血脉、中华儿女的精神家园。

读诗、讲诗有三个层次。第一个层次是直觉的、感性的。比如李商隐“无题诗”到底说些什么，你可能不懂，可是你一读，觉得它意象很美，声音也很美，这就是你对一首诗的直觉感受。第二个层次是知性的、理性的，即考察一首诗的历史、背景、思想。第三个层次则完全从读者接受角度来读，我们对一首诗的诠释不一定是作者原来的意思。意大利学者墨尔加利就曾经提出来一个术语“创造性背离”，即我们对一个作品的阐释有自己的创造，这个创造很可能不同于作者原意。像王国维在《人间词话》中以古人写爱情的小词说明“成大事业大学问”三种境界，就是这样一个例子。也就是说，当你在读诗或词时，不仅探讨作者原意，更读出一种真正属于你自己的、从你内心兴发出来的东西。

其实这就是中国古老的、孔子说诗的方法。孔子说诗可以“兴”，是说诗可以给读者兴发感动，引起读者更多感发和联想——这样的感发正是诗歌强大的生命力所在，这样讲诗词才是真正的诗教传承。

我一向认为，“兴”是中国诗歌精华所在，使你内心涌动生生不已的活泼的生命。几千年来，中国有这么多伟大诗人留下这么多诗篇，让千古之下的我们读过之后内心震动，从而霍然兴起，这是一件多么美好的事情!

今天我们诵读诗词，如果只为能背会写，无异于买椟还珠。诵诗读诗，重要的是体会一颗颗诗心，与古人生命情感发生碰撞，进而提升自己当下修为。我的老师顾随先生也曾经讲过“中国说‘诗教’，不是教作诗，是使做好人”。今天我们提倡中华诗教，就是要透过诗词，用今人的生命体悟和古人交流，用诗人的生命品格滋养今人的生命质地，这个过程本身将产生强大的感发作用，使作者、讲者与听者都得到生生不已的力量。在这种以生命相融会、相感发的活动中，自有极大的乐趣。

这些年有关部门和机构推进《中国诗词大会》、“中华经典诵读工程”，2019 年开始举办“迦陵杯·诗教中国”诗词讲解大赛。比赛以我的别号命名，专门面向全国中小学语文教师，鼓励古典诗词的读诵与讲解。去年暑期，虽然我还在病中，但仍然和决赛选手们在南开大学见面，与大家一同齐声高诵我的小诗：“中华诗教播瀛寰，李杜高峰许再攀。喜见旧邦新气象，要挥彩笔写江山。”我衷心希望这个大赛能选拔出一批优秀语文教师，大家一起把古典诗词薪火传续下去。如闻一多先生指出的“诗人对诗的贡献是次要问题，重要的是使人精神有所寄托”，我们这些诗教传薪者的使命，就在于发掘古典诗词中的感发力量，让中国古典诗词成为更多人生命中的指路明灯。每一代人有每一代人的责任，学人文科学的人更应该担当起传承民族精神命脉的责任。

此时此刻全球抗疫，不知道有多少人可以从中华诗词中获得慰藉和勇气。作为一位 96 岁的老人，我一生经历过很多苦难。记得 2007 年冬季我因肺炎住院，病愈后曾写过一首和友人的小诗：“雪冷不妨春意到，病痊欣见好诗来。但使生机斫未尽，红蕖还向月中开。”数千年来，中华优秀传统文化代有承传，千百年来传诵的古典诗词也必将滋养一代代中华儿女的精神世界。

（本文由南开大学文学院教授张静整理，原题为《红蕖还向月中开》，初刊 2020 年 3 月 20 日《人民日报》。经叶老授意，作为本丛书总序。）

附记：

余初学诗，读叶嘉莹先生以兴发感动解说诗词的论著，甚为心契。后来读顾随、俞陛云等先生的说诗文字，读《唐诗解》

《山满楼笺注唐诗七言律》等明清诗解、诗说，才慢慢明白由叶嘉莹先生发扬光大并注入新质的说诗理路，在我国由来已久。当我自己也走上诗词研究之路、对学界状况有所了解后，又恍然觉得：这种真正能够接续中华诗词命脉的说诗理路，在当下面临着严峻的传承危机。盖说诗和引诗不同，引诗可以断章取义、各取所求，说诗则必须符合诗词自身的表意规则及互文语境。诗词表意具有含蓄性、暗示性和跳跃性，“语码”系统更为独特，不像散文语言那样直白、连贯、易解，更与日常生活中使用的社会话语相去甚远。《文心雕龙·知音》云：“夫缀文者情动而辞发，观文者披文以入情。”作诗是抒志摛文、将情志外化为文字的“编码”过程，而说诗则是沿波讨源、通过文字探求情志的“解码”过程。现代学术将“研究”与“创作”断为二事，部分学者的国学功底相对比较浅狭，且缺乏创作体验，对诗词这套独特的“语码”系统不甚了解，难以还原互文语境，故其说诗，难免隔靴搔痒、随人笑语。而一切研究，不管选题、理论、方法如何，都应该奠基于对文本的准确解读之上，否则无异于空中楼阁。欲提高对诗词文本的感悟力和解读力，除了学习写诗丰富创作体验外，揣摩擅于说诗的名家的理路、方法，亦必不可少。

我把自己的这个“杞忧”说给叶嘉莹先生和三联书店的郑勇先生，并提议编选一套“名家谈诗词”丛书，对近代以来国学功底深厚且研究与创作兼擅的名家的诗词研究成果进行梳理、总结，得到了他们的鼎力支持。具体来说，“名家谈诗词”丛书拟分辑陆续推出，每辑十家，每家一本。每一名家，均邀请对其治学比较熟悉的门生弟子或与其研究领域相近的领军学者进行编选：从该名家的所有说诗文字中撷取精华篇章都为一集，以普及性为主，兼顾学术性和代表性。每本卷首，由编选者撰写一篇“导读”，介绍该名家的生平和说诗理念、方法、特点、成就、影响等。整体而言，“名家谈诗词”丛书既由点成线，串联起了近代以来诗词研究的学术史，同时也撷英采华，凝聚了近代以来诗词研究的成果精华，非但普通读者可借此走近、了解中华诗词的“正脉”，专家学者也能由此揣摩路数，提高感悟力和解读力。

“名家谈诗词”丛书自始至终都受到叶嘉莹先生的关心、指导。刘跃进、蒋寅、王兆鹏、陈水云四位先生欣然出任丛书编委并进行把关。葛晓音、罗时进、张伯伟、彭玉平、戴伟华等先生愉快地接受编选邀请，他们不仅在选目上精心斟酌，而且撰写了精彩的“导读”。这些“导读”，既通俗扼要，亦不乏学术洞见，有些已先期在《文学遗产》《清华大学学报》等重要学术期刊上发表，颇受好评。丛书策划动议与三联·生活书店一拍即合，郑勇、廉勇等先生为丛书的出版费心费力，他们不放过任何细节、精益求精的精神令人感动。对于以上诸位先生的支持与付出，谨致以诚挚的谢意！

好诗凝聚了人生最美好的心志和情感，读诗可以变化气质、涵养灵魂。中华诗教也就在这“好峰随处改”的快意阅读中传承、光大，社会风气也就在这“润物细无声”的陶冶煦育中好转、净化。希望大家喜欢这套多方殊胜因缘共同襄赞而成的“名家谈诗词”丛书，一起欣赏好诗，共同创造美好的人生和世界！

陈 斐

2020 年 8 月

詹安泰先生（一九〇二年至一九六七年）

目　录

无盦说诗

无盦谈词

词学研究

导读

彭玉平

詹安泰（1902—1967），字祝南，号无盦，男，广东饶平人。曾先后求学于广东高等师范和广东大学中国文学系。1926年毕业后回到家乡潮州，在韩山师范任教，同时兼任金山中学教员。1938年，经陈中凡介绍，应聘到中山大学任教，接替陈洵主讲诗词。历任中文系古典文学教研室主任、系主任等职。

詹安泰博学多才，而用力于诗词者尤深。他兼擅诗词创作和诗词评论，1937年出版了第一本词集《无盦词》，1939年刊印了诗集《滇南挂瓢集》，1982年香港影印出版了他的《鷦鷯巢诗·无盦词》合集。詹安泰先生的诗词，学有渊源。他踵承清季同光诗人“宗宋”之风，挹其芳润，发为诗词，而自造新境。他的《鷦鷯巢诗》凡九卷，受梅尧臣影响特深，同时又具有韩愈和苏轼的笔势。在填词方面，他承晚清朱祖谋、陈洵之绪，初宗白石，继学梦窗，辛辣处殆过其诗。陈寂赞誉其词“颠倒二白”（指姜夔与张炎二人，参见陈寂《为祝南题〈漱宋室填词图〉》），而自铸瑰辞，包蕴着深沉的“词史”意识。

在20世纪的古典文学研究界，詹安泰是相当杰出的一位，他深厚的国学根底和理论修养以及丰富而独树一帜的诗词创作，使他的学术研究呈现出新的特色。

詹安泰对于古代诗话曾用心钻研，所以相关的理论基础奠定得比较坚实。他在手书《鷦鷯巢诗集》中，经常以夹注的形式提到相关的诗话，如其《余嗜茶成癖，或劝以多茶失眠，不改也。戏为长句自解》诗即提到王立之、吴子书诗话。

新中国成立后，作为历经战火和流离之苦的老学者，其欣喜的心情溢于言行，他立志“三年不读线装书”，表明了他加强自身理论修养的强烈愿望和对自身知识体系进行调整的自觉意识。所以不读线装书并不是放弃传统学术的研究，而是暂时置后，为了在新的理论指导下更好地进行古代文学的研究。从50年代开始，詹安泰仔细阅读了200余种理论著作，其学术眼光和学术判断有了明显转变，系统性、专题性和理论性成为他这一时期学术研究的主要特色。他致力于中国文学史的编撰、屈原及《楚辞》《诗经》、李璟李煜词等专题研究，将文学史的“面”与“点”结合起来，形成了自己新的学术格局。

一

詹安泰的词学承桐城派余绪，将义理、考据、辞章三位一体衍为故实、辞藻、音训、义理四部合一，并以故实为“史”，以辞藻为“集”，以音训为“经”，以义理为“子”，从而构建起其词学研究中独特的“经史子集”之学。

詹安泰的词以南宋姜夔、张炎为宗。在近代词学史上，从陈兰甫、陈洵到詹安泰，宛然有一岭南词派在。而詹安泰堪称岭南词派的殿军。程千帆曾为其诗词集题诗赞云：“本与海绡为后进，却疑兰甫是前身。岭南词派今谁继？怅望南天一怆神。”

30年代前期，詹安泰不仅创作了大量的词，而且与国内治词名家如夏承焘、胡光炜、龙榆生等广泛交流，书札往返，诗词唱和。这种同道中人的切磋琢磨，使他的词艺得到了显著提高。在当时词界瞩目的《国闻周报》《词学季刊》《青鹤》等刊物上，詹安泰的词频繁出现，成为创作界关注的焦点人物之一。

詹安泰的词学研究，就已出版的情况来看，主要集中在《宋词散论》《詹安泰词学论稿》《李璟李煜词》《花外集笺注》等著作中。从校勘笺注、专题探讨到词学理论体系的建构，詹安泰倾其毕生心力于词学研究，为20世纪的词学研究奉献了精粹的研究成果。

在词集的校勘笺注方面，詹安泰的《李璟李煜词》和《花外集笺注》兼具开创和集成的意义。《李璟李煜词》一书的校勘笺注时间并不长，只是在几个月内完成的，但实际上詹安泰对二主词的关注由来已久。1947年，他发表的《无盦说词》即有数条涉及二主的词。1956年8月5日，《光明日报》的《文学遗产》专栏发表由詹安泰主持的中山大学中文系中国文学史教研组老师参加的《关于李煜及其作品的评价问题》的座谈记录。同年8月28日，《文学遗产》专栏同期刊发詹安泰与陈培治关于李煜及其词的商榷文章，从此掀起了学术界关于李煜词评价的大讨论。1957年，詹安泰又在《中山大学学报》该年第1期发表《李煜和他的词》的长篇论文，比较系统集中地阐述他对李煜及其词的看法。大概是在撰写这些有关论文的同时，詹安泰展开了对二主词的系统整理。他的《李璟李煜词》一书出版于1958年3月，长达数万言的“前言”即由此前发表的《李煜和他的词》一文稍作增删而成。詹安泰以宣统年间沈宗畸《晨风阁丛书》刻王国维校补南词本为底本，博参南宋以来各种版本，兼取有关二主词的专集、选本、词话、笔记等，互相比勘，精审以求，终使二主词得一新的善本，堪称二主词研究之功臣。

50年代中后期，学术界对李煜及其词展开了热烈的讨论。由于受到阶级观念的影响，不少参与讨论的学者从概念或定义出发，在价值评判上出现了庸俗社会化的倾向。詹安泰作为这场讨论的主要成员，一直强调以李煜词的文本为主要依据，参酌其生平经历进行评价。他在《李璟李煜词·前言》中说：“我们研究李煜词，应该把李煜的思想内容和艺术成就切实地确定在词这方面，词外的有关李煜的东西，只能作为理解他的词的引线或帮助，而不应该硬把他的词里所没有的东西来评价他的词。”所以他对李煜词的研究便牢牢地立足于文本，以相当开阔的理论视野和充实的历史材料作为评论的依据，所以见解至今仍具参考价值。如关于李煜词中描写的男女关系是否属于爱情的范畴，此前的意见相当纷杂，詹安泰从李煜与小周后从私通到纳后再到入宋后共患难的经历，指出：“从他们两人一生的关系看来，在小词里虽然没有表示出坚贞纯洁、生死不渝的信念，事实上，他们之间的爱情是相当深厚的。”认为与历史上以玩弄女性为目的的荒淫无耻的君主还是有着明显的区别的。詹安泰的这一理性的学术分析确实是能够经受历史的考量的。对于其他诸如李煜愁情词受欢迎的原因、李煜入宋后的作品是否具有人民性和爱国主义思想等问题，詹安泰都发表了自己的意见，这些意见后来也大都为学术界所接受。

近代历史上的岭南词派，虽目前尚没有整体进入学术研究的视野，但其已久为学界瞩目。程千帆所言“本与海绡为后进，却疑兰甫是前身”既是追溯詹安泰的词学源流，实际上也勾勒出岭南词派的大致轮廓了。从创作理论上说，詹安泰对于晚清以朱祖谋为代表的主流词人一遵周济的“问途碧山，历梦窗、稼轩，以还清真之浑化”的治词道路，是持赞成态度的，并且身体力行，做了大量的工作。他的《论寄托》一文就是结合自己的创作体验，系统梳理了常州词派的相关理论，作了相当全面的分析和评价。他光大常州派词学的另一个重要举措就是笺注王沂孙的《花外集》。

清代中期以后词学，大体奉周济《宋四家词选目录序论》中提出的“问途碧山，历梦窗、稼轩，以还清真之浑化”的创作主张和创作路径为填词金针，但作为填词起点的碧山词一直没有一个完整的注本供后世学者揣摩仿效，这不独直接影响到对王沂孙词的解读，而且使清代中期以来绵延已久的学词途径停留在模糊影响阶段，实际上也使清代词学总体面目的一角也长期处于若明若暗之中。所以虽然张惠言《词选》即云：“碧山咏物诸篇，并有君国之忧。”陈廷焯《白雨斋词话》也说：“读碧山词者，不得不兼时势言之，亦是定理。”但实际上碧山词中究竟有怎样的“时势”和“君国之忧”，却一直没有明确的答案。所以周济的这一理论，实际上更多地停留在“理论”阶段，其间虽有端木埰等在创作和理论上光大王沂孙之词，但从王鹏运开始，经朱祖谋等人的弘扬，填词创作实际上是越王沂孙而直达吴文英，至辛弃疾和周邦彦、王沂孙之词，除了少数词人仍在关注外，已消退在主流词学之外。悬格既高，方便后学的意义便无从说起了。詹安泰受聘中山大学，主要是继陈洵之后来主讲词学，陈洵曾深受朱祖谋青睐，但在致力梦窗词的同时，也颇致意于碧山词。詹安泰在词学理念上，也赞同陈洵“问途碧山，宜所先也”的主张，对王沂孙词用力颇勤。其《花外集笺注》工作大约在30年代初即已开始，迄1936年而完成初稿。它是作者在研习之余“随笔札出”的基础上，加以系统校注笺释而成的。1947年饶宗颐主编《潮州志・艺文志》时曾著录此书，但由于作者觉得对于有些词“犹有疑义，未能确断”（蔡起贤《花外集笺注・后记》引詹安泰语），一直没有正式出版。此后又经三十余年断断续续的增补，始成完帙。“兹编所录，仅其一部：即专言寄托，间疏名物；其诸彩藻之注释，文艺之批评，有关旨要者，亦为羼入。”（《花外集笺注自序》）可见其书探研的重点和涉及的范围，用力之深盖可想见。

二

詹安泰治词学，不仅用力专精，而且志存高远，以体系性为目标，故其研究所得亦独步于时。最能体现他词学思想体系的当属《词学研究》一书。此书列“论声韵”“论音律”“论调谱”“论章句”“论意格”“论修辞”“论境界”“论寄托”“论起源”“论派别”“论批评”“论编纂”十二章，纂述动机尤在创立真正意义上的“词学”。他认为从清代中期以来，虽然出现了如方成培《词麈》、刘熙载《词概》、周济《介存斋论词杂著》、陈廷焯《白雨斋词话》、况周颐《蕙风词话》、王国维《人间词话》等词话类著作，或考证音律，或品藻词艺，或创立宗派，或指示阶梯，虽各有胜场，但毕竟没有建立起“词学”的规模。詹安泰则兼顾“学词”与“词学”，旨在建立一个具有内在逻辑的词学体系，他在《词学研究·绪言》中说：

> 声韵、音律，剖析綦严，首当细讲。此而不明，则虽穷极繁富，于斯道犹门外也。谱调为体制所系，必知谱调，方得填倚。章句、意格、修辞，俱关作法，稍示途径，庶易命笔。至夫境界、寄托，则精神命脉所攸寄，必明乎此，而词用乃广、词道乃尊，尤不容稍加忽视。凡此种种，皆为学词所有事。毕此数事，于是乃进而窥古今作者之林，求其源流正变之迹，以广其学，以博其趣，以判其高下而品其得失。复参究古今人之批评、词说，以相发明，以相印证，是者是之，非者非之。其有各是其所是而非其所非者，为之衡量之，纠核之，俾折中于至当，以成其为一家言。夫如是，则研究词学之能事至矣，尽矣。

显然，在这十二论中，前八论为“学词所有事”，侧重以“学词”来建立“词学”，后四论则是在“学词”基础上的推衍和提高。追源溯流以明其正变，参酌各派以广其学识，参究批评而折中至当，如此则“词学”宛然已成专门之学。在詹安泰写作此书之前，只有吴梅的《词学通论》是一部比较全面地介绍词学基本理论和词史的著作，但由于写作时代较早，所以还相当简略。相形之下，詹安泰的《词学研究》在理论性和系统性方面，显然是后出转精了。

《词学研究》目录虽有十二论，但流传至今的只有七论，保留了较为完整的“学词”的词学。这七论主要涉及三方面的内容：其一是关于词的声律、音韵和调谱的理论研究。自清代以来，有关词的声、韵、谱的研究就已渐受关注。浙西词派独尊南宋特别是姜夔、张炎一派的词，朱彝尊在《群雅集序》中揭出其中的一个重要原因说：“洎乎南渡，家各有词，虽道学如朱仲晦、真希元，亦能倚声中律吕，而姜夔审音尤精。”把音律作为词的一个本体问题和价值取向提了出来。常州词派以提倡寄托驰名，但其对音律的重视也是不断提高的。周济《宋四家词选目录序论》曾反复致意这一点：“‘东’‘真’韵宽平，‘支’‘先’韵细腻，‘鱼’‘歌’韵缠绵，‘萧’‘尤’韵感慨，各具声响，莫草草乱用。”“阳声字多则沉顿，阴声字多则激昂，重阳间一阴，则柔而不靡，重阴间一阳，则高而不危。”他赞同万树严辨上、去，但认为上、入也宜辨明。此外，他还提出了诸如要求硬字与软字相间等主张。凡此，都可以看出常州词派理论家对音律问题的高度重视，只是因为“寄托”一端声名远播，遂使音律理论孤处一角，不为后人重视。晚清朱祖谋更“以律校词”，将词律作为词的形式的一个首要问题。晚清四大家及其周围的词人，无论填词创作还是词学研究，都相当重视这一点。不过这种重视在理论研究中的表现，还是比较零碎，不成系统，这除了与“词话”这种著作方式有关，也与整体的理论研究意识不足有关。詹安泰除了曾撰写《中国文学上之倚声问题》和《论填词可不必严守声韵》

等专文来讨论这些问题，在《词学研究》一书中，更是以声律问题来开篇，把它作为词的体制和入门的关键问题来对待。他详细考察了有关声律理论的发展历史，认为就“声”而言，唐五代宋初词人，多仅守平仄，不限四声。至柳永始辨去声，周邦彦乃分上、去，至南宋姜夔、吴文英等，声律益趋讲究。这种发展理路与南宋词人对“声音微妙之理，洞究无遗”的音乐素养有关。但南宋以还，词的唱法失传，声情之美，无法一一按接，所以要追求四声与古人尽合，自然不太现实，但退求其次，严守平仄还是必要的。就词韵而言，詹安泰认为：“唐五代北宋词，用韵殊泛，时入方音，取便歌唱，惟主谐适。”但南宋自朱希真作《应制词韵》十六条，并得张辑疏释，冯取洽增补，韵遂成为词的重要体制之一，此后韵书继出。詹安泰认为，戈载的《词林正韵》以《集韵》为主，而参以《广韵》，派平、上、去三声为十四部，入声为五部，共十九部，用力最勤，虽时或失之过宽或过严，但大体不差，主张“今日填词，不妨仍以戈韵为归”。他还详细考证了古人协韵之法，就何者需严协、何者宜宽协等具体问题作了细致的阐述。

古代的音律因为大都不以文字的方式流传，所以一向考订为难。詹安泰认为探讨音律问题，只是具有学术意义，已不可能重现当年乐声之原貌，所以他说：“居今日而言古乐，则虽穷极精微，亦惟尽考据说明之能事而止，求其施诸弦管，偲美无碍，配之声歌，纤洪毕合，不可得也。”詹安泰详细考察了沈括、张炎、江永、凌廷堪、方成培、杜文澜、张德瀛、郑文焯、夏承焘等有关词律的著作或论述，结合自己的理论思考和创作实践，分“五音十二律”“五音演变及其读法”“宫调及谱字”“律吕配谱字之异同”“雅俗调名之不同”“犯声过腔”“宫调与声情之关系”七个专题，在追溯音律源流发展的基础上，对词乐的表现特征作了分析说明。

对于词的调谱问题，毛先舒的《填词名解》和汪汲的《词名集解》解析已多，但穿凿附会之处也不一而足。詹安泰专列《论调谱》一章，择其有确凿例证者，考证了词调命名的十一种方式，如以词中所咏之事物、以词中之情意、以词中之字句、以地名、以人名为调名等等，既简明扼要，又具有相当的概括性。对于同调而异体的现象，詹安泰力奉万树《词律》为“能于荆棘之内力辟康庄，实为词学中一最宏伟之贡献”，亦可见其不凡识力。

“词的声律、音韵和词谱，先生最为专门。”（邱世友《永远怀念的追记》）詹安泰构建的词的声、韵、谱体系，不仅涉猎广泛，而且论述专精，可视为传统词的声、韵、谱理论的总结和提高。

其二是关于词的作法研究。詹安泰的《词学研究》从第四章至第六章分别以“论章句”“论意格”“论修辞”标目，他认为：“章句、意格、修辞，俱关作法，稍示途径，庶易命笔。”所以这三章是詹安泰就作词的具体方法和途径，系统阐述了自己的看法。他认为词的字、句与章法是讲究词的总体格局的前提。盖词的用字在一般的音义之外，还有所谓“添”“减”“偷”“衬”等法，句法又特为参差，加上章法繁复，有的甚至变化无方，体制上有“令”“引”“近”“慢”等的不同，篇幅有单调与双叠、换头与不换头、单篇与联章等种种不同，所以他说：“兹编（指《论章句》）所述，于字则言其音、义、虚、实；于句则言其长短、平仄之异同；于章则言其组织离合之方式。俾学者可由字以造句，合句以成章。”詹安泰将填词创作中常用但音义各异的情况，以及词中“添”“减”“偷”“衬”之字的情况作了简要的整理，特别是对常用的虚字作了具体归类。在句法上，则将从一字到七字句的平仄之法一一列举分析，并对句子的组织和正变作了细致的分析梳理。在章法上，则分单调、双叠、三叠、四叠等情况分类叙说，细微精审，令习词者有迹可寻。

相对而言，章句属于一定之法，命意用笔才是在这一定之法基础上的翻新变化。故《论章句》之后接以《论意格》。其间关系，正如詹安泰所说：“章句只道其常，意格则兼求其变；章句易明，而意格难知。有一成不变之章句，而无一成不变之意格。”詹安泰认为，命意在审题之后，如果题材不合乎词的体制要求，就不遑言命意之法了。他总结前人论命意之法，分为“清新”“高妙”“幽远”“沉挚”“层深”“超奇”“空灵”“婉曲”“含蓄”九种，每种之下，先加释语，继而引列前人相关论说以作佐证。如“清新”之法，詹安泰解释说：“意由己出，不经前人道过，而又不涉晦涩暗昧者，谓之清新。然非不可运用古事或引用古人成语也，古事古语，能加以变化，或位置得宜，均不失其为清新。”即一方面强调非冷僻的原创，另一方面将古事古语“点铁成金”也视为一种创新。接下分引杨缵、张炎、沈谦、沈义父、李渔、俞彦等人观点，或正或反，印证此说。其他各法，理路同此。命意既定，次论用笔。詹安泰将传统的提、顿、承、转、顺、逆、正、反等笔法，按照全篇、起、结、过片的顺序一一举证论列，细致明了，颇便学词者临摹仿效。

修辞之学，素被学界视为畏途，而词之修辞，尤称微妙难识，繁复难理。詹安泰《论修辞》是现存《词学研究》中篇幅最长的一章，近五万字，可见其用力所在。此文是迄今为止最为完备、最成体系的词的修辞学研究成果。詹安泰按照普通修辞学的原理，结合词的具体体制和实践，分“词之修辞与作风”“词之修辞与方言名物”“词之修辞与诗歌”“词之修辞与散文”“词之修辞诸现象”五个专题，作了相当全面的分析论证，既有对词之具体修辞的纵向的开掘，又有对词与相关文体的横向的对勘比较，总体上构成了兼具总结和开创意义的细致绵密的修辞学体系。其中的每一个专题，都带有创新的色彩。如关于作风（即风格）与修辞的关系便一向没有被纳入系统的学术研究领域，詹安泰按作风形成的时代先后，分词的作风为“拙质”“雅丽”“疏快”“险涩”四种。他指出，拙质尚白描，以唐五代词最为常见。詹安泰认为：“大抵一种文体产生之初期，拙质之作品最多，以其偏重内容美而忽略形式美也；然当一种文体既已发展成熟时，亦有专事讲求拙质者，则以一方既厌雕缋满眼之修辞美，一方又深知入人最易、感人最深之拙质美之有广溥之效用也。”不过，“初期之拙质，为自然之拙质，其美在内容；后期之拙质，为由‘追琢中来’之自然拙质，其着力在修辞，但不至于‘率易无味’，则犹兼重内容耳”。类似这样的分析，实际上把文体发展的共同规律总结了出来，其理论意义又不仅是词之一体所能限量的了。而四种作风与修辞彼此之间也有异中之同：“疏快薄采藻略近拙质，而视拙质为奔放。险涩重采藻略近雅丽，而视雅丽为斫削。”这种既注意“类”的分析，又注意“跨类”的沟通，确实是符合词史实际的。其他诸如对以诗入词、以经史诸子散文等入词，詹安泰都作了仔细的举例分析，在比较与互勘中凸显词之修辞的特殊性。至于“词之修辞诸现象”一节从“配置辞位”“表现声态”“增扩意境”“变化本质”四个方面来总体概括词的修辞现象，更是梳理规则，示人以津梁，有益词林，其功匪浅矣。

其三是关于词的精神的研究。詹安泰以《论境界》《论寄托》两章来集中阐述词的精神意脉与扩大词的作用和尊崇词体的关系。《论境界》一章在1951年前即已完成，但后来散失，由其《词境新诠》一文可略窥其论之大概。《论寄托》一章可能是《词学研究》中最早成文的一篇，1936年发表于《词学季刊》第3卷第3号。

常州词派鼻祖张惠言曾借用《说文》以“意内言外”释“词”之本义，其《词选序》认为：“其（指‘词’）缘情造耑，兴于微言，以相感动。极命风谣里巷男女哀乐，以道贤人君子幽约怨悱不能自言之情，低徊要眇，以喻其致。……然要其至者，罔不恻隐盱愉，感物而发，触类条鬯，各有所归，不徒雕琢曼饰而已。”并通过“义有幽隐，并为指发”的批评实践，使填词创作和词学批评转为重视词之内蕴。不过张惠言的“寄托”理论实际上还只是停留在草创阶段，他的弟子宋翔凤在《浮溪精舍词自序》中即说张惠言“于古人之词，必缒幽凿险，求义理之所安”，张惠言自己的创作也是“穷比兴之体类，宅章句于性情”，创作和批评都是专走寄托一路，时不免流于极端。至周济出，始将寄托的理论形态深化。周济先是在《介存斋论词杂著》中提出“初学词，求有寄托”“既成格调，求无寄托”，继而在《宋四家词选目录序论》中提出“夫词，非寄托不入，专寄托不出”，此后直至民国时期，周济的寄托说引领着词学发展的潮流。但与侈谈寄托的风尚相比，对寄托说的理论源流和形态特征的系统探讨却一直付之阙如。詹安泰的《论寄托》在这一相对空落的学术背景中便显得特别醒目。他在明辨张惠言、周济、谭献、刘熙载、陈廷焯、况周颐、吴梅诸家有关寄托的论述的基础上，认为寄托的经典形态应该是在外在形式上脱略寄托痕迹，不落言诠，“不易知其情之所由生与其意之所专指”，以此与简单比附的寄托区分开来。詹安泰认为，寄托的显晦，实受到时代环境的影响。他说：

> 唐、五代词……不必有深大之寄托。……北宋真、仁以降，外患浸亟，党派渐兴，虽汴都繁丽，不断歌声，而不得明言而又不能已于言者，亦所在多有，于是辞在此而意在彼之词，乃班秩以出。及至南宋，则国势陵夷，金元继迫，忧时之士，悲愤交集，随时随地，不遑宁处，而时主昏庸，权奸当道，每一命笔，动遭大僇，逐客放臣，项背相望，虽欲不掩抑其辞，不可得矣。故词至南宋，最多寄托，寄托亦最深婉。

詹安泰结合政治背景来探讨寄托的创作动因，确实提升和拓展了寄托的思想境界。正是基于这一认知前提，詹安泰认为朱彝尊在《词综·发凡》中提出的“词至南宋始极其工，至宋季而始极其变”之说，也可以从寄托一端求得理解，他说：“其所以力求工或变者，固不仅辞章技术之关系，盖寄托所在，不得不求工或变也。惟极其工、极其变，其寄托乃不伤崭露、不易指陈。”这是对浙西词派的新的考量，并以寄托作为联结其与常州词派的纽带，使一向呈对峙状态的词学两派有了共同的内质，体现了詹安泰过人的识力。

值得注意的是：詹安泰虽然比较全面地分析了寄托说的发展历程，对其运用比兴的艺术成就和知人论世的价值给予充分肯定，但对张惠言“太事索隐”“深文罗织”的极端批评方式也表达了不满。他认为浙西词派尚南宋却未提倡寄托，常州词派尚寄托却推尊北宋，其中正有难以理解之处。他说：“常州词老专尚寄托，而高谈北宋；浙水词人不言寄托，而侈论南宋，均使人不能无所致疑于其间。夫以寄托论词，北宋固不若南宋之富且深也，常州诸老岂不喻此，而存一代不如一代之见？而卒至衡词主旨，与选词标准不甚相入者，则其只主寄托而忽略词家考证之业，有以致之也。夫不使人从考明本事中以求寄托，则望文生义、模糊影响之谈，将见层出不穷，穿凿附会，又奚足怪！”两派理论确有思虑欠周之处，但此前词论，鲜论及此，詹安泰巨眼识出，其意义应予充分肯定。他提出的“从考明本事中以求寄托”确实为批评鉴赏中的寻求寄托奠定了质的规定性。

《词学研究》的最后四章，詹安泰的初衷是在学词的基础上，梳理词史的发展脉络和正变之迹，广其学识，博其趣味，锻炼相关的学术判断力，形成自成一家的词学观。但在1951年时，尚未写成。此后由于形势的需要，詹安泰把精力主要放在对《楚辞》和《诗经》的研究以及主编《中国文学史》上，估计没有精力续写了。但本书选录的《词的起源》《宋词风格流派略谈》《诗的批评——中国诗论之一》《从宋人的五部词选中所看到的一些问题》等文，大致呈现了他在相关论题上的思考。因此，本书某种程度上囊括了詹安泰代表性论著《词学研究》的“足本”，颇便习词者研读。

詹安泰既以诗词创作擅一代令名，又主攻词学。他在韩山师范期间，与国内词学名家夏承焘、李冰若、龙榆生、陈蒙庵等即多有酬唱论词，其《论寄托》一文即刊发于当时著名词学杂志《词学季刊》，使清代中期以来风行已久的常州派寄托词说，首次完整而系统地进入学术研究领域。他在20世纪40年代前后，结合当时的研究生教学，先后撰写了《花外集笺注》《姜词笺释》《词学研究》等专稿，特别是《词学研究》一书，相当全面地探讨了词学的重要问题。50年代后期，他在人民文学出版社出版了词学专著《李璟李煜词》。60年代初，编写了《宋词研究》，作为研究生的讲义。这一时期，他还写了不少单篇论文，开拓了不少词学研究的疆域，如《从宋人的五部词选中所看到的一些问题》，开系统研究“宋人选宋词”的先河。詹安泰的词学论著在其生前未全部整理出版，20世纪八九十年代，先后有《宋词散论》《詹安泰词学论稿》《花外集笺注》等出版。

詹安泰还撰写了不少有关《诗经》《楚辞》的论文和专著。如在《楚辞》研究方面，他先后出版的著作有《屈原》《离骚笺疏》《屈原与离骚》等。他词学以外的古典文学论文，则汇集为《古典文学论集》一书。詹安泰还雅擅书艺，他的书法作品清雅而含蕴骨力，多次参加展出，获得赞誉。

无盦说诗

《诗经》里所表现的人民性和现实主义的精神

一

《诗经》是我国最古的诗集，从西周初期到春秋中年（约公元前1134年至前597年）五百多年间的社会面貌和实质，都可以从它里面得到比较真切的认识。因此，它是我国古代最珍贵的文学遗产，同时也是我国古代历史的宝库。

《诗经》的总数是三百零五篇（另笙诗六篇有目无辞），分《风》《雅》《颂》三个部门：《风》里面包含《周南》《召南》和"十三国风"，共一百六十篇；《雅》里面包含《小雅》七十四篇，《大雅》三十一篇，共一百零五篇；《颂》里面包含《周颂》三十一篇，《鲁颂》四篇，《商颂》五篇，共四十篇。

《风》诗里所收录的绝大多数是当时的民歌、民谣，在数量上占了全部《诗经》的一半以上，可以说是当时的人民大众——主要是农民大众的生活、思想、感情的总汇。毫无疑义，它在《诗经》里面的价值是最高的。

《小雅》里也有一些反映了人民大众的生活和具有相对的正义感的作品，如描写被迫给统治阶级服劳役的苦况的《何草不黄》，揭露统治政权的腐朽本质的《正月》之类都是。像这类的作品，其价值仅次于《风》诗，我们应该把它们和《小雅》中其他的部分分别看待。

小、大《雅》和“三颂”，其中虽然许多是服务于统治阶级的作品，可是，它们里面也包孕着不少反映社会现实的东西，最明显的，就是古代农业社会的面貌往往借着这些诗篇很概括、集中地描述了出来。如《小雅》的《甫田》《大田》，《大雅》的《生民》《绵》，《周颂》的《载芟》《良耜》等，对当时的生产制度、方法和过程都有相当详细的记述；《小雅》的《无羊》，对我们考察古代畜牧的情况也提供了很好的图貌。照我的看法，《雅》《颂》里有关劳动过程的部分，基本上还是劳动人民或接近劳动人民的作者创造出来的，必然是劳动人民或接近劳动人民的作者在长期的生活实践中，对许多同类的事项和工作有了精细的体验，透辟的观照，才能够产生真实地反映现实的创作。统治阶级为要利用劳动人民的劳动力，加强剥削，主观上也会编造出一些赞美农事、畜牧的诗篇，然而总不可能凭其主观的欲望就会塑造出许多生动、具体的形象出来。他们有关劳动过程的描述，是不能不依靠劳动人民或接近劳动人民的作者的创作做“蓝本”的。他们可能窃取了这些创作的素材，在事实上作必要的歪曲，在形式上作必要的加工，并注入了适合于他们的阶级利益的东西，然后才成功了这些作品。所以我们对《雅》《颂》里有关劳动生产以及其他能反映社会现实的诗篇，还是可以有选择批判地吸收的。

二

由于《诗经》时代的生产形式主要是农业生产，社会形态是由奴隶社会过渡到初期封建社会，因此，表现在《诗经》里主要也就是农业生产的状貌和农业劳动者在生产斗争和生活斗争中间的愿望与要求。

现在举些具体的例子来说一说。

关于农业生产的，如《周颂·良耜》：

畟畟良耜，俶载南亩，播厥百谷，实函斯活。

或来瞻女，载筐及筥，其饷伊黍。

其笠伊纠，其镈斯赵，以薅荼蓼。荼蓼朽止！黍稷茂止！

获之挃挃，积之栗栗，其崇如墉，其比如栉，以开百室。百室盈止！妇子宁止！

杀时犉牡，有捄其角。以似以续，续古之人！

这诗的形式，是经过编诗的人整理过的，当然不是民间歌辞的原样，有些地方可能是走样，有些地方简直已经僵化了（《诗经》的收录者为了便于认识、讽咏或其他作用，是做过整理、润色的工夫的。像《良耜》这诗里的“俶载南亩，播厥百谷，实函斯活”三句并见《周颂·载芟》篇，前两句又见《小雅·大田》篇，第二句又见《周颂·噫嘻》篇，是收录者把他所惯用的比较统一的句子、辞汇写出的显然可见）。但也并不是为了这，我们就不可能看出它在艺术上的成就。只要是能够保持农民大众的思想实质和具体生活内容的诗篇，即使形式改动了，我们还可以获得相当的认识。我试把这首诗译成现代的农歌：

犁头入地真快当，
咱们南亩来开荒；
多多撒下好种籽，
让它活泼早茁长。

大伙别愁饿肚啦，
自然有人照顾咱——
带着筐筐盛着粮，
小米饭儿喷喷香。

高高斗笠结得好，
刺松了土薅野草，
野草腐朽肥了田，
咱们庄稼多丰茂！

大家刷刷割得紧，
场上累累堆得牢——
堆得墙头一般高，
堆得篦子一般密，
家家户户来堆积。
堆呀，堆呀，堆得多，
咱们家小多快活！

杀只弯角大牯牛，
谢谢神天多保佑，
保佑庄稼长得好，
福泽绵绵吃不了！

这首诗，郭沫若先生曾译成现代语，见《青铜时代》里《由周代农事诗论到周代社会》。郭先生把“实函斯活”译成“耕得深而且阔呵”，把“百室”看成仓库，把“妇子”看成后妃和王子，和我的看法有些不同。主要的原因是，郭先生保持《周颂》的面目去译它；而我却是当成农村社祭时的农歌来译的。我认为这诗的写成是以当时流传的农歌为“蓝本”的，里面没有羼入什么王者的功绩、王者德政的感化以及王者祭祀的隆重典礼这一类归功于王者来劫夺劳动成果的话，和《诗经》里其他的农事诗不同，还可以译出本来的面目，就把它译成农民大众自己的歌辞。希望读者参看郭先生的译文（《青铜时代》第八三页）。

这就很明显可以看出了，自开始的“畟畟良耜”，到临末了的“有捄其角”，没有一句离开了农业生产的活动：从犁田写到播种，写到耕耘，写到收获，写到积粟，写到酬神，把整个劳动过程和心愿都很精细而生动地刻画出来，它里面充满了劳动的活力，充满了互助友爱的热情与天真，更具有无比的生活愿望。它虽不像《风》诗里的许多民间歌辞的反复咏叹，摇曳生姿，也没有在农业生产以外塑造出许多形象来作比况或衬托，但它所反映出来的农业生产的本身，已具有丰富多彩的场面，准够给人以深刻的印象了。这是《诗经》里描写农业生产相当典型的例子。

关于畜牧生产的，如《小雅·无羊》：

谁谓尔无羊？三百维群。谁谓尔无牛？九十其犉。尔羊来思！其角濈濈（角和角靠近而休息貌）；尔牛来思！其耳湿湿（牛食的时候两耳摆动的样子）。

或降于阿，或饮于池，或寝，或讹（醒起来）。尔牧来思！何蓑，何笠，或负其餱（干粮）。三十维物（各色各种的牛羊都有），尔牲则具。

尔牧来思！以薪以蒸（细薪），以雌以雄。尔羊来思！矜矜兢兢（精神健旺、行动敏捷），不骞不崩（没有亏损，没有疾病）。麾之以肱，毕来既升。

牧人乃梦：众维鱼矣，旐维旟矣。

大人占之："众维鱼矣"，实维丰年，"旐维旟矣"，室家溱溱（子孙众多貌）。

这诗里，对牛羊的蕃聚、和乐、行动、偃息、饮食以及一切生活情态都精雕细刻地表现出来，给牧人以种种的安慰，使得安心畜牧下去；牧人的心情既很舒适，不觉就形于梦寐，梦的结果，更把幸福扩大了，不但畜牧得到很好的成绩，农事也很顺利，家庭也很和美。以这样的安排来构成整个主题思想的发展过程，是很恰当的。即以细节的描写来说，如"尔羊来思！其角濈濈；尔牛来思！其耳湿湿。或降于阿，或饮于池，或寝，或讹""尔羊来思！矜矜兢兢，不骞不崩"，这些形态的描写和性格、习惯的刻画，没有累积相当长期的畜牧经验的人，也体会不出来。这可能是以古代流传下来的牧歌做他的"蓝本"，然后加以必要的增饰而成的。这支牧歌的创作思想和表现方法具有很大的说服力量和感染力量。这是《诗经》里描写畜牧生产的一个最典型的例子。

三

关于反映人民反对统治阶级的斗争的，《诗经》里面相当多，因为具体情况比较复杂，从而也有各式各样的写法。我这里只能举些最突出的例子来说明。

首先提出的是《诗经》里斗争性最强烈的诗篇之一——《魏风》的《伐檀》：

坎坎伐檀兮，置之河之干兮，河水清且涟猗。不稼不穑，胡取禾三百廛兮？不狩不猎，胡瞻尔庭有悬貆兮？彼君子兮，不素餐兮！

坎坎伐辐兮，置之河之侧兮，河水清且直猗。不稼不穑，胡取禾三百亿兮？不狩不猎，胡瞻尔庭有悬特兮？彼君子兮，不素食兮！

坎坎伐轮兮，置之河之漘兮，河水清且沦猗。不稼不穑，胡取禾三百囷兮？不狩不猎，胡瞻尔庭有悬鹑兮？彼君子兮，不素飧兮！

把剥削阶级强抢豪夺、不劳而获的罪行，一五一十地数说出来，向他们清算，理直气壮，光芒四射，令人想见海涅在《倾向》里所说的“用匕首讲话，用刀剑讲话”的英勇斗争、绝不屈服的神态！这是具有充分人民性的最富有鼓动性的现实主义的创作。

用锋利深刻的说法来向剥削阶级作强烈的斗争的，《魏风》里的《硕鼠》也是很好的例子：

硕鼠硕鼠，无食我黍！三岁贯女，莫我肯顾。逝将去女，适彼乐土。乐土乐土，爰得我所！

硕鼠硕鼠，无食我麦！三岁贯女，莫我肯德。逝将去女，适彼乐国。乐国乐国，爰得我直！

硕鼠硕鼠，无食我苗！三岁贯女，莫我肯劳。逝将去女，适彼乐郊。乐郊乐郊，谁之永号？

论斗争性的强烈，这诗和《伐檀》不分上下，而这诗的构思却比较复杂而完整。它对于问题是怎样发生的，真相怎样，为什么会这样，将要怎样处理这问题，都明确而扼要地提了出来。尤其值得注意的，是它运用了巧妙而富有讽刺性的比喻。劳动人民由于生活体验的真切和深入，是最善于运用比喻的。他们往往把日常所接触到的物类来比喻人，或明喻，或隐喻，或借喻不等（依照陈望道先生《修辞学发凡》里的说法："譬喻辞格可以分为明喻、隐喻、借喻三类。"），我们在《诗经》里随处可以看到。这诗就是借硕鼠来比统治主。劳动人民为什么把硕鼠来比喻统治主呢？旧说把硕鼠解作"贪而畏人"，我认为是相当正确的。"贪"是统治阶级的本质，而"畏人"是统治阶级要加强剥削时所运用的一种阴毒的手段，这正和大耗子食人家的"黍""麦""苗"而又怕人家觉察一样。劳动人民把硕鼠来比喻统治主是很有意义而且是很适合的。

不正面表现强烈的斗争，只是反映劳动人民被压迫剥削的悲惨生活，从而显示着统治阶级和被统治阶级之间存在着不可调和的矛盾的作品，在《诗经》里也不少。写得比较全面的是《豳风》的《七月》：

七月流火，九月授衣。一之日觱发，二之日栗烈，无衣无褐，何以卒岁？三之日于耜，四之日举趾。同我妇子，馌彼南亩，田畯至喜。

七月流火，九月授衣。春日载阳，有鸣仓庚。女执懿筐，遵彼微行，爰求柔桑。春日迟迟，采蘩祁祁，女心伤悲，殆及公子同归？

七月流火，八月萑苇，蚕月条桑。取彼斧斨，以伐远扬，猗彼女桑。七月鸣鵙，八月载绩，载玄载黄，我朱孔阳，为公子裳。

四月秀葽，五月鸣蜩；八月其获，十月陨萚。一之日于貉，取彼狐狸，为公子裘。二之日其同，载缵武功，言私其豵，献豜于公。

五月斯螽动股，六月莎鸡振羽，七月在野，八月在宇，九月在户。十月蟋蟀入我床下，穹窒熏鼠，塞向墐户。嗟我妇子，曰为改岁，入此室处！

六月食郁及薁，七月亨葵及菽，八月剥枣，十月获稻，为此春酒，以介眉寿。七月食瓜，八月断壶，九月叔苴，采荼薪樗，食我农夫。

九月筑场圃，十月纳禾稼，黍稷重穋，禾麻菽麦。嗟我农夫，我稼既同，上入执宫功。昼尔于茅，宵尔索绹。亟其乘屋，其始播百谷。

二之日凿冰冲冲，三之日纳于凌阴。四之日其蚤，献羔祭韭。九月肃霜，十月涤场。朋酒斯飨，曰杀羔羊，跻彼公堂，称彼兕觥，万寿无疆。

（这篇诗，郭沫若、邓初民两位先生都有译文［郭译见《青铜时代》第九三至九四页；邓译见《中国社会发展史》第一二七页］，请读者参看。第一段“四之日举趾”的“趾”字，于省吾《双剑誃诗经新证》谓应是“之”字——即“兹”字，是“兹其”的省称，“兹其”即锄头，“耕者先侧土而后钼草，故曰：三之日于耜，四之日举兹。举兹即用兹，兹其而单言兹，亦犹耒耜而专言耜也”。说颇新颖，可参照。但《诗经》屡用“兹”字，如“挹彼注兹”“媚兹一人”“日监在兹”之类，不一而足，为什么不用“四之日举兹”，而必用通假字成为复出两个“之”字的句子——“四之日举之”呢？这是值得考虑的。）

这里面包含着许多生活现象：农民们在封建领主的压迫下，不仅要为他们耕种田地，还要为他们养蚕、纺织、染绘、酿酒、打猎、凿冰、祭神、上寿等等，日日夜夜，几乎没有喘息的时候；而农民们自己呢，“无衣无褐”，吃苦荼，烧恶木，住破烂的屋子，必要时就填填地洞，熏熏耗子，塞窗孔，糊门缝，来防御寒气，来度过新年。像这样全面而忠实地反映当时在统治阶级宰制下的劳动人民的艰苦生活，在表面上虽没有表示向敌对阶级作坚决的斗争，而骨子里却蕴蓄着仇恨的情绪，并渗透在种种的悲惨生活中向广大人民申诉。这么一来，就可以使人很清楚地看到阶级社会的实质：一方面是劳动人民如何愤恨而又悲惨地在高度的剥削压迫下生活着；一方面是统治阶级如何用尽他们的残酷的剥削压迫的手段。从而对劳动人民发生深切的同情，对横暴的统治者激起无限的愤怒。因此，这类仅仅反映劳动人民被压迫剥削的悲惨生活而没有正面描写反抗斗争的作品，其积极意义还是相当大的。

此外，如《豳风》的《东山》《破斧》写给统治者驱迫到战场去和战后归来的情形；《王风》的《君子于役》,《唐风》的《鸨羽》写给统治者迫使劳役而荒废农事，顾不了家的情形；《魏风》的《葛屦》、《卫风》的《氓》写当时女性遭受到种种的歧视和凌辱的情形，等等，所包含的内容虽不像《七月》那么全面，却都是从当时各种不同的具体情况出发，反映了劳动人民各式各样的生活、思想、感情和愿望，表现出他们的勇敢、勤奋、真诚、善良以及热爱乡土、争取自由的道德品质。写来朴素而新鲜，生动而明确，极富有感染性。这都是具有深厚的人民性和现实主义精神的作品。

当然，反映了劳动人民在种种重压下的生活情况，里面就不免夹杂有悲哀的情绪，但这是真实的。我们不能因为高尔基有过"民谣是与悲观主义完全绝缘的"这一说法而强调这就等于劳动人民的悲观主义的表现，因而否定了这些真正存在的事实。我们更不能因为这类作品包含有这样的质素，就认为不能发生好的作用而否定它们另一方面的价值。M. K. 法捷耶夫在其所著的《文学课程中的思想政治教育》一文中，提到研究涅克拉索夫时曾这么说过："我顺便要说，忽略有悲哀性质的作品，即使为了教育的目的，也是不能准许的，尤其在研究过去的文学时，由于那时的人生本身，这些文学必然有忧郁的情调。"（见 G. R. 阿尔纳乌托夫编《苏联学生的思想政治教育》）我们研究《诗经》中劳动人民的作品，应该有这种认识。

四

《诗经》里的人民性和现实主义精神，也表现在一些以恋爱为主题的诗歌里。

《国风》里收录了不少关于男女恋爱的歌辞，或相唱和，或相戏谑，或相期约，或相信誓，形形色色，内容相当丰富。写的虽只是个人与个人之间的关系，但在许许多多的个人与个人的关系中我们就可以推想得出，在当时某些地区（如河南一带）的恋爱气氛必然是相当浓厚，必然是相当普遍地产生着并且热烈地传诵着这类的歌辞。这类的歌辞，在劳动阶级的内部可能只是高度发挥自由恋爱精神的一种表白，是属于人民爱好自由的优良传统。最为坦率，绝无顾忌的，如《郑风》的《萚兮》：

萚兮萚兮，风其吹女。叔兮伯兮，倡予和女！

萚兮萚兮，风其漂女。叔兮伯兮，倡予要女！

和《褰裳》：

子惠思我，褰裳涉溱。子不我思，岂无他人？狂童之狂也且！

子惠思我，褰裳涉洧。子不我思，岂无他士？狂童之狂也且！

把男女互相爱悦、笑耍的口吻、神态，活生生地描摹了出来，一点思想顾虑也没有。这种天真、大胆、当面表示热爱的歌唱和动作，在广东的潮州、梅县一带客家的山区里和兄弟民族的地区里还可以经常听到和看到，还保留着这种民间的优良传统。像《萚兮》那一类歌辞产生的情况，可能是在男子和女子在距离较远的时候高声唱出，互相逗引，渐行渐近，直至当面斗个输赢。像《褰裳》那一类歌辞产生的情况，比《萚兮》更进了一步，是在认识之后再会的时候唱出的，面对面诉说衷情，不必高声但更多表情的动作。（客家山歌，像很流行的“对面阿叔嗦唛［什么］人？隔河隔岸看唔真［不清楚］。灯心探［架］桥你爱过，你嗦敢过妹敢怜［怜、连双关］”“日头干辣［很猛烈］看唔真，对面阿哥嗦唛人？竹叶做船你爱过，你嗦敢过妹敢怜”之类。兄弟民族的山歌，像楚奇、艺军收录的湘西兄弟民族的山歌：“一边站在一边山，一边站在一边岭，我愿做风吹在你的衣服上，我愿做蝴蝶飞到你身上。”“我唱歌儿你答应，我唱歌来你就接，有心就把情来送，好像水里两条龙，人才美貌碰得好，好像仙女配良人。”［苗家情歌］“女：路途远千里，定期会面不容易，路程很远一月要走几回，时常来不要把我抛弃，你就应当来吩咐我们，如果真是有情意。你不要欺骗我来追求你，使我全心全意的想你，假使你不愿意，你应该早告诉我，莫要把我欺。不晓得你愿意不愿意，一定要讲几句真心话，我来问你来答，再见面时就谈知心话。”［彝家情歌。原题是“那就只是我和你……”里面是男、女相问答，这里只录了女的一方面的歌辞。］把这些山歌和《搴兮》《褰裳》对比来看，就容易理会到当时互相恋爱的情景，彝歌一段，尤其可以帮助我们了解《褰裳》的真实的内容。）这些歌辞的内容是由歌唱的人结合当时的具体条件灵活掌握的，有时预定只有某些歌辞，到唱得口熟时，可以创造出许多当初料想不到的歌辞出来。所以每支歌辞看来虽然很简单，却富有创造性。这样的歌辞，后来都归入“山歌”这一类。《搴兮》和《褰裳》是否就等于“山歌”中的情歌，我们固然不能下一个断语，然而它们是表现男女恋爱的创作，和“山歌”里的情歌，却是完全一致的。

还有更具体地描写男女互相戏谑的情况的，如《郑风》的《溱洧》：

溱与洧方涣涣兮，士与女方秉蕑兮。女曰：观乎？士曰：既且！且往观乎！洧之外，洵訏（宽广的意思）且乐！维士与女，伊其相谑。赠之以勺药。

溱与洧浏其清矣，士与女殷其盈矣。女曰：观乎？士曰：既且！且往观乎！洧之外，洵訏且乐！维士与女，伊其将（大的意思）谑。赠之以勺药。

这诗写一对男女一番游乐的情况，把当时的地点、景物、对话、动作很概括地描述了出来，形象生动，情节曲折，充分显示出青年男女的爱情，包含着相当浓厚的戏剧性的意味，使人读了之后，好像看过一幕恋爱的喜剧的场面一样。

描写青年男女互相爱悦而达到结合的作品，如《唐风》的《绸缪》，《齐风》的《鸡鸣》，《郑风》的《野有蔓草》，《陈风》的《东门之枌》等等都是。这些作品的描写是很大胆的，但都为后来封建社会所不容，因之都被目为“淫乱之作”的。

也有表面看来似乎不够大胆而其实是具有高度的爱和顽强的斗争性的，《将仲子》是一个很好的例子：

将仲子兮，无逾我里，无折我树杞。岂敢爱之？畏我父母。仲可怀也；父母之言，亦可畏也！

将仲子兮，无逾我墙，无折我树桑。岂敢爱之？畏我诸兄。仲可怀也；诸兄之言，亦可畏也！

将仲子兮，无逾我园，无折我树檀。岂敢爱之？畏人之多言。仲可怀也；人之多言，亦可畏也！

由于诗里有“仲可怀也”“亦可畏也”等句，就有人认为是她请求仲子不要来，因为父母要干涉（陆侃如、冯沅君先生在其合著的《中国诗史》就同意这种说法）；又有人认为是表现着少女的羞怯的恋情，有多方面的顾忌（郑振铎先生在其所著的《中国俗文学史》就同意这种说法）：都单从消极方面去理解这诗。我的看法却和他们有点不同。我认为这是一个恋爱中的女子替她心爱的人多方设想以减少他的恋爱的障碍。她并不是请仲子不要来，而是请他不要跳墙攀拊而来；她虽然有多方面顾忌，但主要的却还是为了要较顺利地达成她的目的。在封建道德无情束缚之下，为了怕父母、诸兄及邻人发觉她和她心爱的人的秘密而这么做，是完全可能的。我们从这里不仅可以看出她的热烈的爱，同时也可以体会到她的性格和智慧，毕竟跟那所谓“大家闺秀”有所不同。假如认为她只这么表现了消极的一面，一了百了，没有下文，我却以为问题没有这么简单。她真的要拒绝她心爱的人，干吗只再三地反对他进行的方法呢？这里面就包含另有一种办法可取而不便明白指出的言外之意。明代有一首民歌，是单描写一个女子替她心爱的人打通一条达成目的的路径的，我且举出来看看：

> 姐道：我郎呀！若半夜来时，没要捉个后门敲；只好捉我场上鸡来拔子毛，假做子黄鼠狼偷鸡，引得角角哩叫。好教我穿上单裙出来赶野猫。

当然，这首民歌里所表现的情节，未必就可以作为爱上“仲子”的那女子所要达成愿望的办法看，可是，爱上“仲子”的那女子在种种恶势力监视之下，不能很简单而顺利地来满足她恋爱的心愿，尤其不敢很坦率地把达成目的的办法表露出来，是完全可以理解的。

在反抗封建婚姻制度而全不为险恶的环境所吓倒的，《鄘风》的《柏舟》是一个典型的例子：

泛彼柏舟，在彼中河；髧（发下垂貌）彼两髦，实维我仪。之死矢靡它！母也天只，不谅人只！

泛彼柏舟，在彼河侧；髧彼两髦，实维我特（匹）。之死矢靡慝！母也天只，不谅人只！

这篇诗的内容在维持封建秩序的人们都说成这样：一个贵族妇人死了丈夫，母亲要迫她改嫁，她发誓要为丈夫守节（毛传说是“共姜自誓也”）。因此，要褒奖寡妇时，就送给她什么“节比柏舟”一类所谓“光荣”的匾额。把这种极其强烈地反抗封建婚姻制度的诗歌有意曲解了，反而利用为维护封建婚姻制度的典范，这是《诗经》儒家化了以后的士大夫们一贯进行歪曲的做法。其实，这诗分明说一位年青的人是她最中意的配偶人物，有情节，有形貌，极其具体，毫无掩饰，怎么可以说成是她的丈夫死了呢？她母亲不同意她和那位年青的人成配偶，使她很难堪，誓死坚持自己的主张，这意思也很明显可以看出来，又从那儿看出她母亲迫嫁的痕迹，只因诗中表现出这位女子的态度太坚强了，“之死矢靡它！”“之死矢靡慝！”才使得那些封建士大夫们在惊叹之余不得不把它扭转方向，搭上什么“共姜自誓”的事情来加以诬蔑。有没有“共姜自誓”这个历史事实，那是另一回事。陆侃如、冯沅君合著的《中国诗史》上说：“或者这位女子的母亲不许她与意中人结婚，故矢之以死。”我很同意这种看法。为了争取婚姻自由，情愿把生命打赌，讲强烈的斗争性，怕没有比这更高度的了。

《诗经》里面的这样一些表现男女爱情的诗歌，它们的思想、感情和愿望都是相当健康的。它们具有相当健康的思想、感情和愿望，又用单纯朴素、生动活泼的艺术语言表现出来，所以能成为人民所爱好的东西。这种传统在民间文学里不断地继承着并且发展着，一直到封建制度推翻以前，像这类的情歌，在民间文学中还占着主要的地位。

五

上面所举的这些作品，是我国古代文学遗产中最早的一些优秀的诗歌，后来许多优秀的文学作品（包括古典文学家的）都或多或少受了这一优良传统的影响。它奠定了我国文学中的现实主义的基础，指引着不少的进步文学家走向现实主义的道路，这是值得我们十分重视的。

不过，由于《诗经》时代的劳动人民是在当时统治阶级的剥削压迫下过活的，不但他们的物质财富和精神财富都被统治阶级所剥夺，而且还要遭受统治阶级的思想毒素的灌注和麻醉，因而在一部分诗歌里，也不免有听天由命或顺从妥协等消极思想的表现。我们在说明它在怎样的情势之下产生出来的真实情况之后，是应该加以批判的。

《诗经》里有些可以明显地看出是古代统治阶级中人的写作，而其中有一部分能够表现当时的统治阶级内部的矛盾，例如孟子所作的《巷伯》一诗里有这么一段："彼谮人者，谁适与谋？取彼谮人，投畀豺虎！豺虎不食，投畀有北！有北不受，投畀有昊！”古代的统治阶级内部这么深刻的矛盾和强烈的冲突，在这里很具体地被刻画出来。又如《大雅·瞻卬》篇有这么一段：“人有土田，女反有之！人有民人，女覆夺之！此宜无罪，女反收之！彼宜有罪，女覆说之！”此外，如《秦风》的《权舆》、《小雅》的《巧言》以及《大雅》中的一部分（统治阶级作为劝诫统治主用的）都描写着反动统治内部矛盾的状况，充分暴露出当时统治政权的残暴面貌及其腐朽的本质。

最后，《诗经》里还有一类作品，使用了形象对比的表现手法。这种表现手法，可使主题思想在事件互相对比中更加鲜明突出地显示出来，是表现矛盾和斗争的一个有力的方式。例如《小雅·正月》里的一段：“彼有旨酒，又有嘉殽，洽比其邻，昏姻孔云；念我独兮，忧心殷殷！佌佌（小貌）彼有屋，蔌蔌（陋貌）方有谷；民今之无禄，天夭是椓（夭杀椓击，备受祸害的意思）。哿（可）矣富人；哀此茕独！”《小雅·北山》里的一段：“或燕燕居息；或尽瘁事国。或息偃在床；或不已于行。或不知叫号；或惨惨劬劳。或栖迟偃仰；或王事鞅掌（忙碌貌）。或湛乐饮酒；或惨惨畏咎。或出入风议；或靡事不为。”把两种相反的情况很扼要地用对比的方式清清楚楚地写了出来，使这些矛盾现象在两相对比之下特别鲜明突出，给人以更加深刻的印象。这种表现手法，一直到现在还是人民大众所乐于使用的。西北民歌《放羊》里就有这么一段：

赵财主家把羊放；
财主食米我食糠。
财主睡在热炕上；

五儿睡在草蓬边！

（见擎夫、寒荔编《西北民歌集》晋绥之部）

又阳泉裕公煤矿工人刘彦昌的《铲把头》也有这么的一段：

工人吃的是稀糊糊；
把头吃的是肉白面。
他们穿的洋布和绸衫；
工人穿的是千弥百补露着肩。
工人每天没吃穿，
一年四季受饥寒；
把头成天找粉脸，
吸料面还抽大烟。

（见《说说唱唱》第六期）

当然，这两首劳动人民的创作，和上面所举的《正月》和《北山》中的例子是有时代的差别。《正月》和《北山》里所表现的痛苦的一面，还没有接触到衣、食、住的基本问题，只是劳逸不均、苦乐悬殊而已，比之《放羊》和《铲把头》里所表现的是劳动人民的痛苦生活，显然不同。不过《正月》和《北山》里所描写的统治阶级丑恶的一面，却和《放羊》里所描写的“财主”，《铲把头》里所描写的“把头”，还是古今如出一辙的，这就值得我们注意。而且在二千五六百年前的《诗经》里，像《正月》《北山》这类敢于表现统治阶级内部矛盾的作品并不多。就我们处理中国古代文学遗产说，或者单就这类的表现方法说，提出来谈一谈，我想也不是没有意义的。

处理中国古代的文学遗产，是一件相当艰巨的工作；而时代隔得越久远，处理就越感到困难，也是不可否认的事实。从中国文学的发展过程说，无疑的，《诗经》是应该首先处理的一部分。《诗经》难于处理的原因，据我个人的理解，一方面固然因为时代隔得太远，可靠的资料（如地下发掘的资料）还很不够，在考证上感到困难；而另一方面，由于历来维护封建统治的“经说”太多，层层毒雾掩盖着，尤其使我们很难看清它里面最值得我们骄傲的人民大众的光辉的创作。所以，我们今天对待这一珍贵的文学遗产最主要的问题，怕还是在于如何运用正确的观点、方法来处理它的问题。我个人阅读《诗经》时，觉得里面具有人民性和现实主义精神的作品很不少，现在举出一些比较突出的例子来，并附带提出一些粗浅的意见。这可能是很片面的看法，也可能是错误的看法，希望读者给予批评和指正。

（一九五三年三月）

《离骚》通论

屈原的作品，最早被提出的是淮南王刘安给它作传的《离骚》。

关于《离骚》这一篇名的解释，司马迁解作“离忧”（《屈原贾生列传》），班固解作“遭忧”（《离骚赞序》），王逸解作“别愁”（《楚辞章句》）。项安世《项氏家说》：“《楚语》伍举曰：‘德义不行，则迩者骚离，而远者距违。’韦昭曰：‘骚，愁也；离，畔也。’盖楚人之语，自古如此。屈原《离骚》，必是以离畔为愁而赋之。”王应麟《困学纪闻》：“伍举所谓‘骚离’，屈平所谓‘离骚’，皆楚言也。扬雄为‘畔牢愁’，与《楚语》注合。”游国恩说：“我以为《离骚》可能本是楚国一种歌曲的名称，其意义则与‘牢骚’二字相同。《楚辞·大招》有‘伏羲驾辩，楚劳商只’之文，王逸注云：‘驾辩、劳商，皆曲名也。’‘劳商’与‘离骚’为双声字，或即同实而异名。西汉末年，赋家扬雄曾模仿屈原的《九章》，自《惜诵》以下至《怀沙》一卷，名曰《畔牢愁》。‘牢’‘愁’为迭韵字，韦昭解为‘牢骚’。……所以‘牢愁’‘牢骚’和‘离骚’三个名词在音韵上是双声迭韵的关系，可以互相通转。那么‘离骚’二字是不应该拆开来讲的。”（《楚辞论文集·屈原作品介绍》）浦江清说：“离是离别，骚是歌曲的名称，离骚就是离歌。”（《祖国十二诗人·屈原》）姜亮夫引《天问》“启代益作后，卒然离蠥”的王注“蠥，忧也”的例子，认为“离骚”与“离蠥”同。文怀沙根据司马迁的说法加以引申，认为“离”字的真义是离间，《离骚》写的正是谗邪离间的忧愁幽思（《屈原离骚今绎》附录三）。我认为用楚国方言来解释比较切合实际。方言是有其特定意义的，这意义就是后来一般的所谓“牢骚”，和写《离骚》的动机并无不合，而在爱好民间文学、喜欢运用楚国方言的屈原看来，这可能就是一个最恰当的命题。

屈原写作《离骚》的时期，有人主张在楚怀王时，有人主张在楚襄王时[1]。我认为是楚怀王入秦不返，顷襄王初立时的作品。理由是：作品中指责楚王而犹给以美称，如“荃”“灵修”“哲王”之类，和以后一些作品指楚王为“壅君”的不同，应该属于曾经对屈原有认识并经重用过屈原的楚怀王。此其一。就作品总的精神看，抱怨楚王中还有热切的希望，对属望之人虽夹杂着怅

[1] 主张屈原在楚怀王时作《离骚》的有各种不同的看法：有指出年限的，如王茂元谓在楚怀王客死时（见《楚三闾大夫屈先生祠堂铭并序》）；陆时雍谓在怀王初放时（见《读楚辞语》）；梁玉绳谓在怀王末年顷襄王世（《史记志疑》卷三十一）；龚景瀚谓在怀王入秦不返、顷襄王未立时（见《离骚笺》）；近人浦江清谓在怀王十九年至二十四年（见《祖国十二诗人·屈原》）；逯钦立谓在楚怀王二十四年（见《屈原离骚简论》）；李延陵谓在楚怀王十四年（见《屈原的生辰与离骚的著作时期》）；马茂元谓在楚怀王二十八年至三十年之间（见《关于〈离骚〉时代问题的商榷》）。此外一般都不指出年限。主张屈原在顷襄王时作《离骚》的也有各种不同的看法：王闿运认为在顷襄王元年至四年初放未召时（见《楚辞释》）；近人游国恩的《楚辞概论》、郭沫若的《屈原研究》都认为在顷襄王时屈原被放逐以后。

惘之情，但并没有哀悼怀王的表现，这就似乎是在怀王已留秦而盼望他可以复返时写的。此其二。作品提到自己时有“老冉冉其将至”“及年岁之未晏”等，都表示自己还不是晚年。怀王三十年（公元前299年）入秦，不久，昭雎等到齐国拉回太子横立为新君，即顷襄王，其时屈原正是40岁左右，一方面关怀楚怀王的安全，一方面受到顷襄王、令尹子兰等加重的迫害，而另一方面，以前每当楚、秦绝交时必联齐，联齐必用到屈原，而这次派人到齐国去又没有他的份：这正是使他感到万分痛苦难堪的时候，就把郁积着的许许多多的冤气趁这时候集中地而又尽情地倾吐出来，写成这大气磅礴、波澜壮阔的雄丽的诗篇，那是很自然的。此其三。因此，我认为在怀王入秦、顷襄王初立时的作品是比较符合实际的。当然，这样的众说纷纭的问题，还值得加深研究。

《离骚》共373句，2477字（除“曰黄昏以为期兮，羌中道而改路”二句），是屈原作品中一篇最长的带自叙性的抒情诗，也是我国古代乃至世界诗史上最伟大的诗篇之一。由于篇幅长，具体内容很复杂，因而各人的说法不同，现在就我个人的看法写出来，并加以简单的说明。

（一）先叙述自己的世系、名字、性格、才能和修养，表示他有可能很好地为国家和人民服务，然后说出自己愿引导楚王为国效忠。（自开首至“来，吾道夫先路！”）

（二）指出应走的道路和不能顺利进行的原因。（自“昔三后之纯粹兮”至“伤灵修之数化”）

（三）说明要培养人才以贯彻自己的正确主张，要和敌党作斗争，至死不变。（自“余既滋兰之九畹兮”至“愿依彭咸之遗则”）

（四）申述为人民、为祖国而斗争，虽然遭遇到一切的阻力，也只有容忍坚持，直至贡献出最后的生命，怎样也不肯委曲投降，同流合污。（自“长太息以掩涕兮”至“固前圣之所厚”）

（五）抒写或进或退或去国的复杂矛盾的心情，而归结到必须按照本来的意志做去，怎样也不能改变。（自“悔相道之不察兮”至“岂余心之可惩”）

（六）假托女媭的责备和自己向重华的申诉，来显示自己的品质的高贵和主张的正确。（自“女媭之婵媛兮”至“沾余襟之浪浪！”）

（七）为要实现自己根本改造楚国的理想，从各方面作重大的努力，但终不能实现：叩帝阍见阻，求虙妃不得，想要见“有娀之佚女”，恐已落在高辛的后面，寻“有虞之二姚”，又“理弱而媒拙”。这样以最大的努力来企图理想的实现，而仍没有实现的可能，就感到内心的矛盾极为难堪，下面不能不转而问卜求神了。我们只看里面“忽反顾以流涕兮，哀高丘之无女！”和“理弱而媒拙兮，恐导言之不固；世溷浊而嫉贤兮，好蔽美而称恶；闺中既以邃远兮，哲王又不寤。怀朕情而不发兮，余焉能忍而与此终古！”这些说法，就可以体会到，他写的虽是天上，还是由楚国的现实基础出发的，写天上仍是写人间，天上的情形正是人间的影子。（自“跪敷衽以陈辞兮”至“余焉能忍而与此终古！”）

（八）假托灵氛、巫咸占卜中的说话——灵氛劝他去楚求合，巫咸劝他留楚求合，他表示自己的坚强的意志，因而极其深刻地写出楚国一班坏人为非作歹的情况，连自己培养出来的青年也变了质，降附敌党。（自“索藑茅以筳篿兮”至“周流观乎上下”[1]）

（九）由于灵氛的劝告，就打算远行了：转道昆仑，周流四方，由天津到西极，涉流沙，遵赤水，经不周，指西海，听《九歌》，看舞《韶》，真正作了一番大神游。可是，一回头看到楚国，又悲从中来，连赶车的人和挽车的马，都眷恋楚国不忍前进，那又怎么可以离开祖国和人民而偷安取乐呢？他情愿牺牲个人的利益而忠诚救国的坚强意志，在这种情况对比之下，已十分明确地表露出来了。（自“灵氛既告余以吉占兮”至“蜷局顾而不行”）

（十）全篇总收束：国内那班人（指执政权的，和下面莫足与为美政的人一样）既然没有一个是知己了，又何必苦苦怀恋故都？正确的政治理想已经没人理会，没人合作了，只有准备以身殉国。（自“乱曰”至“吾将从彭咸之所居”）

如上所述，《离骚》这一作品的巨大意义就很清楚地摆出来了。它集中地表现了屈原的性格、思想、斗争过程、政治倾向和远大理想，也曲折地反映了屈原时代新旧力量的矛盾冲突的社会现实，更鲜明地刻志着屈原的文学的独创性和特殊性。我

[1] 这里面对巫咸说话的看法，各人不同：朱熹《楚辞集注》、蒋骥《山带阁注楚辞》、方苞《离骚正义》、林云铭《楚辞灯》、龚景瀚《离骚笺》、谢无量《楚辞新论》等认为截至“使夫百草为之不芳”句；陆时雍《楚辞疏》、李光地《离骚经注》、梅曾亮《古文词略》、马其昶《屈赋微》等认为截至“恐嫉妒而折之”句；吴汝纶《点勘史记》认为截至“莫好修之害也”句；姚鼐《古文辞类纂》认为截至“周流观乎上下”句。近人文怀沙《屈原离骚今绎》、姜亮夫《屈原赋校注》、高亨《楚辞选》、马茂元《楚辞选》同意朱熹的看法；刘永济《音注详解屈赋定本》、郭沫若《离骚今译》同意陆时雍、李光地等的看法。我也认为陆、李等的看法比较正确，“时缤纷以变易兮”以下，应系屈原的说辞。

们从《离骚》里可以看到屈原伟大的精神、高贵的品质和明确的主张；可以看到楚国的以至那个特定时代的真实面貌；可以看到屈原在文学上的辉煌的成就。毫无疑义，这是屈原作品中具有划时代意义的一篇代表作。司马迁说："作辞以讽谏，连类以争义，《离骚》有之，作《屈原贾生列传》。"[1]刘勰说："不有屈原，岂见《离骚》？"[2]或者认为屈原有了《离骚》，在历史上就不能不给他作传，或者认为如果没有屈原，就不可能产生像《离骚》这么辉煌的创作，他们都是把《离骚》看成是标志着屈原伟大的一生的。他们把这种具有划时代意义的文学创作，完全归功于个人的作用，当然不是全面的看法。然而他们也不是没有事实根据的，因为在我国古代文学历史上再没有任何一个作家能够把一生的政治斗争的实践过程和自己的文学创作完全结合在一起的，再没有任何一个作家写出一篇具有像政治论文一样强烈的政治倾向性的雄丽的诗篇可以和《离骚》媲美的。

屈原为什么会写出这么震古烁今的鸿篇巨制呢？这主要是因为他具有进步的世界观。世界观"不仅具有理论的认识的意义，而且也具有极大的实践意义"[3]。我们看屈原一生的思想意识和实践行动，如对历史时代和楚国现实的认识，对腐朽的统治集团的愤恨与斗争，对人民大众的痛苦生活的同情，对民间创作的爱好，对祖国的大地河山乃至一草一木的热爱，等等，都说明了他

[1] 见《史记·太史公自序》。

[2] 见《文心雕龙·辨骚》。

[3] 罗森塔尔、尤金编《简明哲学辞典》。

的世界观在当时来说是具有进步意义的。

屈原出身于贵族，受了贵族的教养，为什么会具有这么进步的世界观呢？这原因是比较复杂的。

首先，就他个人的特点说。他是一个“博闻强记，明于治乱”的人[1]，他熟悉历代兴亡得失的原因所在，对当时的各国情势有深切的了解，这就具有掌握客观现实的规律性的优越条件了。加以楚国当时贵族内部矛盾斗争很尖锐，屈氏历来在贵族内部的优越地位已处于下降期，处处感到受正在得势的贵族集团的压制（如昭氏、景氏等），而正在得势的贵族集团又“相妒以功，谄谀用事”[2]，作为参加贵族内部斗争的一个成员的屈原，对于这些旧贵族集团的胡作非为会给祖国和人民带来极其严重的危害性，是了如指掌的，因而他不能不提倡修洁和坚贞以与他们相对抗，促使他自己成为贵族阶级中一个最进步的分子，接受当时的先进思想。

其次，就接受传统说。楚国比起中原各国来是一个比较保守的国家，它是长期受到中原各国的歧视的。“戎狄是膺，荆舒是惩”[3]，“夷狄之有君，不如诸夏之亡（无）也”[4]，它成为中原各国讨伐的对象。它处于这样一个被侮辱、被压抑的地位，楚国人民为了争取生存和进一步取得美好的生活，就逐步锻炼成一种顽强反抗的精神。早在公元前 656 年齐桓公率领诸侯伐楚时，楚使

[1] 见《史记·屈原贾生列传》。

[2] 见《战国策·中山策》白起说的话。

[3] 见《诗经·鲁颂·閟宫》

[4] 见《论语·八佾》，包慎言《温故录》：“夷狄谓楚与吴。”

屈完的答话[1]，以及前506年申包胥的乞秦师[2]，已很明显地表露出楚族人民的顽强反抗的精神了。至于楚人“筚路蓝缕，以启山林”[3]和自然作斗争的精神，尤其可以表现楚族人民的坚强的性格。正因为如此，楚国就发展成为南方最强大的国家。这是楚族人民最优秀的传统，屈原是接受这一优秀传统的。

屈原在政治主张上，也承受了儒家和楚国的一种好传统而加以发扬光大。屈原的政治主张，主要表现在“举贤而授能兮，循绳墨而不颇”的用人观点和法制观点上。用人观点是从儒家的“选贤与能”[4]、“为政在人”[5]、“先有司”[6]来的，是儒家的旧传统。法制观点，则是楚国固有的传统，也是当时一种进步力量的表现。楚悼王用吴起变法而国富兵强，楚威王想变法而见阻于昭釐[7]，或者执行变法成功而不久废掉，或者意图变法而不能实现，但这是正确的方向，屈原是接受下来的。

复次，就吸取当时各国的先进思想说。上面提到，法制观点不仅是楚国固有的传统，也是当时一种进步力量的表现。除楚悼王用吴起外，魏文侯用李悝，秦孝公用商鞅，韩昭侯用申不害，都因变法而收到卓著的成效。据《韩非子·饰邪》篇说：“当赵之方明国律，从大军之时，人众兵强，辟地齐燕，及国律慢，用

[1] 见《左传·僖公四年》。
[2] 见《左传·定公四年》。
[3] 见《左传·宣公十二年》。
[4] 见《礼记·礼运》。
[5] 见《中庸》。
[6] 见《论语·子路》。
[7] 见《吕氏春秋·去宥》。

者弱，而国日削矣。当燕之方明奉法，审官断之时，东悬齐国，南尽中山之地，及奉法已亡，官断不用，左右交争，论从其下，则兵弱而地削，国制于邻敌矣。故曰：明法者强，慢法者弱。”则赵和燕也曾用法治，并因此而一度富强起来。这一类的事实，屈原必然是很熟悉的。以一个热爱祖国和人民，渴望祖国和人民走上富强幸福的道路的人，对这类分明有利于祖国和人民的措施必然不会无动于衷而不受其影响，吸取他们良好的经验作为自己努力的榜样的。

屈原的进步的世界观，就是在上述的各种因素中逐步建立起来的。在他这种世界观的指导下来进行创作，就产生了许多不朽的诗篇，而《离骚》尤其是他许多不朽的诗篇中的代表作。

高尔基在《个性的毁灭》一文中，研究俄国古典文学的特点时，曾着重指出，俄国每一个作家都具有深奥的独创性，但是所有一切古典作家都有一种共同的愿望：百折不挠地力求体会、觉察国家和人民未来的命运，预测这一个命运[1]。高尔基这种说法，对我国杰出的古典作家也是完全适用的。具有进步的世界观的我国第一个伟大古典作家屈原，他的照耀百世的创作，就是从他“百折不挠地力求体会、觉察国家和人民的命运，预测这一命运”这种思想出发的。屈原为了祖国和人民的未来的命运而斗争的精神，最集中地表现在《离骚》这一宏伟的诗篇里。

《离骚》所包孕的内容虽然极其丰富而复杂，可是，作者肯定什么？反对什么？为什么要这样做？这样做有什么目的和意

[1] 见缅斯尼柯夫《论社会主义现实主义的基本特征》所引。

图？这一切，都明明白白地摆在读者的眼前。作者的政治方向是很明确的，政治立场是很坚定的。尽管作者创造了在古典诗歌领域里前所未有的巨大的艺术形象，尽管作者表现了自己内心的、自己和敌党之间的、楚怀王的，以及自己所培养的人的前期与后期的各个方面的矛盾与冲突，作者的政治方向和政治立场还是这么明确而坚定！因此，他这诗篇在当时和后代都起了很大的作用，就不仅因为它具有巨大的艺术形象，尤其重要的是通过它的艺术形象标志着一种强烈的政治倾向性，体现出一个为祖国、为人民而坚强斗争、矢死不渝的爱国诗人的崇高的品质。

他肯定什么呢？作品说：

> 昔三后之纯粹兮，固众芳之所在，杂申椒与菌桂兮，岂惟纫夫蕙茝？彼尧舜之耿介兮，既遵道而得路。

又说：

> 汤禹俨而祇敬兮，周论道而莫差，举贤才而授能兮，循绳墨而不颇。皇天无私阿兮，览民德焉错辅。夫维圣哲以茂行兮，苟得用此下土。

像古代圣哲茂行的君主一样，举贤授能，遵守法度，公正无私，树德爱民，使国家达到统一太平的境地，这就是他所肯定的政治路线。这种政治路线，就是他的法治和德政同时并用的具体表现。在举贤授能方面，他更举些例子来说明：

> 苟中情其好修兮，何必用夫行媒？说操筑于傅岩兮，武丁用而不疑。吕望之鼓刀兮，遭周文而得举。宁戚之讴歌兮，齐桓闻以该辅。

在这些例子中，没有一个是出身贵族的上层人物。这就更明确地表明了他对当时楚国贵族集团的态度，同时也体现出他打破阶级偏见的进步观点。

他反对什么呢？作品说：

何桀纣之昌被兮，夫惟捷径以窘步。惟党人之偷乐兮，路幽昧以险隘。

又说：

众皆竞进以贪婪兮，凭不厌乎求索，羌内恕己以量人兮，各兴心而嫉妒。忽驰骛以追逐兮，非余心之所急。

又说：

固时俗之工巧兮，偭规矩而改错，背绳墨以追曲兮，竞周容以为度。

又说：

世溷浊而嫉贤兮，好蔽美而称恶。

又说：

世幽昧以眩曜兮，孰云察余之善恶？民好恶其不同兮，惟此党人其独异：户服艾以盈要兮，谓幽兰其不可佩。览察草木其犹未得兮，岂珵美之能当？苏粪壤以充帏兮，谓申椒其不芳。

走邪径，从狭路，竞进贪婪，党同伐异，违法乱纪，嫉贤蔽美，颠倒黑白，混淆是非，这是他最痛心疾首、切齿愤恨的。而一些人变了质，竟同流合污，尤其使他异常难过：

兰芷变而不芳兮，荃蕙化而为茅。何昔日之芳草兮，今直为此萧艾也？岂其有他故兮？莫好修之害也。余以兰为可恃兮，羌无实而容长，委厥美以从俗兮，苟得列乎众芳。

> 椒专佞以慢慆兮，樧又欲充夫佩帏。既干进而务入兮，又何芳之能祗？固时俗之流从兮，又孰能无变化？览椒兰其若兹兮，又况揭车与江离？

像这类的人，屈原认为必然是没有好结果的。他更引了许多历史故事，来证明这一论断的正确性：

> 启《九辩》与《九歌》兮，夏康娱以自纵，不顾难以图后兮，五子用失乎家巷。羿淫游以佚畋兮，又好射夫封狐，固乱流其鲜终兮，浞又贪夫厥家。浇身被服强圉兮，纵欲而不忍，日康娱而自忘兮，厥首用夫颠陨。夏桀之常违兮，乃遂焉而逢殃。后辛之菹醢兮，殷宗用而不长。

种恶因，得恶果，这不是很明白么？在这里，也就深深刻志着他和楚国当时的旧贵族集团——党人之间存在着极其尖锐的矛盾。

肯定什么，反对什么，这一基本的政治态度，像一条红线一样贯串着这一伟大的诗篇，后半部的许多幻想的境界，也还是这种爱憎分明的精神的体现。可是，他表现着这么强烈的意志和感情，究竟为的什么呢？

作品中对他自己为什么要表示这么鲜明的政治态度的目的意图，曾很明确地指出来，为的是“恐皇舆之败绩”，为的是“哀民生之多艰”。在当时，“明于治乱”的屈原，他已经预测到祖国有颠覆的危险了，他已经面对着民生的灾难了。为了挽回祖国的颓势，为了解除人民的痛苦，他就不能不尽自己所有的力量，拿出自己最好的办法，不顾一切地进行大力的改革，和祸国殃民的贵族集团作坚强不屈的斗争，使祖国逐步走上像“三后”“尧舜”那样的和平统一的大道，使人民过着安居乐业的生活。虽然在作品里更多的是黑暗现实的反抗和进步理想的坚持，然而他这种目的意图还是很明显的。

正因为他和祖国和人民未来的命运有密切的联系，对祖国和人民未来的命运寄予殷切的愿望，经过对历代兴衰存亡的细心的分析和对国内外情势的深入的研究，他才充满了前进的信心，具足了改革的勇气，下了最大的决心，坚持正直的主张，和那班反动的贵族集团斗争到底："亦余心之所善兮，虽九死其犹未悔！""虽体解吾犹未变兮，岂余心之可惩？"他才愿受一切的委曲，抱着自我牺牲的精神，希望争取楚王的信任来实现自己的主张："屈心而抑志兮，忍尤而攘诟；伏清白以死直兮，固前圣之所厚。""余固知謇謇之为患兮，忍而不能舍也！指九天以为正兮，夫惟灵修之故也！"他才惋惜楚王反复多变，听信谗言，自告奋勇，要引导他向前迈进："荃不揆余之中情兮，反信谗而齌怒。""怨灵修之浩荡兮，终不察夫民心！""初既与余成言兮，后悔遁而有他。余既不难夫离别兮，伤灵修之数化！""乘骐骥以驰骋兮，来，吾道夫先路。"他才执着依恋，怎样也不离开乡土（祖国）："忽反顾以流涕兮，哀高丘之无女！""陟升皇之赫戏兮，忽临睨夫旧乡；仆夫悲、余马怀兮，蜷局顾而不行。"这一切，就鲜明地突出了一个伟大的、崇高的爱国诗人的典型形象。

不但如此，屈原在热爱祖国、同情人民而进行不懈斗争的同时，也注意到怎样达到目的意图的积极的做法，那就是个人的修养和锻炼以及对年青一代的栽培。因为只有不断坚持个人的修养和投身火热斗争中受到锻炼的人，才能在"溷浊不清"的恶劣环境中贯彻自己的正直主张，自始至终以战斗的姿态出现，不至于中途退缩乃至妥协投降。只有培养年青一代的接班人，才能逐步充实和继续扩张力量，壮大队伍，扫除障碍，使自己正直的主张早日实现。这道理，屈原是十分明白的，何况在那“朝秦暮楚”相习成风的时代里，特别是在那竞进贪婪、蔽美称恶的楚国里，尤其不能不注意这种做法。因此，他对自己的要求非常严格，始终保持着“内美”，丝毫没有放松“修”和“好修”，把许多香草、鲜花、良材、嘉木来比象自己的修养和锻炼：

扈江离与辟芷兮，纫秋兰以为佩。

朝搴阰之木兰兮，夕揽洲之宿莽。

朝饮木兰之坠露兮，夕餐秋菊之落英。

掔木根以结茝兮，贯薜荔之落蕊，矫菌桂以纫蕙兮，索胡绳之缅缅。

制芰荷以为衣兮，集芙蓉以为裳。

佩缤纷其繁饰兮，芳菲菲其弥章。民生各有所乐兮，余独好修以为常。

芳菲菲而难亏兮，芬至今犹未沫。

对青年也认真负责栽培：

余既滋兰之九畹兮，又树蕙之百亩，畦留夷与揭车兮，杂杜衡与芳芷。冀枝叶之峻茂兮，愿竢时乎吾将刈。

看到他们的变质和坏人一起，感到非常痛心：

兰芷变而不芳兮，荃蕙化而为茅。何昔日之芳草兮，今直为此萧艾也！岂其有他故兮，莫好修之害也。余既以兰为可恃兮，羌无实而容长，委厥美以从俗兮，苟得列乎众芳。椒专佞以慢慆兮，榝又欲充夫佩帏。既干进而务入兮，又何芳之能祗？固时俗之流从兮，又孰能无变化？览椒兰其若兹兮，又况揭车与江离？

我们结合全篇的具体内容来加以考察，很明显地可以看出，屈原的注意个人修养和锻炼，并不是为个人的孤芳自赏，钓名沽誉；屈原的培养人才和惋惜好人的变质，也不是为了个人的攫取权利，植党营私。一切都是从他为祖国为人民来实现他的政治理想出发的，和他坚持自己的主张并意图摧毁敌对的力量是起着互相配合的作用的。当然，作品中也透露出他的彷徨不安、进退两难的内心矛盾，他假托灵氛劝他去楚求合，巫咸劝他留楚求合，就是他这种矛盾心情的表现。但他最后还是表明自己的坚定的意志和态度，他的政治立场和政治主张是极其坚毅执着不可动摇的。

作品中有许多幻想的境界、假托的人物，这是作者浪漫主义创作方法的具体表现。这种积极的浪漫主义的创作方法，其实也表现在他强烈地反抗现实和坚持自己的正义主张来“加强人的生活的意志，唤起他心中对于现实、对于现实一切压迫的反抗心”[1]上。不过，从这种“依据假想的逻辑加以推想”[2]中，塑造出许多超越现实的东西来标志着他的革命的、前进的精神。就更足以说明他是一个积极的浪漫主义的诗人。因为反抗现实和坚持正义这些特点，现实主义的诗人也是具有的。由于作者是在反映现实的同时要进一步来指导现实、改变现实的思想基础上来发挥他的浪漫主义精神的，因而这种浪漫主义精神的表现，具有足够

[1] 见高尔基：《我怎样学习写作》。

[2] 同上。

的反抗性和战斗性，具有足够的“帮助激起对于现实的革命态度，实际上改变世界的态度”[1]。例如他在作品中所描述的女媭对他的责备：

汝何博謇而好修兮，纷独有此姱节？薋菉葹以盈室兮，判独离而不服。众不可户说兮，孰云察余之中情？世并举而好朋兮，夫何茕独而不予听？

他就重华的陈辞：

启《九辩》与《九歌》兮，夏康娱以自纵，不顾难以图后兮，五子用失乎家巷。羿淫游以佚畋兮，又好射夫封狐，固乱流其鲜终兮，浞又贪夫厥家。浇身被服强圉兮，纵欲而不忍。日康娱而自忘兮，厥首用夫颠陨。夏桀之常违兮，乃遂焉而逢殃。后辛之菹醢兮，殷宗用之不长。汤禹俨而祗敬兮，周论道而莫差。举贤才而授能兮，循绳墨而不颇。皇天无私阿兮，览民德焉错辅。夫维圣哲以茂行兮，苟得用此下土。

实际上就是假托女媭的口中提出一般人的看法，而在假托向重华的申诉中来指出一般看法的错误，举出一些不顾国家前途、人民利益、只贪图个人目前享乐、骄奢淫纵的做法必然失败，一些举贤授能、守法度、得民心的做法必然成功，从而更有力地说明他为国为民的主张是惟一正确的主张，表示他为国为民而斗争的意志是不可转移的意志。又如他所假设的灵氛之占：

思九州之博大兮，岂惟是其有女？曰勉远逝而无狐疑

[1] 见高尔基：《苏联的文学》。

兮，孰求美而释女？何所独无芳草兮，尔何怀乎故宇？世幽昧以眩曜兮，孰云察余之善恶？

劝他离开楚国，到处都需要他，不必老是眷恋故乡。巫咸之告：

勉升降以上下兮，求矩矱之所同。汤禹俨而求合兮，挚咎繇而能调。苟中情其好修兮，又何必用夫行媒？……及年岁之未晏兮，时亦犹其未央。恐鹈鴂之先鸣兮，使夫百草为之不芳。何琼佩之偃蹇兮，众薆然而蔽之？惟此党人之不谅兮，恐嫉妒而折之。

劝他勉强求合，正当自己还可以有为的年岁，楚国也还是可以有为的时候，不必过于倔强而招受党人的迫害。仍然是从各种为个人打算的想法和做法中来证实他是一个忘却个人的利害得失而坚持正义、热爱祖国的人。他并不是不知道“历九州而相其君”[1]或者在国内苟合取容对自己有好处，他在这方面的心情是有矛盾和冲突的。可是，为了祖国，为了正义，他认为这种想法和做法，正无异那些“委厥美以从俗”的人，是不可容忍的，是卑鄙可耻的。于是乎他把这种矛盾冲突解决了，并且以行动证实了：

芳菲菲而难亏兮，芬至今犹未沬。

经过这样的假设，就使得他对祖国和人民的利益高于一切的看法，他对祖国的无比忠诚的态度，以及他为什么不能不和那班祸国殃民的反动集团作斗争等等都更加浮凸出来，使作品更加起着说服人和教育人的作用。这种积极的进步的意义是非常明显的。

作者驰骋幻想最令人目迷神夺的是后面的描写大神游的境界：

[1] 见贾谊：《吊屈原赋》。

遭吾道夫昆仑兮，路修远以周流。扬云霓之晻蔼兮，鸣玉鸾之啾啾。朝发轫于天津兮，夕余至乎西极。凤皇翼其承旂兮，高翱翔之翼翼。……奏《九歌》而舞《韶》兮，聊假日以媮乐。

发轫天津，至于西极，涉流沙，遵赤水，经不周，指西海，听《九歌》，看舞《韶》，驾飞龙，扬云霓，麾蛟龙，载云旗等等，没有一样是人间的东西，浪漫气息非常浓厚，真正是一番痛痛快快的大神游。可是，一回到旧乡（楚国），就不单是自己非常依恋，连“仆夫”和“马”都悲伤缱绻，不忍前进：

仆夫悲、余马怀兮，蜷局顾而不行。

作品就在这里结束了，以后就剩下一个收拾全局的“撮要”或“尾声”。这里展示给人们的是一个尽情游乐的图景，也就是一般人的意想的最高度的发扬，简直是把人完全神化了。假如为个人打算，达到了这样的神化的境地，尽可以“远逝自疏”，忘怀一切了，然而只要“临睨夫旧乡”，就寸步难移，悲感交集。这么一来，任何个人的享受游乐，都不能换取他爱祖国爱人民的一片丹心赤诚，就昭然其若揭，再不能有所分辨了。

屈原在《离骚》中尽管写了许多超现实的现象，充满了浪漫主义的气氛，总是万变不离其宗地围绕着他的爱国爱民的主题思想来生发，而要实现爱国爱民的心愿，就当时楚国的实际情况来说，是要通过坚强的反抗和斗争的。因而在他所创造出来的超现实境界中，处处表现出艰苦卓绝地追求与探索最高理想的精神，处处洋溢着要扫荡一切的歪风邪说的激情。就是其他各方面的描写：在危机四伏的现象和光明美好的前途的对比中，在卑污龌龊的做法和贞洁高贵的修炼的对比中，在各种不可调和的矛盾和冲突中，也极其深刻地体现出高度的反抗性和战斗性。因此，在整个作品中都贯串着强烈斗争的热情，而这种热情，是由他爱祖国爱人民出发，是为他的爱祖国爱人民的主题思想服务的。

总之，对祖国的热爱，对人民的同情，对楚王的愿望，对党人的愤恨，对溷浊社会的忧思，对美好社会的憧憬，这是《离骚》的主要内容。而这一切，是通过屈原的积极浪漫主义的创作方法——反抗现实、追求理想以及奔放横溢的激情、丰富高超的想象、鲜明巧妙的象征和曲折变化的情节表现出来，构成了一个极其完美而动人的伟大的爱国诗人的形象。因此，它是一篇伟大的自传式的抒情诗，它是一篇在现实基础上所形成的积极浪漫主义诗歌的空前的杰作。

正因为如上面所说的，屈原具有在当时来说是合乎真理的、进步的、伟大的思想，他在《离骚》里形象反映了极其丰富的生活现象和斗争经验，因而《离骚》就成为一篇具有高度艺术性的巨大规模的诗篇。

思想性和艺术性之间虽然有或高或下或强或弱的程度上的差别，但思想性是艺术性的核心。因此，在明确了《离骚》的思想内容之后才能比较恰当地来评价它的艺术成就，而在谈它的艺术成就时仍然不能离开它的思想内容的。

这里，我想从几个方面来谈谈《离骚》的艺术成就。

第一，强烈的悲愤情调。作为抒情诗，情调是最基本的东西，是把作者的思想感情融入于语言、音韵、节奏里面直接感染读众或听众的东西。我们说抒情诗有各种各样的风貌，如豪壮、雄奇、沉郁、和婉等等，是诗人思想感情的流露，也即是诗中的情调的基本表现。同样，我们看到某一诗篇所表现的某种情调，也即可以看出该诗的作者当时对某一事物的认识、态度及其所表露出来的思想感情。（有些诗的基本情调和作者的为人完全不相适应，如严嵩的《钤山堂集》里的诗篇，不少是具有壮美情调的，而作者竟是一个谗谄褊窄、猜忌凶狠的人；阮大铖的《咏怀堂诗集》，其中也有不少具有清隽的情调的，而其人乃堕落成为一个出卖祖国的奸贼：这是或者因为时间、条件、地点的关系，或者因为作者有意披着美丽的外衣来蒙混读者的耳目，是应该分别加以考察的。）读过《离骚》的人，谁都会感到它里面充塞着悲愤的情调。这悲愤的情调，是从矛盾冲突中产生出来的，也只是作者具有强烈的战斗性的标志。屈原是一个出身封建贵族的诗人，处在封建贵族占统治地位的时期，从其阶级出身说，是不该有什么悲愤情调产生的，何况他还一度得到楚怀王的信任。那么，他为什么这么悲愤呢？从社会发展史上看，封建贵族的统治比之奴隶主的统治虽有其进步的意义，但这意义是不会持久的，随着社会生产力的发展、物质条件的刺激，他们的享乐的欲望也会逐步加强和扩大以至于成为“无穷的欲壑”，因而他们也就和其他的阶级社会的统治阶级一样，必然逐步加重对人民大众的剥削与压迫。这就不但会引起被剥削被压迫者的不断反抗，就是在统治阶级内部一些比较有理想或者能够看到人民大众的疾苦的分子，也必然会感到不满而引起感情的分裂。如果这些人具有进步的思想要革除这种不合理的现象的话，那他们和腐朽的统治集团的矛盾斗争是必然不可避免的。我们不能设想，一个具有进步思想的人，面对着不合理的社会会不对这不合理现象的统治力量作斗争；我们更不能设想，当那统治力量还占上风的社会里，一个具有进步思想的人和他们作斗争会不陷于失败的结局。和不合理现象作斗争至于失败，不用说，在思想感情上是十分悲愤的。这悲愤的思想感情表现在作品里，就必然刻志着悲愤的情调。我们看，《离骚》里不但对现实社会中的贵族当权派尽情丑化和力加指斥，对楚王的混淆是非、听信谗言的举措，也忘却君臣的大限表现出抗愤的心情，即在征引历史传说和描写天上的情况时，对一些残暴失德、荒淫无耻的人物，如启、羿、浇、浞、夏桀、后辛、虙妃之类，也毫无例外地予以抨击和批判。这就使得作者悲愤的情调流贯在整个作品中。悲愤是对现实社会不满加上愤恨的表现，在情调上是高亢的，激昂慷慨或者转为沉郁顿挫的，是蕴蓄着或明或暗的斗争力量的，和低沉而消极的悲观失望的表现截然不同。这种情调，在阶级社会里，和人民大众的思想感情大致相通，因而在作品里越发具足这种情调，就越发表明它的战斗性和人民性。《离骚》之所以赢得广大人民的同情和热爱，之所以具有巨大的艺术力量，应该说，它这种情调的表现是一个重要的因素。

第二，鲜明的人物性格。谁读过《离骚》，都可以看出里面有两种互相对抗的人物性格：一种是自私自利的，贪婪污浊的，干进务入、互相勾结以蒙蔽楚王、贼害善良的；一种是高洁廉贞的，热爱祖国、同情人民的，坚持真理要引导楚王走向美好光明的途径的。而这两种完全不同的人物性格，都通过了具体活动，通过了对抗性的矛盾斗争显示出来。其中还刻画了一些内心的矛盾冲突的情况以及一些在矛盾斗争中蜕化转变的过程。可以说，屈原这种表现手法，是符合于从人物的矛盾冲突和矛盾斗争中来显示出各种人物性格的特征这一客观规律的。这在抒情诗中是十分难能可贵的。屈原在其他作品中也有这样的表现，但没有表现得这么深入和细致。这主要是因为他深入生活、了解生活，能捉住各种人物的个性，从他们在现实生活的错综复杂的矛盾冲突和相互关系中加以观察、体会，把他们各种不同的生活面貌和思想实质都艺术地描绘出来，才能使每一种人物性格及其发展过程都很鲜明地再现在作品里；尤其值得重视的，是他把所要描写的人物都安放在一定的斗争环境中，通过相互的对比，使得各自不同的性格更为突出。

在“举世皆浊我独清，众人皆醉我独醒”[1]的当时的楚国，现实社会中的正面人物只有屈原自己，此外就得求之于理想社会中，而反面人物则触目皆是；起转化作用的人物，也只有由好转坏，没有由坏转好的。在这样的实际情况中，就使得惟一的正面人物性格极其明朗地贯串着全篇，通过这形形色色的人物性格的刻画，更加完整地构成了一个伟大的爱国主义者的典型形象。

举例来说，如：

众皆竞进以贪婪兮，……非余心之所急。老冉冉其将至兮，恐修名之不立。朝饮木兰之坠露兮，夕餐秋菊之落英。苟余情其信姱以练要兮，长顑颔亦何伤。掔木根以结茝兮，……索胡绳之纚纚。謇吾法夫前修兮，非世俗之所服，

[1]《渔父》中的句子。

> 虽不周于今之人兮，愿依彭咸之遗则。长太息以掩涕兮，哀民生之多艰！余虽好修姱以鞿羁兮，謇朝谇而夕替。既替余以蕙纕兮，又申之以揽茝。亦余心之所善兮，虽九死其犹未悔。

一种是贪污钻营，追求私利，原谅自己，猜忌别人；一种是美洁自修，不辞劳苦，以历史上的伟大的人物做典范，为国家人民的利益而热情奔赴，虽受尽挫折和打击，而坚持不悔，至死不变。从具体行为和内心活动中来刻画两种截然不同的人物性格，而这两种性格都是在矛盾冲突中显示出来的。篇中像这样的写法有好几处，而越写越深入，使人可以很清楚地看到当时的楚国王朝为什么会弄到“黄钟毁弃，瓦釜雷鸣，谗人高张，贤士无名”[1]的症结所在，使人可以更透辟地认识到统治阶级内部的进步力量备受反动力量的摧残但又不可扑灭的真实情况。这是不知重复了若干次的封建统治阶级内部矛盾冲突的历史事实，应该说是具有典型意义的。

恩格斯在《致斐·拉萨尔》中曾这么说过：“我觉得一个人物的性格不仅表现在他做什么，而且表现在他怎样做；从这方面看来，我相信，如果把各个人物用更加对立的方式彼此区别得更加鲜明些，剧本的思想内容是不会受到损害的。”[2]屈原在《离骚》里描写人物性格的成功，就是他不仅写两种不同人物“做什么”，而且写了“怎么做”；不仅描写得更加鲜明，而且“对比得

[1]《卜居》中的句子。

[2] 见《马克思恩格斯选集》四卷本第4卷，344页。

更加突出”。

一个人物性格的形成是一个人的生活的最集中的表征，它并不是静止的、孤立的，它必然是在自己的世界观的指导下尽可能地来适应客观形势的要求的。这不但那结党营私、祸国殃民的旧贵族当权派总是尽量拉拢和扩大自己的势力范围，使当时整个楚国王朝成为“溷浊”的世界；就是爱国爱民、修洁廉贞的屈原，也未尝不培养后进以充实自己的力量，来抗击当时的反动派，来实现福国利民的政治理想。把这类的实际行动加以精细的描写，就使得人物性格的表现越发深刻和完整。例如作品中“民好恶其不同兮”至“谓申椒其不芳”一段（见上引），写党人们不但自己喜欢佩带臭恶的东西，更硬说“幽兰”不能佩带；不但自己把污秽的东西充塞帏帐，更硬说“申椒”没有香气。这种对扩张坏影响的恶劣作风的刻画，就会使人感到党人们的为非作歹真正到了不可容忍的地步，从而加深人们对他们的丑恶本质的认识。又如作品中“余既滋兰之九畹兮”至“愿竢时乎吾将刈”一段（见上引），写自己如何热诚培育后一代，并如何恳切盼望他们早日成材为国家出力，这就使人在他本身之外，进一步认识到他的人格的可贵与伟大。

关于人物性格的转化，《离骚》里也有深细的描绘。自“时缤纷以变易兮”至“又况揭车与江离”一段（见上引），把一些由好人变坏人的情状以及他们转变的原因，都真切明朗地揭示出来。说明在一个急剧变动的时代里，在一个新旧力量的矛盾斗争中，被卷进恶势力的浪潮中去是很容易的，保持好的性格的人十分难得。这样一方面使自己的可贵的性格更加完美；另方面对一些经不起风险的人也具有教育的意义。

至于楚怀王的急躁轻信、反复无常的性格，尤其是屈原感到最痛心的事。“荃不揆余之中情兮，反信谗而齌怒。”“初既与余成言兮，后悔遁而有他。余既不难夫离别兮，伤灵修之数化！”“怨灵修之浩荡兮，终不察夫民心。”“闺中既以邃远兮，哲王又不寤。”作品中接触到楚怀王的只有这些句子，然而不但明确地画出了他的性格，造成他的多变的性格的气候氛围，都从中透露出来。而自己对他的性格的多变的“伤”与“怨”，更标志着彼此之间的关系的深切。

屈原的《离骚》，就是从各个方面的具体活动中描写各种不同的人物性格的。

第三，丰富的想象力。屈原的想象力是非常丰富的。他作品中洋溢着许多浪漫主义的激情，充满了浪漫主义的气氛。屈原成为一个杰出的积极浪漫主义的作家，主要的就是因为他充分地运用了他的想象力。他为什么会有这么丰富的想象力呢？这当然和他的卓越的天才有关，但更重要的是他有深厚的文学修养和长期的斗争生活实践。这和他一来对民间歌谣和神话传说的爱好，和他在主张遭受打击陷于极度苦闷的时候对精神解放的追求，对于事业真理的探索，对于美好生活的争取，等等，都是分不开的。我们知道，民间歌谣和神话传说，绝大部分是标志着人民的意欲愿望的东西，绝大部分是从人民不满现实、反抗现实或向往未来的思想感情出发的，他们因为不满现实同时又有改造现实的信念，才创造出想象中的美好事物来符合自己的要求。我们更知道，一个人当没有力量对抗重重的压抑而又坚信自己的主张的时候，就往往会把超现实的即想象中的境界作为安慰精神、探索真理和满足生活愿望的温床。屈原正是有这样的文学修养和生活实践的人，因而这一切对他的想象力的成长和壮大就成为相当重要的因素。自然，我们还是不能低估他的卓越的天才在这方面所起的作用。

《离骚》中自“女嬃之婵媛兮”以下，就艺术构思的组成部分说，都是属于想象的。虽然屈原把许多现实社会的生活情况和自己的心情意愿安排在想象的境界中显示出来，如女嬃对他的责备，他向重华的陈辞以及灵氛、巫咸对他的劝告等，其中还列举了许多历史事实，如汤、禹、周文、吕望、宁戚等。但想象不等于空想，是从现实基础出发的，是通过想象来体现出作者自己认为应该肯定和否定的思想观点，来更自由地放射出自己的理想的光辉和强烈的感情的，它并不拒绝采用现实的事物和历史的陈迹。

虽然如此，屈原在这诗篇里的最超妙的想象境界，仍然是远非人间的“周流乎天”的令人惊奇的描写。如：

> 朝发轫于苍梧兮，夕余至乎县圃。欲少留此灵琐兮，日忽忽其将暮。吾令羲和弭节兮，望崦嵫而勿迫。路曼曼其修远兮，吾将上下而求索。饮余马于咸池兮，总余辔乎扶桑，折若木以拂日兮，聊逍遥以相羊。前望舒使先驱兮，后飞廉使奔属，鸾皇为余先戒兮，雷师告余以未具。吾令凤鸟飞腾兮，继之以日夜。飘风屯其相离兮，帅云霓而来御。纷总总其离合兮，斑陆离其上下。吾令帝阍开关兮，倚阊阖而望予。

又如：

朝吾将济于白水兮，登阆风而绁马。忽反顾以流涕兮，哀高丘之无女！溘吾游此春宫兮，折琼枝以继佩，及荣华之未落兮，相下女之可诒。吾令丰隆乘云兮，求虙妃之所在，解佩纕以结言兮，吾令蹇修以为理。

以及最后"吾道夫昆仑"一大段神游（见前引），把日、月、风、雷、云、霓、凤鸟、蛟龙等都拉成关系，替他服务。饮马咸池，总辔扶桑，直叩天门；济白水，登阆风、游春宫，求虙妃之所在，见有娀之佚女，想有虞之二姚。这样的以天上的行径表现不惮"奔走先后"的辛勤，以爱情的追求象征渴望理想的实现，已经使人震惊于作者特出的想象力了；最后还来了一番大神游：转道昆仑，发轫天津，涉流沙，遵赤水，经过不周山，想到西海去，来表示以最大的力量来求精神的解放而仍敌不过爱国爱民的热忱，尤其使人目迷神夺，去来无端，恍若脱空而出。像这样的高超奇伟的想象力，我想，在我国的古典文学中都是不易找到的。

第四，丰美生动、明确精炼的语言。吸收民间句调，运用方言词汇，这是屈原作品在语言方面最成功的地方。毛主席曾教导我们："要向人民群众学习语言，人民的语汇是很丰富的，生动活泼的，表现实际生活的。"[1]高尔基曾这么说过："文化史教导我们，在人类社会活动精力最充沛的时代里，语言随着新的劳动方式多样化和阶级矛盾尖锐化，而特别迅速地丰富起来。"[2]屈原处在那语言"特别迅速地丰富起来"的时代，又能吸取民间语

[1] 毛泽东：《反对党八股》，见《毛泽东选集》第3卷838页。

[2] 高尔基：《和青年作家谈话》。

言，因而作品的语言是丰富多姿的、充满生活气息的。它的鲜明的色彩、清新的词汇和富有情感的语调，都有吸引人的魅力。

作品中运用口语，春秋战国的一般散文家都有，“焉”“乎”“哉”“也”这类语助词的出现，都是当时口语的运用。[1]但用得最多的是屈原的作品。几乎成为后来考察楚国方言的总汇。而《离骚》由于篇幅长，包孕楚国的方言特别多。扬雄的《方言》，在里面刺取了不少的资料；郭璞注《尔雅》《方言》也多所引用。经过扬雄、许慎考定，在王逸的《楚辞章句》和洪兴祖的补注中明确指出的就有“汩”“搴”“莽”“冯”“羌”“诼”“侘傺”“阊阖”等十一条，此外如“掔”“判”“拂”“当”等也有人认为是楚语。

尽管如此，但方言并不等于文学语言，屈原在运用楚国方言时也是有所选择的。一篇两千多字的《离骚》，假如尽量运用方言写，那就会像《说苑·善说》篇所载的《越榜人歌》的原文一样，使人没有办法读得通。只有在表达情意的语气声调上能够更加生动活泼、美妙逼真而又不妨碍人们的理解的方言，才值得选用。我们细看《离骚》里所用的方言上的字眼和词汇，除个别是特殊名称（如“莽”）不得不用外，多是语助词或副词，则屈原选用方言的作用可见。当然，要使作品中的语言丰美生动，仅仅是选用方言词汇还是不够的，作者还必须在广大群众的语言基础上有所铸造。屈原铸造新词的工夫，在《离骚》里也有很突出的表现，如“反信谗而齌怒”的“齌怒”，“怨灵修之浩荡”的“浩

[1] 郭沫若说，见《屈原研究》。

荡”，“竞周容以为度”的“周容”，“汝何博謇而好修兮”的“博謇”，“周流乎天余乃下”的“周流”，“不量凿而正枘兮”的“量凿”“正枘”之类，都具有新的内涵，是在大众语言的基础上铸造出来的。至于配合新名物铸造出来的新词更不胜枚举。

关于语言明确精炼这方面，这是文学作品特别是诗歌的必要的条件，《离骚》当然不能例外。精炼和明确是不能分裂开来的，明确是目的，精炼是达到这个目的的一种手段，不经过精炼，是不易得到明确的（“妙手偶得之”的现象是个别的，也许是诗人夸大的说法）。如果不结合明确、不从明确出发来讲求精炼，精炼就成为技巧的玩弄，专讲形式美，和内容不发生联系，那是形式主义者的作法，没有什么价值的。精炼有时也为了气格或韵律的关系，但毕竟不能削足适履，抛开了内容而专门讲求形式的精炼。因此，考察一种作品是否达到明确精炼的程度，仍然不能脱离它所包孕的具体内容。由于《离骚》是一篇气魄宏伟、包罗深广的诗章，人们往往惊其高奇瑰丽的“诡异之辞”[1]，而忽略它的明确精炼这方面，这是舍本逐末的看法，是不踏实的。一切好作品，都经过作者匠心独运的，尤其是诗歌，不管它篇幅多么巨大，都不能不讲求精炼。正因为经过诗人的极意精炼而仍然这么辉煌灿烂、丰美多姿，《离骚》才成其为震古铄今的鸿篇巨制。不信，我就举些例子来看看。如：

惟党人之偷乐兮，路幽昧以险隘。岂余身之惮殃兮，恐皇舆之败绩。

---

［1］见刘勰：《文心雕龙·辨骚》。

共只26个字，把那班“党人”的苟且偷安、只图享乐的腐朽透顶的生活情况，愚昧无知、鼠目寸光、看不到国家前途、只知结党营私、排除异己的认识能力和道德品质，以及他自己的冒犯艰险与他们作斗争和不能不坚决斗争的目的性，都很概括而具体地表现出来，这是何等明确精炼的语言！这是描写现实情况的。再如：

吾令鸩为媒兮，鸩告余以不好。雄鸠之鸣逝兮，余犹恶其佻巧。心犹豫而狐疑兮，欲自适而不可。凤凰既受诒兮，恐高辛之先我。

这是在“见有娀之佚女”下面的一段，是想象中的境界，是要表现他不能达成求爱的目的的曲折复杂的关系和心情的。鸩是有毒的鸟，鸠是多嘴的鸟。有毒的鸟是破坏他的，当然是主动发言，就用“鸩告余以不好”；多嘴的鸟是不可信任的，尽管“鸣逝”也没有什么用处，就用“余犹恶其佻巧”。这关系交代得多么清晰，多么恰合分寸！在这样的情势之下，心里就不能不“犹豫而狐疑”，想要亲自出马。可是，无媒自去，既然不合惯例；并且听过“凤凰”已先替高辛通聘的传说，怕高辛已先达到目的了，去也无益。这心情又刻画得多么深入细致！姑无论屈原在这里有没有寄托自己争取怀王的信任，或者象征追求理想的实现而遭受到许多波折和委曲，即以求爱的本身说，这样的描写，也是非常精炼而明确的。

上面不过举两个例子来说明，其实，明确精炼的语言，在篇中到处可以看到。《离骚》的基调是四句一节的，共90多节。在每一节中都可以仔细地考察一下，只要辞义完全通解，多余的字和多余的句根本就找不出（有没有错简、倒置或讹误，那是另一回事）。这难道是偶然的么？屈原有深厚的艺术修养，有长久的斗争经验，又有杰出的创造天才，因而才能在艺术语言上获得了这么高度的成就，这和他在各个方面的艺术成就一样是不容忽视的。

第五，美妙的节奏声调。诗歌是一种最集中地反映社会生活的文学样式，同时又是最富于音乐性的，最能以节奏声调之美打动人心的。因此，一篇完美的诗歌，不仅表现在它的语言的精炼明确上，也表现在它的节奏声调上。

我们知道，《楚辞》以前的《诗经》，它的语言是很精美的，节奏声调是很和谐的，因而在徒歌、协乐以至往来交际的应用，都为人们所爱好。可是，由于社会现实的变化和发展，作为一种上层建筑的文学是不能不跟着有所变化和发展的，虽然两者之间不一定平衡。到了屈原所处的时代，是一个社会发生巨大变革的时代，在诗歌方面，也就不能老是墨守《诗经》的常规，总得有改革和创造。屈原的作品，就节奏声调方面说，也和他在其他方面的表现一样，是为了适应这样的一个新的时代需要而产生出来的。自然，我们不能把《离骚》这么伟大的创作，简单地仅仅看成个人的天才或者归结为在那个时代必然会产生出来的创作。有了屈原的生活实践、思想感情及其卓越的艺术天才，才能创造出这么伟大的诗篇，这个人的因素是应该肯定的；假如屈原不是处在这种巨大变革的百家争鸣的时代，就不可能产生这么深刻地反映时代现实、标志着时代精神的诗篇，这时代的因素也是应该肯定的。可是，我们也不能忽视文学内部发展的规律中的承传关系和相互影响以及作品的地方特点。《离骚》在节奏声调方面的成就，我想就从承传关系和相互影响以及它的地方特点这几方面来略加说明。

就承传关系说，屈原作品中的《橘颂》，还是《诗经》的句型，节奏声调，还有接受《诗经》传统的痕迹；经过屈原加工过的《九歌》，基本上就是楚国的民歌，和楚国先代的民歌如《榜人歌》之类有关系也很明显。长篇巨制的《离骚》，却不易看出它和以前的《诗经》和楚歌的联系，但也并不是说它和前代的传统截然无关。它以四句为一个基调和用“兮”字为语助词，仍然在《诗经》中的国风和楚国先代的民歌的基础上加以发展的。就相互影响说，在《诗经》以后至屈原作品出现以前，其间有二百年的光景，各地产生的民歌必不少（有人认为这期间的诗歌给文人的散文所代替了，这是不合理的。任何时代的民间诗歌都不会给文人的散文所代替，这是两条不同的传统，是不能混同起来的）。因为没有文人辑录起来，我们已不可能看到它们真正的面貌，从而对屈原的作品有无受到这期间的各地民歌的影响，也很难提出一个比较明确的看法。可是，从屈原对待诗歌的态度看，也可以得到一种可能性的推断。当时一般的文人，都是采取散文的形式发表自己的意见，抒写自己的心情与怀抱的。只有屈原所采取的是诗歌的形式。像《离骚》这样政治性很强的内容也用诗歌的形式表现出来，这说明屈原对诗歌是有特别爱好的，以一个“博闻强志”的人而对诗歌有特别的爱好，对这二百年间各地的民歌是不会不熟悉的。这二百年间各地民歌的句型与声调究竟和《诗经》、楚歌有多大的距离，我们虽无充分的材料可供考察，但从荀卿的《成相》篇还是可以看出他所吸收的民歌的句型与声调，显然同《诗经》和楚歌已有很大的差别。因此，我初步的看法，屈原之所以能够创造出像《离骚》这么美妙的节奏声调的巨大诗篇，除和《诗经》、楚歌有承传关系外，和其他各国的民间歌唱都可能有直接或间接的关系，吸取各个方面有益的东西来丰富自己的创作。自然，他最主要的还是运用楚声。

运用楚声，是屈原作品一个特殊的标志。后来《楚辞》的编者把一些非楚国人的作品也编进去，就是以楚声为依据的。楚声有它自己的特点，凡诵读《楚辞》必须按照它的特有的声调，并不等于普通的口念，所以后来能够诵读《楚辞》算是一种专长。汉武帝时，朱买臣因为能够“言《楚辞》”（这“言”字的含义当包括诵读声调）便得到主子的欢心。[1]汉宣帝时，曾特意征召九江被公诵读《楚辞》。[2]直到隋唐时代还保存着用楚声读《楚辞》的传统。《隋书·经籍志》载，隋代一个和尚名叫道骞（一作謇）的能够用楚声读《楚辞》，唐人读《楚辞》都依照他的读法。可惜唐人李善注《文选》只转录王逸注；五臣注《文选》于王逸注外虽略加己见，间注音读，也无涉及声调；道骞的读法，到宋代已经失传了。朱熹《楚辞集注序》已说“今亦漫不复存，无以考其说之得失”。近人姜亮夫谓在巴黎抄到一本《骞公楚辞音》的残卷，也“只有音读，不见声调”[3]。朱季海在《楚辞解故》里说：“今赖敦煌残卷，甫能窥见源流，其备载故训，兼出众音，

[1] 见《汉书·朱买臣传》。
[2] 见《汉书·王褒传》。
[3] 见姜亮夫：《屈原赋校注·序言》注。

信为有功，然求其所谓楚声者，亦已不可方物矣。”[1]姜、朱本可能同出一源，而都不可考见声调。《隋书·经籍志》虽提到道骞“能为楚声，音韵清切”，宋黄伯思《翼骚序》也曾说过“悲壮顿挫，或韵或否者楚声也”的话，但都系一般的说法，对我们了解楚声没有什么帮助。总之，我们从历来的《楚辞》注解中可以看到的只是一点抽象的说法，楚声是楚国特有的声调；从作品本身所能看到的也只是一些特殊的语助词如“些”“兮”“只”之类，而“兮”和“只”还是在《诗经》里和楚歌中已经看到的，这就使我们无法了解究竟怎样的声调才算是楚声。它是否和今天的汉剧、楚剧、湘剧的唱腔也有某些类似之点，还是值得专家们加深研究。（几年前在杂志上看到有人写出用古代的音调读《楚辞》的文章，也看到报纸上登载湖北某校的教师在屈原的一个纪念会上用楚声读《楚辞》的消息，可见这问题已经有人注意到了。）

第六，完整的结构。由于《离骚》的篇幅很长，里面的形象很丰富，情节很复杂，而且有不少回环往复、一说再说的地方，这就可能使一般的读者感到它的逻辑性不强，结构凌乱或松散。可是，屈原的爱楚国，爱楚国的人民，爱楚国的君主，以及他自己的心情上的许多曲折变化，读《离骚》的人总可以从里面或多或少、或深或浅地体会得到。也就是说，有些读者尽管对它的结构不甚了了，但对它的主题思想还是有相当的认识的。主题思想是一篇的骨干，是在篇中起着核心作用的。主题思想表现得明朗而突出，正是篇中各个方面都能够围绕着主题思想来发挥它们应

[1] 见《语言研究》1957年第二期。

有的作用的结果，也正是篇中的结构完整的一种明证。我们如果抓住了全篇的主题思想，再寻绎它从各个方面表现出来的具体内容，就可以看出它的结构的完整性。这是诗，不是论文。诗，尤其是长篇抒情诗，是容许回环往复的。过分直线化，会陷于单调、乏味。有时为要使复杂的事状和深厚的感情明确而充分地表达出来，能给读者以更深刻的印象，使读者受到更深刻的感动，还有必要一次又一次地申说。问题在于，说来说去，一说再说，都不会离开主题思想。

《离骚》虽然是一篇篇幅很长的抒情诗——从自然到社会，从人间到天上，形形色色，兼容并包，但是，由于屈原把他对祖国、对人民的无比忠诚的热情，和为此而奋斗到底的精神，鲜明地贯串在全诗里面，作为全诗的主题思想，处处都围绕着这一主题来进行这一长诗的创作，因而在每一段抒写中，不管抒写的具体内容是什么，都毫无例外地要把主题显示出来。如第一段中的"乘骐骥以驰骋兮，来，吾道夫先路！"第二段中的"岂余身之惮殃兮，恐皇舆之败绩""余固知謇謇之为患兮，忍而不能舍也。指九天以为正兮，夫惟灵修之故也"，第三段中的"謇吾法夫前修兮，非世俗之所服。虽不周于今之人兮，愿依彭咸之遗则"，都明白地显示出主题思想，固不待说。即自"女媭之婵媛兮"以下几段很多运用神话故事和历史传说的地方，也一样或多或少地显示出来。只要我们细意体察，还是可以看得出的。如"瞻前而顾后兮，相观民之计极。夫孰非义而可用兮，孰非善而可服？阽余身而危死兮，览余初其犹未悔。不量凿而正枘兮，固前修以菹醢""忽反顾以流涕兮，哀高丘之无女！""世溷浊而嫉贤兮，好蔽美而称恶。闺中既以邃远兮，哲王又不寤。怀朕情而不发兮，余焉能忍而与此终古！”“世幽昧以眩曜兮，孰云察余之善恶，民好恶其不同兮，惟此党人其独异：户服艾以盈要兮，谓幽兰其不可佩”“陟升皇之赫戏兮，忽临睨夫旧乡；仆夫悲、余马怀兮，蜷局顾而不行”这一类的说法，都是作者爱祖国、爱人民以及和敌党斗争到底的精神的表白。直到“乱曰”以下，还把自己这种热忱一总倾吐出来。像这样来安排章节，可以使人清楚地看出作者艺术构思的过程，我认为它的逻辑性是相当严密的，也就是说，在结构方面是相当完整的。至于各个小节之间的语意衔接的紧密，很易看出，在注释里也已经提到，这里就不再详说了。

显然，《离骚》里的抒情或描写部分，都不少重复的地方。例如：表示自己的决心，既说“亦余心之所善兮，虽九死其犹未悔”，又说“伏清白以死直兮，固前圣之所厚”，又说“虽体解吾犹未变兮，岂余心之可惩？”又说“阽余身而危死兮，览余初其犹未悔”。指斥敌党的罪行，既说“惟党人之偷乐兮，路幽昧以险隘”，又说“众皆竞进以贪婪兮，凭不厌乎求索；羌内恕己以量人兮，各兴心而嫉妒”，又说“固时俗之工巧兮，偭规矩而改错，背绳墨以追曲兮，竞周容以为度”，又说“世溷浊而不分兮，好蔽美而嫉妒”，又说“世溷浊而嫉贤兮，好蔽美而称恶”。此外，关于楚王的信任内奸，关于自己的悲伤郁结，等等，都不止一次地说着，说着。像这样的反复申说，是不是繁冗拖沓呢？我认为不该这样看，应该联系作者所抒写的各个方面的具体内容看看有没有这样说的必要。作者之所以不惮词费地再三申说，是这一诗篇的丰富而复杂的内容所决定的。屈原在这一诗篇中所接触到的各个方面都这样说，是有他的必要性的。必须反复地这样说，才能够使当时矛盾斗争的客观现实和自己的内心活动更加明白清楚地呈现出来，才能加深感人和说服人的力量，才能使作品中的伟大主题思想更加明朗而突出。一篇这么巨大的抒情诗，如果不是采取这样的写法，就很容易使读者感到舒缓沉滞，很难收到应有的社会效果。事实上，他这样写，已经在一定程度内达成他写这一伟大诗篇的主要目的了，这就是上面说过的任何一个读者都可以从《离骚》里领会到屈原爱楚国、爱楚国的人民、爱楚国的君主以及他的心情上的许多曲折和变化。不过，也必须指出：像这类再三申说的句子，除具有深刻的和充沛的思想感情和丰富而复杂的具体内容之外，还必须安放在最合适的地方，才能够显示出每一个句子的力量——使主题更加突出、结构更加完整的力量，才不会使人感到篇中有一些多余的句子，才能够避免繁冗拖沓的毛病。

第七，新颖的表现手法和取材。《离骚》里最引起人们注意的有两种现象：一种是运用了许多花草树木；一种是充满了神话传说和历史故事。

花草树木的本身是自然景物，一般是描写景物时才用得着。它能够为人物的性格和活动服务，能够作用于情节结构的发展，能够渲染某种场合的气氛，能够增强人们的刺激、加深人们的了解和满足人们的美的享受，等等。屈原在这一诗中简直以花草树木的性能代替人的写法，还是十分少见的。过去的人，大都是用《诗经》里的比兴的传统的表现手法来说明这问题。王逸说："《离骚》之文，依诗取兴，引类譬喻，故善鸟香草以配忠贞，恶禽臭物以比谗佞，灵修美人以媲于君，宓妃佚女以譬贤臣，虬龙鸾凤以托君子，飘风云霓以为小人。”[1]刘勰说：“虬龙以喻君子，云霓以譬谗邪，比兴之义也。”[2]又说：“楚襄信谗，而三闾忠烈，依《诗》制《骚》，讽兼比兴。”[3]朱熹也认为“《诗》之兴多而比、赋少，《骚》则兴少而比、赋多”[4]，并在《离骚》的注文中注明“比也”“赋也”“赋而比也”等，和他注《诗经》不同的只是没有“兴也”这一类，但他明言“兴少而比、赋多”，则并不是认为《离骚》里没有用“兴”的表现手法，没有明白标出或忘记标出而已。说《离骚》运用许多自然景物是“比兴之义”，这理由是可以成立的，但不十分充足。比兴这种表现手法，在《诗经》的国风里用得最多，用得最好，是劳动人民最喜欢运用的一种手法，是我国诗歌史上一种优秀的传统。但是，《诗经》中的国风，一般说是短小的抒情诗，较长的如《豳风·七月》之类，就不用比兴了。较多长篇的大雅，基本上就不用比兴这种表现手法。《离骚》是一篇2400多字的长诗，照《诗经》的传统看，是不宜于运用比兴的，干吗屈原采用比兴的传统来写长诗呢？可见用《诗经》的比兴的传统观念来说明《离骚》的表现手法，还是不能完全解决问题的。

《离骚》中用许多自然景物来比喻人事是事实，但没有用兴的，说成“比兴之义”或“依诗取兴”，都不很恰当，当然更不

---

[1] 见王逸：《离骚经章句》第一。

[2] 见刘勰：《文心雕龙·辨骚》。

[3] 见刘勰：《文心雕龙·比兴》。

[4] 见朱熹：《楚辞集注·离骚经第一》序后注。

能看成即是《诗经》的比兴传统。就比一方面说，《离骚》中用比，也自有特色：第一，即以比喻的东西来代替人，如“滋兰九畹”，“树蕙百亩”，“众芳芜秽”，“芳草”变“萧艾”，等等，和“凯风自南，吹彼棘心，棘心夭夭，母氏劬劳”[1]一类的用法不同。第二，许多用来比喻的东西自成一个整体，如芳草香花比贤士，以种植芳草香花比培养英才，以佩带芳草香花比修炼高洁的品德，以芳草比美质，以百草不芳比失时，以众芳芜秽比好人变节等，和“匏有苦叶，济有深涉；深则厉，浅则揭。有瀰济盈，有鷕雉鸣。济盈不濡轨，雉鸣求其牡”[2]一类的用法也有别。因此，《离骚》中的比的表现手法，不能单纯看成一种对照，如“我心匪石，不可转也；我心匪席，不可卷也”[3]之类，更多的是以自然景物的本身来寄寓自己的思想感情，和先秦的寓言所运用的表现手法有共通之点。其中有些片断，如“吾令鸩为媒兮，鸩告余以不好。雄鸠之鸣逝兮，余犹恶其佻巧”，可以明显看出是童话、寓言一类的写法。因此有人简直就把楚词看成“以寓言为文”，和《庄子》《列子》一样。[4]寓言的本身就是一种想象的境界，是具有战斗性和现实意义的。民间的寓言，和神话传说是一脉相承的东西，就爱好民间创作并吸取它来丰富自己的创作的屈原来说，应该是在他所爱好和吸取之列的。

[1]《诗经·邶风·凯风》，朱熹集传：“比也。”

[2]《诗经·邶风·匏有苦叶》第一二章，朱熹集传：“比也。”

[3]《诗经·邶风·柏舟》。

[4] 刘师培在《论美术与征实之学不同》中说：“有以寓言为文者，如《庄》《列》《楚词》是也。”

继承《诗经》中比的传统并吸取寓言的表现手法的因素而成为一种新的表现手法，这是《离骚》运用自然景物的特征。这种新的表现手法，与其说是“比”，不如说成“象征”更恰当些。因为象征的涵义更为深广，更有完整性，是比的发展，而具有寓言的表现手法的因素。寓言的表现手法，其实也是比喻，但是以故事形式表现出来，因而就需要有一套足以表达思想感情的结构，即使是短小的结构也好。可是，寓言毕竟是一种文体，文体是不能看成表现手法的；并且《离骚》里所运用的比喻，也不是以故事的形式表现出来，只是在连贯性和一致性上和寓言里的用法相类似。所以我们不能说《离骚》里运用自然景物不是比的表现手法，也不能说即等于寓言的表现手法，而是在运用比的传统的基础上加上寓言的表现手法的因素的一种新的表现手法。我们管它叫作“象征”，也还是因为这个名称的意义和影射、寄托都联系得较紧（当然也不会抽掉比喻的写法），跟《离骚》的实际情况更符合，并不是很确定的名称，仍然有待于进一步的研究。

屈原为什么要把许多花草树木作为象征人的题材呢？照我看，这和他的生活实践和思想感情都有关系。

本来，作为一个诗人，“多识于鸟兽草木之名”[1]，并不是稀罕的事，我国历来题咏花草树木的诗章，不胜枚数。可是，问题不在于仅仅吸取了一些花草树木作为题咏的题材，问题在于采取什么态度来运用这种题材。如果为了玩弄花草树木而题咏它们，那就和屈原在《离骚》里的吸取花草树木作题材有根本上的区

[1] 见《论语·阳货》。

别。屈原是采取认真严肃的态度，利用花草树木的性能和形象来抒写自己在生活斗争和远大理想中的各个方面的人物的精神面貌的。也就是说，他把这些东西吸取到作品中来，实际上是赋予它们以政治意义，而不是把它们当作无聊欣赏的对象。因此，我认为屈原这种写法，也是他热爱祖国的山川景物乃至一花一草的一种标志，也是他接近人民大众、具有人民大众的思想感情的一种表白。屈原把自己正确的主张、远大的理想、坚决斗争的过程以及自己变化复杂的心情，都通过这诗篇表现出来，我想，他主要的意图是要向楚国人民申诉，并不是像后人的“陈情表”一样只向楚王陈述冤苦（当然，他是希望楚王看到的），因而他所采取的事物的名称、形态、色泽和特质种种，就不能不是楚国人民所习闻惯见的东西，以博得他们的爱赏和玩味，从而引起普遍的共鸣。假如这种看法可以成立的话，屈原的《离骚》里充满了花草树木的形象，是有其深刻的意义的。

《离骚》里以花草树木象征人事的相当多。例如写自己不断砥砺修洁的品格的，有“扈江离与辟芷兮”六句，“朝饮木兰之坠露兮”八句，“制芰荷以为衣兮”八句；写党人的倒行逆施、专权误国的，有“户服艾以盈要兮”六句，有“余以兰为可恃兮”十二句；写培养青年，希望共同救国的，有“余既滋兰之九畹兮”六句；写所培养的青年后来变节的，有“兰芷变而不芳兮”四句；写一切美好的才德的，有“固众芳之所在”三句。此外，还有不少以花草树木比象人事的零星的词汇和句子。这就可见屈原的运用花草树木都有相当重要的内容的，和后来一些唯美派或象征派的作者滥用花草树木来掩饰贫乏空虚的内容的截然不同。

关于取材神话传统和历史故事这方面，也具有一定的政治意义的。我们知道，神话故事有许多是人民大众所创造，同时也为人民大众所喜闻乐见的。屈原是爱好民间创作的人，因而他就懂得什么是人民大众自己的并且为他们所爱好的东西。他写《离骚》，既然是要向楚国人民申诉和要表白他自己的一切——和国家人民有关的一切，又怎能不迎合他们的口胃？因此，他一方面把楚国人民所熟悉的花草树木作为描写的材料，另方面也把楚国人民所爱好的神话故事作为描写的材料。我们看《离骚》里所出现的如鲧、启、羿、浞、浇、夏桀、后辛、尧、舜、汤、禹、周文、羲和、望舒、飞廉、丰隆、虙妃、高辛、少康、挚、咎繇、傅说、武丁、吕望、宁戚、齐桓等等，或者是神话传说中的人物，或者是历史故事中的人物，在当时都可能是人民经常谈到、听到的。至于女媭、灵氛、巫咸是“信鬼好巫”的楚俗中时常出现的人物，更不消说。

正因为历来士大夫阶层中人的生活习惯和思想感情，和人民大众的生活习惯和思想感情有很大的距离，而屈原写《离骚》的取材却处处从后者出发，为后者设想，因而他在当时认为最容易引起广大的读者的亲切之感的极其鲜明具体、生动活泼的形象，而在封建士大夫看来，反而认为“非法度之政，经义所载”[1]，“诡异之辞”，“异乎经典”[2]。这说明对待人民的态

[1] 见班固:《离骚序》。

[2] 并见刘勰:《文心雕龙·辨骚》。

度不同，在评价作品上也有很大的关系。当然，美学观点也应该注意到。花草树木是自然美的原料，用起来可以加强作品的美的气氛，这也可能是屈原在作品里多用花草树木的一种原因。

如上所述，《离骚》里所表现的积极浪漫主义的精神是十分显著的。我们从整个作品看，虽然也真实地描写楚国的溷浊的社会现实，并且在写理想事物中也时时联系到社会现实，但更多的则是描写理想的境界。作者利用许多历史故事和神话传说中的材料来塑造出美妙动人的形象，同时还选用活生生的楚国方言以及采取对照、譬喻、夸张等等的表现手法，而这一切，都是浪漫主义作家惯于使用的艺术手法。我们说，屈原的《离骚》是我国文学史第一次出现的伟大的浪漫主义的诗篇，屈原是出现在我国文学历史上第一个伟大的浪漫主义的诗人，是完全符合实际的。当然，这样的一个伟大诗篇的出现，不会是其来无端、孤立绝缘的，它和屈原个人的斗争实践、文学修养以及吸取民间创作等都有机地联系着。这种精神的充分发挥，在诗歌领域里，以前没有出现过。以前所有的只是这种精神的一点一滴的流露，也可以说，只是一种萌芽状态，如《诗经·硕鼠》里的“乐土”“乐国”“乐郊”之类。只有在这个巨大变革的时代里，具有进步思想的屈原，才能够吸收了当时蓬蓬勃勃的时代精神配合着个人的深厚修养、丰富经验等等，以巨大的文学样式表现出来。他在这方面的成就是惊人的。他在所有的作品中都涂上了浪漫主义色彩，给人以十分深刻的印象和特别新鲜的感觉。而尤其使人感到惊奇的是，像《离骚》这样政治性极为强烈的诗篇，也放射出积极浪漫主义的光芒，以丰富动人的形象，给人以许多美的享受。这在整部中国文学历史上是很难看到的。这就使得《离骚》这一巨大的诗篇作为积极浪漫主义的文人诗歌的开端的同时，也成为积极浪漫主义的诗歌的杰作，“金相玉振，百世无匹”[1]，达到了美学的高峰，为后来的文学创作开辟了一条宽广的道路。

[1] 见《文心雕龙·辨骚》。

无盦说诗

诗有声韵美，学诗者自当兼讲声韵。近体之声韵易循，古体之声韵难知，故学诗者当先学近体，次学古体。

初学为诗，每苦声韵束缚，便思从古体入手，以为古体可不拘声韵，较易有成。斯实大谬！古体之声容调度，变化无方，知且不易，遑言创作！以不知之物而冥行妄索，必无悟入处。浅学之士，每用此说以自欺欺人，至切不可为其所误。“欲速则不达”，并近体诗之声韵亦望而却步，更于学乎何有？将见其终无所就而已。

古体诗之声韵，不应于一字一句之间求之，当统观全篇气局以谋配合。大抵来路松者以紧接，来路紧者以松承；紧句多用仄声字，松句多用平声字。布置须极妥贴，然不可以匀称为尽妥贴之能事。未成格调求匀称；既成格调，当求变化。匀称易患平钝；平钝亦非诗病，平钝而无生气，乃真诗家大病！能变化则气局自觉空灵动荡，但非老于此道者未易为也。

古体诗转韵匀称者，多四句或八句一转。七言古诗，句句用韵两句一转者，韩公善此体，东坡、诚斋、放翁时一为之，颇不易作，亦不宜过长。此虽匀称有规律可循，尤难于多变化也。

七言古体，有通篇九句，句句用韵而三句一转者，源于李斯刻石而成于苏、黄。此体句韵新颖可喜，然不易工，苏、黄以外亦不数觏也。

韩公七古转韵，有看似凌杂而其实一丝不苟者，如《汴泗交流赠张仆射》诗，起处两句一转，继而四句一转，六句自成一组，以后均依此准则。此就转韵法，于交错中自成规律，实系创格。惟学之者少。

东坡七古转韵诗，有似许多四句三韵之绝诗缀成者，每四句后即叠句用韵，转易行气，音节亦佳，可以学步。

长篇古诗一韵到底者，其松紧缓急，最不易言。大抵其关系不在韵而在声字。用仄声字易转，平声字不易转也；用平声字易行，仄声字不易行也。或转或行之间，最须用心斟酌。古人每于用仄处见骨力，用平处见气韵。

高浑之作，多用平声字；矫健之作，多用仄声字。用仄易伤刻削，用平易流浅滑。刻削非矫健也，浅滑非高浑也。此中消息，正须细参。

长篇古诗，不难于转韵，而难于一韵到底；不难于句调长短，而难于句法整齐。

长篇七古句调整齐而用一平韵到底者，《声调谱》谓双句第五、六字均须用平，第五字尤要。说有根据。古人名作虽不尽如此，然就昌黎、荆公、东坡、诚斋诸家集细为探求，大率如此，荆公守此尤严。平声字既可行气，又较飞扬，音节攸关，不妨拘执耳。但遇叠句用韵或单句韵时，第五字可不拘限。

五言短古，一韵或转韵皆不难为。惟五言长古殊费工力。

五言长古，亦以句调整齐而一韵到底者最难作，以句短难于行气也。杜公最擅此，篇中多作对句，有似排律，此亦驱遣气力之一法，故宋人作此体多师之。荆公、山谷尤喜用险韵。险韵多雕刻，易伤气，非气力甚大、熟于操纵者不宜为。

古诗作法，先讲气机，次讲韵味，次讲色泽。苟气机不畅，则未能成篇，遑论色泽！故初学作古体，当先立间架，务使气机流畅，无破碎支离之病，然后下笔，虽不能遽臻美妙，庶几可以成篇。至韵味深厚，色泽精纯，与性情、才气、学养、经验种种有关，非一蹴可几也。

短古气机较易言，故须讲求色泽、韵味。以色泽平淡而韵味深隽者为最上乘；清新次之，尖巧最下。作诗最忌尖巧，不独短古为然。

短古最当曲折。笔似平直而意能曲折者尤佳。

短古用笔，最当灵活。句调拙重而用笔灵活者最上，句调清新而用笔灵活者次之。

古诗用排笔多用三联，亦“三生万物”之意，偶复出奇，其势乃不可穷也。魏甄后《塘上行》三用“莫以”，其体已成，唐宋人作，多用此法。遇篇中笔较重滞必须排宕时，可用此法救之。

古诗以单句结时，须用特重笔。用叠韵字亦然。

用仄声叠韵字，能使音节峭劲；用平声叠韵字，能使音节悠扬。其端甚微，其效甚巨，须细加体会。用双声字亦然。

句末多用平声字，语意可以增厚；多用仄声字，语意可以更透。故凡透辟之作多用仄字，雄浑之作多用平字。沉挚之作多用仄字，高旷之作多用平字。出乎自然，不能死执，此中消息，正须细参。

波澜开阖，为长古必具条件。苟不谙此，虽典丽堂皇无当也。

初学古体，宁失之平易，毋失之繁杂。平易而能清切，薄弱焉耳，仍不失其为古诗；繁杂使人不知作者情意所属，特一堆字粒而已。有因情意悲郁至极，奔迸而出，触类增感，缠绵往复不能自已，使读者惝怳迷离，如堕五里雾中而不审其头绪所在者，斯实天地间之至文，须细加寻绎体会，不能遽认为繁杂也。

一切文字，奇险易工，平正难好，惟诗亦然。故初学古诗，应多注意古人之奇险，以有迹象可求，较易领会也。奇险与繁杂不同。

和婉多肉，刚健多骨，初学应由骨入，庶有气格。若由肉入，易患痴肥。痴肥邻于甜滑，一陷甜滑，便难自拔矣！

诗太炼伤气，太易患滑。锻炼而出之以自然，斯臻绝诣。自然非必明白如话也，主明白如话者，诗中之一派，不能包括自然。

太白诗魄力雄伟，气体高妙，诚不易学。其包罗万象，驱使典实，令人目眩心悸，惊为旷代奇才！然细为按索，正复丝丝入扣，脉络分明，特其才气笔力，纵横驰骤为不可及耳。

太白驱遣云龙，摩弄日月，吐纳风雷，翻腾山海，斗酒百篇，出语惊人，信古今之奇作！学之者每着眼于此，故易得貌似。以貌学太白，是寿陵学步，非善学太白者也。太白写胸襟，写性情，写观感，写景象，入其中而出其外，见其微而成其大，精光四溢而毫发无碍，搜奇抉秘如探囊拾芥，斯太白之所以为太白，貌袭者安足以语太白哉?

朱晦翁谓太白易学，子美难学，子美夔州以后诗不可学，殆仅以笔法言耳。太白集前古之大成，句调殊多奇变，但笔法多自古出。至杜子美则不独总结前人之成法，其新创法门，指不胜屈，就笔法言，后代作家，殆无能出其范围者。子美之大，即此一端亦可见。

杜诗千门万户，各臻绝诣，非太白所及。但太白所长，子美亦不能到。“诗仙”“诗圣”，不易轩轾也。

白傅诗看似平易，其实工力甚深，观其一放便行，一收便止，篇无剩句，句无闲字，便知非深于此道者莫能为。

杜老、韩公均长五言长古，亦均多作偶句。惟杜老于过脉处，每于偶句中一句承上，一句开下，便如天衣无缝，泯绝痕迹。此等处工力最深，虽韩公犹当却步，余子更不待言。

梅宛陵五古，气韵绝高，非唐宋所能囿。夏映庵氏谓唐宋两代诗人，宛陵一人而已。虽属偏见，亦非妄说。宛陵五古之起步，每甚不经意，而愈转愈深，愈深愈厚，绝无刻削之痕迹，亦无剑拔弩张之习气，气力甚大，工候最纯；又善用钝拙句，而鲜明生动。余生平于五古最服膺者，陶公以外，端推此老。

宛陵古体，最能避熟就生。常人所觋缕不尽者，彼以三两语了之，而常人以为不足发挥之点，彼乃不惮落力挥洒，痛快淋漓，使人神观飞越。放翁学宛陵体，多于此等处着眼。吾人读宛陵诗，对此亦大须究心。

苏沧浪与梅宛陵并称，苏殊排奡有气骨；欧公千里马之喻，亦非过言，然一学便肖，知其不及宛陵也。顾为初学计，则读苏更易获益。

东坡七古，冠绝一代；五古稍逊，然水流花放，机趣天然，处处引人入胜，亦非余子所及。

山谷古诗，用力处均透露，故较易学，学山谷者，江西诗派中人皆是，即未能为山谷，亦各有其一面。

初学律诗，须树骨格。欲树骨格，须由生处入手。句生则用力，用力则骨格易树。

初学律诗，首重真切。真切然后能透，能透然后能深。

初学律诗，不妨作壮语，以博气势。气势须从壮语来，非深于诗者也。深于诗者，不徒作壮语，以避免肤廓。

初学律诗，应求清新。清新可免滑俗。

初学律诗，最须气脉贯串，切忌凑杂。不可先存典丽之见。典丽随学养而来，非可妄求。一念典丽，便易陷于凑杂，凑杂则浮滥矣。浮滥邻于滑俗，不可不知。

律诗不可着一无意之句。即用典实，亦须足以显示本意，非用以点缀篇章或夸耀繁富也。

运用文句或成语，颇易出色，能用在颈联或腹联更佳。以一经对偶，弥见工力也。

律诗结笔尤难于起笔，须力量深厚，又须具有余不尽之味乃佳。宋人律诗争起句，故结笔每弱，虽山谷不免。

律诗有以宕开作结者，用之得当，殊有神采。东坡七律，喜用此法。

老杜律诗，最须熟读。宋人七律，多由杜出，五律则不尽然。

老杜夔州以后七律，特多拗体，最不易学。然读之久久，可使用笔渐臻健劲，气骨渐臻老苍，可医滑俗，可药浮滥。

义山学杜最深，七律尤所擅长。学义山者，须求其深情厚味，不当专研其典丽。

义山亦有拗体，特不多耳。

刘梦得、柳子厚七律各有面目，刘高朗而柳悲郁，似较元、白更胜一筹。

樊川风怀跌宕，豪情飙举，高健过于义山，而逊其深厚，比义山更易学步。

罗昭谏七律，时有言外味、弦外音，其沉挚处每出之以和婉，非许丁卯辈可比。

韩致尧最工艳体，然有深味。其佳者，寓身世家国之感、沉痛悲郁之怀，不应徒作艳体观也。

唐人大都长于五律，自王、孟、高、岑以至贾长江、姚武功，均是名家，矜式后学。杜公五律，极其变亦极其工，在集中篇什又最多，果能刻意揣摩，一生受用不尽。自余各家，涉览可也。

宋人自“四灵”外，大都工于七律。就七律言，唐虽名家辈出，亦不得专美于前也。

方虚舟《瀛奎律髓》，虽兼选唐宋人作，主指实在推崇江西。江西一派，殆未足以尽宋律之美也。黄、陈以前，若苏子美之矫健，梅宛陵之苍古，欧阳永叔之清深，王介甫之遒炼，均是雄视一时，沾溉来学。子美偏重笔力，宛陵偏重意境，永叔偏重韵致，介甫偏重气格，各有所偏，亦即各有所长。读者能就其长处细加玩味，自易得益。

苏子美律诗，时有霸气。不善学之，易陷粗率。

宋人律诗争起句，惟宛陵不然。宛陵起结，均不甚经意，而神完气足。不善学之，每伤平弱。

欧公七律，气机甚畅，选声设色，均主清新，极堪初学。

荆公七律，虽极意锻炼，而气象自佳，不涉尖巧。读荆公诗多，自不敢轻于下笔。袁子才轻易平滑，宜其于荆公诗肆加诋毁也。

山谷七律，奇警中能苍深，自是一时杰出。惟多作拗体，不便初学。但能多事讽诵，下笔固自不凡。

后山笔重骨苍，气息亦厚，与山谷真可分庭抗礼。然不善学者或遗其精辟而效其生涩，买椟还珠，所得亦仅。至其五字律，则直摩杜公之垒，是为一代冠冕，学之必无所失。

“老树着花无丑枝”，宛陵句也，宛陵之七律似之。

宛陵律诗，中间四句最用力，艰于对句者可熟读。至其运笔之老苍，非已成格调者不可学，学之必陷于平钝。

简斋学杜，得其气势，颇便初学。

石湖清润，其清易学，其润不易学也。

作律诗太拘局不敢放笔者，可读诚斋诗。诚斋殊爽快，然失则轻易。

放翁七律繁多，取材广泛，有时不免轻巧，学之者当善于别择。

放翁善于描摹景物，绝少酬应之作，是其特色，可以取法。

放翁学养深、气息厚，七律中亦有浑灏流转之作，最当熟读，但不易学。

“四灵”诗炼句甚精，可药轻率。

唐人绝句，佳作如林，取阮亭选本细加诵习，已有余师，不必遍读洪氏原本也。但王选不取拙质，亦有所偏。

侧重情韵者，失则圆滑；侧重意格者，失则枯涩。恰到好处，正不易言。

杜公诗有侧重意格而甚拙质者，宋人学之，便无生气。后山犹然，它更可知。

杜公绝句，拙质有风趣，其源出于民歌。

杜公绝句，有理论，有批评，其源出于风谣。

杜公各体俱创，各体俱工，于绝诗亦一开凿手。或以其绝诗为别体，偵矣！

宋人绝句远不及律，视唐更远。差可师法者，北宋惟东坡、荆公，南宋惟石湖、白石耳。放翁或失之熟，诚斋或失之易，只可旁参，未堪仿效。

上来所述，仅及唐宋；继此有作，请俟异日。

一九六三年四月

诗的批评——中国诗论之一

一

诗人大都是有偏好的。因为嗜好不同，致力的途径就各有所偏，配合上不同的时代环境，不同的个性，就成了各人独特的风格。我们通常在批评谁的作品好，谁的作品坏，这在作品的本身固然也有好坏的分别，但每每也为了你的偏好却忘记了作者的偏好而使作品变了质。假使那作者的偏好和你的偏好没有什么距离而作品又相当成熟的话，这自然合着你的口味而赞美它是很好的作品了；但也有作品很不坏而你却以为很不好的，这就因为作者的偏好和你不同的缘故，假使在另一种跟这作者偏好接近的人看来，又会赞美他这作品很好了。在这种得以“各是其所是，各非其所非”的情势之下，除非是作品的本身很坏而你偏说是很好，或是作品的本身很好而你偏说是很坏时，那才显得你是毫无眼识、趣味低下，否则，你仍可以把你的偏好作护符，人们不能以其偏好而抹煞你的偏好的。因为诗人大都是有偏好的，同样，诗的批评者也大都免不掉要戴上着色的眼镜。古往今来许多诗的宗派是这样树立起来的，印象主义的批评家也是从这儿生根发芽的。

其实，批评的世界是很广阔的，大可自由自在，掉臂游行，一切罣碍，弃置不理。可是，人是最不守分的动物，强奸人们的意志几乎成为欲望过程中一个必经的阶段，越是聪明的人对这点越是不肯放松，成效如何他倒可以不管的。因此，当他欣然有会时，他总不肯以自适其适为满足。总要把自己的意念扩充成为大多数人的意念而使他们也跟着走，希望树立一种风气，做一个权威的领导者。这么一来，就不能不把他这意念信条化了，明知只可心领神会的也得源源本本地说得天花乱坠了。从前石介曾攻击杨亿的领袖欲太重，说“杨翰林欲以文章为宗于天下，忧天下未尽信己之道，于是盲天下人目，聋天下人耳，使不知有周公、孔子、孟轲、扬雄、文中子、韩吏部之道。……惟闻己之道”（《怪说》）。实则像这样情形的代有所闻，何止一杨亿？凡是欲把自己的主张说服人的都不得不这样的。远的不论，像清代王士禛之主神韵、袁枚之主性灵、翁方纲之主肌理，都可说是强调自己的主张以夺取盟主的地位的。他们的主张，在我们看来，都不能无所偏，但也惟其各有所偏，才能各有所立。所以，严格地说，一切的批评学说而具有独特见解的都可说以印象主义为发端，具有印象主义的色彩，过了若干时间以后，因各人的理解的程度和运用的方法各有不同，才分出许多派别来。这正像一切“名理的知”都必根据“直觉的知”一样，没有一种批评学说不以自己直接的印象为出发点的。

二

批评家既不能无所偏，而历来的批评家又没有一个肯承认自己的见解是偏的，于是就把他这见解作为标准去范围一切的诗作，合乎他这标准的便是好诗，否则便是坏诗。这样，不但使作品的本身变了质，就批评者眼识的高下也会参差起来，有些和他同一路的作品，他可以很确切地指出它的优点或劣点，其他和他臭味不同的作品，他有时说了一大堆还是不着痒处。根据前者评价他，他是一个很高明的批评家；根据后者评价他，他竟变成一个门外汉了。历史上像这种事实多得很，尊选体诗的人看不起近体诗，尊唐诗的人看不起宋诗，对所尊崇的既极意称扬了，对所鄙视的就不得不加以诋毁。其实像这类的批评家，说好话的大都靠得住，因为他嗜好所在，委实曾用心研究过；说坏话的就多半靠不住了，他根本就讨厌它，没有钻进它里面去赏赏光，怎会懂得它的利病得失呢？也许有等批评家是经过广泛的研究然后确定他批评的原则的，但既然是原则就不应过于简单。而在实际上除掉像司空图的《诗品》泛言诗理与蔡絛的《诗评》通论名家得失者没有什么偏袒以外（蔡说见刘埙《隐居通议》），凡是以诗的批评主张相号召的，总免不了成见太深的毛病。那些不很著名的不说，像钟嵘的《诗品》，因为太重雅正的缘故而把陶渊明诗列入中品；袁枚的《随园诗话》，因为太重性灵的缘故而诋王安石诗为一无足观：这都是有所偏蔽，不能使人满意的。据我看来，袁子才似乎未曾细读过王诗，他只细读过王文，就把王文的风格测定王诗，所以说它是“偏急”，“拗执”（手头无《随园诗话》

可以转录，大意仿佛如此）。怎知道安石的诗，不但不是峭险一路，走的还是清新一路，有时因为过于讲究风姿还会失之太弱呢？至于钟仲伟的眼识，当然不是一般的批评家可比，但因为他生在风尚采藻的时代，对那真淳朴厚的陶诗恐怕也没有兴趣去认真研究，看他说陶诗“其源出于应璩”，便觉比拟不伦。叶梦得谓“梁钟嵘论陶渊明诗，乃以为出于应璩，此语不知其所据。应璩诗不多见，惟《文选》载其《百一诗》一篇，所谓‘下流不可处，君子慎厥初’者，与陶诗了不相类”（《石林诗话》）。王士禛谓：“钟嵘《诗品》，余少时深喜之，今始知其踳谬不少。……中品之刘琨、郭璞、陶潜、鲍照、谢朓、江淹，下品之魏武，宜在上品……而位置颠错，黑白淆讹，千秋定论，谓之何哉？”（《渔洋诗话》）这都是平情之论。陶公之诗，“跌宕昭彰，独超众类，抑扬爽朗，莫之与京”，直欲前无古人，而应璩的作品并不多见，在当时的诗坛上尚无赫赫之名，怎得比拟陶公呢？（近人郭绍虞先生《中国文学批评史》谓“《诗品》之论应璩称其‘善为古语’，论陶诗称其‘笃意真古’，则其所以系陶潜于应璩者或即在此”。把“善为古语”和“笃意真古”连成一事看，我也未敢苟同。）

大概能够成名的作家，总有他的长处的，有所长也不能绝无所短。（当然也有很完美的作家，不过很少罢了。）批评者对于他所偏好的作家，往往只见到他的长处而忘却他的短处；相反的，对于和他偏好不同的作家，往往只见到他的短处而忘却他的长处。因此，就一方面专赞赏他的长处，一方面专揭发他的短处，以证实自己的主张卓越，以攻击他人的主张乖谬，同时且以淆乱人们的视听，这种现象，在有多种批评学说对立时尤为习见。这在批评者的立论自然更见透辟而有力，可是作品的真正价值或很不易确定了。比方你说某甲很机警，而他说某甲很刁滑；你说某乙很谨厚，而他说某乙很笨拙。教人怎样来确定某甲和某乙的人格呢？根本上，机警与刁滑、谨厚与笨拙，从某方面看是很接近的，从另一方面看，却距离得很远了。结果，像这类批评家的评价也和他所批评的作家一样，也可说是很高明，也可说是很低劣了。

三

以上说明了诗的批评者的观点为了偏好而不免陷于错误，以下且试说一说关于怎样可以减少观点错误的话。

据我个人的意见，要减少评诗的错误或偏见，须注意下列几项：

第一，综合的探讨。一个作家，因为他所处的时代变动不居或是生活情态不拘一格时，他的作品的表现常常是多方面的，批评者如果仅执其一端而概其全体，是很难获得确切的判断的。譬如陶渊明的诗，一般的批评家都说它是很平淡的了。但朱熹的看法却完全不同，他说：

> 陶渊明诗人皆说是平淡，据某看，他自豪放，但豪放得来不觉耳。其露出本相者是《咏荆轲》一篇。平淡底人，如何说得这样言语出来。(《朱子语类》)

这话说来也很对的，陶诗从某方面看，实在不少是豪放的。黄庭坚也曾说陶诗“巧于斧斤者多疑其拙，窘于检括者辄病其放”

(《题意可诗后》)。但也不能说批评它平淡的就不准确，各人的观点不同罢了。所以你要是对某作家的作品下批评时，就不能不作综合的探讨，把他所有的作品通统看透了，然后打定观点，才不至陷于以偏概全的错误。有等作家前后期的作风是不一律的，在同一期间内的作品，各体的风格又复不同。好像陆游、杨万里的诗，前期和后期的作风就不一致；辛弃疾的诗与词的作风就差得很远；至金和的诗里古体和近体竟判若两人之作了。诸如此类，都必须作综合的探讨然后才可以下断语的。

第二，诗心的发掘。诗是一切文字中最精炼而富有弹性的文字，除掉利用文法学、修辞学等理则可能作形式上的解析之外，常常蕴藏着哲学、心理学、社会学等；所难解决的问题在里面，非有相当修养的人是体会不到它精微美妙的所在的，不但无法作具体的解析而已。随便举例来说，好像杜甫的《晚晴》:

> 返照斜初彻，浮云薄未归。江虹明远饮，峡雨落余飞。凫雁终高去，熊罴觉自肥。秋风客尚在，竹露夕微微。

如果光是看表面，煞像除第七句外，都是写晚晴的景物。然而仔细体会一下，那第五、六句就牵连到社会问题去；第七、八句就涉及心理和哲理去了，尤其是结句，他当时的人生立场要怎样决定的心境都蕴藏在里面。因为蕴藏着许多真味，所以能使人把玩无斁，假使仅作描写景物观，那这种结笔就轻弱得太可怜了，以老杜的艺术手腕，是不会这么草率的。像这些地方，是诗人的深心所在，我们是不能不加发掘的，发掘后才可以下判断。至于陆游对注杜诗的人的说法：

> 近世注杜诗者数十家，无一字一义可取。盖欲注杜诗，须去少陵地位不大远，乃可下语。不然，则勿注可也。今诸家徒欲以口耳之学揣摩得之，可乎？(《跋柳书苏夫人墓志》)

话似乎过火些，但欲真切理解某家诗，能够做到自己的修养和他相去不很远，当然是再好没有的。说到这，我且引一段故事来证明：

> 皎然以诗名于唐，有僧诗谒之。然指其《御沟诗》云："此波涵圣泽"，"波"字未稳，当改。僧怫然作色而去。僧亦能诗者也。皎然度其去必复来，乃取笔作"中"字掌中，握之以待。僧果复来云："欲更为中字如何？"然展手示之，遂定交。

像这种程度的人来批评这类的诗，真可说是"毫发无遗憾"了。惟深知诗的甘苦的人为能道出诗的甘苦来，虽不敢说要批评某家诗就要自己的创作能力和某家相差不远才配得上，然而总不可不朝着这方面努力，却是实情。

第三，诗外的推求。赋、比、兴在诗里占着主要的部分，"言在此而意在彼"的诗篇在旧诗里多得很，不但有所讳忌的要用这方法写诗，就一般讲"温柔敦厚"的，也觉得这种写法比较不刻露、不直率。因此，诗外大有事在，赞诗者就不得不考明其本事，而评诗的人尤其不可不作诗外的推求。诗中有寄托的多得很，模棱两可的不说，好像陶渊明的《述酒》，张九龄的《咏燕》，王维的菩提寺诗，这是大家所公认，谁也不能说它无寄托的。诗人既然把最大的怀感敛缩在平凡的事物里，批评的人如果只作寻常描头画角的作品理解它，那不但断难得到作品的真相，也未免辜负作者的苦心了。像南宋末年郑所南、文天祥、谢翱、林景曦这类人的作品，尤其不应这么随便看过去。“从最大处用意，借最小处生发”是诗人常有的事。我们固不必过事深求，但也不能失之太浅。谭献说，“作者未必然，读者何必不然”，这种过火的论调，就是针对那些太着重貌相的批评家说的。曲解附会，是腐陋的旧批评家的通病；然而肤受不精，信口雌黄的弊病，在一般轻率的批评家也是势所难免的。批评诗作，有些可以纯凭艺术的观点，有些却要各种条件配合起来才能抉出它的蕴藉的所在的。所以诗的批评者对于诗作应精细研究外，同时还要注意到和这作家有关的诗外的事实。

综合的探讨，诗心的发掘和诗外的推求，这都是批评者应该注意的事项而为一般批评者所易忽略的。此外，尚有一种现象最易使批评者受其蒙蔽的，即是一个作家的创作与其理论常不一致。这其间，或许因自作与教人不同其观点；或许因其独得之秘不肯轻以示人而故离奇其说；或许因所能领会到的精微高妙之境，非文字所能形容，其所能发为议论者，止于粗浅凡近——这种种原因，都不是局外人所易推测得到的。举例来说，好像黄庭坚的诗，以“新奇”取胜，是众口一辞的，陈师道在《后山诗话》里说：“诗欲其好，则不能好矣，王介甫以工，苏子瞻以新，黄鲁直以寄。”（《后山诗话》许多人说是佳作，我们且不管它，就使是佳作，也是当时的论调。）吕居仁《童蒙训》说：

“东坡诗有汗漫处，鲁直诗有太尖新、太巧处，皆不可不知。”陈岩肖《庚溪诗话》：“山谷之诗新奇峭拔，颇造前人未尝到处，自为一家，此其妙也。至古体诗不拘声律，间有歇后语，亦清新奇峭之极也。”其他像张戒《岁寒堂诗话》，魏泰《临汉隐居诗话》等等，都是说山谷好奇。然而山谷《答王观复书》曾这样说过，“好作奇语，自是文章病。但当以理为主，理得而辞顺，文章自然出群拔萃。……文章盖自建安以来，好作奇语，故其气象薾然，其病至今犹在”。却又不主张“奇语”了。又像师道的诗。最多套袭杜诗的句字，而他却教人学杜诗不可“窃数字以仿像之”。张表臣《珊瑚钩诗话》说：“陈无己先生语余曰：‘今人爱杜甫诗，一句之内，至窃数字以仿像之，非善学者。学诗之要，在乎立格、命意、用字而已。……学者体其格，高其意，炼其字，则自然有合矣，何必规规然仿像之乎？’”这分明是自己的创作与理论互相矛盾了。这恰似王守仁的学说分明和朱熹居于相反的地位，他偏要说我和朱子并没有什么异致。中国的学人每每有这种习气（讳言所自出，阴奉阳违的尤多），很易使人误会的，这在诗的批评者也应该注意到。

上面所说的几点都注意到了，错误和偏见或者可以减少些，至绝对无错误和偏见，这当然很难说，似乎也不必说。

四

照上看来，成功一个批评家较之成功一个创作家更不容易了。诚然，创作家固然负有历史的使命，需要种种的体验、种种的训练，毕竟重在独往独来的，在写作方面，自由得多。批评家则除掉负有创作家同等的使命和相当的素养外，还要对人家的作品出神，像汉学家治经的态度一样“以贾还贾，以孔还孔”。要保持个己之真，同时还要不失人们之真，这工作委实是很艰巨的。再说，一个真正的批评家，一方面要专精，一方面还要博大。不专精则易失之浅薄，不博大则易失之固陋。这两种是很难兼顾的。但有什么办法呢？除非你愿做一个偏狭的批评家，愿做一家的功臣，否则你总得遍究各家的作品，才能对各家都有正确的批评。而其实，下了这么多的工力，也就配做一个创作家了，假使你也有意创作也有创作的天才的话。所以历来的批评家同时也是创作家的很不少，虽然因能力和工作有偏倚，而成就也跟着有等差，但像李善致力了五十年《文选》而“不善属文”的人，毕竟成了历史上的奇迹。通常的说法，以为创作重诗工，批评重诗学，换句话说，就是说从事创作的人最要专精，从事批评的人就该广博，大致上看，这话也不错的。可是光是专精而不博览的创作家，其创作的气体必不宏大；光是博览而不专精的批评家，其见解必无独到之处。凡是伟大的创作家和批评家都是不愿寄人篱下而是灵机独辟的。亦步亦趋的创作家和随声附和的批评家一样是渺少的成就。

以上所说的，都是对批评一种作品的一般的说法。至于对一篇作品的批评，要看通篇的气格呢，还是着重在精警的句调呢？就精警的句调说，要着重情意方面呢，还是着重景物呢？诗话式的批评是否靠得住？抽象字的批评是否能正确？这种种繁琐的问题，我另有专篇讨论，这儿不再细说了。

无盦谈词

词的起源

人民生活是文学创作的源泉，创作是反映和表现生活的东西，因而创作的体制大都是来自民间。

民间创作新的文学体制并不是偶然的，一定是因为旧的文学体制已经不适合或不完全适合于表现新生活的需要，同时又受到某些新东西的刺激或启发，觉得非有一种新味道不足以满足新要求，于是才在旧基础上注入某些新东西再创造出一种足以表现新生活的新体制。由于这种新体制的产生是一种“推陈出新”的过程，有旧的因素，又有新的成分，所以在文学历史上，一种新体制的出现往往是其体不纯、成因复杂的。说某一文体是某人所创造，用某人的某一篇章来证明，必然忽视了文体的产生和人民生活的关系；说某种文体只是某种文体的演变，也未免单从形式的表象和文学的内部发展看问题。

新的文学体制的产生是这样的，词也不能例外。

《旧唐书·音乐志》：“自周隋以来，管弦杂曲将数百曲，多用西凉乐。鼓舞曲多用龟兹乐，其曲度皆时俗所知也。”（《唐会要》卷三十三“清乐”中也有同样的说法。）这说明周隋以来，西域音乐传入后，有许多新曲产生，而这些曲度为时俗所掌握，普遍流行于民间。西凉乐和龟兹乐都非中国固有的音乐。沈括《梦溪笔谈》五：“自唐天宝十三载（754 年），始诏法曲与胡部合奏，自此乐奏全失古法。以先王之乐为‘雅乐’，前世新声为‘清乐’，合胡部者为‘宴乐’。”“宴乐”即“燕乐”。“燕乐”为词所配合的音乐。张炎《词源》上：“十二律吕各有五音，演而为宫为调，律吕之名，总八十四，分月律而属之。今雅俗只行七宫十二调，而角不预焉。”这说的是“词源”，而其实由燕乐四均二十八调来。凌廷堪《燕乐考原》一：“燕乐四均共二十八调，宋仁宗《乐髓新经》增入徵均，并二变为七均，又每均增入中管调，共八十四调。”源变的迹象可见。这种乐因为和“雅乐”“清乐”不同，又叫“俗乐”，远在隋文帝时就和“雅乐”区分了。《新唐书·礼乐志十二》：“自周陈以上，雅俗淆杂而无别，隋文帝始分雅、俗二部，至唐更曰部当。凡所谓俗乐者二十有八调。”叫“燕乐”也好，叫“俗乐”也好，总是周隋以来西域输进的一种新东西，一旦为时俗所纳（《通典》说的虽然是指“清乐”，但外来的新东西，在“俗乐”里为“时俗所知”的可能性更大），就必然会起“推陈出新”的作用。这是形成词的一个重要的因素，是应该首先指出的。

由于这种新鲜的音乐为时俗所好，人民为了满足生活的需要，乃在旧歌辞的基础上创制新鲜活泼的新歌辞来配合这种新音乐。最明显的例子就是唐代民间的许多俚曲小调，如《杨柳枝》《纥那曲》《山鹧鸪》《竹枝》之类。这些曲调的兴起都和新音乐有一定的关系。刘禹锡《竹枝序》云："四方之歌，异音而同乐。岁正月，余来建平，里中儿联歌《竹枝》，吹短笛，击鼓以赴节，歌者扬袂睢舞，以曲多为贤。聆其音，中黄钟之羽，其卒章激讦如吴声。"这里的"异音而同乐"说明了音乐的决定性作用，歌唱的声音尽管可以各有不同，配合的音乐总应是新鲜悦耳的。"吹短笛，击鼓以赴节"，这是歌《竹枝》时用的"俗乐"的乐器。《新唐书·礼乐志十二》在"俗乐"中说："丝有琵琶、五弦、箜篌、筝，竹有觱、篥、箫、笛，匏有笙，革有杖鼓、第二鼓、第三鼓、腰鼓、大鼓，土则附革而为鞚，木有拍板、方响，以体金应石，而备八音。"所谓"中黄钟之羽"，更指出符合"俗乐"的音调。同上书"俗乐二十八调"的"七羽"中就有"黄钟羽"这一调。至于"以曲多为贤"的说法，尤其可以使人看出配合新乐创造新曲的情况，既然是曲越多越受到人家的赞赏，那么，具有无穷智慧和善于接受优秀传统与吸取新东西的人民的歌辞自然可以不断地创制出来了。刘禹锡的《杨柳枝》说："请君莫奏前朝曲，听取新翻《杨柳枝》。"白居易的《杨柳枝》说："《六么》《水调》家家唱，《白雪》《梅花》处处吹。古歌旧曲君休听，听取新翻《杨柳枝》。"司空图的《杨柳枝》说："乐府翻来占太平，风光无处不含情。千门万户喧歌吹，富贵人间只此声。"可见普遍传唱此曲的情况。配合新乐创制新曲的吃香，这也是一种有力的明证。这虽然是时代稍后些，但这种民间竞唱新声的情况却是促进词的成长发展的一个重要的因素。在词的形成过程中，我们从《敦煌曲》与崔令钦《教坊记》里看到许多为后来所沿用的词调，其中必有不少是人民在和上述的同样的情况之下创制出来的。人民在词的形成过程中所起的作用，我们必须予以充分的估计。

《敦煌曲》500余首中（据任二北所搜辑的），宣扬佛教的占大半，当时的佛教深入民间，如佛曲中的《十二时》《五更转》等，虽然和宋元的讲唱文学结不解缘，但对词的形成也会有影响。

受了新的外来音乐的刺激，人们在传统的乐府民歌的基础上创造了较为新颖自由的、较多变化的体制来适应当时的生活需要，更吸取了一些流行于民间的新东西，使它更带普遍性，这就形成了当时的一种新体诗——词。专从音乐上的输入或者形式上的演变来说明词的起源，都是不够全面的；认为它和讲唱文学的来源是两个系统，绝无关系，也似不很恰当。至于乐工、歌伎们的变换旧调、创制新腔，灌注民间俚歌小曲等，在词的发展过程中当然起了相当大的作用，但这不是关系起源的问题，这里暂不谈它。

历来对词的起源的看法大约不出三种：第一，以为出于古乐府，甚至以为出自《诗经》。如王应麟说："古乐府者，诗之旁行也；词曲者，古乐府之末造也。"（《困学记闻》）如成肇麐说："十五国风息而乐府兴，乐府微而歌词作。"（《七家词选序》）从理论原则上看问题，王灼的"古歌变为古乐府，古乐府变为今曲子，其本一也"（《碧鸡漫志》）的说法已开其端。第二，以为源于六朝诗。如朱弁《曲洧旧闻》说："词起于唐人，而六代已滥觞矣。梁武帝有《江南弄》，陈后主有《玉树后庭花》，隋炀帝有《夜饮朝眠曲》。"（《历代诗余》引《曲洧旧闻》。今本《曲洧旧闻》无此文。杨慎《词品》有类似的说法。）第三，以为词由诗变，始于中唐。沈括《梦溪笔谈》、朱熹《朱子语类》以虚声实字来说明；胡仔《苕溪渔隐丛话》三十九说得更具体："唐初歌辞多是五言诗或七言诗，初无长短句，自中叶以后至五代渐变成长短句，及本朝则尽为此体。今所存止《瑞鹧鸪》《小秦王》二阕，是七言八句诗并七言绝句诗而已。《瑞鹧鸪》犹依字易歌，若《小秦王》必杂以虚声乃可歌耳。"既说明中唐以前无长短句，又于整齐式中分不必虚声和需要虚声两种情况。以上三种说法中，第一种很抽象，不能给人以任何较清楚的认识；第二、三种看法指出时代并从歌唱看问题，比第一种看法更踏实些，但仍没有接触到词在体制上和音乐上的特质。

几十年来，"敦煌曲"的发现对词的起源研究发生了很大的影响，研究这一问题的人对前三种说法的不妥都有所认识，但仍未有一致的结论。任二北的《敦煌曲录》和《敦煌曲初探》二书对敦煌曲做了比较全面的整理和探讨，在词学上的贡献颇大。但他在研究词的起源时，不但不根据敦煌曲的材料，连民间为了生活的需要而创作新体制这一前提条件都没有接触到，而斤斤于枝枝节节的问题的考索，如对郭茂倩《乐府诗集》中的《清商曲辞》的争辩，"齐言""杂言"的辨析，"歌诗"一辞的解释，等等（均见《敦煌曲初探》第五章），而其结论，则词的起源，可考见的是隋仁寿元年（601 年）牛弘等所制的《上寿歌辞》和隋炀帝与王胄所作的《纪辽东》，并说《纪辽东》的"分片、立格、叶韵、平仄，无一非后来长短句词之体，已确切无可否认"。又说："隋代既有如此之《纪辽东》于前，故唐初即有长孙无忌之《新曲》、王勃之《杂曲》、阎朝隐之《采莲女》种种杂言于后，

——皆作长短句词之体，确切无可否认，亦诚何足异！”这可算是最后而且是最具体的说法。任氏对许多人如俞平伯、唐圭璋、詹锳、萧涤非等人的文章涉及这一问题的都加以指摘、否定，而以自己这种看法是“确切无可否认”的。

是不是任氏这种看法是“确切无可否认”的呢？我认为还值得认真考虑。

第一，把一种文体的产生归结为一个帝王或一个臣子的创制，又没有探索在什么样的基础上、在什么样的条件下来创制这种文体，如屈原之写《九歌》《离骚》一样，这首先就是无根之木、无源之水，忽略社会生活和人民大众在创制文体上所起的作用；第二，仅因某些作品的形式上和“后来长短句词之体”偶合，即认为其是词的起源，这仍是形式主义的看法，跟溯源六朝乃至《诗经》的论调实际是一样的；第三，所举的例子《上寿歌辞》和《纪辽东》是否协乐？究竟和何种音乐配合？如非燕乐，跟乐府诗有何区别等，并无明确的解说；第四，即使《上寿歌辞》和《纪辽东》是协乐的而且是协燕乐的，又怎么能离开一切形成它们的因素而突然由一个帝王或臣子首创出来？他也没有说明自己这一论点的依据。现在，我们且先看看《纪辽东》二首：

辽东海北翦长鲸，风云万里清。方当销锋散马牛，旋师宴镐京。前歌后舞振军威，饮至解戎衣。判不徒行万里去，空道五原归。（杨广《纪辽东》其一）

秉旄仗节定辽东，俘馘变夷风。清歌凯捷九都水，归宴洛阳宫。策功行赏不淹留，全军藉智谋。讵似南宫复道上，先封雍齿侯？（杨广《纪辽东》其二）

两首句法均是“七五,七五,七五,七五”，就形式看很像词，但只是四句一转韵，这在诗中很多，不能断定就是如词之分上、下片。就平仄言，不但前首的二、四、六、八句与后首的二、四、六、八句不同，即两首第三句的脚字“牛”与“水”也一平一仄。如果把王胄二首和这两首比勘一下，平仄的出入更多，所谓“立格”者，只是句法和协韵相同而已。句法和协韵有一定规格的，则乐府古诗中有的是，如沈约的《六忆诗》、萧衍（梁武帝）的《江南弄》都是实例，而且更富有后来的词的情味。因此，单从这方面看是不能说明问题的。那么就要再从音乐方面来加以考察了。词之所以能独立成为一种体制，不仅表现在它的句调上，也表现在它所配合的音乐上。词是为了配合燕乐而创制这一点已是众所周知、毫无疑义的了。《纪辽东》是不是属于燕乐这一类的作品，据史籍记载，还看不出这一点。即就任氏所考的而论，他认为“实际为唐燕乐曲子辞中长短句之前身”的“如《长乐佳》《懊侬歌》《华山畿》《读曲歌》《白石郎》《繁霜》《姑恩曲》《神女歌》《乌夜啼》等，皆长短句，隋唐无名氏之作居多，并非齐梁旧篇”。对于这些作品，郭茂倩《乐府诗集》分明把它们和《江南弄》一样看待，归入《清商曲辞》，在没有证实它们如何转变为和燕乐配合之前，即指斥“后人概以齐梁乐府体之长短句目之”，也不能使人信服。《纪辽东》在《乐府诗集》中是归入“近代曲辞”的，任氏已说明它和《上寿歌辞》等都“属于国人自有的清乐范围”。任氏曾指出“清乐以外，皆胡乐之世界。胡乐之盛，自南北朝以迄唐，代益有加，至玄宗时而造极，达于饱和。当时之曲，兼有纯清乐者、纯胡乐者，及清胡杂糅、中外调和者之三类”。词既是配合燕乐的一种体制，那么它的来源纵然不属“纯胡乐者”，也当属于“清胡杂糅”之一种，而不该属于“纯清乐者”。又，近代发现的敦煌曲的调名大部分见于崔令钦的《教坊记》，可考见的唐宋人词调名也多在《教坊记》中可以找到，可见《教坊记》作者所搜辑的范围相当宽广，至少对当时流行的曲调名是兼收并蓄的。可是遍查其中的曲调名，却没有《纪辽东》。这说明《纪辽东》这个调子在当时没有给人以新鲜的印象，当时的人不认它是一种创新的东西而加以推崇的。把这种调子作为词的起源，我想是不会符合事实的。(《上寿歌辞》不为人民所喜，更不消说。）把过去文人的某一首作品作为某种文学体制的起源已经很不可靠了，何况以一个帝王或臣子的作品——《纪辽东》和《上寿歌辞》为词的起源？

因此，我认为要探索词的起源，应该从两方面看。从音乐方面看，词是燕乐，起于周隋之际，即《隋书·音乐志》所载周武帝时龟兹人苏祗婆从突厥皇后入国时所奏的。《隋书·音乐志》中：

先是，周武帝时有龟兹人曰苏祇婆，从突厥皇后入国，善胡琵琶。听其所奏，一均之中，间有七声。

这种音乐，起先流入北方的后魏。《旧唐书·音乐志二》：

后魏有曹婆罗门受龟兹琵琶于商人，世传其业，至孙妙达，尤为北齐高洋所重，常自击胡鼓以和之。

到周武帝聘突厥女做皇后，才盛行于长安。同上书载：

周武帝聘虏女为后，西域诸国来媵。于是龟兹、疏勒、安国、康国之乐大聚长安。胡儿令羯人白智通教习，颇杂以

　　新声。

后来隋文帝把它和雅部区分开来，叫“俗部”（引文见上）。凌廷堪《燕乐考原》一引此文注云：“雅部乃郑译所附会者；俗部即苏祇婆琵琶也。”可以想见，这种音乐在声调上有一段期间并不是很单纯的，所谓“颇杂以新声”，所谓“合胡部者为燕乐”（均见上引），所谓“周齐旧乐，多涉胡戎之伎”（《唐会要·雅乐》上），其中的“杂”“合”“涉”等说法都是声调不单纯，在一种原有的基础上渗进了另一种东西的标志。“合胡部为燕乐”是唐天宝十三载（754 年）的事，说明这并不是一个短期的过程。但要探索它的起源，就不能不追溯到周隋以至于后魏。

从文辞方面看，把新发现的敦煌曲和崔令钦《教坊记》、南卓《羯鼓录》核对起来，除一些“联章”和“大曲”外，确实可作为独立的词看待的可能出现在初唐、盛唐。龙榆生的《词体之演进》、任二北的《敦煌曲初探·时代》均假定《云谣集》产生在盛唐；唐圭璋的《云谣集校释》则云：“隋已有词之创作。”《云谣集曲子》中如《凤归云》《洞仙歌》《破阵子》等调，都有部分描述了人们从事战争的情况，表现人们反战的情绪，这是无可否认的事实，作品产生于战争频繁的时代是可以肯定的。问题是那是在什么时候的战争。就诸词的内容看，有“终朝沙碛里”（《凤归云》第二首）、“愿四塞来朝明帝，令戍客休施流浪”（《洞仙歌》第二首）、“携剑弯弓沙碛边”（《破阵子》第四首）的句子，说明这是对外来部族的战争，而且战场在边远沙碛地带，很可能是反映唐朝与西域的战争。可是，从太宗贞观至玄宗天宝年间，其间 120 多年，唐和西突厥、吐蕃、大食、吐谷浑等国时时以兵戈相见，究竟这些词是反映哪一次的战争情况呢？如果把一次历时最久、战斗最烈的双方斗争作为反映的客观现实，则是高宗永徽二年（651 年）到显庆二年（657 年）的那一次，前后 6 年多，经过许多次激烈战斗，最后在唐名将苏定方、萧嗣业指挥之下，才把西突厥的贺鲁擒获，奠定了唐在西域的领导权。如果把带有侵略战争的性质，得不到人民的支持，结果大败输亏的战役作为反映的客观现实，那是玄宗天宝十年（751 年）的怛逻斯战争，高仙芝内部叛变，与大食夹攻唐军，仙芝大败，士兵死亡将尽，仅余数千人逃回安西。所以词中所反映的史实是初唐还是盛唐，实不易加以确断。但就《教坊记》的曲调名细加考察，其中直接反映战争或间接抒写因战争所遭受的乱离痛苦的，据任二北在《敦煌曲初探·时代》中的统计，共有 36 个调名，约相当于《教坊记》全部调名的 1/10（《教坊记》共列曲调 324 个），则这些作品的来源不一定是开元、天宝时的创作，属于隋末唐初的创作，也是完全可能的。因崔氏所录的是教坊里的曲调。教坊里的曲调一部分是教坊自制的，一部分是民间流行的，这情况一般都如此。崔氏所录的既然大约 1/10 的反映面和民间创作有共通之点，可见其中有部分是来自民间的；即使是教坊中人所自制，也应该有民间的东西做蓝本，因为教坊中人有不少是从民间来或者和民间有一定的联系的。有这样的生活实践，才能产生这样的东西。而民间的东西流入教坊，一般来说，还需要经过一段时间。段安节《乐府杂录》“杨柳枝”条载：“白傅居洛邑时作（按：《太平御览》作“白傅典杭州时所撰”），后入教坊。”名流作品尚须过些时候才流入教坊，民间创作更不消说。《教坊记》作于肃宗宝应元年（762年，据任二北假定），那么，把这些作品看成反映初唐的战乱的社会现实，也不会脱离实际情况。如果联系燕乐的输入和人民的首创性来看，把词的起源时间定在初唐更恰当些。

总之，词是隋、唐以来的一种新的文学体制，但也不是偶然产生的，在音乐上、文辞上都有一个创造的过程：音乐主要是燕乐，在初期也杂有清乐部分；文辞上主要是长短句，在初期也有一些是整齐式的。

词境新诠

一、境界之形成

“境界”一辞，向犹疆界，或同境地。范书《仲长统传》“当更制其境界，使远者不过二百里”，以疆界言也；耶律楚材诗“我爱北天真境界，乾坤一色雪花霏”，以境地言也：疆界、境地，义本相蒙。惟用之于文学，则于古无征；有之，自王国维先生《人间词话》始。王氏亦自以为标“境界”论词为创见。其言曰：

> 严沧浪《词话》谓“盛唐诸公，惟在兴趣，羚羊挂角，无迹可求，故其妙处，透澈玲珑，不可凑泊，如空中之音，相中之色，水中之影，镜中之象，言有尽而意无穷”，余谓北宋以前之词，亦复如是。然沧浪所谓“兴趣”，阮亭所谓“神韵”，犹不过道其面目，不若鄙人拈出“境界”二字为探其本也。(《人间词话》上)

以“境界”与“兴趣”“神韵”对称，亦明各有独特之主旨云尔，非谓“境界”即等于“神韵”或“兴趣”也。观其解释“境界”云：

> 境，非独谓景物也，喜怒哀乐，亦人心中之一境界。故能写真景物、真感情者，谓之有境界；否则谓之无境界。（同上）

与沧浪、阮亭之说绝不相类。顾以物境与心境统于“境界”中，则其说虽首出，而涵义乃至广，近人言“境界”者，举莫能出其范围之外（如宗白华等之论）。所可惜者，对于“境界”之所由形成，仍未加以申说耳。

今人朱光潜先生根据心理学、美学以解释“境界”，以为“境界”系由内在之情趣与外来之意象契合而成，畅论“境界”之所由形成，意欲补王氏之不足。其言曰：

> 无论是欣赏或是创造，都必须见到一种诗的境界。这里“见”字最紧要。凡所见皆成境界，但不必全是诗的境界。一种境界是否能成为诗的境界，全靠“见”的作用如何。要产生诗的境界，“见”必须具备两个重要条件。
>
> 第一，诗的“见”必为“直觉”（intuition）。有“见”即有“觉”，觉可为“直觉”，亦可为“知觉”（perception）。“直觉”得对于个别事物的知（knowledge of individual things），“知觉”得对于诸事物中关系的知（knowledge of the relations between things），亦称“名理的知”……
>
> 诗的境界是用“直觉”见出来的，它是“直觉的知”的内容，而不是“名理的知”的内容……
>
> 读一首诗和做一首诗都常须经过艰苦思索，思索之后，

一旦豁然贯通，全诗的境界于是像灵光一现般突然现在眼前，使人心旷神怡，忘怀一切。这种现象通常人称为灵感，诗的境界的突现都起于灵感。灵感并无若何神秘，它就是“直觉”，就是“想象”（imagination，所谓意象的形成），也就是禅家所谓“悟”。

要产生诗的境界，“见”所须具的第二个条件是所见意象必恰能表现一种情趣。“见”为“见者”的主动，不纯粹是被动的接收……凡“见”都带有“创造性”，“见”为直觉时尤其是如此。凝神观照之际，心中只有一个完整的孤立的意象，无比较，无分析，无旁涉，结果常致物我由两忘而同一，我的情趣与物的意态遂往复交流，不知不觉之中人情与物理互相渗透。比如注视一座高山，我们仿佛觉得它从平地耸立起，挺着一个雄伟峭拔的身躯，在那里很镇静地庄严地俯视一切。同时，我们也不知不觉地肃然起敬，竖起头脑，挺起腰干，仿佛在模仿山的那副雄伟峭拔的神气。前一种现象是以人情衡物理，美学家称为“移情作用”（empathy），后一种现象是以物理移人情，美学家称为“内模仿作用”（inner imitation）……

从移情作用我们可以看出内在的情趣当和外来的意象相融合而互相影响……情景相生而且契合无间，情恰能称景，景也恰能传情，这便是诗的境界。每个诗的境界都必有“情趣”（feeling）和“意象”（image）两个要素。“情趣”简称“情”，“意象”简称“景”。吾人时时在情趣里过活，却很少能将情趣化为诗，因为情趣是可比喻而不可直接描写

的实感，如果不附丽到具体的意象上去，就根本没有可见的形相。(《诗论》第三章《论诗的境界》)

以情景交融为境界所由形成之主要条件，立论不误，解释亦甚详明，足补王氏之所未逮。惟此仅就写景言情之作言之耳，诗固以写景言情为最多数，而非写景言情之所能尽；又，情趣之触发与意象之构成亦不限于自然之景物，所谓“移情作用”及“内模仿作用”，均以心物交感为出发点，似亦不甚周到。诗心可以独自生发，非必要借自然景物感兴。如古诗：“悲歌可以当泣，远望可以当归，思念故乡，郁郁累累。欲归家无人，欲渡河无船；心思不能言，肠中车轮转！”纯写悲郁情怀，虽有所为，而并非由自然景物感触而起；既非移情，亦异摹仿，然而不能不谓之好诗也。又如陶潜《责子》诗：“白发被两鬓，肌肤不复实，虽有五男儿，总不好纸笔：阿舒已二八，懒惰故无匹；阿宣行志学，而不爱文术；雍端年十三，不识六与七；通子垂九龄，但觅梨与栗。天运苟如此，且进杯中物。”中情触发，伸笔直书：其情趣固与自然景物无关，其意象亦非由自然景物所构成；然而又不能不谓之好诗也。于是，则所谓“每个诗的境界都必有‘情趣’和‘意象’两个要素”，亦似过于胶执，反不若王氏“喜怒哀乐，亦人心中之一境界”说之更为圆通矣（王说并见《人间词话》)。原朱氏所以不免此失者，因彼认为“情趣是可比喻而不可直接描绘的实感，如果不附丽到具体的意象上去，就根本没有可见的形相”，正如其所引克罗齐在《美学》中之论调若合符节。克罗齐云：“艺术把一种情趣寄托在一个意象里，情趣离意象或是意象离情趣都不能独立。”不知“情趣”是可直接描绘者，情趣本身可构成意象，不必假借任何具体意象而后表见也。凡超越物象，独抒心灵，如司空图《诗品》所谓“不着一字，尽得风流”，或马荣祖《文颂》所谓“莫窥朕兆，伊谁与通”，一类之作品，均由情趣出形相，不必“附丽到具体的意象上去”。谓情趣必“附丽”或“寄托”意象者，是于浑然一体之中强为分析且又主从倒置矣。随举一例，如阮籍《咏怀》诗：“一日复一夕，一夕复一朝，颜色改平常，精神自损消。胸中怀汤火，变化故相招。万事无穷极，智谋苦不饶。但恐须臾间，魂气随风飘。终身履薄冰，谁知我心焦！”情趣独往独来，绝无依傍，其意象即其情趣所构成，岂得谓其有所“寄托”抑“附丽”乎？

于此，更有一问题须加明辨者，即意象之本身问题。据朱氏解释“意象即是景”；又云“景是各人性格和情趣的返照”，故又称“景象”；又云“情趣不同则景象虽似同而实不同”。是则意象是属“外来的”，外来之景物通过情趣作用而后成为“意象”。假如非“外来的”就不成其为意象，故谓情趣必“附丽”意象，必“寄托”意象。窃意情趣之于意象，可以融合沟通，亦可以孤立绝缘，非必互相依附。纯情趣之意象，自成一种境界；超情趣之意象，亦自成一种境界。倘以情趣为附丽或寄托景象，是情趣之表现必依据“外来的”说亦不可通也。倘以情趣之表现不能无形相，此形相即是意象，则意象非必“外来的”，与意象之原义不合，即意象乃等于心物一切相矣。

情趣者，可借外来的意象为表现之依据，亦可直接描写。如晏幾道之“旧香残粉似当初，人情恨不如”（《阮郎归》句），情趣附丽外来的意象以表出也；但如“一寸狂心未说，已向横波觉”(《六幺令》句)，则直接抒写实感矣。又如辛弃疾之“旧恨春江流不尽，新恨云山千叠”(《念奴娇》句)，情趣附丽外来的意象以表出也；但如“十分筋力夸强健，只比年时病起时”(《鹧鸪天》句)，则直接抒写实感矣。借外来的意象以表出者固自成为境界，直接抒写实感者亦自成为境界；境界不关其属诸纯情趣抑与外来的意象相融合，其表出也必具体。然如非用假借或比喻之方式出之，则虽具体之景象，仍属直接抒写之情趣，不得谓其有所依傍，其境界为纯情趣之境界，而非情趣与外来的意象相契合之境界。

意象既不尽属于外来的，而情趣又可以构成意象，是则意象之为物，可属于外，又可属于内，不依存于景物，即依存于情趣，似不可与情趣之卓能自立者分道扬镳。今持存诸人情趣以与意象并列，身份殊不相称，窃意境界形成之要素，第一为“情趣”，第二应为“表现”。假如以情趣属内，则表现属外；以情趣为实感，则表现为形相。情趣与表现各有其特性与通性，而颇有轻重大小之别。情趣根诸人类之本性，而表现则依据万有不齐之事象，故情趣之通性多而特性少，表现之特性多而通性少。情趣可以不需乎外来的意象而直接抒写实感，但无表现则决无抒写实感之可能，故二者实有其不可离立之统一性。情趣之有赖于表现，不特于诗之境界为然，即未曾利用文字不成其为诗时，亦需要表现作传达，故美学家克罗齐将流行语言所指之表现谓之“外达”(cestrinsec ayione)，“外达”之表现与“内存”之情趣，正可共同携手，相得益彰。

或者以为表现只属一种媒介作用，亦不尽然。文字语言乃利用以表现之工具，可谓之媒介，若表现，就其既成之现象言，固可与情趣并立者。非仅指用以表现之工具言也。所用以表现之工具不一，而其所以达到表现之目的则一；表现之种类不一，而其必契合其所欲表现之情趣则一。故自其内在言之则为情趣，自其形相言之则为表现。非表现则境界无由出，非情趣则境界无由生，境界者，盖统所由生之情趣与所由出之表现而言者也；故情趣与表现同为形成境界之要素。

二、词之境界

近人每将词括于诗歌范围内，以为词乃诗之支流与裔，且于外籍从征，不必别立专目，故其编诗史也，则词史在其中，其论诗也，则多引词句为例证。实则诗、词亦未尝漫无界域：第一，诗大都整齐式，词大都为长短句，长短句之诗与整齐式之词均属例外，此句调上不同也。第二，诗除律、绝外不拘定平仄，律、绝之平仄仍可以变化而成为拗体；词之平仄较为拘束，甚且严守四声，此声律上不同也。第三，古诗不限字数，律、绝诗虽限字数，而排律、长律仍可自由运用；词则每一牌调中之字数均有限定，即有字数稍可出入之别体，依声填字者仍须受别体之制限，不得随意增损（能自制调者自属例外），此在体制上不同也。其他零枝碎节不同者尚多，即此三事，已不能谓其无异。

诗、词既不尽同，故词之境界与诗之境界，自其大者观之，虽若无甚分别，然苟细为剖析，则亦不无微异之点。一者，情趣之发生，漫无制限，或由内心之自动，或由外缘之触发，均不能事先加以预断；惟何者于诗较为适切，何者于词较为适切，则凡兼事诗、词者不能不加以别择。大抵微妙、香艳等情趣较宜于词，豪壮、愤怒等情趣较宜于诗；以微妙、香艳等情趣用之于诗，则易失之靡弱或纤巧，如龚自珍之“甘隶妆台侍眼波”之类是；以豪壮、愤怒等情趣用之于词，则易失之粗率或虚浮，如刘克庄之“记得太行山百万，曾入宗爷驾驭”之类是。前者古人每讥其小家，后者古人每视为别派；“小家”固非好评，而“别派”亦乖本色。二者，表现之方式每随情趣为转移，诗与词之声调、格律等等之属于文字者，其不可例视固不必言，即在表现之精神上亦微有别：诗之表现，如丈夫见客，不假修饰，大踏步便出；词则如娇女步春，徙倚而前，一步一态，一态一变。诗较爽朗而词较婉约，“弱不胜衣”者在诗为变格，而“异军特起”者在词为变格；诗可以“放笔为直干”，而词“以乍远乍近为最妙”。夫情趣与表现固构成境界之两大要素也，诗、词之情趣与表现既各有不同，则词之境界之有异于诗也审矣。兹专言在词之境界。

况周颐曰：“吾听风雨，吾览江山，当觉风雨江山外有万不得已者，此万不得已者即词心也。而能以吾言写吾心，即吾词也。此万不得已者由吾心酝酿而出，即吾词之真也。非可强为，亦无庸强求，视吾心之酝酿何如耳。”（《蕙风词话》一）所谓“词心”，即情趣也。所谓“以吾言写吾心”，即情趣之表现也。以词言写词心，而词之境界全出矣。然其间自有浅深厚薄之别，此则在修养之功夫如何，即所谓“酝酿”也。酝酿而专言词心者，举其本言之耳，非词言不必修养也。词言之修养易知，而词心之修养难喻，故专言词心。况氏又云：“人静帘垂，灯昏香直，窗外芙蓉残叶，飒飒作秋声，与砌虫相和答，据梧瞑坐，湛怀息机，每一念起，辄设理想排遣之，乃至万缘俱寂，吾心忽莹然开朗如满月，肌骨清凉，不知斯世何世也；斯时若有无端哀怨枨触于万不得已，即而察之，一切境象全失，惟有小窗虚幌，笔床砚匣，一一在吾目前，此词境也。”（同上）此虽标言词境，实即解释词心之酝酿也。初由景象入词心，继由词心出词境，此种境界，质言之，即情趣与景象混合之境界，益以词言表现之，而词之境界于是乎完成。前人论词之境界者，况氏此言为最精矣。

次则王国维先生之《人间词话》云：“古今之成大事业大学问者，必经过三种之境界：‘昨夜西风凋碧树，独上高楼，望尽天涯路’，此第一境也；‘衣带渐宽终不悔，为伊消得人憔悴’，此第二境也；‘众里寻他千百度，回头蓦见，那人正在灯火阑珊处’，此第三境也。此等语皆非大词人不能道。”此虽以词境喻人事，为成大学问成大事业者所必经之历程，然余以为就词论词，举凡词境之完成，亦有三种必经之阶段。情趣之由情趣之发生至事象表现以前，其经过之程序，大都不出下列三种：

第一，感受。词人为词，不问其为阅览景物时有所感触，抑枯坐时心波自动，抑受情事映照而有所追忆，总必由“感受”作起点。此起点有媒介作用，必有此媒介作用而后始能起相应作用；否则根本即无词心之可言。然苟仅有此起点，则词境仍无从完成，每有情景甚佳，大可为词，而偶起即逝，卒不能构成词境者，即仅有感受而无持续及其他作用之故，故必继之以“酝造”。

第二，酝造。酝造者，将既得之感受持续而又加增与此有关之观感以使内蕴更为深广也。词境常较诗境为复杂，又较诗境为婉曲，故其境界构成之质素，不若诗境之简单。在小令，亦有较为简单犹诗中之绝句者，如唐五代之令词，不少即席写成或对景急就之作，然通类以观，究视诗境为复杂，慢词且以包蕴之质素愈繁多为愈可贵。是以通常词家于既得之感受外，多运用其联想以造成复杂之境界。倘以单纯之境界足成定格，“换笔不换意”，是词家所忌，故诗家有笔直叙事纯作史传体或平铺直叙若考据文字者，在词中则未见其例，即苏、辛有意创体者，亦间有略同史评之作而已，不许过于平直也。酝造关系词境之优劣最大，刻意为词者，每当酝造词境时，真是精骛八极，心游万仞，无微不至，无远弗臻，故有一词之成，动经旬日者，其用心之苦可想。周止庵谓“北宋主乐章，故情景但取当前，无穷高极深之趣；南宋则文人弄笔，彼此争名，故变化益多，取材益富”（《宋四家词选序论》），此仅略加对比而言耳，北宋词虽不重纵一方面之高深，而其包蕴之宏富，在横一方面观之仍须苦心酝造也。

第三，别择。酝造既富，于是不能不有所别择。别择之标准，通常以联想所及者与初感受者是否适切以为断。然亦有兴之所到而刺取最足动人之意境，为描写之对象而与初感不相影响者，如东坡《贺新郎》“乳燕飞华屋”首之过片“石榴半吐红巾蹙”以下及白石《凄凉犯》过片“追念西湖上”以下，其意境前后阕漠不相关，则因其在酝造词境时别有感受而又不忍割爱，遂亦不顾及境界之统一性而兼收并蓄也。类此等词，究属例外，普通词家，未敢尝试，即苏、姜集中亦所仅见。酝造之质素太杂时，总须顾及境界之统一性而加以别择，俾境界不太单薄又不至凌乱。

既有所感受，继以酝造而加之别择，词人之构境于是乎定，至是乃可以言表现矣。以已定之意境，益之以形相之表现，全词之境界于是乎完成。

虽然，词境之单简与繁复，关于篇幅之长短者不少，又不容一例视也。持令词与慢词较，则令词之境界自较慢词为单简。使令词而故作繁复之境界，则易失破碎；使慢词而故作单简之境界，则易失浅薄。慢词之单简者能如柳永《斗百花》“满搦宫腰纤细”首无一语无着落，令词之繁复者能如牛峤《菩萨蛮》“玉楼冰簟”首之“敛眉含笑惊”五字三层意，则进乎技矣。故词境之单简与繁复，犹非优劣之绝对标准，必酝造富而别择精者为能臻于完美之域，无酝造则别择无所取资，固必陷于浅薄；专恃酝造宏富而不经精择，泥沙俱下，品质尘杂，亦不免于杂晦之诮也。

三、词境之分析

词之境界，随所感受、酝造与别择之不同而生差异，自未易执其一端而悬为定则。顾在作者之用心言，则古今如出一辙。大抵从最小处着眼，最闲处发出，不问其为身世之感抑家国之感，其为品评政事之得失抑为表达私人之意见，其取境也，每在闺房帷幨之私或为一草一木之微，大者小之，粗者细之，抽象者具体之，骤观之几认为无关宏旨，仔细玩索，始得领会作者用意之所在。此种境界，实为其他文体之所无而为词境之特征，历来文人认词为小道，此殆其主因一也。盖词者“意内而言外”，故揣摩词境者不当徒视其外表，应进求其中之所蕴藏者，然后其境界全出。如仅以外表观，则诗骚中之用比兴者均卑小不足道，岂独于词为然？特诗骚篇幅不拘，可以纵笔抒写，而词则限于格律，尤贵敛缩耳。（苏、辛派词境虽较开拓，用笔虽较放纵，以较诗骚，仍为敛缩也。）

关于词境之类别，王国维先生云：

> 有有我之境，有无我之境："泪眼问花花不语，乱红飞过秋千去"，"可堪孤馆闭春寒，杜鹃声里斜阳暮"，有我之境也；"采菊东篱下，悠然见南山"，"寒波澹澹起，白鸟悠悠下"，无我之境也。有我之境，以我观物，故物皆着我之色彩；无我之境，以物观物，故不知何者为我，何者为物。古人为词，写有我之境者为多，然未始不能写无我之境，此在豪杰之士能自树立耳。（《人间词话》上）

朱光潜先生引王氏说而加以辨析。其言曰：

> 从近代美学观点看，王氏所用名词，似待商酌。他所谓"以我观物，故物皆着我之色彩"，就是"移情作用"，"泪眼问花花不语"一例可证。移情作用是凝神注视，物我两忘的结果，叔本华所谓"消失自我"。所以王氏所谓"有我之境"其实是"无我之境"（即忘我之境）。他的"无我之境"的实例为"采菊东篱下，悠然见南山"，"寒波澹澹起，白鸟悠悠下"都是诗人在冷静中所回味出来的妙境（所谓"于静中得之"），没有经过移情作用，所以实是"有我之境"。与其说"有我之境"与"无我之境"，似不如说"超物之境"和"同物之境"，因为严格地说，诗在任何境界中都必须有我，都必须为自我性格情趣和经验的返照。"泪眼问花花不语"，"徘徊花上月，虚度可怜宵"，"数峰清苦，商略黄昏雨"，都是同物之境。"鸢飞戾天，鱼跃于渊"，"微雨从

东来，好风与之俱”，“兴阑啼鸟散，坐久落花多”，都是超物之境。(《诗论》)

王氏“有我”“无我”之分，固有不甚了了之处；朱氏易以“超物”与“同物”，似亦强为分辨。以其所举之例观之，总有“我之感觉”渗透其中，则“超物”之境，根本不能存在也。惟朱氏谓“诗在任何境界中都必须有我，都必须为自我性格情趣和经验的返照”，则所见甚确。诗词为诗词家所创制，多少有诗词家生命血液渗透于其间，即为纯客观之描写，亦不能绝无我之质素存在也。抑文艺之所以富有吸引力者均恃其中有我在，不独诗词为然，即音乐、图画、雕刻、书法种种亦莫不然。王氏于继条云：“自然中之物，互相关系，互相限制，然其写之于文学及美书中也，必选其关系限制之处，故虽写实亦理想家也。又虽虚构之处，其材料必求之于自然，而其构造亦必从自然之法律，故虽理想家亦写实家也。”理想与写实之不可分界也如此，而竟谓有“无我之境”耶？然则所谓“有我”“无我”或“同物”“超物”均为比较观察之辞，而非可以截然离立也彰彰然矣。

窃意词境之分析，不当在“有我”“无我”或“同物”“超物”上着眼，当求其境界所由形成之故而细为区别。括而为言，词人措境，可分两种：一为纯真之境；一为惝恍之境。兹略就鄙见申说于下：

一、纯真之境　纯真之境者，就境界以求作者之用心，表里如一，质素相称者也。不问其为抒情、写景乃至记事、说理，其所表现者即作者之真；纵使因迹近猥亵或意涉谣伤，不敢明言，隐约其辞以出之者，仍不失作者之真：凡此均属纯真之境。换言之，心有所感，触类引申，以成完整之境界，俾读者就其境界以求其本真，即无所失，此境界即为纯真之境界。例如：

记得那年花下，深夜、初识谢娘时，水堂西面画帘垂，携手暗相期。　　惆怅晓莺残月，相别，从此隔音尘。如今俱是异乡人，相见更无因！（韦庄《荷叶杯》）

此叙事抒情之什属纯真之境者。又如：

萋萋芳草忆王孙，柳外楼高空断魂，杜宇声声不忍闻！欲黄昏，雨打梨花深闭门。（李甲《忆王孙》）

此情景交融之什属纯真之境者。又如：

一春长费买花钱，日日醉湖边。玉骢惯识西湖路，骄嘶过沽酒垆前。红杏香中箫鼓，丝杨影里秋千。　　暖风十里丽人天，花压鬓云偏。惊船载取春归去，余事付湖水湖烟。明日重扶残醉，来寻陌上花钿。（俞国宝《风入松》）

此记游之什属纯真之境者。又如：

日月无根天不老，浮生总被消磨了。陌上红尘常扰扰，昏复晓，一场大梦谁先觉？　　雒水东流山四绕，路旁几个新华表？尽说在时官职好。争信道，冷烟寒雨埋芳草！（王辅道《渔家傲》）

此说理之什属纯真之境者。凡属纯真境界者，多显出，少假借，虽情味深长，亦极易按索。以时期论，则唐、五代及北宋词多如此，周介存所谓“北宋词用隐亦显”也。就作家言，则苏轼、朱敦儒、辛弃疾、刘过以及张伯端、夏元鼎等凡属清疏派、豪放派以及道士、真人之流其词境多如此。

纯真之境界，在作者于既得中心意象之外，并非摈绝一切外缘，不过其外缘并非用作假借而用作生发。例如同一春也，刘辰翁《兰陵王》之“送春去，春去人间无路”，是为假借，借春为某种事状，某种事状无法换回，遂觉“大地不堪重驻足”也。但如李煜《浪淘沙》之“流水落花春去也，天上人间”，则为生发，因上文“无限江山，别时容易见时难”，为一篇主意，大好江山，难得再见，叙述事状而已，继以具体之描写，极力生发再见之难，正如流水落花之随春俱迁，不得复返，不知在天上抑在人间，则江山不可复得之意境全出矣，故流水落花，在本题原属外缘，而实足使主题之意境格外透彻而显豁，非取外缘以替代主题也。诸如此类，均属纯真之境界，不得目之为依附。大凡一篇之中，如非极为单纯之境界如和凝之“正是破瓜年纪，含情惯得人饶，桃李精神鹦鹉舌，可堪虚度良宵！却爱蓝罗裙子，羡他长束纤腰”（《河满子》）一类作品，总不能不多方取材，其在慢词为尤甚。慢词中如柳永之《斗百花》：

> 满搦宫腰纤细，年纪方当笄岁，刚被风流沾惹，与合垂杨双髻，初学严妆，如描似削身材，怯雨羞云情意，举措多娇媚！争奈心性未会，先怜佳婿！长是夜深，不肯便入鸳被，与解罗裳，盈盈背立银釭，却道“你但先睡”。

纯写少女之体态与心情者，为数极少。普通慢词，于主题之外，几不能不有所缘饰。或追思过往，作种种之回味；或凝想方来，作种种之预期；或以外事作对照；或以景物相烘托：无非欲使其所表现之境界，更为真切而有味。例如贺铸之《天香》：

> 烟络横林，山沉远照，迤逦黄昏钟鼓。烛映帘栊，蛩催机杼，共惹清秋风露。不眠思妇，齐应和几声砧杵，惊动

天涯倦宦，骎骎岁华行暮！　当年酒狂自负，谓“东君以春相付”。流浪征骖北道，客樯南浦。幽恨无人晤语，赖明月曾知旧游处，好伴云来，还将梦去。

主题是“惊动天涯倦宦，骎骎岁华行暮”而已。就情布景，随事设陪，忽而回忆，忽而想望，烟树斜阳，黄昏钟鼓，蛩音烛影，思妇砧声，乃至当年醉狂之酒，迷恋之春，征骖客樯，北道南浦，月色梦云，时空变换，不拘一格，取材极为广泛，而总为主题生发，细为分析，则形形色色，综合观之，则表现远行当岁暮萧条难堪之意而已。慢词因篇幅较长之故，大都如此写法，论其境界，应于错综中求整齐，零碎中求统一，不论其取材与主题直接关系抑间接，其为纯真之境界则一也。

二、惝恍之境　若即若离，似粘似脱，令人挹之不尽，感慨无端者，惝恍之境也。词人构境，欲使其空灵骀荡，有遗神，有余味，耐玩索，每出之以此种境界。有以此种境界为最高境界者，《蕙风词话》：

曩余词成，于每句下注所用典。半唐曰：“无庸。”余曰：“奈人不知何！”半唐曰：“傥注矣而人又不知，又将奈何。矧填词固以可解不可解，所谓烟水迷离之致为无上乘耶！”

所谓“烟水迷离”即惝恍之境也。“烟水迷离”之境，非真不可解，不能死执所表现之一境以观察判断耳。纯凭直觉之印象作综合之判断而不事条分缕析者固亦有之，然此关乎读者之批判态度，又不限于惝恍之境也。惝恍之境，其成因较复杂，取材较广泛，而表现又极浑融，似多种质素之混合物，且复不受时空之制限，故骤观之，所觉到者为一片迷离莫名其妙之境界，然细加体会，其美妙处，亦可得而言，非漫无伦次“集合美丽之字，听其自然融合”也。特分界既不易清晰，而欣赏者凭其直觉为已足，无所用其分析，故即以其美妙在“烟水迷离”耳。惝恍之境，复可分为两类：

其一，暗示　暗示之境者，言在此而意在彼，作者不敢明言而又不得不言时用之。本所表现之境界以推求作者之用心，非表里如一，须先求得其本事，然后两相比附，始能知其寄意之所在，其作用，纯乎以暗示之方式出之，与纯真之境界，恰立于相反之地位也。在作者最初之感受，亦属纯真之情意，顾不得显然以纯真之方式表出之，故以另种之事物暗示而构成另种之境界。此种境界之构成，从外表观，似与其初感受之情意无关，求得本事后，细加寻绎，于是乃恍然于其所表现者与作者之用心殆无一不暗合也。盖欲构成此种境界，实先通过纯真之境界，具有两重境界之作用，故纯从其既表现之情事景物观，似属写实，纯从作者措境时之用心言，似属理想；实则既殊写实，亦非理想。何则？写实为真情实景，而此非真实之情景；理想不得比附真情事，而此得以本事两相比附也。

诗赋上所谓“主文谲谏，言之者无罪，闻之者足戒”，司马迁称《离骚》谓“其称物小而其指极大，举类迩而见义远”，暗示之境界，其用意与取材颇类此。对家国大事深致不满或对某显要有所刺讥时，每以小事物为暗示之资料而以惝恍迷离之境出之。罗大经《鹤林玉露》曾记一事云：

南唐张泌、潘佑、徐铉、汤悦，俱有才名。后主于宫中作红罗亭，四面栽红梅。欲以艳曲记之，佑应令云：“楼上春寒山四面，桃李不须夸烂缦，已失了东风一半。”时已失淮南，故佑以词谏云。

《江邻幾杂志》谓“韩熙载和词云云，时已割淮南与周矣”。杨慎《词品》谓“盖讽其地渐侵削也，可谓得讽谕之旨”。沈祥龙《论词随笔》谓“盖谓外多敌国，地日侵削也，后主为之罢宴。词能如此，何减乐章”。虽各人所见不同，而词之有暗示之一境且此暗示之境大有“主文谲谏”作用，则无可否认也。例如王沂孙《眉妩》赋新月：

渐新痕悬柳，淡彩穿花，依约破初暝。便有团圆意，深深拜，相逢谁在香径？画眉未稳，料素娥犹带离恨。最堪爱一曲银钩小，宝帘挂秋冷。　千古盈亏休问，叹慢磨玉斧，难补金镜！太液池犹在，凄凉处，何人重赋清景。故山夜永，试待他窥户端正。看云外山河，还老桂花旧影。

此词有所暗示，历来词人多有论及。张惠言云：“此喜君有恢复之志而惜无贤臣也。”（《词选》）邓廷桢云：“王圣与工于体物而不滞色相，如《眉妩》咏新月云‘千古盈亏休问，叹慢磨玉斧，难补金镜！太液池犹在，凄凉处，何人重赋清景。故山夜永，试待他窥户端正。看云外山河，还老桂花旧影’。则别有怀抱。”（《双砚斋词话》）谭献云：“‘便有’三句，则寓意自深。”（谭评《词辨》）沈祥龙云：“王碧山咏新月之《眉妩》，（略）别有所指，故其词郁中善感。”（《论词随笔》）今按，此词虽咏新月实有暗示，或作于伯颜陷临安后景炎已立厓山未败时（丁丑戊寅间）。“便有团圆意，深深拜，相逢谁在香径？”幼主初主，未见贤辅也。“太液池犹在，凄凉处，何人重赋清景。”则临安既已陷落矣。“故山夜永，试待他窥户端正。”忠爱之忱、热望之诚，和盘托出，必在祥兴未死之时可知。诸如此类，正所谓“称物小而其指甚大，举类迩而见义远”也。有故事得相比附而又不便明言，是故为此惝恍之以境寓暗示之意，非写实，亦非理想，自成一种境界。

其二，虚摄　虚摄者，以所欲表现之情景总摄而虚化之也。此种境界，有三种特有之作用：1. 不黏着于一事一物，使读者可连类无穷。2. 不为时际所限，使读者兴悠远之思。3. 浑括影像，使读者得揣摩言外之旨。惟此种境界，最适切“意内言外”之旨，故高明之作家每视为最高之境界而究心焉。历观词籍，其有名于时之作品，用虚摄之境者十之七八，殆有意为此，非偶合也。兹列举各例，以实吾说。甲、关于一事一物者，如韩缜《凤箫吟》之“长行长在眼，更重重远水孤云”，咏芳草而连类无穷。如晁补之《水龙吟》之“算春长不老，人愁春老，愁只是人间有”，分明将春与人较说，而往复关生，情味不竭。如毛滂《惜分飞》之“今夜山深处，断魂分付潮归去”，明写孤寂之难堪而分付断魂归去，有着落而转觉杳无归宿，难堪之情弥甚（毛氏即以此语见知于东坡）。如张炎《高阳台·西湖感春》之“东风且伴蔷薇住，到蔷薇春已堪怜”，《解连环》咏孤雁之“写不成书，只寄得相思一点”，写蔷薇、孤雁而绝不黏着，觉蔷薇、孤雁外更有足以萦人心曲者，情味悠长，使人把玩无斁。乙、关于时际者，如晏幾道《浣溪沙》之“当时只道是寻常”，又《鹧鸪天》之“今宵剩把银釭照，犹恐相逢是梦中”，柳永《少年游》之“狎兴生疏，酒徒萧索，不似去年时”，张先《青门引》之“残花中酒，又是去年病”，朱服《渔家傲》之“而今乐事他年泪”，姜夔《浣溪沙》之“当时何似莫匆匆”，又《鹧鸪天》之“少年情事老来悲”等等，均以时际寓无穷之思，愈指实而情味愈觉深长，境界愈觉惝恍，则虽实指时际而不为时际所限也。丙、关于浑括影像者，如张先《一丛花》之“沉恨细思，不如桃杏，犹解嫁东风”，苏轼《永遇乐》之“燕子楼空，佳人何在，空锁楼中燕”，秦观《满庭芳》之“疏烟淡日，寂寞下芜城”，赵令畤《蝶恋花》之“恼乱横波秋一寸，斜阳只与黄昏近”，时彦《青门饮》之“醉里秋波，梦中朝雨，都是醒时烦恼”，周邦彦《兰陵王》之“斜阳冉冉春无极”，又《夜飞鹊》之“兔葵燕麦，向斜阳欲与人齐”，又《关河令》之“酒已都醒，如何消夜永”，辛弃疾《念奴娇》之“楼空人去，旧游飞燕能说”，又《摸鱼儿》之“休去倚危阑，斜阳正在烟柳断肠处”，姜夔《点绛唇》之“数峰清苦，商略黄昏雨”，又《踏莎行》之“淮南皓月冷千山，冥冥归去无人管”，又《八归》之“最可惜一片江山，总付与啼鴂”，又《霓裳中序第一》之“人何在？一帘淡月，仿佛照颜色”，吴文英《渡江云》之“明朝事与孤烟冷，做满湖风雨愁人”，又《齐天乐》之“但有江花，共临秋镜照憔悴”，又《高阳台》之“伤春不在高楼上，在灯前欹枕，雨外熏炉”，又《八声甘州》之“问苍波无语，华发奈山青”，黄孝迈《湘春夜月》之“空樽夜泣，青山不语，残照当门”，周密《瑶华》之“杜郎老矣，想旧事花须能说”，又《曲游春》之“看画船尽入西泠，闲却半湖春色”，张炎《八声甘州》之“一字无题处，落叶都愁”，王沂孙《长亭怨慢》之“望不尽冉冉斜阳，抚乔木年华将晚”，又《高阳台》之“如今处处生芳草，纵凭高不见天涯”，如此等类，不胜枚举，或述说当前，或追言过往，或直抒怀感，或就景说情，总含思渺邈，寄意幽深，而出之以虚浑之境，令人吟味无穷，低徊不尽。

以上两种境界——暗示与虚摄，均属惝恍之境。前者其境界之表现与情意之蕴藏广狭虽同而不显合，后者其境界之表现与情意之蕴藏虽显合而广狭不同；前者其异在质，后者其异在量。不问其为质为量，其境界与情意有不相等之部分则同。故仍得同归于惝恍之境。惝恍之境之所以异于纯真之境者亦在此。纯真之境之为表里如一、质量相等，上文已明言之矣。其质或量有一不相等，则表里不能如一，表里不能如一，则读者各凭其体会之能力与了解之程度以定其对于该词之评价。体会之能力，了解之程度，既各有不同，则该词之价值亦随之而差异，所谓“见仁见智，未必从同”也。以一定之境界，而有不同之评价，故余姑定为“惝恍之境”，以别于“纯真之境”，至命名之正确与否，自属一时之假定，取其较可赅括云尔。

词之境界，非属“纯真”，即属“惝恍”，词人措境，大都不出此两种范围之外。至一词之中，交相为用者自属不少。因纯真之境界，其力量在真切深透；惝恍之境界，其力量在余味遗神，各有所长，故亦不必偏废也。周济论词，谓“未成格调求空，空则灵气往来；既成格调求实，实则精力弥满”（《宋四家词选序论》），“未成”“既成”云云，自系周氏私见，然历来词家，有此两派，则系实情。主空虚者大抵多取惝恍之境，主质实者大抵多取纯真之境。盖惝恍之境偏于虚，而纯真之境偏于实也。以清词为例，则浙派词人偏重惝恍之境，常派词人偏重纯真之境。至交互为用者，两派均有。亦惟交互为用，易臻完美。盖太重纯真之境，易落呆相；太重惝恍之境，易陷薄弱也。善措境者，于铺叙或属切处多用纯真之境，于顿宕或收结处多用惝恍之境；反是，不失之空滑则失之板滞。以篇幅言，令词有全用纯真之境，亦有全用惝恍之境者，以篇幅较短，境界较不复杂，可专用也。至慢词，则类多互用，全用纯真之境者间或有之，全用惝恍之境者，则惟有用暗示法构成，以虚摄法构成者，除苏、辛派词偶或一用外，他家殆无所见。

四、论“隔”与“不隔”

关于词境之品定，王国维先生曾提出“隔”与“不隔”问题，其言曰：

> 白石写景之作，如“二十四桥仍在，波心荡冷月无声”，“数峰清苦，商略黄昏雨”，“高树晚蝉，说西风消息”，虽格韵高绝，然如雾里看花，终隔一层。梅溪、梦窗诸家写景之病，皆在一隔字。北宋风流，渡江遂绝，抑真有运会存乎其间耶？（《人间词话》上）

又曰：

> 问隔与不隔之别。曰：……如欧公《少年游》咏春草上半阕云“阑干十二独凭春，晴碧远连云，千里万里，二月三月，行色苦愁人”。语语都在目前，便是不隔。至云“谢家池上，江淹浦上”，则隔矣。白石《翠楼吟》“此地宜有

词仙，拥素云黄鹤，与君游戏。玉梯凝望久，叹芳草萋萋千里”，便是不隔。至“仗酒祓清愁，花消英气”，则隔矣。（同上，按《少年游》咏春草梅圣俞作，非欧公词，王先生意在实例，不重考证也。）

仅举实例，未曾详说“隔”与“不隔”所以不同之理由。细推其意，所谓“不隔”者殆犹刘熙载“用隐亦亮”之谓，凡显出者均不隔也。所谓“隔”者殆犹刘氏“掉转过来”之谓，凡非显出者均隔也（刘氏说见《艺概》）。律以余之所论，“不隔”殆指“纯真之境”而言；“隔”殆指“惝恍之境”而言。词之境界，确有此两种分别；然即以之品评词之优劣，则私意未敢苟同。王氏尊北宋，薄南宋，故于北宋之“用隐亦亮”者极加称誉，而于南宋之“掉转过来”者深致不满。（北宋、南宋云云，亦刘氏说。）不知词人措境，各有不同，亦各有诣极。其所以不同者：一因个人作风关系，一因社会环境关系。以作风言，“惝恍之境”，须通过“纯真之境”后始能达到，词人用心之苦，殆视“纯真之境”为尤甚，似不能因此而鄙其卑下。以环境言，“惝恍之境”每因词人不敢明言而又不得尽言时出之，其措境之难，亦过于“纯真之境”，更不能以其有所假借而加以厚非。用显者重精透，用隐者重含蓄，含蓄之作，常较精透者情味更为深长，包蕴愈觉无限，故历来词评认为高格。如王氏所举白石之“二十四桥仍在，波心荡冷月无声”，“数峰清苦，商略黄昏雨”，“高树晚蝉，说西风消息”之类，其意味极耐玩索，而以其“隔”贬之，殆非公论也。王氏曾有“画工”“化工”之别，尊化工而薄画工（亦见《人间词话》）。顾于此等“惝恍之境”深得化工之妙者，则以其

“隔”少之，以其“如雾里看花，终隔一层”少之，真不可解！（私意“纯真之境”多属“画工”，“惝恍之境”多属“化工”。）

朱光潜先生于王说有所辨释，其言曰：

王氏论隔与不隔的分别，说隔如“雾里看花”，不隔为“语语都在目前”，似有可商酌处。诗原有偏重“显”与偏重“隐”的两种。法国十九世纪巴腊司派与象征派的争执就在此。巴腊司派力求“显”，如王氏所说的“语语都在目前”，如图画雕刻。象征派则以过于明显为忌，他们的诗有时正如王氏所谓“隔雾看花”，迷离恍惚，如瓦格纳的音乐。这两派诗虽不同，仍各有隔与不隔之别，仍各有好诗和坏诗。王氏的“语语都在目前”的标准似太偏重“显”。近年来新诗作者与论者曾经有几度很剧烈地争辩诗是否应一律明显的问题。“显”易流于粗浅，“隐”易流于晦涩，这是大家都看得见的毛病。但是“显”也有不粗浅的，“隐”也有不晦涩的，持门户之见者似乎没有认清这个事实。我们不能希望一切诗都“显”，也不能希望一切诗都“隐”，因为在生理和心理方面，人原来有种种“类型”上的差异。有人接收诗偏重视觉器官，一切要能用眼睛看得见，所以要求诗须“显”，须如造形艺术。也有人接收诗偏重听觉与筋肉感觉，最易受音乐节奏的感动，所以要求诗须“隐”，须如音乐，才富于暗示性……显则轮廓分明，隐则含蓄深永，功用原来不同。说赅括一点，写景诗宜于显，言情诗所托之景虽仍宜于显，而所寓之情则宜于隐。梅圣俞说诗须“状难写之景如在目前，含不尽之意见于言外”，就是看到写景宜显、写情宜隐的道理。

写景不宜隐，隐易流于晦；写情不宜显，显易流于浅。（《诗论·关于境界的几种分别》）

以“显”“隐”立论而破王氏之说，于各人作风不同方面，言之极为透辟。顾以写景、言情而分别显、隐之各有所宜，则仍有说。使写景宜显、言情宜隐之说得以替代王氏隔与不隔之说，则情景交融之作将在隔与不隔之间耶？古来作手，即景生情、融情入景者比比是，写景而无情感渗透其间，则所写之景不能引人入胜；言情而不能以普遍景象出之，则所言之情不能使人同感；且朱氏明言“情趣是可比喻而不可直接描绘的实感”矣，又曾以情景交融为境界所由形成之主要条件矣，是则情景交融之作宜显抑宜隐实为品评境界优劣之先决问题，不当专就写景言情以定准则。此其一。王氏所言与梅圣俞说，其立论均系一般性，原无言情写景或情景交融之别。王氏云：“‘生年不满百，常怀千岁忧’……写情如此，方为不隔。‘采菊东篱下，悠然见南山’……写景如此，方为不隔。”是以写景言情并举也。梅氏虽未举例证明，然其意亦以为凡作诗须有逼真之景象、言外之情意云耳，非截然分写景、言情为两事而为各定准则也。此其二。故窃意王氏之隔不隔，正犹余所假定之惝恍之境与纯真之境。所不同者，王氏以之为优劣之标准，而余则以为隔之境有优劣，不隔之境亦有优劣，隔与不隔系境界问题而非优劣问题耳。

又，“显”“隐”之分，亦非全关技巧上之浅明或艰涩。尽有文字浅明而意境仿佛者，如温庭筠《菩萨蛮》之“心事竟谁知？月明花满枝”，魏承班《谒金门》之“独坐思量愁似织，断肠烟水隔”，欧阳炯《赤枣子》之“含羞不语倚云屏”，晏殊《踏莎行》之“一场愁梦酒醒时，斜阳却照深深院”之类，文字何曾不浅明，何曾有半点“隔”之痕迹，然而属诸言情或情景交融之作且为“惝恍之境”也。又如柳永《迷神引》之“一叶扁舟轻帆卷，暂泊楚江南岸，孤城暮角，引胡笳怨水，茫茫平沙雁，旋惊散；烟敛寒林簇，画屏展；天际遥山小，黛眉浅”，又《竹马子》之“登孤垒荒凉，危亭旷望，静临烟渚，对雌霓挂雨，雄风拂槛，微收残暑；渐觉一叶惊秋，残蝉噪晚，素商时序”，吴文英《玉漏迟》之“净洗浮云片玉，胜花影春灯相乱”，又《瑞鹤仙》之“泪荷抛碎璧，正漏云筛雨，斜捎窗隙”，又《水龙吟》之“树密藏溪，草深迷市，峭云一片”，周密《大圣乐》之“娇绿迷云，倦红颦晚，嫩晴芳树”之类，文字何曾不艰涩，何曾不“隔”，然而纯写景物且为“纯真之境”也。是知文字上之浅明或艰涩，与境界之“显”或“隐”，“隔”或“不隔”，似难一律而论。以文字之能浅明，即认为境界之“不隔”；以文字之涉艰涩，即认为境界之“隔”，遂用以衡该词之优劣，似未免囿于一偏之见也。

词境之优劣，在词人措境之何若而定，文字技巧，自系另一问题。大抵成功之词人，如有好境界，文字技巧似不成问题，而有浅易与艰深之别者，则以好尚与处境各自不同，非关才力也。大自然中一切景物与人生历程中之零枝碎节莫非境界，而不全是词之境界，是否能成为词之境界，则关乎词人之感受、酝造与别择如何而定。倘不获得词之好境界，勉强成词，则其境界必劣，虽在高手，无如之何也。如高观国咏轿、咏帘（《御街行》），刘过咏美人指甲、美人足（《沁园春》）之失纤猥亵，范仲淹（《西江月》)、王安石(《浪淘沙》)咏史事之陈腐，辛弃疾、史浩等寿词之庸滥，文字技巧非不熟练，其如境界不佳何！故惟有美妙之词境者而后能成美妙之词，执单辞零句以定全词之境界固时有得此失彼之嫌，即专凭文字之技巧以定词品之高下亦未为得也。

读词偶记

令词最重情意。情深意厚，即平淡语亦能沉至动人，否则镂金错彩无当也。

写令词不可立意取巧。一经取巧，即陷尖纤，必无深长之情味。尤西堂（侗）、李笠翁（渔）辈即犯取巧之病，骤看煞有意致，按之情味索然。好逞小慧，终身无悟入处也。

令词非铺叙之具，须立意精炼：精炼而觉晦昧时，则当力求其自然。精炼而能出之以自然，则进乎技矣。古来令词之精炼无过飞卿（温庭筠）者，试读飞卿词，有不自然之句不？温词最丽密，人惊其丽密，遂目为晦昧，失之远矣！

写景言情，分之为二，合之则一。善言情者，但写景而情在其中；善写景者亦然，景中无情，感人必浅，其能摇荡心魂者，即景亦情也。温飞卿之“江上柳如烟，雁飞残月天”，孙孟文（光宪）之“片帆烟际闪孤光”，冯正中（延巳）之“细雨湿流光”，何尝不是景语，而情味浓至，使人低徊不尽。作令词固当会此，读令词亦当会此。

* * *

研习令词，须先细事分析，然后求其脉络；研习长调，须先看其脉络，然后细事分析。

令词易纤，慢词易滞，故读令词须留意其凝重处，读慢词须留意其曲折处。

令词不难于秾艳而难于凝重，慢词不难于铺排而难于顿宕。能凝重则意味深厚，能顿宕则局宽笔灵。

读名家令词，于看似平易者最须切实体会；读名家慢词，于看似琐屑者最须加意玩索。平易每多本色语，必其意味甚深厚也，不则浅率矣；琐屑每多渲衬语，必于前后情意有关也，不则冗滥矣。

词家生香出色，每于渲染处见之。有全篇不多着主语而渲染得淋漓尽致者，不得以其喧宾夺主而目为浮滥之词。

词法虽多端，然亦不外顺逆、承转、正反、主宾之类，能加按索，必无不可通者。如不可通，非杂凑即晦昧。杂凑与晦昧，均非佳词，不读可也。

古词有于描写景物中间忽插入情语者，此正是穿插变化处，不可认为破碎，须细寻其关系。

突如其来，戛然而止，不粘不脱，若即若离，此词中甚高境界，应于气格神味中求之。

* * *

读《花间集》，学飞卿或失之难，学端己（韦庄）或失之易，惟学孙孟文可无所失。

如有巧妙之意境，则贵出之以拙重之笔，庶不陷于尖纤。巧妙而不尖纤，为孟文所特擅，但或出之以奇横，不尽拙重耳。

奇横非险巧之谓也，令词最忌纤巧而不妨奇横，如张子野之“昨日乱山昏，来时衣上云”，奇横极矣，然是何等气象，其得谓之险巧耶！

花间词派，孙孟文是一大家，与温、韦可鼎足而立，《花间集》录孙作特多，不为无故。宋人张子野（先）、贺方回（铸）均由孙出，张得其意，贺得其笔，故贺犹逊张一筹。

* * *

周止庵（济）以李后主（煜）词为乱头粗服，以比飞卿之严妆与端己之淡妆，论奇而确。飞卿多比兴，端己间用赋体，至后主则直抒心灵，不暇外假矣。

南唐后主与冯正中词亦自有别：正中虽不乏寄意深远之作，选声设色，犹不尽脱花间习气，如后主之天趣洋溢，悲痛沉至者，都不可得。此则性情身世，远不相及，非关学养也。

正中词可学，故为宋初诸家所祖。若后主之“林花谢了春红，太匆匆。无奈朝来寒雨晚来风！　胭脂泪，留人醉，几时重？自是人生长恨水长东！”哀艳而复雄奇，悲愤而复仁爱，曲折深至而复痛快淋漓，兼包众长，无美不备，直是天地间第一等文字，讵可学而能耶！即此可判李、冯之高下。

以乱头粗服比后主词，周止庵可谓善于取譬。余谓惟“粗服乱头，不掩国色”者乃系天下之至美。若温之“严妆”，韦之“淡妆”，终输一着，以其犹有“妆”在也。周氏特尊飞卿，竟不悟此！

* * *

柳耆卿（永）词，来自民间，复多新调，其熔铸与创造之才，非并时诸家所可及。

耆卿词，寓曲折于平直，气机最为流畅，可药破碎，可救艰涩。

耆卿最长铺叙，随意抒写，无微不至，以其精乐律、善创调，一无拘束，得以舒卷自如也。

* * *

东坡（苏轼，字子瞻，号东坡居士）乐府，气体高妙，前无古，后无今，于词境为最高，最不易学。盖既不雕镌句调，又不用拙重之笔，天趣流行，大气包举，学之者不失之庸，即失之肆，恰如分际，恰到好处，正不易言也。

词至东坡，境界最大，取材最广，可以发抒怀抱，可以议论古今，其作用不亚于诗文，盖至是而词体乃尊矣。

东坡《水调歌头》上阕“我欲乘风归去，又恐琼楼玉宇，高处不胜寒”，“去”“宇”协韵；下阕“人有悲欢离合，月有阴晴圆缺，此事古难全”，“合”“缺”协韵，似系偶合，非有意为此。集中他作，亦无于此处用韵者。顾坡派词家，每依此首用韵，如蔡伯坚（松年）《明秀集》中《水调歌头》八首无一例外，显系有意仿此。作始者无心，而步趋者固执，积之已久，遂成定律。天下事类此者众，此特其一端耳。

东坡天人姿，胸襟、学养种种，均非凡夫所能学步。但亦不能因噎废食。读东坡词多，不惟可以扩胸襟、开眼界，于慢词驱遣驰骤之法亦大有裨益。

* * *

淮海（秦观，字少游）词，不慑不怒，不茹不吐，其音和，其气静，其神穆，而深入浅出，情味浓至，读之令人低徊不尽。周止庵谓其逊清真（周邦彦，字美成）之辣，又病其少用重笔，殆非真知淮海。不辣不重，止其所以为淮海也。

淮海《满园花》《品令》诸作，纯用白描，间入方言，多不可解。此系有意存真，故为尘下，戏谑之作，并时多有，不足为大雅之累。

读淮海词多，觉他人所作，多是偏才，浪费气力。

松而能厚，平而能深，是少游特擅。

* * *

渔洋服膺易安（李清照），至推为婉约宗主，然则将置少游于何地！平心而论：易安于此道致力甚深，其自命亦殊不凡，观其论北宋诸公词可见。以词心言，真可不愧少游，特矜气太重，时欲出奇制胜耳。

易安工于言情，其《声声慢》《凤凰台上忆吹箫》《一剪梅》《武陵春》诸阕，均缠绵悱恻，足以荡气回肠。《醉花阴》之“帘卷西风，人比黄花瘦”，虽传诵一时，通首不称，惟以句胜耳。

“蹴罢秋千，起来慵整纤纤手，露浓花瘦，薄汗轻衣透。见有人来，袜刬金钗溜，和羞走。倚门回首，却把青梅嗅。”女儿情态，曲曲绘出，非易安不能为此。求之宋人，未见其匹，耆卿、美成，尚隔一尘。

* * *

辛稼轩（弃疾）词，思力沉透，笔势纵横，气魄雄伟，境界恢扩，每一下笔，即有笼盖一切之概。此由其书卷多、襟抱广、经验丰得来，绝非粗莽浅率者所得借口。

坡词由南而北，稼轩由北而南，虽作风不同，而辛受苏影响之迹象却可按索。

稼轩词最沉着处每以最浑脱之笔出之，此层最须体会。有似脱口而出，实乃几经锤炼，沉痛至极者，尤不可草草看过。

稼轩词至难学，然不可不读，盘礴之气，坚苍之骨，得于此植其基也。

稼轩词真力弥满，不易以貌袭也。徒袭其貌必平浅，患平浅也而益之以风趣，则学稼轩乃转入竹山（蒋捷）一路矣，乌睹所谓稼轩者！蒋心余（士铨）、郑板桥（燮）辈均如此。

稼轩词以力量胜，性情胜，所谓“满心而发，肆口而成”也。惟其如此，故为令词，时不免失之直率（精炼者当然不少）。直率不足为稼轩病，学稼轩而专师其直率，乃真大病矣。

*　　*　　*

梦窗（吴文英）词炼字炼句，迥不犹人，足救滑易之病。

梦窗词以丽密胜，然意味自厚，人惊其丽密而忘其意味耳。其源出自飞卿。

梦窗词亦有气势，有顿宕，特不肯作一平易语，遂不免陷于晦涩。读者须于此处求真际，不应专讲情韵、猎彩藻也。

梦窗词用意过事曲折，故有“不成片段”之讥，然能细加按索，自有脉络可见，非凑杂成章也，惟不可穿凿求之耳。

*　　*　　*

王碧山（沂孙）词，品高味厚，托意深远，而句调安雅，不雕不率，于两宋诸家中最为纯正。陈亦峰（廷焯）至欲尊之为古今第一人，虽属私嗜，然以醇雅言，虽少游亦当却步也。《花外集》中，无游戏之作，无粗率之笔，求之两宋词集中未见其比。

碧山事迹，最难考索，固有疑其曾入翰苑者（朱彝尊跋《乐府补题》及刘毓盘《词史》）；又碧山词或作二卷（黄虞稷《千顷堂书目》，朱彝尊《词综·发凡》引目，《历代诗余》等），或不分卷（名《花外集》者均不分卷，钱大昕《元史·艺文志》作《碧山乐府》一卷，《花外集》二卷，似误。以余所考，碧山词原名《花外集》，不分卷；后易名《碧山乐府》，始有二卷之分），因有疑其已佚一卷者。羌无实据，均不可信。以草窗（周密）题辞推之，碧山或非布衣，然不能谓其入翰苑也；以陆辅之《词旨》考之，碧山词必有遗佚，然不能谓其脱去一卷也。

碧山词多托物寄意，故情味殊厚。然即以咏物词观，亦曲折深透。以其不用险仄之笔，故高于梦窗。

宋词风格流派略谈

一般谈宋词的都概括为豪放和婉约两派。这是沿用明张綖（世文）评价东坡、少游的说法（见张刻《淮海集》），是论诗文的阳刚阴柔一套的翻板，任何文体都可以通用，当然没有什么不对。不过，真正要说明宋词的艺术风格，这种两派说就未免简单化。清初顾咸三（仲清）说："宋名家词最盛，体非一格，辛、苏之雄放豪宕，秦、柳之妩媚风流，判然分途，各极其妙；而姜白石、张叔夏辈以冲淡秀洁，得词之中正。"（见高佑釲《迦陵词全集序》引）对姜、张的评价对不对是另一问题，但把他们划出豪放、婉约两派之外，则较为切合实际。此外如周济的四家说，戈载的七家说，郭麟的四体说，陈廷焯的十四体说（包括唐、五代）等等，各有所见，莫衷一是。

其实，如果细加区别，即使一个作家一生的创作，风格也不是一律的。大家知道，写"大江东去"（《念奴娇》）的苏轼，也写过"彩索身轻长趁燕，红窗睡重不闻莺"（《浣溪沙》）这么娇媚的作品；以精艳著称的贺铸，也不无慷慨激越的名篇（《六州歌头》《水调歌头》)。就以被看成“词语尘下”(李清照评柳词)的柳永词来说，除通俗浅显、细密妥溜的表现之外，有如《八声甘州》一类的壮阔浑融，有如《双声子》一类的沉顿苍凉，有如《满江红·桐川》一类的高雅精健，都不能说不是他的艺术风格的表现。我们说某一作家属于某一流派，也只是就其总的表现说，不能看成他的绝对唯一的表现。老练的作家，是能够随物赋形，因宜应变的。

照我的浅见，宋词的艺术风格，可归纳为：真率明朗、高旷清雄、婉约清新、奇艳俊秀、典丽精工、豪迈奔放、骚雅清劲、密丽险涩等派，每派各有代表作家和附属作家。此外，北宋前期还有一些继往开来的风格流派。

在这里，我想对每一流派略加疏说。至北宋前期的风格流派，则另文论述。

一、真率明朗

以柳永为代表。不事假借，极少粉饰，有甚说甚，而委曲详尽，妥贴谐叶，既明朗，也深切。这是民间词的特色，应该是柳词的来源。项安世说“杜诗柳词，皆无表德，只是实说”；李之仪说，“耆卿词，铺叙展衍，备足无余”；周济说，“柳词总以平叙见长，或发端，或结尾，或换头，以一二语勾勒提缀，有千钧之力”；刘熙载说，“耆卿词，细密而妥溜，明白而家常，善于叙事，有过前人”。这类说法，都是从柳词总的艺术风格着眼的。柳词确有这类特色，这在以前的文人词中还没有出现过。《乐章集》中绝大多数都是这种风格的表现，我们如果把它们细加比对

（如以《迎春乐》比对敦煌曲的《送征衣》，以《斗百花》比对敦煌曲的《倾杯乐》之类），还可以看出它们和民间词一脉相承的线索。不过，柳永毕竟是一个“才子词人”，他也发挥了文人词的长处。晁补之（一说苏轼）就曾这么评过他的《八声甘州》：“世言柳耆卿曲俗，非也，如‘霜风凄紧，关河冷落，残照当楼’，此语于诗句，不减唐人高处。”后来的词评家如宋翔凤说它“高处足冠群流”，如周济说它“言近意远，森秀幽淡之趣在骨”，如郑文焯说它“能以沉雄之魄，清劲之气，写奇丽之情，作挥绰之声”，都是从柳词这一方面着眼的。由于这一方面更适合封建文人的口味，因而学柳词的人也偏于这一方面，逐渐走上典丽的路上去，而对于柳词的真率明朗的风格却由削弱而至于消失。

沈唐、李甲、孔夷、孔处度、晁元礼、曹组都是学柳词的嫡派。聂冠卿、杜安世等属于这一派而不及柳之自然。受柳词影响而另成派别的有婉约清新派和典丽精工派的词人。

二、高旷清雄

以苏轼为代表。这是文人词的提高和发展，源于五代十国的韦庄和李煜。北宋的范仲淹、欧阳修、王安石都有部分词显示出这种风格，到苏轼才达到成熟阶段，并提倡这种风格和柳永一派相对立。“高处出神入天，平处当临镜笑春，不顾侪辈”（王灼《碧鸡漫志》），“一洗绮罗香泽之态，摆脱绸缪宛转之度，使人登高望远，举首高歌，而逸怀浩气，超乎尘垢之外”（胡寅《酒边词序》），“无意不可入，无事不可言”（刘熙载《艺概》）。这是苏词的特色，既高旷，又清雄，《东坡乐府》中大部分是表现这种风格的作品，《西江月》（“三过平山堂下”）、《水调歌头》（“明月几时有”“落日绣帘卷”）、《永遇乐》（“明月如霜”）、《八声甘州》（“有情风万里卷潮来”）等充分证明了这一点。苏轼扩大了词的境界，使词抒写的范围等同于诗歌，甚至展延到散文的领域，这在词的发展史上是一种很大的贡献。

苏词也有写得很豪放的，除上举“大江东去”一首外，如《念奴娇》（“凭高眺远”）、《南乡子》（“旌旆满江湖”）等都是。也有写得很妍丽的，除上举“道字娇讹苦未成”（即含有“彩索”一联的）一首外，如《蝶恋花》（“花褪残红”）、《鹧鸪天》（“笑撚红梅”）等都是。但这类词为数不多，不能把它们来代表这派词的独具的风格。

由于取材太易，出笔太快，这派词也不无庸滥肤浅之作。

自苏轼以下，黄庭坚、晁补之、叶梦得、朱敦儒、陈与义等，都是有意学苏的，可以归入这一派。当然，他们中间也有受到柳永影响的。张元幹、李纲、张孝祥等继承这一派而较沉着悲壮，是由这一派过渡到豪放派的桥梁。

三、婉约清新

以秦观、李清照为代表。秦观远师南唐，近承晏、欧而参以柳永；时有凄怨之音，似李煜中期之作，比晏、欧伸展，比柳永雅丽。《淮海居士长短句》中，不少工细精刻的描写，但一般不露着力痕迹，故看来仍极和雅、浑融而不陷于纤巧；表情重婉转含蓄；有铺排，但颇凝整。这和他的“女郎诗”有共通之点，都标志着他个人的性格特征。在当时柳、苏之外自成一种风格，而和柳较接近。蔡伯世说："子瞻辞胜乎情，耆卿情胜乎辞，辞情相称者，惟少游一人而已。"这是说秦词的情辞兼胜。《四库提要》："观诗格不及苏、黄，而词则情韵兼胜，在苏、黄之上。"这是说秦词的情韵兼胜。把秦词抬高到压倒柳、苏的地位，固然是一种主观的看法，但也可见秦词是另一种面目，不能把它隶属于柳派或苏派。《踏莎行》（"雾失楼台"）、《八六子》（"倚危亭"）、《望海潮》（"梅英疏淡"）、《满庭芳》（"山抹微云"）等是他的代表作，可看出他的风格所在。张炎说它"清丽中不断意脉，咀嚼无滓，久而知味"（《词源》），张綖说它"婉约"（张刻《淮海集》），周济说它"和婉醇正"（《宋四家词选序论》），刘熙载说它"自出清新"（《艺概》），都能道出秦词的艺术风格。不过，秦词毕竟缺乏独创性。到了李清照，这派词才真正达到了高峰。

李清照虽说过这样的话："秦少游专主情致而少故实，譬如贫家美女，虽极妍丽丰逸，而终乏富贵态。"（《论词》）实则她的词风和秦词还是一脉相承的。她的词也没有什么"故实"，创作和理论并不一致。只是由于她所处的时代和她自己的经历的关系，使她的词风前后有所不同：前期较妍媚，后期较凄怨。可是，她的总倾向还是婉约。她的造句遣辞不少新创，她的描写手法曲折深透，往往出奇制胜，即平易近人之作，也摒绝庸滥，独标清新，在婉约派中，比较秦观，实已跨进了一大步，达到了最成熟的阶段。王士禛谓"婉约以易安为宗"（《花草蒙拾》），并非过誉。《渔家傲》（"天接云涛"）、《一剪梅》（"红藕香残"）、《声声慢》（"寻寻觅觅"）、《永遇乐》（"落日镕金"）等是她的代表作。

这派词，除秦、李外，赵令畤、谢逸、赵长卿、吕渭老等都在不同程度上朝着这个方向走。

四、奇艳俊秀

以张先、贺铸为代表。张先和晏、欧、柳同时，但他的词的接触面比他们广，已有不少标题，也有部分创调和慢词，可以看出他不是一个墨守故常的词家，而是一位创作的高手。他抒写平凡的景物情事都富有韵味。晁补之说："子野韵高。"（《复斋漫录》引）这"韵高"确是张词的一种特征。《张子野词》中还有不少奇横的意境，不少精警句调，这都是他匠心独运、卓尔不群的表现。《醉垂鞭》（"双蝶绣罗裙"）、《天仙子》（"水调数声"）、《千秋岁》（"数声啼鴂"）、《倾杯》（"飞云过尽"）等词，表现了他的独特的风格。

贺铸词，绝大部分是写骚情艳思的，但创新的意境和精美的语言层出不穷。他善于驱使古人的辞句，做到"推陈出新"的境地。一些平凡的事物，他也写得精力饱满，神采飞动，使人耳目一新。《东山寓声乐府》中还有小部分雄奇俊伟之作，实为南宋张孝祥、辛弃疾的前驱。《半死桐》（"重过阊门"）、《横塘路》（"凌波不过横塘路"）、《伴云来》（"烟络横林"）、《六州歌头》（"少年侠气"）等标志着他的词的风格特征。

张、贺的词风，虽各有所长，也各有所偏，而笔力精健，采藻艳逸，则是他们的共通之点。比起柳永、苏轼、秦观来，用笔较着力，色彩较秾丽，因而他们别成一种风格。由于张词的命笔遣辞较有迹象可寻，有人就说张先是"偏才"（《宋四家词选序论》)，贺词喜运用前人辞句，有人就说贺铸是“拾人牙慧”(《词绎》)，其实，这是不公允的。

属于这一派的词人，有王观、李廌、李之仪、周紫芝等。

五、典丽精工

以周邦彦为代表。他继承柳永而着重其中文人词的因素，并吸取“花间派”以后所有非苏派的文人词的特色。他是重视诗歌传统的，但他是“融化诗句”入词，而不是使词的抒写范围等同于诗歌，所以和苏词大异其趣。一般说来，他遣辞造句，用意命笔，都十分矜慎，辞语精炼，结构严密，思力深透，音律谐叶，已达到了很高的艺术境界。陈振孙说他“长调尤善铺叙，富艳精工”(《直斋书录解题》)，王国维说他“言情体物，穷极工巧”(《人间词话》)，都是很恰当的。常州派词人把他抬高到自有词人以来最高的地位，那就未免过分了。《兰陵王·柳》《六丑·蔷薇谢后作》《夜飞鹊·别情》《瑞龙吟》(“章台路”)、《苏幕遮》(“燎沉香”)、《少年游》(“并刀如水”)等，是为人传诵的名篇。

由于周邦彦曾做过大晟乐府的提举官，他在艺术技巧上又达到了文人词中很高的地位，因而周词在当时就有不小的影响，如万俟咏、晁端礼、徐伸、田为等都可以说和周词同一派系的。李清照在《论词》中虽然没有提到周邦彦，但从她所指摘的各家的缺点来看她的主张，如高雅、协乐、浑成、典重、铺叙等，都是周词所具有的，可见周词在当时的支配力量。

南宋词人，除走苏、辛一路的以外，或多或少都受到周邦彦的影响，不过不能看成是他的嫡派。

六、豪迈奔放

以辛弃疾为代表。其源出于苏轼，经过贺铸、张元幹等悲壮激昂之作，益以时代的剧变，使这一派词走上雄奇跌宕、豪迈奔放的道路而另成一种独特的风格。苏词虽然是“无意不可入，无事不可言”，但毕竟是“以诗为词”（陈师道语），是“衣冠伟人”（谭献语）。到了辛弃疾，那就经、史、子、集任意驱遣，自然合度，是英雄豪杰、“弓刀游侠”（谭献语）了。这是辛词的特色，学辛词的人都学他这种特色。实际上，辛弃疾是一位才大、学博，有丰富的阅历，有深厚的感情，而又创造性很强的作家，他的词是兼有婉约、俊秀、典丽种种面貌的，这就不是学辛词的人都做得到，不过他不是用这些来独开户牖和影响别人罢了。刘克庄在《辛稼轩集序》中说：“公所作，大声镗鞳，小声铿锵，横绝六合，扫空万古，自有苍生以来所未见（‘未见’一作‘无’）。其秾纤绵密者，亦不在小晏、秦郎之下。”是符合实际情况的。

辛弃疾词，现存六百二十余首，杰作甚多，《摸鱼儿》（“更能消几番风雨”）、《永遇乐》（“千古江山”）、《菩萨蛮》（“郁孤台下”）、《祝英台近》（“宝钗分”）、《青玉案》（“东风夜放花千树”）等最脍炙人口。辛词中有部分文字游戏之作，当然不值得重视。

这一派词人有陆游、陈亮、刘过、刘克庄等。陆游比辛稍前，词风在苏、辛之间，以内容和辛接近，故不归苏派而归辛派。刘克庄比辛稍后，词风在陆、辛之间，“与放翁、稼轩，犹鼎三足”。（冯煦《宋六十一家词选·例言》）

七、骚雅清劲

以姜夔为代表。他自周邦彦来而有新变。有时也学东坡之高旷，而无其襟抱；也学稼轩之劲健，而无其魄力。极意创新，力扫浮艳，运质实于清空，以健笔写柔情，自成一种风格，仿佛诗中的江西诗派。他精乐律，有十七首自注工尺旁谱，为流传下来的宋词所仅见。宋人评他的词，或说“精妙”（黄昇），或说“清空”“骚雅”（张炎），或说“高远”（陈郁），或说“清劲”（沈义父），各有所见，其中“骚雅”“清劲”的评语似更恰当。《点绛唇》《扬州慢》《齐天乐》《凄凉犯》《惜红衣》《暗香》《疏影》等都是姜词中的杰作。

姜词在当时以至后代，都有较大的影响。朱彝尊谓：“词莫善于姜夔，宗之者张辑、卢祖皋、史达祖、吴文英、蒋捷、王沂孙、张炎、周密、陈允平、张翥、杨基，皆具夔之一体。”（《黑蝶斋诗余序》）这是浙派词人有意抬高姜词的说法，实则除特别推重姜词的张炎外，都是探源周邦彦，甚至还有更接近辛弃疾的（如蒋捷）。说他们受姜词的影响很深则可，把他们都看成姜词的嫡派，那是不切合实际的。勉强可以归入姜派的是史达祖、高观国、周密、王沂孙和张炎，而史太丽，高太粗，周太密，王太深，张太空，各有所失，仍不能和姜词等量齐观。

八、密丽险涩

以吴文英为代表。远祖温庭筠，近师周邦彦。讲究字面，烹炼句法，极意雕琢，工巧丽密，往往陷于险涩，面貌略近诗中的李贺和李商隐，而更为隐晦。

吴词也有较为疏宕流畅的，如《八声甘州》（“渺空烟四远”）、《风入松》（“听风听雨”）、《唐多令》（“何处合成愁”）之类，但为数不多。

吴词在当时就有两种截然不同的评价：尹焕誉它可以媲美清真，冠绝两宋（《绝妙词选》引）；张炎讥它“如七宝楼台，眩人眼目，拆碎下来，不成片段”（《词源》）。都不免一偏之见。吴词最吃香的时期是在清中叶以后，常州派词人周济《宋四家词选》标揭他和周邦彦、辛弃疾、王沂孙为四派的首领，把他们来领导两宋的词家，说他“奇思壮采，腾天潜渊，返南宋之清泚，为北宋之秾挚”。之后，如陈廷焯、朱祖谋、况周颐、陈洵等都极力抬高吴词的声价，作为学习的典范，直至今天，还有不少写旧词的人受到他们的影响；甚至还有人故神其说，说“梦窗之词，与东坡、稼轩诸公，实殊流而同源”（《香海棠馆词话》）。这是不正确的。

明显地可以看出走吴词一路的有尹焕、黄孝迈、楼采、李彭老等。

从宋人的五部词选中所看到的一些问题

近来阅读宋人的词选，觉得有些新的体会，写成此文，就正读者。

南宋黄昇在他所选的《中兴以来绝妙词选》的序里曾这么说：“宋词多见于曾端伯所编；而《复雅》一集，又兼采唐、宋迄于宣和之季，凡四千三百余首，吁亦备矣！”《复雅》一书，采录唐、宋词竟至四千三百余首之多，在宋人选词中，无疑是一部很大的选本。惜书已失传，出自何人之手，已无从考见。现存宋人的词选，有曾慥的《乐府雅词》、黄昇的《花庵唐宋诸贤绝妙词选》和《中兴以来绝妙词选》、赵闻礼的《阳春白雪》、周密的《绝妙好词》等。现在就谈谈我从这五部词选中所看到的一些问题。

《乐府雅词》

曾慥（字端伯）编选。这书的自序（引），作于宋高宗绍兴丙寅（绍兴十六年，公元 1146 年），是流传下来的宋人选宋词中较早的本子。自序说：

> 余所藏名公长短句，裒合成篇，或后或先，非有诠次，多是一家，难分优劣，涉谐谑则去之，名曰《乐府雅词》。九重传出，以冠于篇首；诸公“转踏”次之。欧公一代儒宗，风流自命，词章幼眇，世所矜式；当时小人或作艳曲，谬为公词，今悉删除。凡三十有四家，虽女流亦不废。此外又有百余阕，平日脍炙人口，咸不知姓名，则类于卷末，以俟询访，标目“拾遗”云。

可见他编选这个本子的取材、体例和宗旨。书分上、中、下三卷，又“拾遗”上、下两卷。内有“转踏”“大曲”“雅词”三类。转踏中录无名氏的《九张机》，是别处见不到的；即郑仅（彦能）的作品，也赖此以传。大曲只录董颖的《道宫薄媚》。雅词始欧阳修，终李清照。拾遗两卷，据流传下来的《四库全书》本和《四部丛刊》本，有不少词篇已标出作者的名字，和序里所说“咸不知姓名”不符，显系后人加上。

值得注意的是，无论正篇或拾遗都没有选录柳永和苏轼的作品。没有选录柳永的作品，是因为柳永“好为淫冶讴歌之曲”（吴曾《能改斋漫录》），“多杂以鄙语”（徐度《却扫编》），不合他的雅词的标准，那是容易理解的。为什么不录苏轼的作品，则颇难理解。据我初步的看法，有两种可能：一种是他不录已成为万流宗仰的词，像王安石《唐百家诗选》不录李白、杜甫诗一样；一种是那类词不合他的雅词的标准。前者的可能性较少，因为他分明指出欧阳修是“一代儒宗……世所矜式”，录欧词八十三首来作为雅词的首选了。如果为了这种原因而不录苏词，则将置欧词于何地？我看关键还是在后者。曾氏是把苏轼那种截断众流、别开生面的词作，也和柳词一样看成不合乎雅词的标准的。“过犹不及”“横放杰出”（晁补之评苏词语）和“淫冶讴歌”“杂以鄙语”一样不算雅词，不能入选。后来张炎在《词源》里就说过这样的话：“辛稼轩、刘改之作豪气词，非雅词也。”曾氏大概也是这样的看法。这固然是编选者的主观有所局限，也反映出当时一般人士对“雅词”的看法。为什么？因为“脍炙人口”的“拾遗”里也没有苏词。苏词在当时既然不在“雅词”之列，那么，后来有人以苏词为“变体”（王世贞《词评》），为“别格”（《四库全书总目提要》），也不是毫无根据的了，至少曾慥和他所接触到的一般人士就是这样看待苏词的。

《花庵唐宋诸贤绝妙词选》《中兴以来绝妙词选》

黄昇（字叔旸，号玉林，又号花庵词客）编选。胡德方序《花庵唐宋诸贤绝妙词选》（以后简称《前选》）和黄昇自序《中兴以来绝妙词选》（以后简称《后选》）均作于淳祐己酉（宋理宗淳祐九年，公元 1249 年），可见二书编选的时间。每个词人的名下都作介绍，虽简单，有的词人的名字却赖此以传，显然较《乐府雅词》更完善。有一部分词还缀有评语，也是以前的选本所无。从这里，可以看出词在当时虽然还是“巨公胜士”的“娱戏文章”（胡德方《前选序》），地位已提高到和其他文体一样，值得操选政的人加以评价了。有些评语对后来的影响很大，如评他认为是李白写的《菩萨蛮》《忆秦娥》两首词“为百代词曲之祖”，评温庭筠“词极流丽，宜为《花间集》之冠”，评姜夔“词极精妙，不减清真乐府，其间高处，有美成所不及”之类。在选唐词时，在标目下面加了一条概括性的评论说：“凡看唐人词曲，当看其命意造语工致处，盖语简而意深，所以为奇作也。”这对后来的词选也有所启发，像周济《宋四家词选》的《目录序论》，冯煦《宋六十一家词选》的《例言》，在选词之先来一个理论性的概说，探本溯源，不能不说是黄昇此选开其先例。

《前选》凡十卷，一卷是宋以前词，九卷是宋词。录宋词中已有“苏子瞻（轼）三十一首”，并且名次仅在欧阳修之下（第二名），数量在全选中居第一位。这就可以看出，苏词在当时的地位，已和曾慥选《乐府雅词》时有所不同（两选相去 103 年，见上述）。《后选》选录“中兴以来”（南宋自公元 1127 年赵构即位南京改元建炎始，宋人叫它做“中兴”，其实《后选》所录的如陈与义、叶梦得等也应归入北宋，这界线很难划清）词人的作品，也是十卷，末附黄昇自己的作品三十八首。其中辛幼安（弃疾）和刘潜夫（克庄）词均四十二首，数量均居第一位。从这里，既可以看出黄氏选词的宗旨，也反映出苏、辛一派词在当时词坛中已占压倒其他流派的地位。

宋王朝自北宋末年金兵南侵以后，广大人民和一些爱国人士是时刻关心国家大事的：对外和异族战，对内和权奸战，形成了民族斗争、阶级斗争和统治阶级内部斗争异常尖锐剧烈的局面。在这样的情势之下，时代所要求于词人和词人自己所要抒发的思想感情，自然不会是那种只合于“浅斟低唱”“刻翠题红”的风格，而应该是豪迈雄放、悲愤激昂的表现。苏、辛一派词在这时期占压倒优势，是完全可以理解的。黄昇自己的创作风格，虽然不尽出自苏、辛，还受到姜（夔）、史（达祖）的影响，但他这个选本，把苏、辛一派词摆在第一位，却是符合于当时的客观实际情况的。宋词发展到这个时期已达到顶峰，黄氏此选，正是这个顶峰的标志。

《阳春白雪》

赵闻礼（字立之，又字粹夫）编选。这个选本，既不是按照词人的时代先后选录，也不是针对题材的节序编次，又不是根据作品内容的性质排列，每个词人的作品分见各卷中，和前举几个选本不同；只是每一卷中都先慢词，后令词，露出一点编选的体例。而这种体例，也不为后人所沿用。就“正集”（对“外集”说）看，以精工美妙为主；但在“外集”里又录上了张元幹的《贺新郎》“曳杖危楼去”首，“梦绕神州路”首，辛弃疾的《满江红》“笳鼓归来”首，刘过的《沁园春》“斗酒彘肩”首，刘克庄的《满江红》“金甲雕戈”首这类悲壮激昂、具有爱国主义思想，能够反映时代面貌的作品。这说明，赵氏一方面有偏重于追求音律形式美的倾向，而另一方面又不能无视那些真正刻志着时代精神而为人们所爱好的作品，在他选录观点的本身就是存在着矛盾的。而这种矛盾，正是当时词坛上重视思想内容和重视艺术形式两种不同倾向的矛盾斗争的反映。从赵氏个人创作的艺术风格和这个选本具体内容的比重看，他是站在追求音律形式美这方面的，可是他在创作上还没有卓著的声誉和号召的力量，像编选《绝妙好词》的周密一样，因而他不能不以较少的篇幅选录一些久已“脍炙人口”的另一流派的杰作，而叫它做“外集”来表示自己的立场观点。就词的选本的情况看来，也可以说是从上面比较注重内容美的黄选到下面特别注重形式美的周选的一个有明确的倾向性然而仍带有过渡性质的词的选本。

这个选本，除保存不少词人的名字和作品外，如在韩南涧（元吉）的《永遇乐》题下注："为张安国赋，《焦尾集》不载。"在刘吉甫（颉）的《满庭芳》题下注："此词宛有淮海风味，惜不名世。"因此对辑录作家的散佚词篇有作用，对评价词篇的艺术风格也有作用。

《绝妙好词》

周密（字公谨，号草窗）编选。选录南宋初期张孝祥至宋亡仇远凡一百三十二人的作品。书分七卷，共三百八十五首，去取很严，但只重艺术技巧而忽略思想内容，只录清丽圆美的作品而不录雄壮豪迈的作品，如选录辛弃疾词仅三首，刘克庄词仅四首，而选录姜夔词多至十三首，吴文英词多至十六首，偏重音律形式美的观点，显然可见。由于周氏这种选本，更适合于专门讲求形式美的词人的口味，因而从和他同时的张炎起，就说它比黄选和赵选更"精粹"（见《词源》下）；直至清代的厉鹗，还认为它是"词家之准的"（见《绝妙好词笺序》）。其实，周氏这个选本在词学上的贡献，还是在于他选录了许多不见史传的词人的作品，其中很大一部分又是他平生的交游，声应气求，使我们从中可以看出当时这派词流行的情况。就选词的具体内容看，它是远不及黄选之能顾全面而又符合于当时的时代精神的。清人焦循在《雕菰楼词话》中曾说过这么一段话：

> 周密《绝妙好词》所选皆同于己者，一味轻柔圆腻而已。黄玉林《花庵绝妙词选》，不名一家，其中如刘克庄诸作，磊落抑塞，真气百倍，非白石、玉田辈所能到。可知南宋人词，不尽草窗一派也。近世朱彝尊所选《词综》，规步草窗，学者不复周览全集，而宋词遂为朱氏之词矣。

这虽是有为而发，但认为黄选胜周选，而且明确指出周氏“所选皆同于己者”，却是公允的评价。周氏走的这条路子，是同北宋末期“大晟”词人周邦彦、万俟咏等和南宋中期的江湖词人姜夔、堂吏史达祖等一脉相承的。他们的表现手法和艺术风格尽管有某些程度上的不同，而意图专力提倡艺术技巧的总的倾向是一致的。周氏处在那个各方面矛盾斗争都很剧烈的年代而以这样的思想观点来选录词篇，这当然有他的阶级根源以及与之互相适应的美学观点。而这样的选本，恰好就给后来和他有同样的思想观点的人所利用。清代浙派词人特别推重这个选本，并为之作笺（浙派词人查为仁、厉鹗有《绝妙好词笺》），就是一个很突出的例证。周氏多录他平生交游的作品并且特别多录他自己的作品（周选中录自己的作品最多，凡二十二首），也最适合于浙派词人以选词来开宗立派，并扩大自己影响的主观意图（这做法，后来以开宗立派为主旨的编选者如常派的张惠言、周济等也受其影响，不过所走的路向不同而已）。正因为这样，就招来了不满浙派的焦循，把周氏这个选本和朱彝尊的《词综》一并提出来而加以无情的抨击。在我们今天看来，周氏这个选本，从艺术技巧看，自有许多是值得我们批判地吸收的，但从思想内容说，它那种描头画角、舞文弄墨、不以真情实感为主的现象，已完全失却

“词”这一文体应有的作用，是应该加以严格批判的。

如上所述，可见宋人选词的态度是相当严肃的。我们现在读起来，还可以从中窥见宋词发展的过程和不同流派的宗尚。曾慥的《乐府雅词》不录柳永、苏轼的作品，黄昇的两种词选多录苏轼、辛弃疾、刘克庄的作品，宋词发展的动向及其与时代的关系，便约略可见。赵闻礼的《阳春白雪》录精工美妙的作品，而以“外集”录“豪纵高举”（赵氏在“外集”中评贺铸《小梅花》语）、慷慨激昂的作品；至周密的《绝妙好词》则“一味轻柔圆腻”，把所有“豪纵高举”、慷慨激昂的作品都摒弃不录：宋词由高峰逐渐走下坡路以至凝固僵化的一般迹象和两个较大流派的斗争过程，也不难找出一些线索来。虽然其中还有较为曲折复杂的因素：凡是卓有成就的作家都不能无继承，不能无新创，他们的学习可能不限于一个流派，他们在一个流派中也可能有发展变化，我们不能太简单直线地看问题。不过，宋人的词选有助于我们理解宋词的发展过程，则是无可否认的事实。

从这些选本所标志的宋词发展的阶段看，无疑以黄昇的选本为最有价值。它包蕴许多宋词中最优秀的作品，可以代表宋词最高的成就，最值得我们学习。当然，其中还有一些毫无意义的作品，如张孝祥的《鹧鸪天·长沙饯刘枢密》《西江月·为刘枢密太夫人寿》之类。黄氏的评语也还有可议之处，如在朱敦儒名下所评介的不是他选录中的较好的词而是较坏的词之类。不过，我们还可以从这个选本中看到各个流派的具有代表性的作品。胡德方在《前选》的序中说“玉林此选，博观约取，发妙音于众乐并奏之际，出至珍于万宝毕陈之中，使人得一编，则可以尽见词家之奇”，并不是没有根据的。遗憾的是，这个选本，直至今天还未得到应有的重视，因而像《绝妙好词》有人替它作笺，《草堂诗余》有人替它作笺注，而这个选本却无任何人替它笺注过。

花外集笺注自序

碧山词，格高意远，类多咏物，寻绎綦难；又其生平，不见史传，考索匪易；是以往昔载笔，罕尝论及。终明之世，词话辈出，杂识尤繁，求其关于碧山之论述，片言只字，不可得也。有清一代，词学复兴，竹垞《词综》，于碧山词，多所选录；皋文所收，富逾姜、史，梦窗之作，反见遗焉。自时厥后，《花外》一集，始见重视。保绪继起，既凿源派，标立四家，尊碧山为一宗，示学子以“问途”，于是倚声之士，几无不知有碧山矣。挽近名手，胎息碧山，为数至夥；半塘、彊村，其尤著者（张尔田先生谓半塘、彊村，均得力碧山）。顾碧山词，则迄无注本，讵非词林一大憾事哉？余以颛愚，粗闻雅音，于碧山词，嗜之颇笃，研习之余，遇有疑滞，随笔札出。积时既多，割弃未忍，爰为之校注笺释。兹编所录，仅其一部：即专言寄托，间疏名物；其诸彩藻之注释，文艺之批评，有关旨要者，亦为羼入。昔人云：“作者未必然，读者又何必不然。”区区之心，窃本斯义。然仁智所见，未必从同；揣摩作意，或至傅会。蠡测管窥，固难抉其精微，擘笺染翰，庶有异乎钞胥云尔。

詹安泰

一九三六年

温词管窥

温庭筠（飞卿）是我国词史上第一位专业词人。在他以前的诗人如刘禹锡、白居易等，偶然写写词，分量总不多，作者的词名也远比不上诗名。到了温庭筠，才真正专力写词，词有了专集，而且词的成就高于诗。

《新唐书》《唐才子传》《唐诗纪事》均载温庭筠词有《握兰集》三卷，《金荃集》十卷。但孙光宪《北梦琐言》和欧阳炯《花间集序》只提到《金荃集》，而《宋史·艺文志》又仅载《握兰集》。陆游在《徐大用乐府序》中说："温飞卿作《南乡》九阕，高胜不减梦得《竹枝》，讫今无深赏者。"又在《跋金奁集》中说："飞卿《南乡子》八阕，语意工妙，殆可追配刘梦得《竹枝》，信一时杰作也。"陆氏两次提起飞卿《南乡子》，现存的《花间集》《尊前集》《金奁集》都找不到。这说明不但温词专集久有参差，早已失传，即选录温词最多的《金奁集》，(《彊村丛书》本《金奁集》系依明本校刻，内录温词六十二首，如果加上陆游所提到的《南乡子》八阕或九阕，当在七十首以上。）也非陆游所见的原本，温词已经散失不少了。现在要研究温词，《花间集》所录的六十六首，算是最完备的资料了。

历来的词话、词评之类接触到温词的很多，大都是点滴体会，仅见鳞爪。徐沁君的《温词蠡测》（见《国文月刊》五十一期），分温词为四个类型，有归纳概括之功，但对具体作品并无分析或解说，温词难懂的问题仍未解决；既然引了不少成说来附合张惠言对温词所提出的“深美闳约”，又说不能以比兴寄托之义读温词，也游移不定，中无主见。

温词的具体内容和艺术表现，决定于他的生活情形和创作才能，这点似应首先认识清楚。“知人论世”，对理解温词来说是有必要的。否则就会陷入玄妙莫测的深渊。温词的作者，谁都知道，他是一个“士行尘杂，不修边幅，能逐弦吹之音”，喜欢“狂游狭邪”的人，他熟悉歌妓们的生活和心境，他的词主要就是描写他所熟悉的东西。他一辈子都沉沦下僚，身世之感是有的，在他的词中即使有所寄托，也到此为止，不能提升到家国之感去。正因为他一辈子沉沦下僚，有可能接近民间，对民间的风俗习惯有相当的了解，因而他的词也有一部分描写这类的情况。这类词，内容和调名一般能互相吻合，如《河渎神》《女冠子》《蕃女怨》之类，并且写来更生动活泼、流转自如，也值得重视。他的诗和文都是以工丽著称的，诗和李商隐齐名，号“温李”；文和李商隐、段成式齐名，号“三十六体”（因为三人都排行十六）。他把写诗文的手法运用在特别讲究声律的小词上，因而形成他的词的独有的艺术风格——精工清丽。

“温词极流丽，宜为《花间集》之冠”（黄昇《唐宋诸贤绝妙词选》),“温为花间鼻祖”(王士禛《花草蒙拾》),这已经成为定论。就写作时期看,就艺术风格看,都可以这样说。这样说,并没有怎样过分吹捧他。过分吹捧他的始于张惠言。张惠言在《词选序》说:“温庭筠最高,其言深美闳约。”在评温词《菩萨蛮·小山重叠》一首说:“此感士不遇也,篇法仿佛《长门赋》,而节节逆叙。此章从梦晓后领起,‘懒起’二字,含后文情事。‘照花’四句,《离骚》初服之意。”此后,常派词人更变本加厉,一味深求,把温词看成高不可攀,说他“神理超超,不复可以迹象求”(周济《介存斋论词杂著》),认为“飞卿词全祖《离骚》,所以独绝千古”(陈廷焯《白雨斋词话》)。甚至把温庭筠比作屈原,说他“前身合是楚灵均”(周之琦《论词绝句》)。这么一来,黄昇看成“极流丽”的温词,就蒙上一层神秘的外衣,成为“截取可以调和诸物象而杂置一处,听其自然融合”(俞平伯《读词偶得》)的东西,没有什么结构;成为“画屏金鹧鸪”(王国维《人间词话》用飞卿此语评温词),没有什么生命力了。

常派词人本来是要高抬温词来补救浙派末流走向空疏平滑的弊病的,结果反使温词蒙不白之冤,有不少篇章给人看成不可理解的怪物,这可能是他们意料不到的。常派词人以风、骚、比兴、寄托之义说词,扭转了浙派末流说空话、搭空架子的坏习气,使晚清的词家和词学评论者写出不少能够反映时代面貌的词篇,写出不少较为扎实精辟的词论,如文廷式的《云起轩词》、王鹏运的《半塘定稿》、朱祖谋的《彊村词》、况周颐的《蕙风词话》、王国维的《人间词话》之类,在清代来说,确实是“前修未逮,后出转精”。这和常派词人都不无直接或间接的关系。即如不满温词的王国维，他的“有我之境”“无我之境”的说法，和周济的“有寄托入”“无寄托出”的立论也不无共通之点。因此，常派词人在扭转风气这一点的功绩是不可埋没的。可是，常派词人的本身，也只是易“空论”为“高论”，并不完全切合实际。如高谈寄托而特尊北宋，理论和实际就有些脱节。至若上引的张惠言评温词的说法，尤其令人莫测高深，正如亡友李冰若在《花间集评注》中所说：“温尉《菩萨蛮》十四首，中多绮艳之句，信为名作。特当日所进为二十章，今已缺数首。此十四阕是否即为当日进呈之词，抑为平日杂作，均不可考。观其词意，亦不相贯，而张氏谓仿佛《长门赋》节节逆叙，尝就所评研索再四，无论以顺序、逆序推求，正复多所抵牾也。”（冰若评注《花间集》，曾托名《栩庄漫记》以申己说。）冰若曾对温词《菩萨蛮》作总评，说“全首无生硬字句而复饶绮怨者，当推‘南园满地’‘夜来皓月’二阕，余有佳句而无章，非全璧也”。还说什么“以一句或二句描写一简单之妆饰，而其下突接别意，使词意不贯，浪费丽字，转成赘疣，为温词之通病”。可见冰若对温词只是浅尝辄止，还没有经过深入研究。而他这种对待温词的态度，却正是常派词人求之过深的反响。据我所知，像冰若这样对待温词的人还是不少的。

要怎样对待温词呢？依我的浅见，像常派词人那么高抬温词，固然是不符实际情况，未免英雄欺人；像王国维、俞平伯、李冰若这样理解温词，也不免过于轻率，未能恰合分际。“不夷不惠”，似应再加考虑。温飞卿喜欢选用色彩浓艳的字眼来创造艺术语言，有些作品，骤然看来，只是一些人物形象和自然风景的罗列，这是事实。但他在进行创作时，总是经过艺术构思、剪裁手法，把自己所采取的材料组成一个他认为最完美的整体的。作品完成之后，明朗或隐晦，易懂或难懂，是另一问题，但不是随意拼凑（“杂置一处”）或者“词意不贯”，则可断言。不然的话，那作家的写作手法就成为非常神秘、不可思议的了。限于篇幅，现在即就温词中曾被认为“杂置一处”和“前后舛错”的试为浅释一下，看看是否信而有征。其一是《菩萨蛮》：

> 水精帘里颇黎枕，暖香惹梦鸳鸯锦。江上柳如烟，雁飞残月天。　　藕丝秋色浅，人胜参差剪。双鬓隔香红，玉钗头上风。

这首词一开始就写帘，接着写枕头，写绣被，写江上早晨的景物，写女人的服饰和形状，自始至终，都是人物形象、家常设备和客观景物的描绘，五光十色，层见叠出，使人目迷神夺，很难看出其中贯串的线索，这确实是温词中较难理解的一首。张惠言评这首词说：“‘梦’字提。‘江上’以下略叙梦境。人胜参差，玉钗香隔，言梦亦不得到也。‘江上柳如烟’是关络。”自这评语出，越发使人莫名其妙！姑无论下阕是否梦境，即使是梦境，也该是梦中人的形状情态才说得通。分明是“双鬓隔香红”，香红是给双鬓隔开的；分明是“玉钗头上风”，风是从钗中看到的，各归各的，为什么扭在一起，成为“玉钗香隔”，又说“梦也不得到”呢？这就难怪华连圃的《花间集注》不同意张氏这种说法了。可是华氏也没有独抒己见，只引俞平伯的说法（见前引）来解释这首词，这说明华氏也是采取以不了了之的态度，对这词还是不甚了了的。我认为，如果能够摆脱张氏那种以比兴理解温词的观点，而直截了当地结合温飞卿的生平行径来理解这首词，那么，这首词只是作者一桩风流事迹的追述，是没有什么深远的意义的。第一二句是说，他曾经歇宿过那个地方的设备非常精美，有水晶帘，有玻璃枕，还有又暖又香能惹起好梦的鸳鸯被。第三四句是说，在一个足以引动离愁的风景凄清的早上，他就离开那个地方了。第五六句是说，那女子打扮得很漂亮，穿上淡黄色的衣服，簪上玉钗，还戴上"花胜"来送他。第七八句是说，那女子划着小艇，穿过花港，摇摇荡荡地送他到岸上。"双鬓隔香红"，是那女子的双鬓隔开了又香又红的东西，那只有在花丛中穿过，才有这种现象，好像后来严仁《鹧鸪天》的"紫骝嚼勒金衔响，冲破飞花一道红"一样，只是骑马和划艇有所不同罢了。为什么知道那女子是划着小艇呢？"玉钗头上风"已写得很清楚。玉钗簪在头上，本身是不会生风的，风也吹不动它，只有当着头上不断摇摆的时候，玉钗才会在头上颤动得煞像给风吹着一样。头为什么会不断摇摆？那不是划着小艇用力穿过花港是什么？所以，我们只要不囿于旧说，仔细玩索体会，这首词是十分美妙的，简直是一幅完整而又鲜明的异常动人的画面！由于篇中只罗列了各种各样的现象，人物活动的情况一点也没有表露出来，这就使得读这词的人乱猜一顿，猜不透时，就只能说是作者"截取可以调和诸物象而杂置一处，听其自然融合"了。

另一首是《酒泉子》：

日映纱窗，金鸭小屏山碧。故乡春，烟霭隔，背兰釭。　宿妆惆怅倚高阁，千里云影薄。草初齐，花又落，燕双双！

陆侃如、冯沅君合著的《中国诗史》引飞卿这首词之后曾这么说："这首词确有点前后舛错的嫌疑。因为此词的背景，若就'千里云影薄''日映纱窗'诸句看，显然是白昼；但就'背兰釭'句论，又似乎是夜间。（下文考证'兰釭'是灯，略。）这些隐晦艰涩、前后舛错的作品，便是温词失败的处所。"（陆、冯是完全同意王国维的论点的。）这首词是不是"前后舛错"呢？我看，并不见得。前阕写日色穿窗，到默对炉香，背着灯光，由外写到内；后阕写倚阁怅望，看看远景，看看近景，紧接上结自内向外，后由远到近，由模糊到明晰，而以景结情终，含有余不尽之味。通篇思路流贯，层次分明，丝毫也没有"舛错"。写的不是一天的情事，而是两天的情事（也可以说是日复一日的情事），过阕已用"宿妆"两字交代清楚。读者看不清作意，而诬它"前后舛错"，作者是不能任其咎的。这词的后阕连用云影、芳草、落花、双燕几种足以触动离情的景物，写来又很鲜明生动，应该说，在温词中是较易理解、较为动人的，尚且受到不应有的批评，其他更又何说！

温词中出现许多华贵香艳的东西，画罗、绣衣、玉钗、金缕、翡翠、鸳鸯、香烛、红粉等等，触目皆是，令人厌腻，无可讳言。这是作者审美观点的一种标志，是作者追慕繁华富贵的理想意识，与他和一些公子哥儿在城市里鬼混的生活实际，在文艺上的一种表现，同时，也是当时城市丰盛的物质生活的一种反映。我们正不必像常派词人一样无中生有地一定要探求出每篇作品的深远意义。可是，我们也不能采取相反的态度，连作者高度的艺术技巧也加以否定，认为有一部分作品连起码程度的通顺都做不到。照我看，温飞卿写词最讲求结构，既严密又多变化；一般说来，他塑造人物形象，描写自然风景，也没有模糊暗晦的毛病。他有独具的艺术风格和高度的艺术技巧，他的写作手法给后来词人以颇大的影响（包括不良的影响），他在词的发展史上起着相当大的作用。这一切，都是值得注意的。

孙光宪词的艺术特色

孙光宪是“花间派”词人之一。他没有词的专集。《花间集》和《尊前集》录他的词共八十四首，数量之多，在“花间派”词人中居第一位。

历来论述“花间”词的人都以温庭筠、韦庄两派来概括，认为走密丽一路的属温，走清疏一路的属韦。这看法，我认为是比较简单的。如果就思想内容说，《花间集》绝大多数是写男女关系，少数是写风物习尚和赋咏本调，这类作品，温、韦一样有；个别作品写亡国哀思，这种表现，温、韦一样没有：那还有什么区别呢？把温、韦看成两派，当然是就艺术表现说的。就艺术表现说，照我看，孙光宪词有他自己的特色——不同于温、韦的特色，似也可成一派。一般说来，温的特色在体格，密丽工整；韦的特色在风韵，清疏秀逸；孙的特色在气骨，精健爽朗：各有所长，不能相掩。

孙光宪词的艺术特色，从哪些方面表现出来呢？在这里，我想举些例子来试加说明。例如《谒金门》：

留不得！留得也应无益。白纻春衫如雪色，扬州初去日。　　轻别离，甘抛掷，江上满帆风疾。却羡彩鸳三十六，孤鸾还一只！

一开首就断言“留不得”！这开端就是顶点的抒情手法，在《花间集》中就找不出第二个例子。既然“留不得”了，不用说，心情是非常难过的，那接下去的理应是说在这种情势之下怎样的难割难舍，像柳永《雨霖铃》中的“执手相看泪眼，竟无语凝噎”一般。可是，他却出乎意外地翻过来说，“留得也应无益”，好似断了恩爱，毫无依恋。两句话说了两层相反的意思，话说得直截了当，不留余地，里面却包蕴着使人不得不往下追寻的情味。这种突起、急围，既坦率又峭劲的写法，正是孙词气骨遒健的一种表征，温、韦词中没有出现过。以下即从对方的可爱又可恨的具体情状来证明上面的断言的真实性。“白纻”两句，把给人印象最深的人物，情节鲜明而生动地概括出来，不但使人想见那穿着雪白春衫的翩翩年少的风流潇洒、飘然远去的神态和风度，同时还会连带想到那“腰缠十万贯，骑鹤上扬州”的豪阔放荡的行为。用“春衫”，用“扬州”，在选材方面也极见匠心。周之琦评孙词说“最是相思忘不得，春衫如雪去扬州”，就是把它作为孙词中最具有代表性的人物形象来提的。过片紧承别离情景说而更加深刻，用“轻”字和“甘”字，直从那人的内心世界揭出他的性格特征，活绘出那人的忘恩负义的底细，这已经叫人徒唤奈何了；更接上“江上满帆风疾”，电掣风驰，略无顾惜，只剩得云水苍茫，献愁供恨。到这里，那“留不得”的真相，固然泄露无遗，而“留得也应无益”的想法也完全得到证实了。于是，作者才把主人公的现况和心愿和盘托出，却原来是“一只”空羡成双成对的鸳鸯而饱经离别（也许是被人遗弃）之苦的“孤鸾”！这么画龙点睛般的一结，就使得全篇震动，使得全篇的描述都成为真情实感的倾吐，精力更加饱满，更具有动人的力量。这词的取材：服饰是雪白的春衫，地点是繁华的扬州，景色是江上的风帆，看来虽然明媚优美，但所抒发的感情，是邻于绝望的怨恨，而不是缠绵悱恻的思恋，是快要燎原的野火，而不是刚被吹皱的春池。作者所运用的精健爽朗的表现手法恰和这个主题相配称，这可能是这词取得较高的艺术评价的原因之一。这词有无寄托，不易确断。吴梅说：“即如此词，已足见其不事侧媚，甘处穷寂矣。”（吴梅《词学通论》）并无事实根据，和孙光宪生平事迹了无合处，不可信。就艺术表现看，陈廷焯说：“孙孟文词，气骨甚遒，措语亦多警炼，然不及温、韦处亦在此，坐少闲婉之致。”（《白雨斋词话》卷一）却颇中肯綮。陈氏虽不免囿于传统的看法，但已经看出他们之间是有所区别的了。说孙词“少闲婉之致”，也符合实际，一般以气骨取胜的作家总是不大看重什么“闲婉之致”的。不过只因这一些就说他“不及温、韦”，那么，他的“气骨甚遒”远出温、韦之上又将怎样评价呢？显然，这是陈氏受到“词贵婉约”的传统观念所局限，不能从这里就得出他们的词的高下的结论。

孙词的艺术特色，还可以从另一方面来说明。例如《浣溪沙》：

蓼岸风多橘柚香。江边一望楚天长，片帆烟际闪孤光。　目送征鸿飞杳杳，思随流水去茫茫，兰红波碧忆潇湘。

这是从描写景物中来抒发感情的，是情景交融的写法。开首先写景物，蓼花随风摆动，橘柚散发香气，正是江边的寒秋景象。跟着两句是写望，一眼望去，所感到的只是异常空阔的楚天，千里烟波，萦人离思；再仔细望望，视线集中，眼力更锐，便见布帆一片在烟雾迷蒙中放射出一小点白光了。正因为是孤光，才显出是片帆，正因为在烟际，才看到它闪耀，所表现的事物越微细，所集中的眼力越突出，所伸展的境界越广阔，所引逗的情思越深长；是凝望，是痴望，是怅望，种种神态，都从这里透露出来。所谓“片帆七字压遍古今词人”（李冰若《花间集评注》引《白雨斋词评》），虽不免夸大，也不是无根之谈。过片“目送”句从第二句来，鸿是向天飞的。“思随”句从第三句来，水是向江流的。由于这两句和上两句配合得好，不但使上面两句的景中的情更加醒朗，也使这两句的情中的景更贴切真实而不流于空泛。末了以景结情，和起句拍合，指明是兰红波碧的潇湘，既切定要点，又出现鲜明动人的景色，也补充起句的不足（起句只写动态和香气），可以说和起句相得益彰。提出一个“忆”字，就不只是当前的情事了，留有余不尽之味供人玩索，也可以取得更好的艺术效果。这种把篇中上上下下，紧密联系，打成一片的艺术构想和写作手法，是作者一气斡旋、笔力清健的艺术特色的又一种表现。

孙光宪词中属于赋咏本调、描写土风的近三十首，超过全词三分之一，这类词大都是意到笔随，精力弥满，错落晶莹，明净悦目。例如《河传》：

太平天子，等闲游戏，疏河千里。柳如丝，偎倚绿波春水。长淮风不起。　　如花殿脚三千女，争云雨，何处留人住？锦帆风，烟际红。烧空，魂迷大业中！

又如《酒泉子》：

空碛无边，万里阳关道路。马萧萧，人去去，陇云愁！　　香貂旧制戎衣窄，胡霜千里白。绮罗心，魂梦隔。上高楼。

像这类具有较深广的内容、较重大的意义，而又是历史上较多人选用过的题材，是不容易在小词里得到出色的表现的。作者不但在前一首活绘出隋杨广荒淫纵乐、劳民伤财、卒至覆国亡身的情状，在后一首刻画出远征西北的怵目惊心的现象和思妇楼头的伤感，同时，在两首中还在不同程度上都寄寓着对不幸者的同情和对统治者的讽刺。在表现手法上，既明朗，又精警，尽管这两个调子的句法和用韵比较复杂，读者仍然可以一目了然，从中得到一些新鲜的感受，并不因为题材的一般而失却艺术的光彩。应该说，这也是孙词的一种艺术特色。至于像他的《风流子》：

茅舍槿篱溪曲，鸡犬自南自北。菰叶长，水葓开，门外春波涨绿。听织，声促，轧轧鸣梭穿屋。

用朴素的语言，状农村的风物，一直说到农妇的勤劳纺织的生活，这是其他“花间”词人所没有的，即在孙词中也如昙花一现，只此一首，又不能仅仅作为一种艺术特色来理解了。

上述孙词的一些艺术特色，都不是温、韦词派所能范围的。当然，这只是提出一些孙词中不同于温、韦词的艺术特色。孙词中刻画女人的形容体态和心理活动的相当多，这类词的艺术表现，和温、韦词都有或多或少的类似之点。

冯延巳词的艺术风格

冯延巳（903—960），一名延嗣，字正中，广陵人。仕南唐，官至同平章事。有辞学，多伎艺，善辩说，尤喜为乐府词。有《阳春录》（今本名《阳春集》）传世。

冯延巳词有其独具的艺术风格。

把男女关系作为抒写的主要对象，写离别，写怀念，触景生情，睹物兴感，这是冯延巳和“花间”词人共通之点。可是，冯词较少女人的容貌体态的刻画，较多身世的凄怆感慨的抒发，取材较丰富，境界较宽阔，表现手法也较多变化，开阖动荡，笔端灵活，思深力锐，层折特多，若有寄托，若无寄托，不少含蓄，耐人玩索。这一切，都是冯延巳特有的艺术成就，不能完全和“花间”词人等量齐观。

在这里，我想从下列三个方面举例说明，看看是否可以概括冯词艺术风格的全貌。

首先从艺术构思的复杂深广方面来举例说明。例如《鹊踏枝》：

秋入蛮蕉风半裂，狼籍池塘、雨打疏荷折。绕砌虫声芳草歇，愁肠学尽丁香结。　回首西南看晚月，孤雁来时，塞管声呜咽。历历前欢无处说，关山何日休离别！

“蛮蕉”“疏荷”“芳草”“丁香”一齐涌现眼前；忽而“风”，忽而“雨”，忽而“晚月”；乍见“狼籍池塘”，已听“绕砌虫声”；遥望“孤雁”南来，重闻“塞管呜咽”：从外到内，从内到外，又西南，又塞北。天地广阔，场景热闹。而其实也只是为了抒发欢期不再、离别难堪的心境而已。主题已直白说出了，在“前欢”上面又冠以“历历”，在“离别”上面又提出“关山”，便突破了时间和空间的限制，给读者以更多的思考的余地。由于作者把许多景物情事压缩在短短的篇幅中，命意运笔都不断脱换变化，因而能达到沉郁顿挫的境地。也由于作者把许多景物情事压缩在短短的篇幅中，接触面广阔而又多所含蕴，因而使读者会感到作者真正所怀万端，存在着若干未易明言的情意。这是冯词特具的一种艺术风格。

其次从抒发情意的惝恍迷离方面来举例说明。例如《采桑子》：

花前失却游春侣，独自寻芳。满目悲凉，纵有笙歌亦断肠！　林间戏蝶帘间燕，各自双双。忍更思量！绿树青苔半夕阳。

上片写因花前寻芳无伴而感到悲凉，即使笙歌满前亦肠断（所谓“加倍写法”），这情况已难堪极了。下片写看到双双戏蝶和燕子（所谓“反衬写法”），更不敢动“游春”之念。结果下来，只剩下“夕阳”静悄悄地吻着“绿树青苔”的凄冷景象，还有什么“芳”可“寻”呢？简直到了无可挽回的地步！通篇前前后后都是沉痛悲凉的心境的表白，而值得沉痛悲凉究竟是什么，则惝恍迷离，一点也没有透露出来。像这样的写法，照我看，很可能是托意某一时期党争的失败，并非真正写男女关系。假如真的写男女关系，对所依恋的人，总得有或多或少的具体情状的描述，是不会丝毫没有情爱的回味或者欢意的追求的，我们略一翻看唐五代文人词就可以证明这一点。我们固然不能把冯词看得太深，抬得太高，像冯煦在《阳春集序》中所说的一样，把他看成有“忧生念乱”、忠君爱国的思想，但延巳一生几乎与朋党攻讦相终始，有部分词有所寄托，则是毫不足怪的。由于他在词里别有所指，就不得不缪悠其辞，看不清沉痛悲凉的对象。这又是冯词的一种艺术风格，我们不应草草看过。

复次从精致密栗而又凄郁拙重这方面来举例说明。例如《南乡子》：

细雨湿流光。芳草年年与恨长。烟锁凤楼无限事，茫茫，鸾镜鸳衾两断肠！　　魂梦任悠扬。睡起杨花满绣床。薄幸不来门半掩，斜阳，负你残春泪几行！

一般写细雨是和阴暗凝静的景色相配合的，而这词却把细雨和光相配合，并且是流转的光。就这样一个互相矛盾、极不调和的境界，便摄住了本来应该欢乐、反而陷入愁苦的人生的全神。“细雨”即“柳丝长，春雨细”（温庭筠《更漏子》）的“春雨”，在象征意义上，同“无边丝雨细如愁”（秦观《浣溪沙》）的愁绪正铢两悉称。“流光”是暖和而展延的光，跟强烈炙人的阳光不同，这同明媚的春光和“婉如清扬”的人物也吻合无间。用“湿”字把“细雨”和“流光”粘连起来，更是不轻不重，恰如其分。总的看来，这是一种不幸遭遇的象征；而细加吟味，又不同于“雹碎春红，霜凋夏绿”（刘令娴《祭夫徐敬业文》）那么惨痛的情景，只能是一股纤微的凄清况味撩拨着无比温馨的心境的体现。这境界是“花间”词人惯于抒写的，因而有人误认这是《花间集》中的句子用它来评价《花间集》（周文璞谓：“《花间集》只得‘丝雨湿流光’五字微妙。”见《词苑丛谈》卷三）。自淮南小山的《招隐士》有“王孙游兮不归，春草生兮萋萋”的说法以后，春草或芳草（李重元《忆王孙》“萋萋芳草忆王孙”，分明以“芳草”为“春草”）就成为抒写离恨的对象。“芳草”既然是最能触动离恨的东西，所以特提出来，说明自己的离恨和芳草一样与年俱增。这里，既补足上句，使意义更加显豁完满，又突出“恨”字，便于引入下面的人事。（王国维《人间词话》卷上据此和林逋、梅尧臣、欧阳修的咏草词并提，称赞“细雨”句“能摄春草之魂”。不确。）“烟锁”至“断肠”，正写孤栖独处的难堪，用“无限事，茫茫”，包蕴深广，虽实写，仍浑含。下片越写越具体也越深刻。“魂梦”两句紧承“鸳衾”来而加以扩展。欢快的事情已不可得，那么，只有让魂梦去实现了。着一“任”字，一方面有“梦随风万里，寻郎去处”（苏轼《水龙吟》）的意图，另方面也表示期待梦里相逢的殷切。然而梦总须醒，梦醒时映入眼帘的却是那象征薄幸、惯于追逐的杨花堆满了绣床！“梦魂惯得无拘管，又逐杨花过谢桥”（晏幾道《鹧鸪天》），那“薄幸不来”是注定的了，为什么还要把门儿半开“半掩”？这种不必要的动作，正是用情最刻挚到达了“情痴”的境地（亦是拙的一种）的表现。“夜夜长留半被，待君魂梦归来”（相传李白《清平乐》句），管他来不来，总得给他一个可来的机缘，聊且安慰自己，也算体贴对方。结末对“斜阳”，语“残春”，已经把无可奈何的心境全盘托出了，而用诘问的语气来表明有还不尽的泪债，年年此际必流泪。这就不但具有余不尽的韵味，使人寻绎无穷，而且和篇首互相映照，使篇章结构更加缜密而完整。

金针密缝，云锦天章；于浓艳中含凄郁，于细腻中见拙重，是冯词艺术成就的又一种标志。

历来评价冯词的，如陈世修说“思深辞丽，均律调新”（《阳春集序》）；陈廷焯说“极沉郁之致，穷顿挫之妙”（《白雨斋词话》卷一）；况周颐说“愈瑰丽，愈醇朴。……如古蕃锦，如周、秦宝鼎彝，琳琅满目，美不胜收”（《历代词人考略》卷四），又说“冯正中之堂庑，岂操觚之士能方其万一”（《蕙风词话》卷一）；王国维说“虽不失五代风格，而堂庑特大”（《人间词话》卷上）等，虽看法不同，而各有是处，不能偏废。现存的《阳春集》一百二十六首（据《四印斋所刻词》，原一百十九首，王鹏运补七首），其中有与温庭筠、韦庄、牛峤、和凝、顾敻、薛昭蕴、张泌、孙光宪、李煜、欧阳修等人互见的作品（王氏均为注出），要全面地正确地来论述冯词的艺术风格，还是不很容易的。我这里只举出三个例子来说明，当然是简之又简。但这三首都是绝对可靠的冯词，经过具体分析，我想还是可以看出冯词艺术风格的面貌的。

李煜和他的词

一

十世纪前半期，我国历史上又出现了一次大分裂的局面，这就是“五代十国”时代。

“五代”是指后梁、后唐、后晋、后汉、后周五个朝代。其中除后梁朱氏、后周郭氏外，后唐李氏、后晋石氏、后汉刘氏都不是汉族。从农民起义军的叛徒朱全忠起，他们在唐帝国的统治政权被农民起义军摧毁后，相继统治了北中国五十三年。这五十三年中，他们经常进行大混战，到处焚掠屠杀，弄到整个北中国都给战争与死亡的气氛笼罩着，农业生产和工商业城市都受到极其惨重的破坏。

这时南方割据的九国（吴、吴越、前蜀、楚、闽、南汉、荆南、后蜀、南唐。加上沙陀人刘旻在太原所建立的北汉计算，就是“十国”）都是汉人建立的国家，未受西北各落后部族的侵扰，诸国间的战争也少，因而人民生活得到相对的安定，仍能继续生产，特别是西蜀和南唐两个国家，既然吸收了关中一带和中原一带的逃亡者，使劳动力不断增加，而当时个别的统治者还积极提倡生产，务农桑、兴水利等等，因此，这两国的生产力尤其发展，呈现出经济繁荣的景象，成为当时的两个经济中心地区。

词是隋、唐以来的一种新兴的配合音乐的文学体制。它所配合的音乐，主要是从西北各族输入的“燕乐”。它是在我国民歌和诗体的基本句式上加以变化的一种新形式。它的产生和发展都和都市经济、商业发达分不开的。西蜀和南唐既然是当时的经济中心地区，因而词人的创作也集中在这两个国度里。

西蜀的词，备见于赵崇祚所编的《花间集》（集中作者除温庭筠、皇甫松外，几乎全为西蜀人或流寓西蜀者）。南唐词的集子，流传下来的只有冯延巳的《阳春集》和李璟、李煜父子的《南唐二主词》。李璟的词只有四首，其中绝大部分是李煜的词。

二

李煜（937—978），初名从嘉，字重光，号钟隐，又称钟山隐士、钟峰隐居、钟峰隐者、钟峰白莲居士、莲峰居士，是李璟第六子。他天资聪颖，好读书，“精究六经，旁综百氏”[1]，又喜欢佛教[2]。文章、诗、词样样通，还“洞晓音律，精别雅郑”[3]，工书、善画，尤精鉴赏[4]，可以说是一个相当全面发展的文学艺术家。他

[1] 见徐铉《骑省集》廿九《大宋左千牛卫上将军追封吴王陇西公墓志铭》。
[2] 见陆游《南唐书》卷十八《浮屠传》,《江南余载》下等。
[3] 见徐铉《骑省集》廿九《大宋左千牛卫上将军追封吴王陇西公墓志铭》。
[4] 考详夏承焘《南唐二主年谱》。

十八岁时，和周宗的女儿娥皇结了婚（即昭惠后、大周后）。娥皇长得很漂亮，通书史，善音律，兼擅歌舞，因此李煜夫妇间的感情很好。娥皇死时，李煜曾亲撰诔文，里面对她的容貌、体态、才能，以及两人之间的恩爱生活都有生动具体的描写。李煜有不少诗歌都是为了娥皇作的。[1]娥皇死时，李煜二十八岁，过了三年，立娥皇的妹妹为小周后。其实，小周后当她姐姐抱病时已经入宫和李煜私通了，煜词中三首《菩萨蛮》都可能为小周后作。[2]

李煜本是一个爱好文学艺术的人，又过着这样的生活，于是就凭着他的特殊条件从各方面来制造美丽的气氛：如以销金红罗罩壁，以绿钿刷隔眼，糊以红罗，种梅花其外；梁栋、窗壁、柱栱、阶砌并作隔筒，密插杂花；又于宫中悬大宝珠之类[3]，充分表露出帝王家里的豪奢生活的面貌。

尽管李煜做了小皇帝，过着豪奢的生活，他对待他家内人的性情还是很真挚、仁厚的。他对待妻子兄弟都很好，看来都有相当深厚的感情。他这种感情的建立，也可能受了他的诸父间的深刻矛盾[4]和他长兄弘冀毒死叔父景遂后不久自己也死去（弘冀在

[1] 马令《南唐书》卷六《女宪传·昭惠周后》。

[2] 马令《南唐书》卷六《女宪传·继室周后》指出“花明月暗笼轻雾”首，《古今词话》更指出“铜簧韵脆锵寒竹”首，夏承焘先生《南唐二主年谱》认为“蓬莱院闭天台女”首也可能是为小周后作，我同意这种看法。

[3] 据《五国故事》上，《清异录》《默记》。

[4] 煜父李璟，系李昪长子，有四弟：景迁、景遂、景达和景逷。长子在传统上是应该继承王位的，因为景迁是吴王的女婿，得李昪钟爱，又有权臣宋齐丘等拥护他；景迁死后，李昪又器重景达，欲传位于他，病危时，还有密信召景达。他们兄弟之间是矛盾重重的。所以当李煜立为太子时，再三谦逊，将即位时，又要让给景达，既即位了，还宣称兄弟继立。

毒死景遂之后一个月也死，恐非善终，史迹已无可考），这些客观事实的影响。他除写挽辞和悼诗伤痛他的儿子仲宣的夭折和自称鳏夫为长文悲悼大周后之死以外，他的八弟从益出镇宣州时，他率带一些臣子饯别绮霞阁，赋诗并作《送邓王二十六弟牧宣城序》送他[1]；他的七弟从善朝宋，给宋太祖（赵匡胤）留在汴京时，他上表请求从善归国，宋祖不许，他很难堪，罢掉四时的宴会，并作《却登高文》以见意，其中有这样的句子："怆家艰之如毁，萦离绪之郁陶。陟彼岗兮企予足，望复关兮睇予目。原有鸰兮相从飞，嗟予季兮不来归！空苍苍兮风凄凄，心踯躅兮泪涟洏！无一欢之可乐，有万绪以缠悲。"这就不是没有深厚感情的人所能造作出来的了。他这时期，还写了不少伤离惜别的小词。这种种的表现，求之过去的封建帝王是很不易得的。

李煜二十五岁（公元961年）继承父业做南唐国主。那时正当宋太祖建隆二年，南唐已奉宋正朔称臣了。就当时南唐的情势看，已处在一个属国的地位，即使李煜是一个具有政治长才的君主，也还不易挽救国家的颓势，何况他只是一个既不能整军经武，又不能任用贤能的文学艺术家！这样，他对于北方强大的宋，就只有年年纳贡（甚至有一年中就遣使至宋进贡三次的[2]），委曲求全；吟咏宴游，苟且偷安；同时，崇奉佛教，"以无为之

[1] 按从益系李璟第八子，序称"二十六弟"，诗称"二十弟"，均不符合。（序和诗自相矛盾，必有一误。）这种称谓，或系兄弟、姐妹并排，或系连堂、从兄弟合计以夸家族的盛大，不能看成是同胞兄弟的行次。

[2] 见《十国春秋》十七。

心，示好生之德”[1]，来求得精神上的安慰。南唐之不能复兴，我想，他应该是看到的，他最大的希望，不过是不受眼前亏，拖延些时间，不要自己做亡国的俘虏而已。因此，他在位十五年中，宋怎样挟制和压迫，他完全接受，如迫使南唐后主降称江南国主、贬损仪制、改变朝服、降封子弟等等，都是有辱国体的大事，他都忍受下去；只有诏他入朝一事，他就不敢冒险。等到宋遣曹翰带兵出江陵，曹彬、李汉琼、田兴祚带水军相继进发，潘美、刘遇、梁迥复带水军浩浩荡荡地攻打南唐了，他才感到受严重的威胁，一面叫他弟弟和潘慎修大量进贡，一面筑城聚粮，准备固守；宋兵已夺取池州了，他才下令戒严，不奉宋的正朔，表示不臣事于宋；直至宋和吴越会师围金陵，他才命陈大雅突围召朱令赟挟带十五万兵和宋兵交锋。可以说，自李煜在位以来，真正和宋以兵锋相见于战场上的这是第一次，但也是最后的一次。这一切，都可以看出他如何想苟全生命，如何骇怕战争，他保全南唐的信心是如何的低落。朱令赟既然战死，他命张洎作蜡丸帛书求救于契丹又不能抵达，眼见亡国俘虏的命运已经逃不掉了，他想到囚徒生活的痛苦，也曾意图自杀，但他又怎能有自杀的勇气？等到金陵城陷，他就带领殷崇义（因避宋太宗赵光义的讳，改名汤悦）等肉袒出降，和子弟等四十五人随宋兵北上。第二年正月到达汴京，白衣纱帽待罪于明德楼下，受宋封为右千牛卫上将军违命侯。时公元976年（宋开宝九年），他刚好是四十岁。

从此以后，李煜在汴京过着俘虏的生活了。在他过着二年

[1] 韩熙载上表中语。

多的俘虏生活中，曾上表宋太宗（赵光义，赵匡胤于李煜到汴京那年的十月死去，弟光义继立，改国号太平兴国），请派他的旧臣潘慎修做他的书记，其中有这么说："臣亡国残骸，死亡无日，岂敢别生侥觊，干挠天聪？只虑章奏之间，有失恭慎。"[1]又寄给金陵旧宫人的信有这么说："此中日夕只以眼泪洗面。"[2]又徐铉见他时，他相持大哭，默不作声，忽然长叹："当时悔杀了潘佑、李平！"[3]可以看出他当时是怀着多么悲苦和悔恨的心情！他这种心情，很真实地刻志在他这时期的小词中，因而他这时期的小词最具有感染人的力量。

公元978年（即太平兴国三年）7月7日李煜四十二岁生日的时候，赵光义就叫他弟弟赵廷美赐牵机药毒死他。七夕赐药，服后毒发，死时已是八日的时辰了。他死的原因，一般都认为他入宋后还写《虞美人》《浪淘沙》等词。真的，李煜是一个最忠实于文学艺术的创作的人，文学艺术在他整个生命中占着很重要的地位，特别是词，他把词作为抒发真情实感的武器，他写这些词可能是速死的原因之一。不过，李煜入宋后既然有悲苦和悔恨的心情，即使没有写这些词，怕也是难得善终的。

李煜著有文集三十卷，杂说百篇。[4]"文有汉魏风"[5]，"杂说

[1] 见王铚《四六话》。

[2] 见王铚《默记》下。

[3] 同上书上。这和徐铉当年是排挤潘佑、李平的人也有关系。

[4] 据徐铉的李煜墓志铭。

[5] 见《江南别录》。

百篇，时人以为可继《典论》”[1]。但书多散失。[2]文章可考见的有《昭惠周后诔》《却登高文》《送邓王二十六弟牧宣城序》《不敢再乞潘慎修掌记室手表》《即位上宋太祖表》《乞缓师表》《书述》《书评》《南唐金铜蟾蜍砚滴铭》《答张泌谏手批》《遗吴越王书》和《批韩熙载奏》。有人认为其中《即位上宋太祖表》《乞缓师表》是当时的词臣写的，《南唐金铜蟾蜍砚滴铭》真伪尚难判定。[3]诗可考见的，有《全唐诗》所录十八首，并断句三十二句。其中《渡江望石城》一首，与事实不甚符合，有人认为是吴王杨溥作。[4]流行最广远，影响最大的是他的词。李煜词专集始见于宋尤袤《遂初堂书目·乐曲类》，是否即徐铉在李煜墓志铭所称的“文集三十卷”之内，已不可考。和他父亲的词合编的《南唐二主词》，始见于宋陈振孙《直斋书录解题》二十一。王国维校补南词本《南唐二主词跋尾》认为南词本《南唐二主词》，即是《直斋书录解题》所著录、宋长沙书肆所刊行的本子。由于封建文人认为词是小道，辑录不很认真，往往真伪淆杂，而后来的人，又意在辑佚，宁滥无缺，因而里面也羼入了一些别人的词。

---

[1] 见马令《南唐书》五《后主书》。

[2] 宋时已不全。王尧臣等《崇文总目》“别集类”二有《李煜集》十卷，“别集类”五有《江南李主诗》一卷。尤袤《遂初堂书目》有《李氏杂说》，又乐曲类有《李后主词》。郑樵《通志略·艺文》六有《杂说》六卷，注：李后主撰；《艺文》八有《李后主集》十卷，《李后主集略》十卷。元脱脱等《宋史·艺文志》四有《南唐后主李煜杂说》二卷（夏承焘谓应从《通志》作六卷），《艺文志》七有《李煜集》十卷，又《集略》十卷，《诗》一卷。明陈第《世善堂藏书目录》下尚有《李后主集》十卷。到清康熙时编纂《全唐诗》，于后主煜下就说“集十卷，诗一卷失传”了。

[3] 说见夏承焘《南唐二主年谱》。

[4] 同上。李调元《全五代诗》十八把它归入吴后主杨溥诗。

可是李煜的词的真实面貌却从这个集子里可以清楚地看出来，我们要欣赏它、研究它、评价它乃至批判地接受它，这个集子还是替我们提供了应有的材料的。

三

李煜的词，流传下来比较可靠的有三十多首。这三十多首词中，跟着他的实际环境、生活方式、思想感情的转变，相应地体现出几种不同的面貌。

一、写豪华生活和艳情生活的。这是他过着很愉快生活的时候的写作，声色豪奢，风情旖旎，爱和美支配他整个的人生观。他这类作品仍有几种不同的类型。

一种是着重生活现象的刻画，在活跃明靓的形象中显示出妩媚的情态，散布着芳香的气味，给读者以丰富多姿、鲜明突出的画面的。例如《玉楼春》：

晚妆初了明肌雪，春殿嫔娥鱼贯列。笙箫吹断水云间，重按霓裳歌遍彻。　临春谁更飘香屑？醉拍阑干情味切。归时休放烛光红，待踏马蹄清夜月。

无数装扮得很美丽的宫人，在宫廷里成行成列地在奏乐、在歌唱，直至踏月归去。这是多么鲜明突出的画面！又如《浣溪沙》：

红日已高三丈透，金炉次第添香兽，红锦地衣随步皱。　佳人舞点金钗溜，酒恶时拈花蕊嗅。别殿遥闻箫鼓奏。

对舞厅的豪华的布置，舞女的紧密活跃的步伐和婉转翻腾的姿态，以及舞后欢饮、饮醉撒娇的情况，都尽情刻画出来了。而开首从“红日已高三丈透”说起，说明这是通宵达旦的情况；结尾以“别殿遥闻箫鼓奏”收束，说明这是帝王家里的普遍的生活方式，更使人可以从中联想到其他许多类似的生活现象。这类描写生活现象的艺术手法，应该说是相当成功的。

另一种是在精刻细致地描写人物活动的同时更多地表达出人物的心理活动的情态的。这类的写法，尤其具有感染人的力量。例如《菩萨蛮》:

> 花明月暗笼轻雾，今宵好向郎边去。刬袜步香阶，手提金缕鞋。　　画堂南畔见，一向偎人颤。奴为出来难，教郎恣意怜。

在一个娇艳的花正开在朦胧淡月、迷蒙轻雾之中的环境里，一个女子决定向一个男子求欢，双袜踏地，一手提鞋，带着慌张的神情而又轻轻地朝着一定的方向跑，到了画堂的南边，偎着她心爱的人微微地发抖，然后从火热般的爱情里说出自己的心里话。这样地描写男女幽会的情景，是具有多么强大的吸引力！这简直是冲破了抒情小词的界域而兼有戏剧、小说的情节和趣味了。又如同一个调子的“蓬莱院闭天台女”首、“铜簧韵脆锵寒竹”首，虽然场合不同，表现手法也微有区别，但如前首的“潜来珠琐动，惊觉银屏梦。脸慢笑盈盈，相看无限情”，后首的“眼色暗相钩，秋波横欲流”等句，由于作者有深入的体会和精刻的描写，使人觉得这一切活动都是合情合理的，因而也能给人以比较深刻的印象。

又一种是从眷恋所欢爱的人出发，写自己离开那人以后的内心活动，即依据这种内心活动来塑造人物形象、描绘周遭景物的。这类写法，是作者从自己的深刻体验中、仔细观察中，经过形象思维的作用，把握了人们情感中最本质的东西，通过艺术形象集中地表现出来的。所写的虽是个人的感受，视而不见、听而不闻的内心活动，由于题材是经过选择和提炼的、具有一般意义的，因而也就增强了它的动人的力量，成为抒情小词最普遍的写作方法（因为后人普遍地采用这种方法写小词，有的就变成一种空套——公式。我们总不能把李煜词也看成由公式出发）。例如《喜迁莺》：

晓月堕，宿云微，无语枕凭（频）欹。梦回芳草思依依。天远雁声稀。　啼莺散，余花乱，寂寞画堂深院。片红休扫尽从伊，留待舞人归。

许多景物、形象和活动，总是为了表达自己苦忆离人急待归来的心情。作品的前半已经说明自己怀念欢爱的人通宵达旦，仍然是消息沉沉这种极其难堪的情况了；后半更从冷静堂院同时又是艳红满地的极不调和的具体环境中来烘托出自己的矛盾冲突的心境。在这样的情况之下，尽管有触目伤心的落花（落花象征美人的遭遇），也就索性不扫它。为什么？因为要使所欢爱的人看到落花的时候，一方面能体会出青春的可爱，懂得及时行乐，不再久离不归（大约这词中所指的人不会是久留不归的人，但在互相爱念的人的心眼中，“去便不来，来便去”——欧阳修词句——的感觉是经常存在的）；另方面能体会出寂守画堂深院的人在这样的具体感受中，等待的心情是多么迫切，多么难过。从这样的情景中来使欢爱的人不再离开，来达成自己怀念离人的唯一的愿望。因此，这是一种很深刻、精炼的写法，如果只从表象看，认为只是留落花待舞人，舞时可以衬出更加美丽的场面，那是非常不够的。

李煜在这时期的作品中，由仅仅描写客观的现象到着重心理的刻画，其间虽然也有浅深之分、高下之分，虽然也标志着作者创作活动的过程，可是，一般说来，内容充实而意味不够深厚，描写精细而笔触未能沉着。这和他在这时期的生活实践是有密切关系的。

二、写别离怀抱和其他的伤感情调的。李煜在作俘虏以前，尽管可以获得一切的物质享受，由于家愁国难日见深重，现实生活的本身对他有程度不同的威胁，他在文学上也累积了更深的修养，因而他表现在作品里的感情就比较深厚，在艺术成就上也达到了更高的境界。例如《捣练子》：

深院静，小庭空，断续寒砧断续风。无奈夜长人不寐，数声和月到帘栊！

这词是写离怀别感的，自始至终没有一句不从这样的感情出发，拆开来看，句句都是可以独立抒发这种感情的境界。然而通首总共只有二十七个字，接触到人物本身的只有“无奈夜长人不寐”七个字，作者把其他所有的足以引动离怀别感的情景——院静、庭空，寒风阵阵，砧声断续，月照帘栊都集中起来，向这不寐人侵袭，使这不寐人的离怀别感的深度和强度都突现在读者的眼前。这样地运用深刻的艺术构思，这样地运用高度概括的艺术手法，应该说是李煜在小词的创作上一种异常杰出的成就。古典作家在极短小的篇幅中能够表达出很深厚的感情，往往是在真实的生活基础上经过匠心独运、千锤百炼的成果，是不能轻易看过的。不但有比较严紧的声律的限制的小词是如此，即小诗也是如此。如历来人们所爱赏的被称为“自然高妙”的李白的小诗：“床前明月光，疑是地上霜。举头望明月，低头思故乡。”我们也应该从作者能够集中“床”“月光”“霜”这各种都能够引动故乡的怀思的具体情景而看不出他的斧凿的痕迹这方面来理解它的“自然高妙”，来学习作者“自然高妙”的手法。如果撇开作者的生活内容、艺术构思和表现手法种种不讲，那么，为什么在林林总总的小诗小词中人们独独传诵这类的小诗小词就成为不可理解的了。又如《清平乐》：

别来春半，触目柔肠断。砌下落梅如雪乱，拂了一身还满。　雁来音信无凭；路遥归梦难成。离恨恰如春草，更行更远还生。

这首词写怀念远人的情绪很饱满，艺术技巧很熟练，更容易看出来，因为每一个意境都联系到人的具体活动和感受。和前首写出许多景象而仅仅一句接触到人物本身的有所不同，这里值得提出来说明的是结尾用随处生长的春草来比离恨这一点。“离恨恰如春草，更行更远还生”，不仅如辛弃疾的“旧恨春江流不尽，新恨云山千叠”（《念奴娇》）一样说出了愁恨很多，同时还如欧阳修的“离愁渐远渐无穷，迢迢不断如春水”（《踏莎行》）一样说出了所以积成很多愁恨的情况；而以“野火烧不尽，春风吹又生”的春草来比象愁恨，更能够说出了旋生旋灭，排除不了的意味。（这里举出一些词句，只说明李煜词句的深细精炼，并不是从比较中作出评价。）李煜这种深细精炼的写法，是值得我们仔细体会的。当然，如果对所怀念的人没有深挚的感情，根本就不可能产生这样的作品。有人说这词是李煜请求宋太祖放还他的七弟从善终不可得的时候写的，我们如果把《却登高文》联系起来看，这种说法是可信的。

李煜这时期的词的特点，就是有深刻的具体内容，有更高的艺术技巧。上举两首是比较突出的例子。除此以外，如《采桑子》中的“不放双眉时暂开”（“庭前春逐红英尽”首），“琼窗春断双蛾皱”（“辘轳金井梧桐晚”首），《谢新恩》中的“一声羌笛，惊起醉怡容”之类，感人的力量虽比不上前面两首，总不是前期过着豪华生活和艳情生活时所能体会得到的境界。如《乌夜啼》中的“世事漫随流水，算来一梦浮生。醉乡路稳宜频到，此外不堪行”，就不仅是感到生活的威胁，简直是意图逃避当时的现实生活了。这里的“醉乡”是有意识地作为麻醉的场所，和前期的“同醉与闲平，诗随羯鼓成”（《子夜歌》）的境界显然是不同的。至于“一旦归为臣虏，沈腰潘鬓销磨。最是仓皇辞庙日，教坊犹奏别离歌，垂泪对宫娥”（《破阵子》）这种对现实生活的态度，尤其具有“愿世世无生帝王家”的悲凉之感。（后人指责他这时还对着宫娥垂泪。我认为这里也透露出无谁告语，只有和跑不掉的宫娥相对痛哭的凄惨的情状。）这时期作品中也有一些和亡国以后的作品不易分辨得清的，如“风回小院庭芜绿”（《虞美人》）首的“依旧竹声新月似当年”“满鬓清霜残雪思难任”，已深深地体现出哀痛的心情，有人就认为是李煜做了俘虏后在汴京忆旧之作（沈际飞就这样说过）。但我们看他整个作品中所刻画的许多景象，似乎不是过囚徒生活的人所能具有的，也可能是看到国家的大势已去的时候的写作，这就要等到将来占有充分的证明材料后才能够加以确定的。

三、写囚徒生活的哀痛心情的。这是李煜入宋后的作品。这时期的作品，“深衷浅貌，短语长情”（陆时雍评《古诗十九首》语），无论就思想内容说，就艺术技巧说，都达到了小词的最高的境界。不但像那“烂嚼红茸，笑向檀郎唾”的富有情趣的描写一去不复返，连那“不放双眉时暂开”的和愁带闷的描写，“世事漫随流水，算来一梦浮生”的意图离开现实的描写，“离恨恰如春草，更行更远还生”的微婉层深的描写也都用不着了。他除非不写，写出来的都是大开大阖，从大处落墨（这不等于抽象、空洞），并不是点滴的景象、心境的体现。他也回忆到旧日的美好生活，然而所写的是：“船上管弦江面渌，满城飞絮辊轻尘，忙杀看花人！……千里江山寒色远，芦花深处泊孤舟：笛在月明楼。”（《望江梅》）“还似旧时游上苑，车如流水马如龙，花月正春风。”（《望江南》）是足以代表某一部分的生活现象的。他也写心情的难过，然而所写的是：“多少泪，断脸复横颐。……肠断更无疑！”（《望江南》）是强烈地冲激出来的情状。他也写梦里的人生，然而所写的是：“故国梦重归，觉来双泪垂！……往事已成空，还如一梦中！”（《子夜歌》）“梦里不知身是客，一晌贪欢！”（《浪淘沙》）是和泪揉在一起的梦，排不去的往事的梦，值得咒诅的梦。他也写愁恨，然而所写的是：“自是人生长恨水长东！”（《乌夜啼》）“人生愁恨何能免，销魂独我情何限。”（《子夜歌》）“问君能有几多愁？恰似一江春水向东流！”（《虞美人》）不仅仅是点滴片段的愁恨，是无比深长的愁恨，是浩渺无边的愁恨。因此，他在这时期的作品所表现出来的是：意境大，感慨深，力量充沛，具有非常强大的感染力，不仅是凄清，而且是悲慨，不仅是沉着，而且是郁结，成为李煜词的最显著的特征，成为李煜词的独创的风格。

李煜这时期的词还有一点值得注意的，就是它的具体内容往往通过对比的写法来表达出当时的心情。例如《望江南》词，就是从梦里的繁华景象中引出怕提旧事、怕听细乐的悲痛心情的。又如《浪淘沙》（“帘外雨潺潺”首）就是从当时的难堪的生活感受和不识趣的贪片刻欢乐的梦中情景的对比中来引出他不敢凭阑望故国的悲哀情绪的。又如《虞美人》（“春花秋叶何时了”首）就是以不堪回想故国的景物情事和现况的对比来抒发他当时的深长愁恨的。

最后，还应该指出：李煜这时期作品的独创风格的形成，他的囚徒生活是其中的主要原因之一。他以一个过惯小皇帝生活的人，一旦变成了俘虏，这从最高到最下的地位的距离真是太惊人了，这种情况不是一般的词人所能具有的。在这样的苦乐悬殊的对比之中，即使赋性顽钝、毫无文学修养的人也会感到很难堪，也会追思过往，考虑将来，何况李煜同时还是一个多情善感，具有锐敏的感觉、深厚的修养的文学艺术家。他胸中盘郁着个人的悲痛愁恨倾泻（就形式上看是压缩）在若干短短的小词里，加上他的更高的艺术技巧，忠实于艺术的创作，这就形成了他所特有的艺术风格。

李煜词的创作过程及其各个时期的具体表现大约是如此。

四

经过上面对李煜词的具体分析，我们约略可以看到李煜的生活、思想转变的过程和他的艺术成就了。一年多来，大家对李煜词讨论得很热烈，对李煜词的评价有很多分歧的意见，总括来说，有下面几个问题，现在就针对这几个问题来谈谈我个人的看法。

首先是李煜描写男女关系的词是不是爱情生活的表现？

有人认为李煜词中关于男女关系的描写是爱情生活的表现。有人却提出相反的意见，认为李煜是一个荒淫的君主，没有什么真挚的爱情，这类词只是他荒淫无耻的自白。这里面就牵涉到对爱情生活的看法问题。我认为，如果必在作品中表示出坚贞纯洁、生死不渝的信念如《诗经·鄘风》中《柏舟》[1]，乐府诗中的《上邪》[2]之类然后才算具有真挚的爱情的话，那李煜词是完全没有的。如果说，在男女结合之先经过了一定的恋爱过程，或者成为夫妇之后仍然有深厚的情爱，而作品表现了这里面的一个片段，这也算是爱情生活的话，李煜这类的词是表现了一定程度的爱情生活的。《菩萨蛮》“花明月暗笼轻雾”首所写的是一个女子赴幽会时的偷摸行动和紧张心情，“铜簧韵脆锵寒竹”“蓬莱院闭天台女”两首，都有轻佻、色情的因素，这都是事实。但就李煜的帝王身份来说，这情况是特殊的，是不必有的。我们看南朝帝王的“宫体诗”，其中的色情淫艳之作很多，但就没有这样的情况之下产生出来的。这三首小词都可能为小周后作，我在上面已经说过了（《古今词话》引“《南唐书》曰”，实则马令《南唐书》

[1]《诗经·鄘风·柏舟》：“泛彼柏舟，在彼中河；髧彼两髦，实维我仪。之死矢靡它！母也天只！不谅人只！”共两首。

[2] 汉《铙歌》之一《上邪》：“上邪！我欲与君相知，长命无绝衰。山无陵，江水为竭，冬雷震震夏雨雪，天地合，乃敢与君绝！”

只指出“划袜步香阶，手提金缕鞋”两句，“铜簧韵脆锵寒竹”首应是引用者的意见），因此，陈耀文《花草粹编》选录此词题作《与周后妹》。小周后是昭惠后的妹妹，李煜在这些词里所描写的都是男女互相爱恋的情景，即是李煜和昭惠后的妹妹互相爱恋的过程中的一些片段生活。后来李煜纳昭惠后的妹妹做小周后了，而且得到专宠，直至共同入宋，李煜在978年（宋太平兴国三年）七月被赵光义命赵廷美毒死，小周后很悲痛，同年冬天小周后也死去。从他们两人一生的关系看来，在小词里虽然没有表示出坚贞纯洁、生死不渝的信念，事实上，他们之间的爱情是相当深厚的。李煜小词里一些爱情的描写，虽然不能就说成像戏剧上的张君瑞和崔莺莺、潘必正和陈妙常之类有冲破封建枷锁的积极意义，但也不能等同于孙光宪、柳永、周邦彦等在词里所描写的狎妓行为，就是和韦庄的《思帝乡》“春日游、杏花吹满头。陌上谁家年少足风流？妾拟将身嫁与一生休！纵被无情弃，不能羞”这种仅仅从客观上描绘一个女子钟爱一个男子的心愿的也有区别。（这里指出“不等同”“有区别”，只是说他们这些词的具体内容不同，并不评价他们的词的高下。）就一般的小词说，如姜夔的《鹧鸪天》[1]是为一个心爱而终身不能成为夫妇的女子写的，我们还肯定它表现了他们之间的真挚的爱情，何况李煜和小周后之间有始终如一的爱，而这些词是互相恋爱的情况的表现。

---

[1] 姜夔二十多岁时在合肥眷恋一个弹琵琶的女子，到四十多岁还一往情深，写了许多词，其《鹧鸪天·元夕有所梦》云：“肥水东流无尽期，当初不合种相思。梦中未比丹青见，暗里忽惊山鸟啼！ 春未绿，鬓先丝，人间别久不成悲。谁教岁岁红莲夜，两处沉吟各自知！”

我的看法，荒淫无耻和爱情生活有本质上的区别：荒淫无耻是凭自己的权位或财力乱搞一通，在自己是猎奇泄欲，在对方是被摧残迫害；而爱情生活是建立在男女双方互相爱悦的基础上的。李煜这些词里所写的爱情生活："花明月暗笼轻雾"首，写的是女子向男子求欢的情况："铜簧韵脆锵寒竹""蓬莱院闭天台女"两首写的是男女双方爱悦的情况。很明显，这不能看成是荒淫无耻者摧残迫害一个女子的行为。

恩格斯曾这样说过："以两方的相互爱情高于其他一切考虑作为结婚依据的事情，在统治阶级的实践上是从所未闻的事情。只有在浪漫事迹中，或者在不受重视的被压迫阶级中才有这样的事情。"(《家庭、私有制和国家的起源》）李煜《菩萨蛮》三首所描写的相爱的情况正是一种"浪漫事迹"，因而里面才有可能产生出爱情的因素（说有可能产生，当然不能把统治阶级中人的偷情行为都看成有爱情的因素）。他们这样下去，到后来就成为夫妇。李煜立小周后为国后时，群臣自韩熙载以下还作诗讥讽他[1]，可见李煜和小周后这种做法要作为结婚的依据，统治阶级内部是不同意的。这是一种特殊的情况。如果以一般的封建帝王的荒淫的生活方式或者以李煜的其他的荒淫生活的事实来判定这三首小词没有什么爱情的表露，就可能脱离了作品的实际。

李煜这些词里所表现的爱情固然不能等同于一般封建帝王的荒淫生活的表现，但也不能等同于人民的真正的爱情生活的表

[1] 马令《南唐书·女宪传·继室周后》。

现。小周后的天姿国色[1]和李煜的风仪隽美[2]以及他们优越的阶级地位，应该是他们产生偷情行为的主要原因。而人民的真正的爱情生活，就不是容貌、权位作为主要的条件（仅仅说不是主要的条件，并不是不注意容貌。即以容貌说，人民的审美观点也和统治阶级中人的有所不同），应该是建筑在互助合作的基础上的。偷情行为只有在冲破封建枷锁的情况下才有意义，究竟不是人民爱情生活的正常的表现。如果因为人们欣赏他们的“浪漫事迹”，即认为它等同于人民真正的爱情生活，具有突破了统治阶级的人民性，那是不妥当的。

尽管李煜这些词是他和小周后的恋爱过程中一个片段的描写，然而人们欣赏这些词，却不在于他们里面有爱情的具体内容（这内容最多也不过使人在认识上有某些作用），而是在于李煜的大胆真实的描写和描写艺术的高度的成就。如果因为否定了这些词是荒淫无耻的表现，即肯定他们所以获得人们的爱好是由里面写出了具有足以吸引人的真挚的爱情的生活内容，即一个小皇帝和一个大臣的女儿私通的生活内容，那也是不妥当的。

其次，李煜抒写愁、恨的词为什么会取得人们的爱好？

李煜词中表现愁、恨的思想感情的在三分之二以上。他入宋后的全部作品都是这种表现固不必说，他做小皇帝时也还不少是这类的作品。可以说，这是他的词取得人们的爱好的主要的因素。为什么写愁、恨的词会取得人们的爱好呢？第一，因为他这

[1] 马令《南唐书·周宗传》：“宗娶继室，生二女，皆国色。”

[2]《湘山野录》：“江南李后主煜，性宽恕，威令不素著，神骨秀异，骈齿，一目有重瞳。”

类的作品都是真情实感的流露，没有歪曲生活或者粉饰生活，因而他这类作品的具体内容首先就给人以合情合理的感觉，觉得在这样的情境之下必然会产生这样的思想感情，这就具有一定程度的典型意义和体现出人所共有的特征，能够感动不同时代的各个不同社会集团的人们。比方说，离开亲爱的人的愁思，失却欢乐生活的悲叹，由帝王变成囚徒的哀痛，这都是生活的真实。读这些词的人，有这种生活的固然会激起同情心，没有这种生活的也会撇开它的具体事件来接受它们的真情实感。李煜词中如“别来春半”首的写别愁，“深院静”首的写离怀，“春花秋叶何时了”和“帘外雨潺潺”两首的写亡国后做囚徒的悲痛，都是十分真实的心情的抒发，因而具有很大的感染力。第二，因为他这类的作品中有些还蕴藏着对不合理生活的抗愤的情绪，对美好的生活的殷切的眷恋，表明了这是在横遭压抑的情势之下所产生出来的愁苦。这种愁苦的产生，在历史时代里是完全合乎生活实际和客观规律的。写的虽然是个人的特殊的情况，在精神实质上也反映出一般现实生活的规律性，因而就具有说服人的力量。例如“往事只堪哀”首的写勃郁不平的心境和美好生活的回忆，“闲梦远”首的写对南国美丽景物的依恋，“林花谢了春红”首的写对剥夺美好生活者的深长怨恨，都是以自己的无可奈何的感受向人们提出了真诚的诉说，而这样的诉说，是会使人忘记他的身份地位而同情他的不幸的遭遇的。第三，因为他这类作品所表现的愁、恨，在对抗性的社会里一向是容易打动人心的，“欢愉之辞难工，穷苦之言易好”。这种在历史时代中符合实际的传统观念也就支持了它们成为一种优良的传统。就李煜的阶级地位说，谁也明白他是南唐的最高统治者，在他的作品中如“红日已高三丈透”“晚妆初了明肌雪”“四十年来家国”等等，也明显地刻志着他这种阶级地位。可是，由于他在作品中所表现的愁、恨，正是人们在现实社会中最易感受到的愁、恨，最易引为同调的愁、恨，人们读这类作品时就会以赞叹其他作品中所表现的愁、恨一样的眼光来对待它们。这种长期遗留下来的传统观念，不是短期内可以完全改变的，我们研究祖国的文学遗产，值得称赞的，也委实是表现这种情绪的作品居多；古典作家的杰出成就和评论古典作家的标尺，也倾向于这方面。歌颂升平的“台阁体”“试帖诗”之类，一向就没有什么艺术的生命力而为人们所唾弃。赵翼曾说：“国家不幸诗人幸，话到沧桑句便工。”这可以代表一种对古典诗词的传统看法。这么一来，李煜这类作品之所以能够取得人们的爱好，就成为完全可以理解的了。当然，我们可以预料得到，李煜词中这样的思想内容，在若干年代后可能只剩下历史上的价值，是会逐渐被人厌恶乃至遗忘的，但在相当长的时期内，则仍具有一定程度的思想力量。

复次，李煜入宋后的作品是不是具有人民性和爱国主义思想？

这是一年多来大家争论得最为热烈的问题。但我这次校注了李煜词，却没有发现到其中有一首词可以从这些方面去理解它的。我以前也曾认为李煜的“春花秋叶何时了”首是具有和南唐人民的思想感情共通之点并且具有爱国主义精神的作品，现在看来，这样地评价李煜这首词，是不符合实际的。尽管李煜这首词可以引起某些暂时失却故国的人的同情从而激起爱国的情绪；也还是和上面说过的一样，是因为他十分真实地抒写了一个亡国俘虏的悲痛和对故国情事的憧憬，会使人感到在这样的情境中必然会产生出这样的思想感情，因而具有一定程度的典型意义和体现出人所共有的特征，在李煜这首词的本身是没有接触到人民，也没有什么爱国主义思想的表现的。不但李煜这首词不应该从人民性和爱国主义思想去评价它，就是李煜的其他的词也没有必要从这些方面去评价它们。李煜词具有人们共有的特征，具有能够引起人们同情的东西是无可否认的，否则就不可能赢得人们的爱好。李煜做过十四年多的小皇帝，又做过亡国二年多的俘虏，当做亡国俘虏时追怀故国的情事，自然也会产生出爱念故国、痛恨亡国的思想感情，而这一切都会在作品中流露出来。但他的作品中具有这一切的因素，并不能就判定它们是具有人民性或爱国主义思想的作品。无论从任何角度看，人民性或爱国主义思想对于理解李煜词本身都没有必然性的联系。人民性或爱国主义思想既然和李煜词本身没有必然性的联系，讨论下去，就只能得出这样的结论：李煜词没有什么人民性内容，但也不能说是反人民的；没有什么爱国主义的内容，但也不能说是反爱国主义的。因为这样的讨论，根本就是从概念、定义出发而不是从李煜词的本身出发，对评价李煜词没有什么关系。

五

李煜词的艺术价值很高，这一点是大家承认的，我们在上面分析具体作品时也着重指出这一点。以下我想比较概括地来谈谈李煜词的艺术特征。

李煜词的艺术特征，有部分是受他的父亲李璟的影响的。李璟词的独创风格如少修饰、多感慨等都作李煜词的先导，都或多或少对李煜词有影响。比李煜年纪较大的冯延巳（冯延巳 903 年生，比李煜大三十四岁）是当时一个作词的名手，又常出入宫廷，他的词虽然色彩较浓，假借较多，还不脱“花间”的面貌，但具有较丰富的感情，其中还有寄托自己的怀抱和对时事的感触的[1]，这就把词的作用扩大了，不是“花间”一般词人所可及[2]。这种作风，对李煜也可能有启发作用。李煜的大胆、真率、明朗、自然的写作，多少还带有民歌的情趣，又作品的主人公的主动性和活动力很强，也是民歌的一种特色；可见李煜除了对历来的文人作品具有深厚的修养外，还向民间文学吸取了不少的养料。此外，他同时兼长音乐、书、画等等，对他作品中的声音美和形象美，当然也起着相当大的作用。

李煜词的艺术特征，具体表现在下列几方面。

第一，自然真率，直写观感。李煜所有的词都是由自己的亲切感受出发，大胆抒写，绝无拘束，使词中的情事、景象等等都跃现在读者的眼前，具有强烈的感染力。这境地，不仅是一般文

[1] 冯延巳《蝶恋花》词，张惠言《词选》说其中三首“忠爱缠绵，宛然《骚》《辨》之义”。（陈廷焯《白雨斋词话》赞同张氏的评语。）刘熙载《艺概》说：“韦端己、冯正中诸家词，留连光景，惆怅自怜，盖亦易飘扬于风雨者。”冯煦《阳春集序》更说他“若《三台令》《归国谣》《蝶恋花》诸作，其旨隐，其词微，类劳人、思妇、羁臣、屏子，郁伊怆怳之所为。……周师南侵，国势岌岌，……翁（指延巳）负其才略，不能有所匡救，危苦烦乱之中郁不自达者，一于词发之，其忧生念乱，意内而言外，迹之唐、五季之交，韩致尧之于诗，翁之于词，其义一也”。这些说法，对冯延巳词的思想内容的评价虽未免太高，但冯延巳词中有抒写自己怀抱和对时事的感触的因素是应该肯定的。

[2] 王国维《人间词话》：“冯正中词虽不失五代风格，而堂庑特大。”这说法是对的。

人的小词达不到，一般的文人诗也不易达到的。它们多少带有民间文学的风貌，因而使人感到有一种特别新鲜的味道。这在李煜词的创作方法上是最突出和最成功的地方，是值得我们特别重视的。

过去的人在评价李煜词中接触到他的艺术特征的有几种说法：周济的《介存斋论词杂著》说："李后主词如生马驹，不受控捉。"又说："毛嫱、西施，天下美妇人也，严妆佳，淡妆亦佳，粗服乱头，不掩国色。飞卿，严妆也；端己，淡妆也；后主则粗服乱头矣。"况周颐的《蕙风词话》说："五代词人，……其铮铮佼佼者，如李重光之性灵，韦端己之风度，冯正中之堂庑，岂操觚之士能方其万一？"王国维的《人间词话》说："词至李后主而眼界始大，感慨遂深，遂变伶工之词而为士大夫之词。"又说："词人者，不失其赤子之心者也。故生于深宫之中，长于妇人之手，是后主为人君所短处，亦即为词人所长处。"又说："阅世愈浅则性情愈真，李后主是也。"吴梅的《词学通论》说："二主词，中主能哀而不伤，后主则近于伤矣，然其用赋体不用比兴，后人亦无能学者也。"这几种说法，各人所看的角度虽然不同，李煜为什么有这样的艺术成就，或没有说出，或说得不对，可是，对李煜的艺术特征却都有接触到，或者从他的整个风格看（如周济），或者从他的真情实感看（如况周颐、王国维），或者从他的表现手法看（如吴梅），我们如果总合起来看，李煜词的艺术特征还是很显著的，那就是，他能够大胆地、真切地、毫无掩饰地用直抒胸臆的表现手法写出具有强烈的感染力的作品。（吴梅在所引《虞美人》下解释"赋体"是"直抒胸臆"。）

现在且举几个例子看：

> 四十年来家国，三千里地山河；凤阙龙楼连霄汉，玉树琼枝作烟萝。几曾识干戈？　　一旦归为臣虏，沈腰潘鬓销磨。最是仓皇辞庙日，教坊犹奏别离歌，垂泪对宫娥！（《破阵子》）

这是他临要亡国时的写作，写自己一辈子在南唐宫廷里不懂得战争是什么一回事，一旦做了俘虏，必然是身体瘦削，鬓发斑白；而尤其难过的是当慌慌张张辞别太庙的时候，教坊女乐还奏起别离的歌曲，面对着宫娥流泪的情事。这是多么真实、坦率、具体、明朗的自白！就是没有什么文学修养的人，读了之后也可以有相当深刻的印象的。我们再看《花间集》里这一首词：

> 金锁重门荒苑静，绮窗愁对秋空。翠华一去寂无踪。玉楼歌吹，声断已随风。　　烟月不知人事改，夜阑还照深宫。藕花相向野塘中，暗伤亡国，清露泣香红！（鹿虔扆《临江仙》）

也是写亡国哀痛的。作者的地位和写作的对象当然和上举的不尽相同，我们要比照说明的是前后两首词的风格完全相反。李煜的词很具体、很坦白，整个景象、情事都清清楚楚地在作品里跃现出来。而鹿虔扆的词总是若即若离，吞吞吐吐，使人读后不易了解其中的具体情况究竟怎样，只是一种亡国哀痛的表白。鹿虔扆是后蜀的臣子，这小词哀痛后蜀得，哀痛其他任何国家都得，这就使人所得到的印象和从李煜词所得到的印象截然不同。当然，我们不能要求在一首抒情小词里记载许多历史的事实，我们也不能以词里描述具体事状的多少来判定它们的艺术价值的高下，鹿虔扆这首词在有文学修养的人读起来，在给人以亡国哀痛的总的印象之外，还加上一些衬托的境界和周遭的景物，形成更加浓厚的值得哀痛的气氛，也是一篇很成功的作品。不过，正如上面所说的，鹿虔扆词的好处不是一般人所能理解的，而李煜词即使没有什么文学修养的人读了也可以得到相当深刻的印象。这就说明了李煜词所以能够获得许多人的爱好。他这种独创的风格是起着很大的作用的。

第二，突出事象的特点，强调人物的活动，抓住事物的特质，加强作品主人公的主动性和活动力，使作品中的现象都成为有意识的活动，给人以新鲜的而又具有强力的感觉，这也是李煜词的艺术特征之一。这种特征的获得，和李煜对某些生活的亲切感受与深刻认识是分不开的。举例来说，如：

晓妆初过，沉檀轻注些儿个，向人微露丁香颗。一曲清歌，暂引樱桃破。　罗袖裛残殷色可，杯深旋被香醪涴。绣床斜凭娇无那，烂嚼红茸，笑向檀郎唾。(《一斛珠》)

这一首词自开头至煞尾没有一句离开了作品主人公的活动——早上梳妆好了，注了些沉檀，向人微微地露出舌尖，张开小口唱唱歌；唱完了歌喝喝酒，沾了罗袖污了口，酒喝多了就娇困地靠在绣床上，嚼嚼红绒，笑向心爱的人吐了去。把作品主人公的形貌、情态、声音、笑容乃至撒娇、唾绒的细微末节都活灵活现地在读者跟前搬演着。这样的精刻细致而又具有戏剧情趣的描写，正是作者深入地体会了这种生活，发现到所描写的对象的个性特征，把作品的重心集中在这种个性的特征上，极其明朗地把主人公自己的一切活动描绘出来的一种高度艺术手法的表现。“花间”

词人也有写类似这样的题材的，例如毛熙震的《后庭花》：

轻盈舞妓含芳艳，竞妆新脸。步摇珠翠修蛾敛。腻鬟云染。　歌声慢发开檀点，绣衫斜掩。时将纤手匀红脸，笑拈金靥。

写的方面也不少，也相当细腻，然而读起来总觉得是一般歌妓的情况，显示不出作品中人物性格的特征。问题就在于作者不能抓住作品主人公的（或者是在这个场合的）特有之点，从一般出发，观察力不够集中，不能加强作品主人公的主动性，因而就削弱了作品的感染力。比方：上段所写的“轻盈”“芳艳”“新脸”“步摇珠翠”“修蛾”“腻鬟云染”等都可以套用在一般的漂亮女人的身上的，不仅可以套用在一般的歌女身上；下阕写得比较生动具体，可是像“绣衫斜掩”“纤手匀红脸”这类的情况，仍是一般歌女的动作，不算是那个场合中特有的动作。自然，毛熙震这里所描写的舞妓生活和李煜所写的对象是不同的，但李煜也有写集体歌舞的小词，如“晚妆初了明肌雪”首，我们仍然可以看出那个场合中的特有之点。像毛熙震这样的小词，在《花间集》里还算是较好的，和李煜词比较起来仍然不无高下之分，这就可以看出李煜词的另一种独创风格和艺术成就。

李煜在创作上突出事物的特点和作品主人公的主动性，也表现在写一般的情况上。例如，写愁眉不展，他用的句子是“不放双眉时暂开”（《采桑子》）。写落红满地，他用的句子是“片红休扫尽从伊”（《喜迁莺》）。写女人向男人求欢，他用的句子是“今宵好向郎边去”（《菩萨蛮》）。把一般的情景写成有意识的活动（从另一方面说，把有意识的活动从一般的情景中表现出来），就加深了句子里所含蕴的意味，加强了作品里的人物活跃的气氛，从而就增加了作品感染人的强力。这些地方，虽然是极微小的表现，但它是整个表现手法中的一个环节，也是值得我们注意的。

第三，艺术概括性高。把一般体现在个别之中，通过个别表现一般，使读者从个别的表现中看到一般的意义，这也是李煜词的艺术特征之一。这种表现手法和上面说的写特有的东西，看似相反而实是相成的。不从个别出发来表现事物，则所表现的事物不可能深刻、突出，不可能给读者以较深的印象；同样，所表现的事物不能体现出一般的意义，则没有某一类人共有的特征，也不可能具有感染人的力量。因为人的生活不是孤立绝缘的，一种性格的形成，一种动作或心理的表现，都不可能和生活实际不相联系，而生活实际是复杂的，多方面的，只要真正深入生活，忠实地反映生活，就可以通过个别的形象、性格种种概括出某一类人的共有的特征。李煜在这方面的创作是成功的，例如上面所举出的《破阵子》和《一斛珠》，写的都是特殊的情事，由于前一首鲜明、深刻地体现出一个风流小皇帝临要亡国时的仓皇失措、无谁告语的可怜相，后一首精细生动地刻画出一个歌姬的轻巧玲珑的活动和邀宠取怜的情态，这就会使读者恍如置身其中，亲切地感到这一类人物的真正面貌是如此，精神实质是如此。通过这些情景的描写很自然地会联想到那一般亡国的风流小皇帝如萧宝卷、陈叔宝之类的下场以及一般的宫廷歌姬的实际生活，而不是把作品中所描绘出来的景物情事，当成仅仅是个别的现象看待。我们再举一个例子看，如：

林花谢了春红，太匆匆！无奈朝来寒雨晚来风。　胭

脂泪，留人醉，几时重？自是人生长恨水长东！(《乌夜啼》)

作品的具体内容也还是个人的感触，一时的景象，然而它的概括力更强，概括面更广了，使读者所感受到的是一切美好的东西遭暴力的摧毁，不只“林花”的命运是如此，其他同“林花”一样命运的都是如此。这样的描写，就成为优秀的典型形象，具有人所共有的特征，具有足以感动不同时代的各个不同社会集团的一切人的力量了。有人孤立地截取“自是人生长恨水长东”一句说这是颓废色彩、悲观主义的表现，这是不大公允的。只要美好的东西横遭摧毁的不幸情事，或者是意外的不幸情事还存在一天，“恨”就存在一天。作品里表现的分明是在某种情况之下所产生的某种心情，没有那种情况当然就引不起那种心情。难道到了共产主义社会，就一点意外的不幸情事都不会产生么？就连失却慈母、爱子时的悲苦心情都不存在么？这种想法未免太天真了。李煜词有悲观、颓废的色彩，这是可以肯定的，也是应该批判的，但最好是从他做南唐小皇帝时的作品中只表现了一些宫廷游乐和个人与个人之间的愁闷甚至意图逃避现实（如《浣溪沙》,《一斛珠》,《玉楼春》,《子夜歌》“寻春须是先春早”首,《喜迁莺》,《乌夜啼》“昨夜风兼雨”首等）这种总的倾向来加以说明。他做俘虏后的作品的表现悲哀怨恨，是合乎生活逻辑的，即使是“人生长恨水长东”这种极其强度的表现，也很难作为他的悲观、颓废的依据。在历史时代里，人们只是嗤笑“此间乐不思蜀”的刘禅，对李煜这时期作品的表现，是不会给以过分的责备和过高的要求的。

和上面这种表现相似，李煜的艺术概括性很高的另一种表现，是刺取某部分最突出的生活情景来反映出某种生活的全貌（这和突出事象的特点是有区别的）。例如：

闲梦远，南国正芳春：船上管弦江面渌，满城飞絮辊轻尘，忙杀看花人。　闲梦远，南国正清秋：千里江山寒色远，芦花深处泊孤舟，笛在月明楼。(《望江梅》)

把整个南国最美妙动人值得留恋的具体情景，从芳春、清秋两个季节中的一些最突出的景物情事中勾画出来，使了解南国生活的读者感到这些情景确实足以代表南国最美好的风光，未到过南国的读者也不能不受到这些情景的感动而向往于南国的美好生活。这类的写法，有人仅仅理解为选择题材的问题，而从艺术构思说，实是作者经过深刻的体验、仔细的思考之后，加以概括集中的成果。我国过去有成就的诗人或词人在创作活动过程中都要经过这个阶段的，即是从许多美好的情景中提炼出自己印象最深同时又最能引人入胜的东西来表现那全部的美好生活（反之，表现丑恶生活的也一样用这种手法）。这种提炼，首先就要具有高度的概括力，比之个别字句的精炼更难能也更重要，特别是在写小诗、小词方面。如果不首先注意这点而专用力于精炼字句（字句当然也要精炼），就可能成为形式上的追求者，是不能取得杰出的成就的。我们虽然不能认为这是李煜的独得之秘，但李煜词这种表现是他艺术概括性很高的一种表现，还是应该指出的。

李煜的艺术概括性很高的又一种表现，是以简单的句子概括了丰富的内容。如前面说过的“深院静”一首，全首仅仅二十七个字，就包蕴着许多引动别离怀感的情景。又如“红日已高三丈透”首，描写的对象只是一时一地的情况，由于作者一开首就从太阳升得高高说起，末了又从“别殿遥闻箫鼓奏”收束，就拉长了这种纵情逸乐的时间和扩大了它的空间，给读者的印象是连宵达旦到处一样的宫廷生活的情况。这都是李煜具有高度集中的艺术概括力的表现。

第四，形象性很强。李煜词的又一个特征，就是他善于塑造真实的形象。这是一般的成功的作品所具有的，也是读李煜词的人首先就会感觉到的。一般形象的塑造不说它，值得提出的是他写人物的心理活动，写人生的观感，写自己的哀愁等抽象的东西，几乎无不通过具体形象显示出来，这就使得他的作品具有更浓厚的艺术趣味和更加感动人的艺术魅力。例如“花明月暗笼轻雾”首，写的是偷情的行为和心理的活动，是在一个十分幽深寂静的环境中进行着轻微细致的工作，然而由于作品的形象性很强，使整个场面充满了生动活跃的气氛。又如“晓月堕”首写的是思念离人、急盼归来的一种无奈的焦迫的心情，也是在一个深静的环境里产生的，然而由于作品的形象性很强，就形成了一个多彩多姿、有声有色的境界。

李煜词最为人所传诵的是他入宋后写愁恨之作。而在这些作品中感染力最为强烈的仍然是在于形象的真实和生动。如果没有“流水落花春去也，天上人间”，则当时一往情深的心境就无由映现出来；如果没有“恰似一江春水向东流”，则当时自己浩渺无边的愁怀也无从窥见。正因为作品的感染力的强弱，系于形象性的强弱，因此，有些地方，不必说出愁恨的心情，只写出一些具有愁恨心情的人的动作，读者就能够通过这种形象看出他当时的愁恨心情。如“凭阑半日独无言，依旧竹声新月似当年”（《虞美人》)，“烛残漏滴频欹枕，起坐不能平”(《乌夜啼》) 之类。更有些地方，即使不必写人的动作，单写一些景物的形象，也可以使人清楚地看出人的境况和心情的。如《谢新恩》中的“粉英含蕊自低昂”。仅写出“自低昂”这一形象，就透露出无心欣赏、无谁共赏的情况；《采桑子》中的“百尺虾须在玉钩”，仅写出“在玉钩”这一形象，就透露出孤居独处、无谁怜惜的情况。上面说过，李煜是强调作品中的主人公的主动性和活动力的，在这里还必须补充一点：如果仅仅是强调人物的活动而没有塑造出真实生动的形象，那也不可能深刻地反映生活，不可能强力地感动读者。

第五，艺术语言的创造和生动口语的运用。这是李煜词取得艺术成就的一个主要的因素。具体表现在下列两方面。

一、单纯明净。李煜词虽然有相当复杂的生活内容，有各种各样的表现方式，然而他所运用的语言，却是单纯明净的。单纯明净不等于简单肤浅，是一种锻炼加工的结果，是一种艺术语言的创造。这种语言的使用，不仅有其健康语言的基础，和作者一系列的表现手法都有关系的，是作者的独有风格的一种最明朗的标志。比如，上面提到的“晓妆初过”“红日已高三丈透”“花明月暗笼轻雾”等首，写的都是宫廷里的豪华生活和艳情生活，一般说来，是免不了要用金碧辉煌的装饰和香粉胭脂的涂抹的；照一些书籍的记载看，李煜在当时的宫廷里也实在是过着豪奢逸乐的生活，到处都是华美艳丽的场面。可是，李煜在这些作品里却摒弃了许多装饰、涂抹的用法，用的都是单纯、明净的句子，有时还吸取一些生动的口语，如“酒恶”之类。这就说明了李煜创造艺术语言的天才是杰出的，他对怎样才是美妙动人的艺术语言的理解，在当时来说，也高人一等。就当时一般的创作风格看，“花间”词人的“镂玉雕琼”“裁花剪叶”[1]是一时的风尚，《花间集》里所收录的作品，除韦庄外大都是这种作风。温庭筠最讲究雕饰，而在当时的评价也最高。[2]温庭筠的词，虽然很精工，但一般都是镂金错彩，最难理解的。他许多堆金积玉、炫耀眼目的例子不举，现在举一首《菩萨蛮》来看：

水精帘里颇黎枕，暖香惹梦鸳鸯锦。江上柳如烟，雁飞残月天。　　藕丝秋色浅，人胜参差剪；双鬓隔香红，玉钗头上风。

这在温词中是一首比较美妙的。大概是写他曾经在一个美丽香软的地方歇宿过，这地方是在江边，第二天破晓的时候，那女子打扮得很齐整——穿上漂亮的衣服，簪上玉钗，还戴上“花胜”，划着小艇，穿过花港，摇摇荡荡地送他到岸上。头两句是说那个地方有很好的设备，有水晶帘、玻璃枕，还有又香又暖足以惹起好梦的鸳鸯被，但在哪里歇宿就没有交代清楚。第三四句是说在一个足以引动别感的风景凄清的早上，但有什么人在那儿做什么事又没有交代清楚。（这两句是情景交融的写法，是篇中最警策、最动人的句子。柳色、残月、飞雁都是和别愁有关的景物，和他同时的韦庄《荷叶杯》中的“惆怅晓莺残月，相别”，以及后来为人传诵的柳永《雨霖铃》中的“今宵酒醒何处？杨柳岸晓

[1] 见欧阳炯《花间集序》。

[2] 欧阳炯《花间集序》说：“在明皇朝，则有李太白之应制《清平乐》四首，近代温飞卿复有《金荃集》，迩来作者，无愧前人。”在李白之后独提温庭筠，温氏的地位之高可见。

风残月”，都可证明。即李煜的《喜迁莺》也是通过“晓月”“雁声”等景物来抒写别情的。有人不联系离别的情况看，只理解为表现凄清之感，我认为这样的理解，是比较空洞的。）第五六句是说有某种色泽和某种装饰，但指的是什么等样的人也没有交代清楚。最后两句是说双鬓隔开了又香又红的东西和玉钗在头上颤动，但究竟是什么人有什么活动更没有交代清楚。（有人从张惠言的说法推演下去，认为上句是双鬓插花把香红隔开了，象征离别，下句是风吹透玉钗，象征情意贯通，因而肯定这词和“小山重叠金明灭”首同样是一个女人自伤身世孤零的表现。我不同意这种看法。“小山”首因花面交映而感到容颜易衰谢，因双双鹧鸪而感到空房难独守，那是很明朗的，而且是合情合理的写法。这首呢，姑无论明指隔香红而言双鬓自相隔，明指风动玉钗而言两边情意通，是很牵强的解释，即使在句子上可以这样解释，把隔离现象和相思情意缩小到这样的程度，也不是合情合理的写法。如果这样，还表达什么深长的情思？我认为这样的看法是不符合实际的，虽然我的见解也未必就是正确。）通首只摆摆景物和现象，人物活动的情况一点也没有表露出来。这么一来，作品就成为景物现象的罗列和堆砌，即使创造了很美妙的艺术语言，也失却它应有的作用了。这么一来，就使得历来读这词的人都莫名其妙、乱猜一顿了。自张惠言的《词选》以下直至现在，接触到这词的人都把它当成梦境来理解，如果把梦境理解为一种回忆，那还可以讲得通，而其实理解它是写梦境的人都是从第二句的“梦”字出发的。（沈雄的《古今词话》曾说过“暖香惹梦是枕名”的话，当然不会看成这词是写梦的，但上句说玻璃枕，这句又指枕名，也不确。）这就未免把这词神秘化了。当然，这责任要温庭筠自己负。

从这里，我们可以看出当时的“花间”代表人物温庭筠的创作风格和李煜是不相同的。（这是就总的方面说，温词也有比较浅白明朗的。）

李煜入宋以后的作品，由于生活作风、思想感情的转变，表现手法也更加熟练，对于艺术语言的创造达到了更高的境地。如“人生愁恨何能免”“多少泪”“闲梦远”“春花秋叶何时了”“帘外雨潺潺”等首，包蕴着的内容有许多不容易明白说出的，但读起来竟像脱口而出，随笔写成，看不出一点锻炼的痕迹而自然达到单纯明净的境地。这类的艺术语言的创造，是值得我们学习的。

二、精炼准确。李煜词在语言方面所以能够达到单纯明净的境地，是和他用字造句的精炼准确分不开的。词人用字造句，一般说来，都是经过精炼的工夫的，特别是写小词，篇幅很短，更需要精炼。可是，如果精炼不结合准确，不从准确出发，精炼就会成为艺术技巧的玩弄，为精炼而精炼，专讲形式美，和内容不发生联系。有些小词，读起来死气沉沉，毫无感人的力量，其毛病就在于脱离准确而专讲字句的精炼。就另一方面看，最准确的写法就是最自然的写法。（自然不等于朴素。）如果有一些矫揉造作的痕迹就是不能恰如其分地写，不能达到自然的境地，也即是写来不准确。准确的标尺是作品的生活内容，即描写的对象和情意。离开了生活内容就没有什么叫准确。同样，精炼的目的也应该是为要更准确地表现生活内容的。我们如果孤立地看精炼，温庭筠的词是很精炼的，像上面所举的《菩萨蛮》，有许多美丽的句子，然而整篇看来，却令许多读者看不出其中的生活内容是什么。那精炼就失却了准确性，失却了它在作品中应有的作用。我们看李煜的《长相思》：

云一緺，玉一梭，澹澹衫儿薄薄罗，轻颦双黛螺。　秋风多，雨相和，帘外芭蕉三两窠。夜长人奈何！

上半也写一个女子的装束和情态。但给予读者的印象，不仅是一个女子的这种装束和情态而已，同时还可以看出她的苗条的身材，富于感情的内心以及她的整个标格和丰韵，觉得这是一个值得爱慕的女子。这原因，就和作者运用精炼准确的字句有关，如里面用了两个“一”字，一个“儿”字，一个“轻”字，两组重叠字“澹澹”和“薄薄”，都能够使得这个人物形象更加有“亭亭玉立”的风致，整个标格和丰韵都从中透露出来。也许有人认为这首词不一定是李煜写的，材料本身有问题。我们再看上面已经举出的“晓妆初过”一首吧。这首词写的是一个小巧玲珑、邀宠逞娇的歌女，李煜就抓住了要表现这类人物形象的特征，用“轻注些儿个”“微露”“暂引”“斜凭”“笑……唾”等，没有用一个表现粗重的动作或者浓艳色泽的字眼，使人看到、听到、感受到的和他所要表现的人物形象都十分和谐，完全一致，这就是李煜创造了精炼准确的字句的功效。

以上略谈李煜词在艺术上的成就。

李煜词的思想内容，尽管没有什么反动的质素，有些地方还能够引起人们的同情，但总不能说成具有什么积极的因素或进步的意义，我们是不能给予过高的评价的。李煜词所以能够感动人，获得人们的爱好，并且对后来的词人有相当大的影响，主要是在于它们的艺术力量，因而我们对他的艺术成就应给予适当的评价。如果只看到他是骑在人民头上的小皇帝，而忘记他同时是一个具有多方面的才能的文学艺术家，是一个杰出的词人；只看到他没有和人民站在一起或对人民有利的思想感情以及他没有什么像我们所要求的爱国主义思想，而忘记他是一个具有极大的局限性的封建割据时代的小皇帝：于是就对它们的思想内容完全加以否定，把他写偷情行为的作品比作西门庆和潘金莲的丑态，把他后期表现悲哀怨恨的作品也看成会引导人们走向悲观、颓废的道路，那是不符合事实的。但是，如果因为李煜词的艺术性很高，就忽视了它们的具体内容——描写对象和作者的思想感情的局限性，把它们抬高到和屈原、杜甫等人的作品有同等的地位，那也是不应该的。我们研究李煜词，应该把李煜的思想内容和艺术成就切实地确定在词这一方面，词外的有关李煜的东西，只能作为理解他的词的引线或帮助，而不应该硬把他的词里所没有的东西来评价他的词。我们对他的词也应该着重在艺术方面的分析和说明，因为这才是值得我们今天接受的宝贵遗产。总之，我们可以肯定地说：李煜词有着高度的艺术成就，李煜是我国历史上最杰出的词人之一。

简论晏、欧词的艺术风格

宋初词人写小词，一般说来，是接受“花间”词人和南唐词人的传统的，虽然也有不同程度的新变。当时最负盛名的词家如晏殊、欧阳修，宋人就是以他们可以媲美“花间”、南唐相称许：

> 晏元献尤喜冯延巳歌词，其所自作，亦不减延巳乐府。（刘攽《中山诗话》）

> 欧阳公虽游戏作小词，亦无愧唐人《花间集》。（罗大经《鹤林玉露》）

说晏词“不减延巳乐府”，说欧词“无愧唐人《花间集》”，不过随举一端而言，晏、欧词的取径并不这么狭窄。晏词中如《渔家傲》“罨画溪边停彩舫”“脸傅朝霞衣剪翠”“越女采莲江北岸”等首，虽不用《花间集》中的调子，但学习“花间”的迹象很明显。欧词《蝶恋花》数首和冯词很难区别，是欧作还是冯作，至今仍不易判定。这说明他们对“花间”、南唐词都有所继承。说“冯延巳词，晏同叔得其俊，欧阳永叔得其深”（刘熙载《艺概》），还不是全面看问题。

尽管如此，晏、欧词还是各有自己的特色的。晏词的艺术风格是清雅含蓄。例如《玉楼春》：

绿杨芳草长亭路，年少抛人容易去。楼头残梦五更钟，花底离愁三月雨。　　无情不似多情苦，一寸还成千万缕。天涯地角有穷时，只有相思无尽处。

既不露雕炼的痕迹，也不着浓艳的字眼，而情景逼真，含蕴无穷。又如《清平乐》：

金风细细，叶叶梧桐坠。绿酒初尝人易醉，一枕小窗浓睡。　　紫薇朱槿花残，斜阳却照阑干。双燕欲归时节，银屏昨夜微寒！

用精细的笔触，写淡淡的愁感，看来全不着力，而用“细细”“叶叶”“初”“易”“一”“小”“残”“微”等形状字又极见匠心。景象和心情融成一片，意境清新，耐人寻味。

不论像前首的浑成也好，像后首的工细也好，清雅含蓄的风格却是一致的。说它“清雅”，因为它明朗而不暗晦，通俗而不庸俗；说它“含蓄”，因为它言浅而情深，韵短而味长。

晏词的内容，大都不出男欢女爱，离情别绪，没有什么特异的地方；其中还有不少祝寿之词，尤其令人烦厌。由于他著作宏富（《宋史·晏殊传》载：“文集二百四十卷，及删次梁陈以后名臣述作为《集选》一百卷。”《神道碑》《东都事略》同。《渔隐丛话前集》卷二十六引《宋景文笔记》：“晏丞相末年诗，见编集者乃过万篇，唐人以来未有。”），写作技巧非常熟练，因而仍然有他独具的艺术风格。而这种艺术风格，是适合当时封建士大夫的胃口的，所以得到他们的称许。

欧词的艺术风格就比较复杂多样了。

欧阳修是当时文坛革新的领袖人物，文宗韩愈，诗受李白和韩愈的影响很深，打破了当时摹仿晚唐雕饰浮艳的“西昆体”的沉闷的局面，在诗、文的运动上都有杰出的贡献。他的词，走的虽然还是“花间”、南唐一路，但多少已有气局较大、挥洒自如的作品，这就和他的诗、文还有共通之点。由于词在当时还被目为“艳科”，不登大雅之堂，在文学领域中没有什么地位，他没有立心去改革或发展它，他的大部分词作还是描写离愁别感和儿女私情的旧一套的题材，因而在当时就有人说它似《花间集》，而后来又有人说他的词专学冯延巳。（除上举刘熙载说外，王国维《人间词话》说得更具体：“余谓冯正中《玉楼春》词‘芳菲次第长相续，自是情多无处足。尊前百计得春归，莫为伤春眉黛蹙’，永叔一生似专学此种。”）其实，这只看到他的词的一面，数量较多的继承文人词的一面，而没有看到他的数量较少然而更重要的汲取民间词和具有创造性的一面。就流传下来的他的词集（《欧阳文忠公近体乐府》《醉翁琴趣外篇》）看，其中有两套《渔家傲》共二十四首，分咏十二个月的节物风习；《采桑子》“轻舟短棹西湖好”以下十首，描绘游览西湖的景物情事，都是运用民间流行的“定格联章”（姑用任二北在《敦煌曲校录》中的名称）的形式，这都是《花间集》和南唐词所没有的。又，魏泰《东轩笔录》载：“范希文守边日，作《渔家傲》乐歌数阕，皆以‘塞下秋来’为首句，颇述边镇之劳苦，永叔尝呼为穷塞主之词。及王尚书素守平凉，永叔亦作《渔家傲》一词以送之，其断章曰：‘战胜归来飞捷奏，倾贺酒，玉阶遥献南山寿。’顾谓王曰：‘此真元帅之事也。'"(《渔隐丛话前集》卷二十九引)这说明他还不是把词的内容仅仅局限在写私生活，有时也可以把它赠送负责国家大事的人物和表达自己爱国的心愿。这都是他有意或无意地把词的内容和形式逐步扩展的事实。尽管他没有提出革新词的主张，他词里还明显地保存着传统的一套，可是，这是他的词的新鲜的血液，是值得我们注意的。

欧词具有两种较为显著的艺术风格：一种是清深婉曲；一种是疏宕明快。前者从唐五代的文人词来而有其新变，旧的因素较多，和晏殊的创作较为接近，因而人们往往把晏、欧并称。后者取材较广，创造性较强，对词学的发展，多少起了推动的作用。现在举些例子看看：

> 别后不知君远近，触目凄凉多少闷。渐行渐远渐无书，水阔鱼沉何处问？　　夜深风竹敲秋韵，万叶千声皆是恨。故欹单枕梦中寻，梦又不成灯又烬。(《木兰花》)

这首词，前阕写离别的情形，后阕写别后的愁恨。写离别，用“渐行渐远渐无书”，一波三折，逐步推移，一直达到“水阔鱼沉何处问”的境地，这种既婉曲又清深的写法，不是很明显可以看出么？写愁恨，从夜深不寐到希望梦里相逢，到希望成空，灯花尽落，由现实出幻想，复由幻想归现实，婉曲清深的思路，也完全可以看出来。从整个作品看，出发点应该在结末两句，空床独宿，引动离愁，难堪至极，因而感到所有的声响都是增加愁恨的东西，由此再追溯到产生愁恨的原因，是伊人远别，消息全无。作品就从远别写起，一路写到现况。在艺术构思方面是越想越远；在表现手法方面是越写越深。逆局顺写，在下笔之先，是煞费经营的。

这是欧词标志着清深婉曲的风格的例子，欧词大部分是这种风格的表现。以下再举它疏宕明快的风格的例子：

平山阑槛倚晴空，山色有无中。手种堂前杨柳，别来几度春风。　　文章太守，挥毫万字，一饮千钟。行乐直须年少，尊前看取衰翁。(《朝中措·平山堂》)

就全词的具体内容看，没有接触到美人芳草，没有关涉到儿女私情，没有运用比兴象征一类的表现手法，写景色，写物象，写生活，写感想，坦率说出，毫无假借，直起直落，大开大阖，尤其是这词的特色。这特色，在艺术风格上是属于疏宕一路的。

欧词的清深婉曲和疏宕明快两种风格，都对北宋词坛有一定的影响。冯煦在《宋六十一家词选·例言》中说："(欧阳修)即以词言，亦疏隽开子瞻，深婉开少游。"这是符合实际情况的。

无盦词序

余志学之年即喜填词，风晨月夕，春雨秋声，有触辄书，书罢旋弃。三十以后，爱我者颇劝以存稿，积今五年，得百首，亦才十余六七耳。蔡生起贤见而好之，为葺抄成册。呜呼，兵火满天，举家避难，尚不知葬身何所，守此区区，宁非至愚？顾敝帚自珍，贤者不免，余亦不恤人间耻笑矣。随身行李尚有《鷓鴣巢诗丙丁稿》《花外集笺注》《宋人词题集录》等稿本。丁丑秋中无盦自识于枫溪途次。

词学研究

绪　言

词，造端于唐，繁衍于五代，极盛于两宋，而复兴于有清，绵历千年，代有作者。其在元明，虽若为杂剧传奇所掩，然当时士夫，对于词籍之选辑，词学之讲求，卷帙犹繁，不容偏废。故居今日而治词，以言数量，已甚可观，绝非小道，正不独其质素之艰深庞杂，遽难董理而已。近百年来，词道日昌，论词之书，云涌风起，如方成培之《词麈》，刘熙载之《词概》，周济之《论词杂著》，吴衡照之《莲子居词话》，陈廷焯之《白雨斋词话》，张德瀛之《词征》，况周颐之《蕙风词话》，王国维之《人间词话》，或考音律，或事品藻，或立宗派，或示楷梯，类能独抒伟见，方驾前贤。盖作词固难，知词亦不易也。兹所论列，殆同草创，略具规模，兼论学词，非尽词学。诚以苟未学词，侈谈词学；纵能信口雌黄，哗众取宠，只是沿袭，必无创获，譬犹"赤子随母笑啼，乡人缘剧喜怒"，又乌能穷其奥窔，得其旨归耶？

声韵、音律，剖析綦严，首当细讲。此而不明，则虽穷极繁富，于斯道犹门外也。谱调为体制所系，必知谱调，方得填倚。

章句、意格、修辞，俱关作法，稍示途径，庶易命笔。至夫境界、寄托，则精神命脉所攸寄，必明乎此，而词用乃广、词道乃尊，尤不容稍加忽视。凡此种种，皆为学词所有事。毕此数事，于是乃进而窥古今作者之林，求其源流正变之迹，以广其学，以博其趣，以判其高下而品其得失。复参究古今人之批评、词说，以相发明，以相印证，是者是之，非者非之。其有各是其所是而非其所非者，为之衡量之，纠核之，俾折中于至当，以成其为一家言。夫如是，则研究词学之能事至矣，尽矣。若其有成与否与夫大成与小成，抑又有关乎禀赋之不齐，殆又未易一二论也。“梓匠轮舆能与人规矩，不能与人巧”，余所能言者，盖不外是云尔。

第一章　论声韵

张炎《词源》下云："先人晓畅音律[1]，……每作一词，必使歌者按之，稍有不协，随即改正。曾赋《瑞鹤仙》一词云：'卷帘人睡起，放燕子归来，商量春事。芳菲又无几！减风光、都在卖花声里。吟边眼底，被嫩绿移红换紫。甚等闲、半委东风，半委小桥流水。还是、苔痕湔雨，竹影留云，做晴犹未。繁华迤逦，西湖上、多少歌吹。粉蝶儿、扑定花心不去，闲了寻香两翅。那知人、一点新愁，寸心万里！'此词按之歌谱，声字皆协，惟'扑'字稍不协，遂改为'守'字，乃协[2]。始知雅词协音，虽一字亦不放过，信乎协音之不易也。又作《惜花春起早》云：'琐窗深。''深'字音不协，改为'幽'字；又不协，改为'明'字，歌之始协。此三字皆平声，胡为如是？盖五音有唇、

[1] 炎父名枢，有《寄闲集》，已失传。

[2] "扑"字入声，"守"字上声，"扑"不协而"守"协，是应用上声字不能以入代也。

齿、喉、舌、鼻，所以有轻清重浊之分[1]。故平声字可为上、入者此也。”此言古人填词，一字不苟，平仄以外，犹有清浊之分也。杨缵《作词五要》第四要“随律押韵”云：“如越调《水龙吟》、商调《二郎神》，皆合用平、入声韵。古词俱押去声，所以转折怪异，成不祥之音。”此言某调应用某韵，均须讲求，不可随意取押也。然则言词之必不可不明辨声韵也审矣。

兹先论声。声者，平、上、去、入四声也。《乐记》曰：“人心之动，物使之然也；感于物而动，故形于声；声相应，故生变；变成方，谓之音。”是声之与音，固微有别，声较音为单简，凡发乎口而达于外者皆声也。古有长、短、抗、坠、疾、徐、粗、细之分，实无四声之辨。四声之说，盖起于晋。其在于诗，则于平仄之外，上、去、入三声，虽亦有其运用之妙，顾无成式可按，故多仅守平仄。其在于词，区别较严，甚或剖及阴、阳、清、浊，匪直上、去、入三声不可逾越而已。观白石自注鬲指之声：

> 白石《湘月》词自注云：“予度此曲，即《念奴娇》之鬲指声也。”

守斋审订工尺之谱：

> 《宋稗类钞》：“紫霞翁精于琴律，有画鱼周大夫善歌，暗令写谱参订。虽一字之误，必随证其非。或叩之云：‘五、凡、工、尺，有何义理，而能默诵如流？’翁笑曰：‘君特未

[1] “深”“幽”为阴平，属清；“明”为阳平，属浊；“深”为闭口音，“幽”为敛唇音，“明”为穿鼻音。

究此事耳，其间义理，更有甚于文章。不然，安能记之！’”则其中微妙之理，诚有不容浅视者。于是词之应守四声、阴阳、清浊之说，乃班秩以起。万树云：“平仄固有定律矣，然平止一途，仄兼上、去、入三种，不可遇仄而以三声概填。”（《词律·发凡》）周济《宋四家词选序论》：“红友极辨上、去，是已。上、入亦宜辨，入可代去，上不可代去，入之作平者无论矣，其作上者可代平，作去者断不可以代平。平、去是两端，上由平而之去，入由去而之平。上声韵，韵上应用仄字者，去为妙；去、入韵则上为妙。平声韵，韵上应用仄字者，去为妙，入次之。叠则聱牙，邻则无力。”此以上、去、入须加明辨，其说一。俞彦云：“词全以调为主，调全以字之音为主，音有平仄，多必不可移者，间有可移者。仄有上、去、入，多可移者，间有必不可移者。傥必不可移者，任意出入，则歌时有棘喉涩舌之病。”（《爰园词话》）焦循释《词源》所举“扑”“深”“守”“明”等字云：“‘扑’‘深’二字何以不协？‘守’‘明’二字何以协？盖‘粉’为羽音，‘蝶’为徵音，‘儿’为变徵，由外而入；若用‘扑’字羽音，突然而出，则不协矣，故用‘守’字，仍复内转接，直至‘不’字则出为羽音。‘琐’‘窗’二字皆商音，又用‘深’字商音，则专壹，故用‘明’字羽音，自商而出乃协。”（《雕菰楼词话》）此以七音调四声，以明声字之不苟，其说二。张德瀛云：“词之用字，凡同在一纽一弄者，忌相连用之，宋人于此，最为矜慎。如柳耆卿《雨霖铃》词‘今（见母牙音角属纯清）宵（心母齿头音商属次清）酒（照母正齿音商属次清）醒（心母齿头音商属次清）何（匣母喉音羽属半浊）处（清母齿头音商属次清），杨（喻母喉音羽属平）柳（来母半舌音徵属半浊）岸（疑母牙音角属平）晓（匣母喉音羽属纯清）风（非母轻唇音宫属纯清）残（从母齿头音商属半浊）月（疑母牙音角属平）'。其用字之法，洵可为轨范矣。词必分清浊、轻重，李易安作《词论》亦云然。周德清撰《中原音韵》，判为阴阳二声。阴阳者清浊之谓也，贾子明以轻清为阴、重浊为阳，宋张世南已有其说。"（见《游宦纪闻》卷九）阴阳四声俱备，它音易明，惟上声每难剖析："如'董'阴'动'阳，'子'阴'矣'阳，皆制词者所宜知。"（《词征》卷三）张世南以为："字声有清浊，非强为差别。夫轻清为阳，阳主生物，形用未著，故音常轻。重浊为阴，阴主成物，形用既著，故字音必重。"刘熙载亦云："词家既审平仄，当辨声之阴阳，又当辨收音之口法，取声取音，以能协为尚。"（《艺概·词概》）谢元淮《填词浅说》对阴阳、清浊，有较详细说明。此以七音调四声而兼究阴阳、清浊。其说三。蒋兆兰云："平仄已协，须辨上去；上去当矣，宜别阴阳；阴阳审矣，乃调九音。所以然者，音律虽已失传，而近世填词家，后起益精，不精即不得与于作者之列。况词贵宛转谐和，若一句聱牙，即全篇皆废。"（《词说》）又释《词源》所举"扑""守"二字云："盖'扑'字入声，其音哑，'守'字上声，其音紧，此其所以不同也。"此以词家必守四声，明阴阳，调九音，兼辨别哑、紧。其说四。总兹四说，虽粗细不同，其后出转严之迹，略可考见，盖至是而辨声之能事尽矣。（按：谢元淮谓"轻清上浮者为阳，重浊下凝者为阴"，与周德清说异。）

然则倚声之士，其必守此弗易乎？以余观之，盖亦有未尽然者。大抵唐、五代、宋初词人，多仅守平仄，不限四声；至柳永始辨去声，周邦彦乃分上、去。（友人夏瞿禅承焘云云）自时厥后，历白石、梦窗，以至守斋、草窗，声律之辨，弥益严密。彼等固皆能自制谱、自度曲，则其于声音微妙之理，洞究无遗，一字不苟，亦理势然也。白石《庆宫春》自序云："盖过旬涂稿乃定。"草窗《木兰花慢》自序云："冥搜六日而词成，……霞翁见之曰：'语丽矣，如律未协何？'遂相与订正，阅数月而后定。是知词不难作而难于改；语不难工而难于协。"其寻声逐字之情形可想。自来词人讲求声律之精细，殆莫有逾于此际者。虽然，此中甘苦，固不尽关四声阴阳也。杨缵《作词五要》第三要云："要填词按谱。自古作词，能依句者已少，能依谱用字者百无一二。词若歌韵不协，奚取焉！"是则昔人所悉心以求者，不惟四声阴阳而已。"能依句者已少，能依谱用字者百无一二，"所谓"句""谱"，其非仅指四声阴阳也明甚。且取当时诸家同调之词，或一家中同调之词对勘，四声亦有未悉合者。如周邦彦《渡江云》：

晴岚低楚甸，暖回雁翼，阵势起平沙。骤惊春在眼，借问何时，委曲到山家？涂香晕色，盛粉饰、争作妍华。千万丝、陌头杨柳，渐渐可藏鸦。　堪嗟，清江东注，画舸西流，指长安日下！愁宴阑，风翻旗尾，潮溅乌纱。今宵正对初弦月，傍水驿，深舣蒹葭。沉恨处，时时自剔灯花。

与方千里和作：

长亭今古道，水流暗响，渺渺杂风沙。倦游惊岁晚，自叹相思，万里梦还家。愁凝望结，但掩泪、慵整铅华。更漏长，酒醒人语，睥睨有啼鸦。 伤嗟，回肠千缕，泪眼双垂，遏离情不下。还暗思、同翻香烬，深闭窗纱。依稀看遍江南画，记隐隐、烟霭蒹葭。空健羡，鸳鸯共宿丛花。

四声不同者凡十六字。（字下有着重号者，即其四声不同之字。）《四库提要》于方千里和美成词，称其四声不易一字者，犹参差若此，其他概可想见。又取柳永中吕宫《昼夜乐》二首比勘之：

洞房记得初相遇，便只合、长相聚。何期小会幽欢，变作离情别绪！况值阑珊春色暮，对满目、乱花狂絮。直恐好风光，尽随伊归去。 一场寂寞凭谁诉？算前言、总轻负。早知恁地难拚，悔不当初留住。其奈风流端正外，更别有、系人心处。一日不思量，也攒眉千度。

秀香家住桃花径，算神仙、才堪并。层波细翦明眸，腻玉圆搓素颈。爱把歌喉当筵逞，遏天边，乱云愁凝。言语似娇莺，一声声堪听。 洞房饮散帘帏静，拥香衾、欢心称。金炉麝袅青烟，凤帐烛摇红影。无限狂心乘酒兴，这欢娱、渐入嘉景。犹自怨邻鸡，道秋宵不永。

九十八字中，竟有三十三字四声不合。耆卿深通音律，其所作俱堪付诸歌喉，而前后四声乖异若此，则解人之不系乎四声可知。宋人考论律法之专书首推《词源》，然核玉田所自作，亦多不尽依守四声阴阳者。杨慎云："词人语意所到，间有参差，或两句作一句，或一句作两句。惟妙于歌者，上下纵横取协。"（《词品》）先著云："宋词宫调失传，决非四声所可尽。"（《词洁》）俞少卿云："郎仁宝谓有二句合作一句，一句分作两句者，字数不差，妙在歌者上下纵横所协。"（《蓉塘词话》引，见《词苑丛谈》

卷一）方成培《词麈》云："大抵宋词工者，惟取韵之抑扬高下与协律者押之，而不拘拘于四声。"毛奇龄云："李于鳞以填词法作乐府，谓乐府有声调，倘语句稍异，则于声调便不合尔。不知填词原有语句平仄正同，而声调反异者，如《玉楼春》与《木兰花》同，而以大石调歌之，则为《木兰花》类，然则声调何尝在语句耶？"（《西河词话》）刘体仁亦云："古词佳处，全在声律见之，今止作文字观，正所谓徐六担板。"（《七颂堂词绎》）诸家所论，诚圆通之说。然则时至今日，词已不得协乐，所谓四声者，亦正可守，可不必守。倘必刻舟记柱，非真善用赵卒者矣！

虽然，守声之说，不可不知也。自唱法失传，无预乐工，古人声情之美，舍此几无可按，苟并此亦废弃不讲，则倚声之义，更复将安附丽？故有特为精采之词句，四声不能与古人尽合时，不妨仅守平仄；仅守平仄，亦不失为佳词；否则，与其放纵，毋宁固执。况周颐曰："守律诚至苦，然亦有至乐之一境。常有一词作成，自己亦既惬心，似乎不必再改。惟据律细勘仅有某某数字，于四声未合，即姑置而过存之，亦孰为责备求全者。乃精益求精，不肯放松一字，循声以求，忽然得至隽之字。或因一字改一句，因此句改彼句，忽然得绝警之句。此时曼声微吟，拍案而起，其乐何如！虽剥珉出璞、选薏得珠不逮也。"（《蕙风词话》卷一）前辈甘苦有得之言，殆亦不容忽视也。

以守四声说求之于古人，既已不能尽合，于是乃有局部严守之说：

沈义父云："但看句中用去声字，最为紧要……其次如平声，却得入声字替；上声字最不可用去声字替。"（《乐府

指迷》）

万树云："夫一调有一调之声响，若上、去互易，则调不振起，自成落腔。"（《词律·发凡》）

又云："上声舒徐和软，其腔低，去声激厉劲远，其腔高，相配用之，方能抑扬有致。"（同上。按：去声当高读，上声当低唱，说本沈璟。）

戈载云："词中之宜用上，宜用去，宜用上去，宜用去、上，有不可假借之处，关系非浅，细心参考，自无混施之病。"（《词林正韵·发凡》）

潘钟瑞云："以入作平者，入声可以融化，上声即不尽然，而去声尤甚。作词固最重去声，最要留心。"（《憩园词话》眉注）

此严论上、去二声，入声较可不拘也。

郭沔云："词中仄字上、去二声可用平声，惟入声不可用上三声，用之则不协律。近体如《好事近》《醉落魄》，只许押入声韵。"（张侃《拙轩词话》引，见周泳先《唐宋金元词钩沉》）

刘熙载云："古人原词用入声韵，效其词者仍宜用入，余则否。至于句中用入，解人慎之。"（《艺概·词曲概》）

陈锐云："词调分上、去、入，用字则只知平、仄，此大误也。一词中有少数入声字，如《高阳台》《扫花游》之类；有多数入声字，如《秋思耗》《浪淘沙慢》之类。又如《莺啼序》中有少数上声字，千万不可通融者。今人不知上、去，况入声乎？"（《袌碧斋词话》）

况周颐云："入声字于填词最为适用。付之歌喉，上、去不可通作，惟入声可融入上、去声。凡句中去声字能遵用去声固佳，苦误用上声，不如用入声之为得也。上声字亦然。入声字用得好，尤觉峭劲娟隽。"（《蕙风词话》卷一）

丁绍仪亦云："词家以入声作平，前人已详言之，其实不始于词。《穆天子传》云：'白云在天，邱（山）陵自出，道里悠远，山川间之。'是'出'应读如'池'。"（《听秋声馆词话》卷二十）

此则兼论入声之重要性。

李渔云："四声之内，平止得一，而仄居其三。人但知上、去、入三声皆丽乎仄，而不知上之为声，虽与去、入无异，而实可介乎平仄之间。以其另有一种声音，杂之去、入之中，大有泾渭，且若平声未远者。古人造字审音，使居平仄之介，明明是一过文，由平至仄，从此始也。……词家当明是理。凡遇一句之中，当连用数仄者，须以上声字间之，则似可以代平，拗而不觉其拗矣。若连用数平字，虽不可以之代平，亦于此句仄声字内用一上声字间之，即与纯用去、入者有别，亦似可以代平。"（《窥词管见》）

此则专言上声之重要性。观陈允平《绛都春》自注"旧上声韵，今改平声"，又《永遇乐》自注"旧上声韵，今移入平声"，可为上可作平之证。清真、梦窗诸作，于去、上字甚谨；白石自度腔，用入声字特多，则上列诸说，实各有其独得之见。顾以证诸古人名作，则犹不可尽通也。兹即以上举柳词《昼夜乐》二首一加考校：如第一首"何期小会幽欢"之"小会"，上、去声也，而第二首作“细翦”为去、上声；第一首“对满目乱花狂絮”之“对满目”，去、上、入声也，而第二首作“遏天边”为入、平、平声；第一首“一日不思量”之“一日不”俱入声字，而第二首作“犹自怨”为平、去、去。其互通之迹，殊难为定一界域。故谓依声音原理某处用某声较美妙则可，必用此为程式而诏人以固执，则似未免厚诬前贤而锢蔽后学。

更有以歌法、读法推定某字用某声者：

万树云：“名词转折跌宕处多用去声。何也？三声之中，上、入二者，可以作平，去则独异。故余尝窃谓，论声虽以一平对三仄，论歌则当以去对平、上、入也。当用去者，非去则激不起。”（《词律·发凡》）

周济云：“阳声字多则沉顿，阴声字多则激昂，重阳间一阴则柔而不靡，重阴间一阳则高而不危。”（《宋四家词选目录序论》）

杜文澜云：“平、上、入三声，间有可以互代，惟去声则独用。其声激厉劲远，转折跌荡，全系乎此，故领调亦必用之。”（《憩园词话》）

谢元淮云：“四声平仄，呼吸抑扬，均有自然之妙。即平素不习工尺者，能于照谱填成之后，反复吟哦，自有会心惬意处。大略阴平宜搭上声，阳平宜搭去声，不必拘泥死法。昔人谓孟浩然诗，讽咏之久，有金石宫商之声。诗尚如此，词可忽乎哉！”（《填词浅说》）

吴梅云：“三仄之中，入可作平，上界平、仄之间，去则独异，且其声由低而高，最宜缓唱。凡牌名中应用高音者，皆宜用此。如尧章《扬州慢》‘过春风十里’‘自胡马窥江去后’‘渐黄昏，清角吹寒’，凡协韵后转折处，皆用去声，此首最为明显。他如《长亭怨慢》‘树若有情时’‘望高城不见’‘第一是、早早归来’‘算空有并刀’；《淡黄柳》之‘看尽鹅黄嫩绿’‘怕梨花落尽成秋色’，其领头处，无不用去声者。无他，以发调故也。”(《词学通论》)

吴说盖本红友、筱舫，谢说略近止庵，其以歌唱或诵读之法而定声字则一也。说虽较拘，实具卓见，非深于此道者不及此。不过取证古词，仍多未合耳。

此外，有指出同声字不得叠用、不得倒用者：

李渔云：“最忌连用数去声或入声。并去、入亦不相间，则是期期艾艾之文，读其词者与听口吃之人说话无异矣。”(《窥词管见》)

又云：“词则全为吟诵而设，止求便读而已。便读之法，首忌韵杂，次忌音连，三忌字涩。……音连者何？一句之中，连用音同之数字，如先烟、人文、呼胡、高豪之属，使读者粘牙带齿，读不分明，此二忌也。”(同上)

谢元淮摘王伯良“曲禁”中语以用于词，以为上、去字须间用，不得连用两上、两去；两上字连用尤为棘喉。宜上、去不得用去、上；宜去、上不得用上、去。不得叠用三入声字。不论平、上、去、入，不得叠用四字。宜阴不得用阳字，宜阳不得用阴字。惟调有定格者例外。说见《填词浅说》。(按《元和韵谱》云：“上声厉而举，去声清而远，相配用之，方能抑扬有致。”此为不得用叠声字说所本。)说虽甚微，而亦不可执。如上举美成

《渡江云》词中之“阵势”，两去连用也；“在眼”两上连用也；“渐渐可”三叠上声字；“清江东”三叠平声字。耆卿《昼夜乐》第一首“一日不”三用入声字。至《寿楼春》之起句五用平声字之为“有定格”者，更无论矣。有指出某调某字有定声者：

万树注王沂孙《齐天乐》云：“‘过雨’‘更苦’，去上声妙，万万不可用平仄，而‘万缕’尤为要紧。”(《词律》)

杜文澜云：“韵上一字，亦有定律，如调中有应用去上处，自须协上声；而如《醉太平》《恋绣衾》《八六子》等平调韵上之仄声字，必须用去声，方是此调声响。”(《憩园词话》)

又校《词律》吴文英《法曲献仙音》云：“按此调首句第二字、次句第四字、四句第二字、五句第四字，必用入声。”校《词律》王沂孙《花犯》云：“按词中应用去上声，惟此调最多。如‘素靥’‘绀缕’‘岁晚’‘自倚’‘记我’‘浪里’‘卧稳’‘挂晓’‘凤冷’‘乍起’‘唤取’‘翠被’，凡十二处，周美成、方千里等名作皆同，为此调定格，必宜恪守。”(《词律》注)

又评韩闻南薰来《如此江山》(即《齐天乐》)云：“按此调前段第六句、后段第七句及后结三韵，皆应去上声。”(《憩园词话》)

又评张应昌(仲甫)《烟波渔唱》词云：“如《四字令》韵上一字应仄者用去声，平调《满江红》前后结三字用平去平，《齐天乐》三用去上声，《八声甘州》后结上一句，中二字相连，《忆旧游》结句第四字用入声，皆按律之细密者。”

（同上）

黄曾（菊人）《瓶隐山房词集·发凡》论去上字云："《扫花游》六见，《一枝春》八见，《花犯》十二见。"（《蕙园词论》引）

郑文焯《"角""药"二字考音》云："案此曲近人和者，多于两煞拍失其音节。当于入声字处为逗，旁谱可证。"（校白石《扬州慢》）

（按：郑氏此说，夏承焘已有驳议，见夏著《白石道人歌曲斠律》）

陈锐云："词中四声句最为着眼。如《扫花游》之起句，《渡江云》之第二句，《解连环》《暗香》之收句是也。又如《琐窗寒》之'小唇秀靥''冷薰沁骨'，《月下笛》之'品高调侧'，美成、君特无不用'上平去入'。乃词中之玉律金科，今人随手乱填，何也！"（《褒碧斋词话》）

又云："一词中有少数入声字，如《高阳台》《扫花游》之类；有多数入声字，如《秋思耗》《浪淘沙慢》之类。又如《莺啼序》中有少数上声字，千万不可通融者。今人不知上、去，况入声乎？"（同上）

又云："清真《大酺》云'墙头青玉旆'，'玉'字以入代平。下文云'邮亭无人处'，皆四平一仄。梦窗此句第四字亦用入声，守律之严如此。今人则胡乱用之矣。'（同上）

吴梅云："清真词，如《瑞龙吟》之'归骑晚，纤纤池塘飞雨'，《忆旧游》之'东风竟日吹露桃'，《花犯》之'今年对花太匆匆'；梦窗词，如《莺啼序》之'快展旷眼''傍柳系马'，《西子妆》之'一箭流光，又趁寒食去'，《霜花腴》之‘病怀强宽’‘更移画船’；白石词，如《满江红》之‘正一望千顷翠澜’，《暗香》之‘江国正寂寂’，《凄凉犯》之‘怕匆匆，不肯寄与误后约’，《秋宵吟》之‘今夕何夕恨未了’：此等句法，平仄拗口，读且不顺，而欲出辞尔雅，本非易易，顾不得轻易改顺也。”(《词学通论》)

又云：“如《齐天乐》有四（三）处必须用去上声。清真词‘云窗静掩’‘凭高眺远’‘但愁斜照敛’是也。此四（三）句中，如‘静掩’‘眺远’‘照敛’，万不可用他声。故此词切忌用入韵，虽入可作上，究不相宜。又《梦芙蓉》亦有五处必须去上声。梦窗词‘西风摇步绮’‘应红销翠冷，霜枕正慵起’‘仙云深路杳，城影蘸流水’，是也。‘步绮’‘翠冷’‘正起’‘路杳’‘蘸水’，亦万不可用他声。……又《眉妩》亦有三处用去上声。白石词‘信马青楼去’‘翠尊共款’‘乱红万点’是也。中如‘信马’‘共款’‘万点’，亦不可用他声。至于《兰陵王》之多仄声字，《寿楼春》之多平声字，又当一一遵守，不得混用上、去、入三声也。”（同上）

又云：“词有必须用入之处，不得易用上、去者。如《法曲献仙音》首二句‘虚阁笼寒，小帘通月’，‘阁’‘月’宜入。《凄凉犯》首句‘绿杨巷陌’，‘绿’‘陌’宜入。《夜飞鹊》‘斜月远堕余辉’‘兔葵燕麦’，‘月’‘麦’宜入。《霜叶飞》换头‘断阕经岁慵赋’，‘阕’宜入。《瑞龙吟》‘愔愔坊陌人家’‘侵晨浅约宫黄’‘吟笺赋笔’，‘陌’‘约’‘笔’宜入。《忆旧游》末句‘千山未必无杜鹃’，‘必’字宜入。”

（同上）

考定词忌及某调中某字必用某声，其谨严之态度，殊足使疏于声律者知所矜慎。其取材大抵不出美成、白石、梦窗、碧山、玉田诸家，以此数家持律最严，较观数家同出一律者，即用悬为定式也。惟此数家外，以其定式，核之他作，则多不可通者；即玉田所作，亦时不守此。或宽或严，仍在作者之自择；非可范围一切，使人无可借口也。

姚华曰："清初人词，一律不论四声，道、咸而后，始论四声，此进一步之说也。近日以来，又过守四声，则鲁齐得失，未经论定。鄙意以为倚声者，以声为主者也。文情随声情为缓急，故四声之宽严，必先考声调；声调既亡，无已，姑考旧词而比较之，数从其多者，所以有依词为谱之例。然声调固无可考，而声依何器，其大别尚有可寻者。五代北宋词，歌者皆用弦索，以琵琶色为主器；南宋则多用新腔，以管色为主器。弦索以指出声，流利为美；管色以口出声，的皪为优。此段变迁，遂为南北宋词不同之一关键。……主器既因时而异色，歌者亦因地而异音。中州音与吴音之不同，尽人而知矣。南宋词既用管色，又多准吴音，故其律与北宋又不一例。如入声之于平仄，中原音可分配三声，吴音则否；故词家有入声尚可出入，而上、去不容假借之说，要其折中，亦无准据。皆由不依色以考声，但校词以为谱，重眼不重耳，故似是而非实也。南北宋之间，最关重要者莫如清真，清真主大晟乐府，往往新腔出于其时，其所用色，尚耐人考校，故北宋旧调，亦有出于清真，而其声颇与秦、黄异者，岂亦以用色不同故耶！因此而知倚声之考校，尚大有事在，不能一例祇严四声，考校未定，暂参活用，亦惟于弦管两色审之。唐诗亦入乐，亦琵琶为主色，故词为诗余者，仅以至北宋为断，南宋新谱，则不得云诗余矣。”（《与邵伯䌹书》）

上列诸说，论守声者大略可见，而词之声字不得苟下，亦可推知。盖自南宋以降，为词者未必兼工乐律，能自度曲，俊特如仇山村（远）及与草窗、玉田等交游者，犹有四字《沁园春》之叹，下此更无足论。故历元、明以至有清中叶，倚声之士，类多不守四声；万红友《词律》虽能救弊起衰，杜筱舫虽持“名词四声，亦应极意摹仿”之说，究属声律家言，卓著词家，多不措意于此；其严声律而能卓然名家者，惟周之琦《心目斋词》与蒋春霖《水云楼词》而已，然亦不限四声也。百十年来，词学复兴，如王幼遐、陈伯弢、郑叔问、朱古微、况夔笙等名手，始严四声之辨，和古人声韵之作，数见不鲜，朱、况二老，守之尤严，几使毫厘别刌，不容宽假。当代作家，受其影响者，守之唯恐或失；而新进后生，惮于用心，患其拘束，则又持反对之说，去之唯恐弗力。窃意既名填词，则受声律所限制，自不可免，必欲摧陷而廓清之，则亦不成其为词矣。惟四声无或出入，似亦过于死执；况古人名作正多，必以数家为准，门户似亦太隘；既不能施诸歌唱，协诸管弦，则除拗调拗句加以严守外，即仅依平仄填倚，亦不失其真美也。

上论声竟。

其次论韵。字以韵而得所归，句以韵而得所协；取同音之字，各以类聚，用以调节奏、定结声者，谓之韵书。词韵初无专书，唐、五代、北宋词，用韵殊泛，时入方音，取便歌唱，惟主谐适。洎东都朱希真作《应制词韵》十六条，始标词韵之名；鄱阳张辑为衍义以释之，冯取洽重为缮录增补。（见陶宗仪《韵记》）顾原书久佚，已无从窥见其旧。现存词韵，以陈铎《菉斐轩词林要韵》为最古，戈载《词林正韵》为最精。中如胡文焕《文会堂词韵》，平、上、去、三声用曲韵，入声用诗韵；沈谦《词韵略》，平、上、去三声同列一部，入声又依周氏曲韵例，两字连列（如“屋沃”“觉药”之类）。许昂霄《词韵考略》，以今韵分编，而入声有古通、古转，今通、今转，借叶之条；吴烺、程名世之《学宋斋词韵》，字数太略，音切又无分合，两见之字，未能细辨：若斯之流，均未精审，不堪取则。戈书后出，为词韵之南董，近代名家，咸极重视，多所遵从。兹将戈书目录，条列下方：

	平	上	去	入
第一部	东 冬 钟	董 肿	送 宋 用	
第二部	江 阳 唐	讲 养 荡	绛 漾 宕	
第三部	支 脂 之 微 齐 灰	纸 旨 止 尾 荠 贿	寘至志未霁 祭太（半）队废	
第四部	鱼 虞 模	语 噳 姥	御 遇 暮	
第五部	佳（半）皆咍	蟹 骇 海	太（半）卦（半）怪 夬代	
第六部	真 谆 臻 文 欣 魂 痕	轸 准 吻 隐 混 很	震 稕 问 焮 慁 恨	
第七部	元 寒 桓 删 山 先 仙	阮 旱 缓 潸 产 铣 狝	愿 翰 换 谏 裥 霰 线	
第八部	萧宵爻豪	篠 小 巧 皓	啸 笑 效 号	

续表

	平	上	去	入
第九部	歌　戈	哿　果	箇　过	
第十部	佳(半)麻	马	卦(半)祃	
第十一部	庚耕清青 蒸　登	梗耿静迥 拯　等	映诤劲径 证　嶝	
第十二部	尤 侯 幽	有 厚 黝	宥 候 幼	
第十三部	侵	寝	沁	
第十四部	覃谈盐沾 严咸衔凡	感敢琰忝 俨豏槛范	勘阚艳㮇 验陷鉴梵	
第十五部				屋 沃 烛
第十六部				觉 药 铎
第十七部				质术栉陌麦 昔锡职德缉
第十八部				勿迄月没曷 末黠辖屑薛 叶帖
第十九部				合盍业洽 狎　乏

戈氏此编韵目，以《集韵》为主，而参以《广韵》。派平、上、去三声为十四部，入声为五部，共十九部。其入声可以作平、作上、作去者，均次于该部之后。用力最勤，取材殊谨。顾以有失之太严与太宽者。谢章铤曰：“以宋词考之，宝士之说，亦不尽然。寒、山一部，覃、咸一部，刘改之《唐多令》则湾、帆、滩、间、衫、寒、安、南同押，是寒、山可合覃、咸矣。然辛、刘固浙派之所鄙夷者，吾请征之周草窗，先与盐不同部也，而《鹧鸪天》合之；庚、青与侵不同部也，而《恋绣衾》合之；庚、青与真、文不同部也，而《梅花引》《声声慢》《浣溪沙》合之；《江城子》且并合于蒸与侵矣。至莺在庚韵，而吴梦窗《木兰花

慢》则押入江、阳矣；草窗《眼儿媚》《浣溪沙》则押入真、文、侵矣，梦窗、草窗之词，宝士选入《七家》(指《七家词选》)，即有误笔，断不至再至三。宝士自谓遍考名家词，亦知其出入不一律否耶？”(《赌棋山庄词话续编》卷五）张德瀛曰：“戈氏于入声韵编分五部，核诸唐宋诸家词，独见精审。惟以第六部之真、谆等韵，第十一部之庚、耕等韵，第十三部之侵韵，判而为三，与宋人意旨，多不相合。其辨《学宋斋词韵》，谓所学皆宋人误处，而力诋其真、谆、臻、文、欣、魂、痕、庚、耕、清、青、蒸、登、侵十四部同用之非（按：见《词林正韵·发凡》)。今考宋词用韵，如柳耆卿《少年游》以频、缨、真、云、人通叶，周美成《柳梢青》以人、盈、春、心、云、存通叶，李秋崖《高阳台》以尘、云、昏、凝、沈、琼、深、痕、情、阴通叶，洪叔玙《浪淘沙》以冥、晴、春、人、斟、情、鸣、清通叶，周公谨《国香慢》以根、婷、春、凝、簪、兄、云、清通叶，奚秋崖《芳草》以薰、醒、云、昏、凝、心、林、听、人通叶，张叔夏《庆春宫》以晴、人、饧、迎、筝、裙、云、情、泠通叶，毛泽民《于飞乐》三阕，一以林、阴、深、心、尊、清、春、人通叶，一以云、惊、瓶、心、亭、声、清、膺通叶，一以轻、云、匀、神、颦、魂、人、情通叶。略举数家，可得梗概。至上、去韵，如高竹屋、王碧山《齐天乐》，史邦卿《双双燕》亦然。此等处宋人自有律度，展转相通，强为迁就，固属不可；然概指为误，转无以处宋人。吴氏所辑，亦非无见也。”(《词征》）是以戈韵失之太严也。沈祥龙曰：“元韵中袁、烦、暄、鸳，阮韵中远、蹇、晚、反之类，音既不谐，万难通叶。”(《论词随笔》）是以戈韵第七部所收之字，失之太宽也。吴梅曰：“术、物二韵，与平、上、去之鱼、模、语、麌相等，未便与质、栉等同列，陌、麦，又隶属于皆、来，没、曷、末亦属于歌、罗，故陌、麦不能与昔、栉同叶，没、曷、末不能与黠、屑同叶，戈氏合之，未免过宽。”（《词学通论》）是又以戈韵入部区列不审矣。姚华曰：“今人用词韵，以戈氏为则，鄙意亦不谓然。戈韵可资词学之考校，而不可为填词科律。守之太过，则自加桎梏，亦如四声当依声情时地而活用之。”（《与邵伯絅书》）诸说虽咸对戈书不满，各具深心，予以纠正。以余观之，总以证诸古词可通者为是；吴氏以音学原理以相衡量，未必核诸古词而皆通也。词韵本后于词，盖归纳古词以成书者。若守后出之书而忘其依据，或只求理论上之确当，而违其事实，斯则太求苛细，反至师心自用矣。况词原为协乐之文字，其声韵，在歌唱者每可迁就以求谐协，在今日，词乐失传，词如何读法，已成为绝大问题；倘只于本读中以求合理，以测是非，郢书燕说，其何能当！故余以为今日填词，不妨仍以戈韵为归，而参以张氏之说。至若杜文澜所云：“宋词用韵有三病：一则通转太宽，二则杂用方音，三则率意借协。故今之作词者，不可以宋词用韵为据。”（《憩园词话》）则未免聪明自作，厚诬古人。宋词既不足据，则将以歌法失传后明清之作为据耶？知其说之必不可通也。然如《西河词话》内标无韵之条，谓“词本无韵，故宋人不制韵，任意取押，虽与诗韵不远，然要是无限度”。则根本废弃词韵不讲，泛滥无归，亦非所宜。

言协韵之法者，始见于李清照《论词》云：“且如近世所谓《声声慢》《雨中花》《喜迁莺》，既押平声韵，又押入声韵；《玉楼春》本押平声，又押上、去声，又押入声。本押仄声韵，如押上声则协，如押入声，则不可歌矣。”（见《渔隐丛话》）其言上、入不可通押，与杨守斋论越调《水龙吟》、商调《二郎神》合用平、入声韵，不可押去声（《作词五要》中第四要），俱极严明。惟唐段安节言商、角同用（《乐府杂录》），是押上声者，入声亦可押也。可见押韵仍以宫律为准，专讲四声，犹未为尽。兹就文字上略加考求古人协韵之法。

协韵或宽或严，不能例视。自其宽者言，则匪直诸凡古韵可以通转者皆得互协，甚且有协以方音，似与本音相去甚远者。自其严者言，则不惟拘于本韵，即阴、阳、清、浊，亦须细加明辨。分述于后，以供考览。

一、严　协

（一）以发音限用韵。凌廷堪自序其词，谓用韵时，凡闭口者不敢阑入抵腭、鼻音；至于抵腭与鼻音亦然。此以发音严定用韵之区界也。侵、覃、盐、咸诸韵为闭口音，真、文、元、寒、删、先、仙等韵为抵腭音，东、冬、江、阳、庚、青、蒸诸韵为鼻音。各韵部以发音不同，故不容相协。

（二）以四声宫调限用韵。此在上举李易安、杨守斋之说已开其端，至戈载更详其义。戈载谓凡词用韵，有可以押平韵，又可以押仄韵者，其仄韵必用入声。如越调《霜天晓角》《庆宫春》，商调《忆秦娥》，双调之《庆佳节》，高平调之《江城子》，中吕宫之《柳梢青》，仙吕宫之《望梅花》《声声慢》，大石调之《看花回》《两同心》，小石调之《南歌子》之类。又有仄韵而必须入声者，如越调之《丹凤吟》《大酺》，越调犯正宫之《兰陵王》，商调之《凤凰阁》《三部乐》《霓裳中序第一》《应天长慢》《西湖月》《解连环》，黄钟宫之《侍香金童》《曲江秋》，黄钟商之《琵琶仙》，双调之《雨霖铃》，仙吕宫之《好事近》《蕙兰芳引》《六么令》《暗香》《疏影》，仙吕犯商调之《凄凉犯》，正平调近之《淡黄柳》，无射宫之《惜红衣》，正宫中吕宫之《尾犯》，中吕商之《白苧》，夹钟羽之《玉京秋》，林钟商之《一寸金》，南吕商之《浪淘沙慢》，此皆宜用入声韵，不可用上、去也。又有宜单押上声韵者，如黄钟商之《秋宵吟》，林钟商之《清商怨》，无射商之《鱼游春水》是。有宜单押去声者，如仙吕调之《玉楼春》，中吕调之《菊花新》，双调之《翠楼吟》是。(《词林正韵·发凡》) 此以四声宫调严定用韵之区界也。大抵由比勘张先、柳永、周邦彦、姜夔、吴文英、周密、王沂孙、张炎诸家词集，取其用韵之彼此相符者，即援为准的，颇有归纳之功，不无固陋之嫌，试取两宋词籍较观，即可灼见。惟如《秋宵吟》《翠楼吟》等宋、元人词别无可校者，其协韵之声字，自不可轻易改用。

二、宽　协

（一）上、去、入通协。词韵本宽于诗，故古词上、去，例皆通协。入声可派三声，故亦可以协上、去。如晏幾道《梁州令》“莫唱阳关曲”，以曲字协缕、处、绪、住、絮、去等；张炎《西子妆慢》“遥岑寸碧”，以碧字协意、泪、气、此等是。然此皆以入声字读作上、去以协上、去韵也。亦有通首入声韵，而以上、去字读作入声协者，如朱敦儒《柳梢青》，以也字叶别、发、客、说等字，是以上声读入声；无名氏《点绛唇》以麝字协贴、彻、歇、舌、啮、劣等字，是以去声读入声。惟此例甚少，不可悬为准则耳。

（二）平、入通协复自协。五代词人，用韵最为错综，有平、入通协而复平协平、入协入者，如欧阳炯《西江月》词云："水上鸳鸯比翼，巧将绣作罗衣。镜中重画远山眉，春睡起来无力。钿雀稳簪云髻，含羞时想佳期。脸边红艳对花枝，犹占凤楼春色。"此调他作起句与过片不用韵，又两阕末句均以同部之仄声字叶平。此作则句句用韵，且中间仄韵如翼、力、髻、色互协；平韵衣、眉、期、枝互协；以平、入互通例言之，则全首句句同归一部。此为交错用韵中之最精细者。

（三）句句用韵而以平、上、去三声通协。此句句用韵略同欧阳炯《西江月》，惟欧作以平、入通协，此则用平、上、去三声。如贺铸之《水调歌头》："南国本潇洒，六代浸豪奢。台城游冶，襞笺能赋属宫娃。云观登临清夏，璧月留连长夜，吟醉送年华。回首飞鸳瓦，却羡井中蛙。　访乌衣，成白社，不容车。旧时王谢，堂前双燕过谁家？楼外河横斗挂，淮上潮平霜下，樯影落寒沙。商女篷窗罅，犹唱后庭花！"用第十部韵，"麻""马""祃"三声通叶，寓谨严于宽放中；贺作《六州歌头》亦近此，他家不见其例。

（四）以方音协韵。古词用韵，有以方音协者，取便歌唱，不为本韵所限也。此例乐府诗最多，其在于词，则起于五代。如孙光宪《谒金门》词："留不得，留得也应无益。白纻春衫如雪色，扬州初去日。　轻别离，甘抛掷，江上满帆风疾。却羡鸳鸯三十六。孤鸾还一只。”通首用第十七部质、昔、职、德韵，而忽插入第十五部屋韵之“六”字。此“六”字在韵书无可读为第十七部音者，盖方音也。潮汕间方言，正以“六”字读与“木”同部。（无名氏论韵，谓：“六无别读，何由得通？”盖不知其为方音协耳。）宋元人词，用方音协者，屡见不鲜。如林外《洞仙歌》，“老”“我”“过”“锁”“考”同协，闽、广方音也。（孝宗读林外词，知其为闽音。访之，林果闽人。）赵长卿《水龙吟》，以“少”“了”“峭”“昼”“秀”同协，江右方音也。陈允平《南歌子》，以“翘”“销”与“楼”“洲”同协，则“楼”读若“劳”，今之潮州方音尚然；“洲”读若“招”，今之广州方音尚然。李弥逊《清平乐》以“晓”“酒”“到”“首”同协，今日以广州音读之，正在同部。凡此，皆以乡音协韵者也。他如戈氏所举曾觌《钗头凤》“照”“透”同押，刘过《辘轳金井》“溜”“倒”同押，吴文英《法曲献仙音》“冷”“向”同押，陈允平《水龙吟》“草”“骤”同押之类，莫不以方音协。大率用方音协者，与借协不同，借协或同纽，或旁纽，总有通转之理可寻；若方音，则非另读一音不能协。凡读古词，遇无可通转之韵时，即须变读，亦即可认为以方音协也。

戈氏论韵谓有借音字，举柳永《鹊桥仙》之“负”字，叶方布切；辛弃疾《永遇乐》之“否”字，叶方古切；赵长卿《南乡子》之“浮”字，叶房逋切；周邦彦《大酺》之“国”字，叶古六切；潘元质《倦寻芳》之“打”字，叶当雅切；姜夔《疏影》之“北”字，叶逋沃切；吴文英《端正好》之“陌”字，叶末各切；《烛影摇红》之“亩”字，叶忙补切；蒋捷《女冠子》之

“耍”字，叶霜马切：以为此皆古人借音字，相沿至今，已有音切，便可遵用，故为补入。（《词林正韵·发凡》）今考此等字，盖即方音耳。中如“负”“否”“打”“耍”等字，今日客家方音，正如此读，“浮”字则潮音正如此读，“陌”字则粤音正如此读，“国”字则潮音正读与“屋”同部，至“北”字之读若“卜”，则宋人若周美成、张于湖、周公谨、吴梦窗、姜尧章等读法均同，意者或亦为吴音读法如此。若此等类方言协者，似不可谓为借音。凡方音可考见者，均可补于每韵之末，又不必限此数字也。且如“否”字，在五代已多作“方古切”者，如韦端已《应天长》词，以“否”协“语”；冯正中《蝶恋花》词，以“否”协“去”；张泌《菩萨蛮》词，以“否”协“暮”：均其例，固不自柳永始。又如张先《庆春泽》，韩玉《贺新郎》《卜算子》，程珌《满庭芳》《减字木兰花》等均协方音，其例实繁。至黄庭坚《念奴娇》词，以“笛”叶“绿”，陆游谓“泸戎间谓笛曰独，故鲁直得借用”。则虽借用，仍系方音协也。（今日潮音读“笛”“绿”正同部。）

词之转韵，与诗恰相反：诗之律、绝，无转韵者，惟古体有之；词则长调绝少转韵，其转韵者多属小令，尤以唐、五代之小令为多。仄转仄、平转平者甚少。顾宋梅曰：“其不转韵者（按：指长调），以调长恐势散而气不贯也。”（《古今词论》引）邹祗谟曰：“小调换韵，长调多不换韵。间如《小梅花》《江南春》诸调，凡换韵者多非正体，不足取法。”（《远志斋词衷》）小令如《清平乐》等二转韵，《调笑》等三转韵，《虞美人》《菩萨蛮》《更漏子》《减字木兰花》等四转韵，《相见欢》《定风波》

《最高楼》等则中间插入短韵，《酒泉子》《河传》等则平仄韵错综转协。盖短调欲抒写复杂之情节，不得不用较复杂之韵协。韵协与情节，固有密切之关系也。若慢词之用转韵者，以贺东山之《小梅花》凡八换韵，韩南涧（元吉）之《六州歌头》凡五换韵为最著；次如《换巢鸾凤》之平转仄，《哨遍》之平仄交用，然实则用同部之平仄韵互协耳。它如《三犯渡江云》《浣溪沙慢》之类，仅于过变处一换平仄同部之仄韵而即归本韵，不可谓之换韵也。

小令平仄换韵词，其前后段所用之韵，原可不拘；然亦有前后段平仄韵可以自协者，如尹鹗《醉公子》词："暮烟笼藓砌，戟门犹未闭。尽日醉寻春，归来月满身。　离鞍偎绣袂，坠巾花乱缀。何处恼佳人？檀痕衣上新。"前段之"砌""闭"，与后段之"袂""缀"可协；前段之"春""身"，与后段之"人""新"可协。又如贺铸《更漏子》词："上东门，门外柳，赠别每烦纤手。一叶落，几番秋？江南独倚楼！　曲阑干，凝伫久，薄暮更堪搔首。无际恨，见闲愁，侵寻天尽头。"前段之"柳""手"，与后段之"久""首"同韵；前段之"秋""楼"，与后段之"愁""头"同韵。此类前后互叶之词，虽无固定成式，音节极为谐美。

词有在句中用韵者谓之"句中韵"，或谓之"藏韵"。沈义父《乐府指迷》云："词中多有句中韵，人多不晓。不惟读之可听，而歌时最要叶韵应拍，不可以为闲字不押。如《木兰花》（按：指《木兰花慢》）云'倾城，尽寻胜去'，'城'字是韵；又如《满庭芳》过处'年年，如社燕'，'年'字是韵，不可不察也。"

杜文澜《憩园词话》云："宋词暗藏短韵，最易忽略，如《惜红衣》换头二字，《木兰花慢》前后段第六、七句平平二字，《霜叶飞》起句第四字，皆应藏暗韵。此外似此者尚不少，换头二字尤多。虽宋词未必尽同，然精律者所制，则必用暗韵。"谢章铤亦云："《诗》有句中韵法，如'籥舞笙鼓'，'舞'与'鼓'韵；'采荼薪樗'，'荼'与'樗'韵；'日居月诸'，'居'与'诸'韵；'有壬有林'，'壬'与'林'韵。顾其法诗家颇不讲，而时见于词。如《河传》《醉太平》等调，句中多有用韵者，填之应节，极可吟讽。"（《赌棋山庄词话》卷三）吴蘅照《莲子居词话》云："如《点绛唇》次句，东坡云'今年身健还高宴'，吴琚云'故人相遇情如故'，舒亶云'翠华风转花随辇'，本七字句，而中间'健'字、'遇'字、'转'字均用韵，亦句中韵。"今核名家《木兰花慢》第六句第二字均协，沈说不误。（有于此字不协者，疏不可从。）惟《点绛唇》在句中用韵者，除吴氏所举数词外殊罕觏，当系偶合，未可悬为定律。它如白石《暗香》"江国正寂寂"之"国"字，《惜红衣》"故国渺天北"之"国"字，《念奴娇》"日暮青盖亭亭"之"暮"字，美成《忆旧游》"迢迢问音信"之下"迢"字等等，就本词论，均可谓句中韵。因句中之韵，原非必押，故自名家精用音律者外，普通作家多不注意及此。如吴潜和白石《暗香》词，"国"字不用韵；《念奴娇》之"暮"字，则通常多不用韵；至《忆旧游》过片第二字，则虽精细用律如梦窗，亦不用韵。然谓美成、白石等原制不用韵，不可也。大抵慢词过变第二字用韵者甚多，其必须斫句，如《霓裳中序第一》之"幽寂"，《琐窗寒》之"迟暮"等类，自属短句韵，余多与下文相连成辞。凡必连下成辞者，皆可目之为句中韵也。

更有无韵之句而亦用韵者：如《水调歌头》，前段第五、六句与后段第六、七句，各家均不用韵（贺铸之句句用韵者，自属例外），而苏轼中秋词前段云“我欲乘风归去，又恐琼楼玉宇”，后段云“人有悲欢离合，月有阴晴圆缺”，“去”“宇”自协，“合”“缺”自协。如《采桑子慢》，前段第五句与后段第六句，各家均不用韵，而吴礼之词，前段云“去也难留，万重烟水一扁舟”，后段云“先自悲秋，眼前景物只供愁”，“留”“秋”均用韵。此类甚多，不能遍举。此种用韵法，或亦以归入“藏韵”。至夫贺铸之《六州歌头》《水调歌头》句句用韵者，则为慢词中所仅见。盖用韵愈多，则声情愈流美，故在声音不相触时，即添入句中韵或句末韵均无妨事。白石《淡黄柳》之第四句，似不用韵，以有人疑为借协，而讲求韵律之作家，遂多于此句用借协字；《八六子》调陈襃碧疑有脱韵；《西平乐》调，郑大鹤疑有脱韵。若斯之类，均可证明用韵之不可太疏也。若柳耆卿之《破阵乐》，有七句一用韵、八句一用韵者，此则慢词中之特例，当于歌唱中求其疏隔之故，非斤斤于句调者所能悉其底蕴矣。

古人为词，间有用重韵者，其义解不同之重韵不论；义解全同者，如毛熙震《后庭花》第二首：

> 轻盈舞妓含芳艳，竞妆新脸。步摇珠翠修蛾敛，腻鬟云染。　歌声慢发开檀点，绣衫斜掩。时将纤手匀红脸，笑拈金靥。

两用“脸”字协。李清照《凤凰台上忆吹箫》：

> 香冷金猊，被翻红浪，起来慵自梳头。任宝奁尘满，

日上帘钩。生怕离怀别苦，多少事、欲说还休。新来瘦，非干病酒，不是悲秋。　休休！这回去也，千万遍《阳关》，也则难留。念武陵人远，烟锁秦楼。惟有楼前流水，应念我终日凝眸。凝眸处，从今又添，一段新愁！

两用“休”字协。惟清照词换头，《乐府雅词》作“明朝”，又他家填此调，于换头多不协，犹可勉为解说不用重韵；至熙震词之用重韵，则无能为之曲解也。

又有全首隔韵即同用一字协者，如黄庭坚《阮郎归》第二首：

烹茶留客驻金鞍，月斜窗外山。别郎容易见郎难，有人思远山。　归去后，忆前欢，画屏金博山。一杯春露莫留残，与郎扶玉山。

前后阕起结均用同字协者，如史浩《浪淘沙令》：

祝寿祝寿，筵开锦绣。拈起香来，玉也似手；拈起盏来，金也似酒。祝寿祝寿。　命比乾坤久，长寿长寿。松椿自此碧森森底茂，乌兔从他汨辘辘底走。长寿长寿。

全首韵均用同字而并非语尾字者，刘克庄《转调二郎神》凡五首，均押“省”字。全首韵均用同字者，如辛弃疾《柳梢青》：

莫炼丹难。黄河可塞，金可成难。休辟谷难。吸风饮露，长忍饥难。　劝君莫远游难。何处有、西王母难。休采药难。人沉下土，我上天难。

蒋捷《水龙吟》：

醉兮琼瀣浮觞些，招兮遣巫阳些。君毋去此，飓风将起，天微黄些。野马尘埃，污君楚楚，白霓裳些。驾空兮云浪，茫洋东下，流君往，他方些。　月满兮西厢些，叫云兮笛凄凉些。归来为我，重倚蛟背，寒鳞苍些。俯视春红，浩然一笑，吐山香些。翠禽兮弄晓，招君未至，我心伤些。

此等词，谓之“福唐体”，或称“独木桥体”。

以上两类——用重韵与用同字韵，均属词人偶一为之，不可视为典常也。

转韵词，仄转仄者，如陆游《钗头凤》：

红酥手，黄縢酒，满城春色宫墙柳。东风恶，欢情薄，一怀愁绪，几年离索。错，错，错！　春如旧，人空瘦，泪痕红浥鲛绡透。桃花落，闲池阁。山盟虽在，锦书难托。莫，莫，莫！

张翥《摘红英》词：

莺声寂，鸠声急，柳阴一片梨云湿，惊人困，教人恨，待到平明，海棠应尽。　青无力，红无迹，残香剩粉那禁得？天难准，晴难稳，晚风又起，倚栏争忍！

平韵转平者，如刘光祖《长相思》：

玉樽凉，玉人凉，若听离歌须断肠。休教鬓成霜！　画桥西，画桥东，有泪分明清涨同。如何留醉翁？

此类极少。刘词前段用阳韵，后段用东韵，韵近，尚疑非转韵也。起韵与末韵叶，而中间两转韵自叶者，此种叶韵法最杂错奇特，唯见孙光宪《上行杯》“草草离亭鞍马”首。

尚有用叠字韵者，亦自成体调。吕渭老《惜分钗》词：

春将半，莺声乱，柳丝拂马花迎面。小堂风，暮楼钟，草色连云，暝色连空。重，重。　秋千畔，何人见？宝钗斜照春妆浅。酒霞红，与谁同？试问别来，近日情悰。

忡，忡！

此两字叠韵也。其三字叠韵者，见上《钗头凤》，此不复引。

上论声韵竟。

古人云："规矩立而后天下有良工，衔勒齐而后天下无泛驾。"学者果能循是以为词，则虽未能遽臻美妙，去为词之道，庶乎不远矣。

第二章　论音律

古之乐经与乐书，久已失传，今可考见者，以《礼·乐记》与《周礼》大司乐之说为最古。然《乐记》所言，乃《乐》之传，非乐经也；《周礼》所言，乃乐之职，非乐书也（说见《六经奥论》）。音律之微，存乎心性，传之口耳，运用之妙，殆非笔墨所能究尽。故叶时曰："乐不可以书传。"（《礼经会元·诗乐》篇）张炎曰："律非易学，得之指授方可。"（《词源》）马端临曰："心之精微，口不能授；性所解悟，笔不能书。"（《通考·乐考》）虽然，"乐书虽亡，而人心之乐，未始不存也"（《六经奥论》），乐固不易以书传，而乐则长流天地间而不容废弃而不讲，于是乎讲求音律之书乃更迭以起。越时愈远，探究弥难；器数既乖，辨别不易：故居今日而言古乐，则虽穷极精微，亦惟尽考据说明之能事而止，求其施诸弦管，邕美无碍，配之声歌，纤洪毕合，不可得也。秦汉以前靡论矣，魏晋以降，若杜夔、荀勖、阮咸、祖孝孙、张文收、万宝常之徒，史称其于音律，最有宿悟神解，顾书多不传，传者又类皆片辞断义，不可贯通；即宋元以后乐律之书，如宋仁宗之《景祐乐髓新经》、蔡元定之《律吕新书》、陈旸之《乐书》、明朱载堉之《乐律全书》、清康熙之《律吕正义》等，说虽具存，而琐细繁重，羌难董理。其简要精明而可通于词乐者，自沈括《梦溪笔谈》、张炎《词源》外，当推江永之《律吕新论》、凌廷堪之《燕乐考原》、陈澧之《声律通考》与徐灏之《声律考》。江氏本琴弦以推论律度，凌氏主琵琶以配合燕乐，陈、徐二氏穷音律离合之迹、定乐调配置之数，均能独出心裁、凌驾前哲。方成培之《词麈》，杜文澜、吴蘅照、谢元淮之词话，张德瀛之《词征》，郑文焯、蔡桢等之斠证词律，夏承焘之考定白石旁谱，均具特识，足资参考。至其不能施诸实用，则情势使然，虽圣智复生，亦无可如何耳。今兹所论，虽以词之音律为主，其有在词籍无得考明者，则远溯诗乐，下及曲律，庶加详明，较易通晓。

一、五音十二律

音律起源，远在邃古，相传黄帝令伶伦取嶰溪之竹以作乐，已肇端倪。《书·舜典》："协时月正日，同律度量衡。"又"声依永，律和声"之"律"字，注家均以十二律当之。《礼·乐记》："凡音者，生人心者也。情动于中，故形于声，声成文谓之音。是故治世之音安以乐，其政和；乱世之音怨以怒，其政乖；亡国之音哀以思，其民困：声音之道，与政通矣。宫为君，商为臣，角为民，徵为事，羽为物，五者不乱，则无怗懘之音矣。"则明配五音之义。《周礼》"大司乐"："阳声曰：黄钟、太簇、姑洗、蕤宾、夷则、无射，此六律之序也；阴声曰：大吕、应钟、南吕、函钟、小吕、夹钟，此六同之序也。”则明标十二律之名。《尔雅·释乐》：“宫谓之重，商谓之敏，角谓之经，徵谓之迭，羽谓之柳。”注：“皆五音之别名也。”郝懿行义疏：“唐徐景安《乐书》引刘歆云：‘宫者，中也，君也，为四音之纲，其声重厚，如君之德而为重；商者，章也，臣也，其声敏疾，如臣之节而为敏；角者，触也，民也，其声圆长经贯清浊，如民之象而为经；徵者，祉也，事也，其声抑扬递续，其音如事之绪而为迭；羽者，宇也，物也，其声低平掩映，自高而下，五音备成，如物之聚而为柳。’”是五音复有别名，惟刘氏义解，则多不甚可通矣。（《汉志》解释，略同刘说。）十二律之义，则《国语》伶州鸠曾详加论列，而多模糊之辞，亦不可识。

古人以五音配五行，以宫属土，以商属金，以角属木，以徵属火，以羽属水；以十二律吕配十二月，六律配单月属阳，六吕配双月属阴，自十一月起，至十月止，挨次分配：

黄钟十一月　太簇正月　姑洗三月　蕤宾五月　夷则七月　无射九月

大吕十二月　夹钟二月　中吕四月　林钟六月　南吕八月　应钟十月

其以五行配五音，已不明其故；以十二月配十二律，则以某月奏乐，应奏某调，配合某律也。其必以某月配某律之故，亦不可考。历来解释，均以“声音之道与政通”之义为据而张皇其辞，实亦不知其故也。许之衡谓“宫、商、角、徵、羽，乃古人所定声音入乐之符号也”，又谓“黄钟、大吕等律吕者，乃古人所定声音高下清浊之符号，而又兼调名之记号也”（《音乐小史》）。其说近是。

十二律吕之次序，《周礼》与《乐纬》不同：《周礼》之函钟，即《乐纬》之林钟；《周礼》之小吕，即《乐纬》之仲吕（亦作中吕）也。后人排列律吕之法从《乐纬》：

> 六律：黄钟、太簇、姑洗、蕤宾、夷则、无射。六吕：大吕、夹钟、仲吕、林钟、南吕、应钟也。阳为律，阴为吕，总谓之十二律。

二、五音演变及其读法

《朱子全书》论乐："问：'周礼祭不用商音，或以为是武王用厌胜之术；窃疑圣人恐无此意。'曰：'这个也难晓，须是问乐家如何不用商。尝见乐家言是杀伐之意，故祭不用。然也恐是无商调，不是无商音。'"是周时祭礼仅用宫、角、徵、羽四调而缺商。段安节《乐府杂录》："太宗朝，挑丝竹为胡部，用宫、商、角、羽，并分平、上、去、入四声，其徵音有其声无其调。"虞世南《琵琶赋》："声备商、角，韵包宫、羽。"《独异志》："唐承隋乱，乐虡散亡，独无徵音。"是唐时仅用宫、商、角、羽四调而缺徵。惟考元稹《五弦弹》诗云："赵璧五弦弹徵调，徵声巉绝何清峭。"《新唐书·礼乐志》："五弦如琵琶而小，北国所出。"则弹五弦实有徵声，其"无徵声"者，特指奏燕乐之四弦琵琶耳。词乐原于燕乐，故唐之词乐，独无徵调。宋代太常乐不特缺徵调，角调亦缺。（见《朱子全书》）顾五音则仍存在，盖起调、毕曲不用徵、角而已，若其中所用之字，并非绝无徵、角之音也。

五音之外，益以变宫、变徵，则成七音。（变宫亦省称曰

“闰”，变徵亦省称曰“变”，更有称变宫曰“和”、变徵曰“缪”者。）沈括《补笔谈》：“后世有变宫、变徵者，盖自羽声隔八相生再起宫，而宫生徵。虽谓之宫、徵，而实非宫、徵声也。变宫在宫、羽之间，变徵在角、徵之间，皆非正声。”按：既名曰“变”，则其非正声明甚。惟其起源亦甚古，齐景公时，有徵招、角招（见《孟子》）；郢中曲有流徵（见《楚辞》）；高渐离击筑为变徵之音（见《国策》《史记》），不过古雅乐不用变调而已。戴埴曰：“乐有正声，必有变声。夫子正诗于乐，岂独风雅有正声而无变声哉？故《国风》十五国之土歌，土歌之正为正风，土歌之变为变风。”（《鼠璞》）斯实探本之论。《左传》昭公二十年，晏子曰：“五声、六律、七音、八风、九歌以相成也。”《国语》景王问伶州鸠七律者何？注云：“周有七音，王问七音之律，谓宫、商、角、徵、羽、变宫、变徵也。”然则七音盖起于周以前矣。

管子曰：“凡听徵，如负猪豕，觉而骇；凡听羽，如鸣马在野（‘野’，《通考》引作‘树’，注：疑当作‘鸟’。兹据郑文焯引）；凡听宫，如牛鸣窌中：凡听商，如离群羊；凡听角，如雉登木。”（原文下有“以鸣音疾以清”六字，旧注疑衍，今从之。）此以物音喻五音之清浊高下也。段安节《乐府杂录》以平声为羽，上声为角，去声为宫，入声为商，上平声为徵；徐景安《乐书》以上平声为宫，下平声为商，上声为徵，去声为羽，入声为角。此以四声阴阳配入五音也。江永论五声曰：“天地之间，气而已矣；气动而声发焉。或两气相轧而声出于虚，或两形相轧而声出于实，或形轧气、气轧形而声出于虚实之间，大小高下，皆有数存焉。稽之于物，金石之属，小而薄者声浊，大而厚者声清；丝弦之属，粗而长，张之而缓者声浊，细而短，张之而急者声清；竹管之属，长而宽，吹之而缓者声浊，短而窄，吹之而急者声清。声皆禀于器，而器之大小、短长、粗细、宽窄，莫不有数存焉。品其清浊高下之次第有五：最浊为宫，次浊为商，清浊间为角，次清为徵，最清为羽。”（《律吕新论》）此以器数与吹气辨五音之清浊也。凌廷堪曰：“盖琵琶四弦，故燕乐但有宫、商、角、羽四均，无徵声一均也。第一弦最大，其声最浊，故以为宫声之均，所谓大不逾宫也。第四弦最细，其声最清，故以为羽声之均，所谓细不过羽也。第二弦少细，其声亦少清，故以为商声之均。第三弦又细，其声又清，故以为角声之均。”（《燕乐考原》）此以琵琶定宫、商、角、羽之清浊也。至司马光、刘鉴等更以喉、牙、舌、齿、唇以配五音：第一宫部为喉音，第二商部为牙音（即腭音），第三角部为舌音，第四徵部为齿音，第五羽部为唇音。以宫、商、角、徵、羽五字，恰从喉、牙、舌、齿、唇出音也。此说从之者甚众，然朱载堉已力辨其非，其说云：“人之五音有定，而乐之五音无定，……善歌者随调宛转，变动不居，岂可以喉、牙、舌、齿、唇拘之哉？”此外，有以合口为宫、开口为商、卷舌为角、齐齿为徵、撮口为羽者，盖即依沙门神珙之旧说也。若夫以候气、干支、政事等等解释音律者，载籍所传，不胜枚举，类皆荒渺模糊，不可理会，均在摈弃之列。统观以上诸说，虽立论不同，而五音之演变与其读法，略可知矣。

三、宫调及谱字

以七音乘十二律，得八十四调，别谓之“宫调”。或谓隋郑译推演龟兹人苏祇婆琵琶而成八十四调（《隋书》）；或谓唐太宗时用祖孝孙、张文收考正雅乐而旋宫八十四调见复于时（《通考》）；或谓始自梁武帝，万宝常以梁人入隋，参其法而与郑译商讨，以宫乘十二律名曰宫，以商、角、徵、羽、变宫、变徵乘十二律，名曰调。故宫有十二，而调有七十二。而其相生之理，则均中隔六律，并相生之二律合数为八，故曰“隔八相生”。兹列图表如下而附以说明：

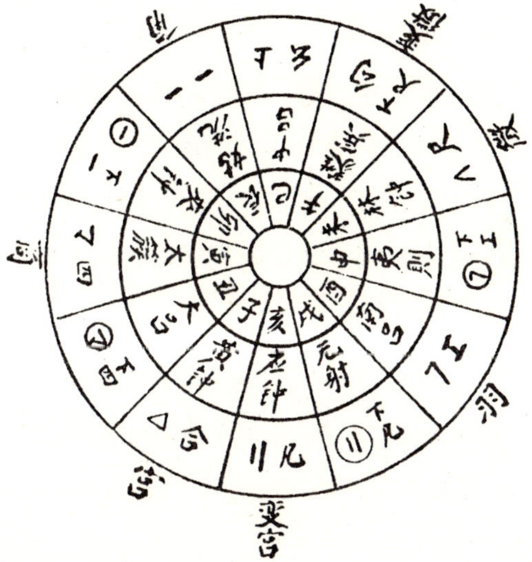

一、以六律六吕配合十二时，以黄钟配子起，以下一吕一律，交错配入。

二、以黄钟为宫，数八至林钟为徵，再数八至太簇为商，以后羽、角、变宫、变徵挨次隔八相生，谓之七调。

三、外围所注为管色字谱，关系各调之起调、煞声。

上律吕隔八相生图，其式正同下表：

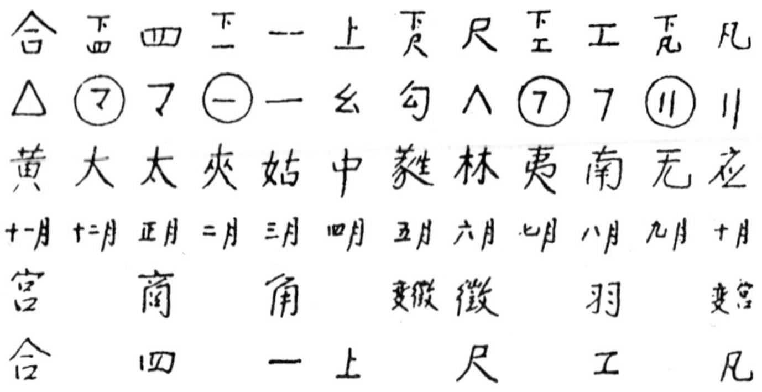

此配工尺，即燕乐法，《宋史·乐志》、姜书、张书并同。

十二均生八十四调图

宫	黄	大	太	夹	姑	中	蕤	林	夷	南	无	应
徵	林	夷	南	无	应	黄	大	太	夹	姑	中	蕤
商	太	夹	姑	中	蕤	林	夷	南	无	应	黄	大
羽	南	无	应	黄	大	太	夹	姑	中	蕤	林	夷
角	姑	中	蕤	林	夷	南	无	应	黄	大	太	夹
变宫	应	黄	大	太	夹	姑	中	蕤	林	夷	南	无
变徵	蕤	林	夷	南	无	应	黄	大	太	夹	姑	中

一、汉京房谓黄钟为宫、太簇为商、姑洗为角、林钟为徵、南吕为羽、应钟为变宫、蕤宾为变徵。《后汉书·律历志》、郑康成注《周礼》、韦昭注《国语》均同。

二、杜佑《通典》:“宫生徵，徵生商，商生羽，羽生角，此五声大小之次也。”

三、沈括《梦溪笔谈》:“五音宫、商、角为从声，徵、羽为变声。从谓律从律，吕从吕；变谓以律从吕，以吕从律。”

四、七调起字，依上图配定，以后从直看相次之序隔八，横看相次之序十二律吕顺列。

五、直看则每律皆有“七音”，横看则每音皆有“十二律”。

六、凡六律为宫，则商、角以律应，徵、羽以吕应。

七、凡六吕为宫，则商、角以吕应，徵、羽以律应。

以上列谱字比勘八十四调图，以定煞声字，密合无间。（煞声又称“住字”，又称“毕曲”。）如黄钟宫调，则煞声即黄钟，用“合”字；黄钟徵调，则煞声为林钟，用“尺”字；夹钟商调，则煞声为中吕，用“上”字；夷则商调，则煞声为无射，用“凡”字（下凡）；黄钟羽调，则煞声为南吕，用“工”字。其他各调，均可依此表配合。今所传宋词注旁谱者，惟《白石道人歌曲》，以此表与姜词旁谱对照皆合；间有不合者，则旁谱传刻偶误也。

十二律谱字外，尚有四宫清声：

幺六字、黄钟清声，简称“黄清”。

(ʒ)下五字、大吕清声，简称“大清”。

ʒ五字、太簇清声，简称“太清”。

ʒ̄高五字、夹钟清声，简称“夹清”。

四、律吕配谱字之异同

古雅乐谱字，多已失传。《楚辞》“四上竞气”，黄佐谓即大吕四字、中吕上字，惟说无他证。果尔，则谱字之来亦甚古也。今可考者，则除上列一说外，如朱载堉说、毛奇龄说、康熙说、徐灏说均甚著，兹并列于下，以资参照。

朱载堉说（见《乐律全书》）：

上	上	尺	尺	工	工	凡	六	合	五	五	乙	
黄	大	太	夹	姑	中	蕤	林	夷	南	无	应	
上		尺		工		凡	合		四		乙	……（弦音）
宫		商		角		变	徵		羽		闰	
四		乙		上		尺	工		凡		合	……（管音）

一、此以上配宫，比燕乐低二律。

二、黄钟为最浊音，即最低音；应钟为最清音，即最高音。

三、最低居首，最高居末，乐律书均如此书，俱用逆数。盖须先定最低音为标准也。

毛奇龄说（见《竟山乐录》）：

四	下乙	乙	上	勾	尺	下工	工	下凡	凡	六	五
黄	大	太	夹	姑	中	蕤	林	夷	南	无	应
四	乙		上		尺		工	凡		六	
宫	闰		商		角		徵	变		羽	

此以四配宫，比燕乐低一律。

康熙说（见《律吕正义》）：

下工	高工	下凡	高凡	下六	高六	下五	高五	下乙	高乙	下上	高上	下尺	高尺
黄	大	太	夹	姑	中	蕤	林	夷	南	无	应	黄（半）	大（半）
工		凡		六		五		乙		上		尺	
宫		商		角		变		徵		羽		闰	

此以上配宫，比燕乐低四律。

徐灏说（见《声律考》）：

工	工凡	凡	合	合	四	四	乙	上	上	尺	尺
黄	大	太	夹	姑	中	蕤	林	夷	南	无	应
工	凡		合		四		乙	上		尺	
宫	闰		商		角		变	徵		羽	

最低音与最高音均同康熙说，而配合各调之法不同。

上四说中，以朱载堉说附和者最多，若方成培《词麈》、陈澧《声律通考》，均附和朱说，近人吴梅《词学通论》谱字表，即依朱说弦音配入也。

附吴梅中西律音对照表

中律名	黄钟	大吕	太簇	夹钟	姑洗	中吕	蕤宾	林钟	夷则	南吕	无射	应钟
西律名	C	#b CD	D	#b DE	E	F	#b FG	G	#b GA	A	#b AB	B
中音名	宫		商		角	变徵		徵		羽		变宫
普通音名	1		2		3	4		5		6		7
俗音名	上		尺		工	凡		六		五		乙

五、雅俗调名之不同

张炎《词源》载八十四宫调谱，雅名、俗名并列，极便查检，今为过录于下。

	正名	俗名	律字	谱字	俗字
幺（六）	黄钟宫	正黄钟宫	黄	△	合
△（合）	黄钟商	大石调	太	マ	四
黄钟宫	黄钟角	正黄钟宫角	姑	一	乙
	黄钟变	正黄钟宫转徵	蕤	𠘧	下尺
	黄钟徵	正黄钟宫正徵	林	∧	尺
	黄钟羽	般涉调	南	フ	工
	黄钟闰	大石角	应	リ	凡

续表

	正名	俗名	律字	谱字	俗字
(ㄋ)下五	大吕宫	高宫	大	マ	四
(マ)下四	大吕商	高大石调	夹	⊖	下乙
大吕宫	大吕角	高宫角	中	ㄣ	上
	大吕变	高宫变徵	林	∧	尺
	大吕徵	高宫正徵	夷	(フ)	下工
	大吕羽	高般涉调	无	(リ)	下凡
	大吕闰	高大石角	黄	△	合
ㄋ（五）	太簇宫	中管高宫	太	マ	四
マ（四）	太簇商	中管高大石调	姑	一	乙
太簇宫	太簇角	中管高宫角	蕤	勾	下尺
	太簇变	中管高宫变徵	夷	(フ)	下工
	太簇徵	中管高宫正徵	南	フ	工
	太簇羽	中管高般涉调	应	リ	凡
	太簇闰	中管高大石调	大	(マ)	下四
ㄋ高五	夹钟宫	中吕宫	夹	⊖	下乙
⊖下一	夹钟商	双调	中	ク	上
夹钟宫	夹钟角	中吕正角	林	∧	尺
	夹钟变	中吕变徵	南	フ	工
	夹钟徵	中吕正徵	无	(リ)	下凡
	夹钟羽	中吕调	黄	△	合
	夹钟闰	双角	太	マ	四
一（一）	姑洗宫	中管中吕宫	姑	一	乙
乙	姑洗商	中管双调	蕤	勾	下尺
姑洗宫	姑洗角	中管中吕角	夷	(フ)	下工
	姑洗变	中管中吕变徵	无	(リ)	下凡
	姑洗徵	中管中吕正徵	应	リ	凡
	姑洗羽	中管中吕调	大	(マ)	下四
	姑洗闰	中管双角	夹	⊖	下乙

续表

	正名	俗名	律字	谱字	俗字
乡	中吕宫	道宫	中	ク	上
ㄣ（上）	中吕商	小石调	林	∧	尺
中吕宫	中吕角	道宫角	南	フ	工
	中吕变	道宫变徵	应	リ	凡
	中吕徵	道宫正徵	黄	△	合
	中吕羽	正平调	太	マ	四
	中吕闰	小石角	姑	一	乙
勾	蕤宾宫	中管道宫	蕤	勾	下尺
㇗（下尺）	蕤宾商	中管小石调	夷	㋫	下工
蕤宾宫	蕤宾角	中管道宫角	无	㋷	下凡
	蕤宾变	中管道宫变徵	黄	△	合
	蕤宾徵	中管道宫正徵	大	㋮	下四
	蕤宾羽	中管正平调	夹	⊖	下乙
	蕤宾闰	中管小石角	中	ク	上
∧（尺）	林钟宫	南吕宫	林	∧	尺
林钟宫	林钟商	歇指调	南	フ	工
	林钟角	南吕角	应	リ	凡
	林钟变	南吕变徵	大	㋮	下四
	林钟徵	南吕正徵	太	マ	四
	林钟羽	高平调	姑	一	乙
	林钟闰	歇指角	蕤	勾	下尺
㋫（下工）	夷则宫	仙吕宫	夷	㋫	下工
夷则宫	夷则商	商调	无	㋷	凡
	夷则角	仙吕角	黄	△	合
	夷则变	仙吕变徵	太	マ	四
	夷则徵	仙吕正徵	夹	⊖	下乙
	夷则羽	仙吕调	中	ク	上
	夷则闰	商角	林	∧	尺

续表

	正名	俗名	律字	谱字	俗字
フ（工） 南吕宫	南吕宫	中管仙吕宫	南	フ	工
	南吕商	中管双调	应	リ	凡
	南吕角	中管仙吕角	大	㋮	下四
	南吕变	中管仙吕变徵	夹	㊀	下乙
	南吕徵	中管仙吕正徵	姑	一	乙
	南吕羽	中管仙吕调	蕤	㔾	下尺
	南吕闰	中管商角	夷	㋫	下工
㋷（下凡） 无射宫	无射宫	黄钟宫	无	㋷	下凡
	无射商	越调	黄	△	合
	无射角	黄钟角	太	マ	四
	无射变	黄钟变徵	姑	一	乙
	无射徵	黄钟正徵	中	ㄅ	上
	无射羽	羽调	林	∧	尺
	无射闰	越角	南	フ	工
リ（凡） 应钟宫	应钟宫	中管黄钟宫	应	リ	凡
	应钟商	中管越调	大	㋮	下四
	应钟角	中管黄钟角	夹	㊀	下乙
	应钟变	中管黄钟变徵	中	ㄅ	上
	应钟徵	中管黄钟正徵	蕤	㔾	下尺
	应钟羽	中管羽调	夷	㋫	下工
	应钟闰	中管越角	无	㋷	下凡

上每调下列律名谱字，查上列十二均生八十四调图，再按律名检查某律有某谱字即得，原可不必列出；以张氏原表有此，故并注出，以省翻阅。

张氏《词源》云：“律吕之名，总八十四，分月律而属之；今雅俗只行七宫十二调而角不预焉。”七宫即黄钟宫、仙吕宫、正宫、高宫、南吕宫、中吕宫、道宫。十二调为大石调、小石调、般涉调、歇指调、越调、仙吕调、中吕调、下平调、高平调、双调、黄钟羽、商调。盖去角、徵及变闰（去徵与二变，说出姜白石《徵招》自序）等宫调也。

宋人词集，如张先《张子野词》、柳永《乐章集》、周邦彦《片玉集》、姜夔《白石道人歌曲》、吴文英《梦窗四稿》等，间有注明宫调者，知其属何宫调，即可检出其用何管色及其煞声字。《事林广记》所载律谱，并注明每调中所用律字，视张谱尤加详，检谱则某调所用之律字均悉，不特可知其管色、煞声而已。以太繁，不过录。

宋词用律字，均有一定，不容混越。如黄钟商（俗呼大石角）用黄、太、姑、蕤、林、南、应、黄清、太清（合、四、乙、勾、尺、工、凡、六、五）九律字；夹钟宫（俗名中吕宫）用黄、太、夹、中、林、南、无、黄清、太清、夹清（合、四、下乙、上、尺、工、下凡、六、五、高五）十律字。凡律字于本律七音之中，有黄钟、大吕、太簇、夹钟者，即可加用黄清、大清、太清、夹清等律字。现存姜夔《越九歌》，旁注律字，不用俗谱，最可覆按。如第二阕“王禹吴调”，标明夹钟宫，煞声用“下乙”字，凡用林、南、中、夹、无、黄、太、黄清、太清（尺、工、上、下乙、下凡、合、四、六、五）九律字，持较上列夹钟宫律字，除少用一夹清（高五）外，无不吻合；对于大、姑、蕤、夷、应、大清（下四、一、勾、下工、凡、下五）等律字，均不运用，则其用律字之有限定可知。

六、犯声过腔

陈旸《乐书》："乐府诸曲，自昔不用犯声。唐自天后末年，剑器入浑脱，始为犯声；以剑器宫调，浑脱角调，以臣犯君也。明皇时，乐人孙处秀善吹笛，好作犯声，亦郑卫之变也。"观此，则犯声实始于唐。犯也者，破除各调音律之界域，彼此互相为用也。以宫犯宫为正犯，以宫犯商为侧犯，以宫犯羽为偏犯，以宫犯角为旁犯，以角犯宫为归，周而复始。（说见《词源》）姜夔《凄凉犯》序云："凡曲言犯者，谓以宫犯商、商犯宫之类。如道调宫上字住，双调亦上字住，所住字同，故道调曲中犯双调，或于双调曲中犯道调。其他准此。唐人乐书云：犯有正、旁、偏、侧，宫犯宫为正，宫犯商为旁，宫犯角为偏，宫犯羽为侧。此说非也。十二宫所住字各不同，不容相犯。十二宫特可犯商、角、羽耳。"是则诸言犯者，住字必同；住字不同，不容相犯也。

宫调之互犯，今已不能尽识。然有作者明言，今日犹得考见者。如周邦彦之《六丑》，凡六犯，其自述云："此调六犯，皆声之美者，然绝难歌。昔高阳氏有子六人，才而丑，故以比之。"（见《浩然斋雅谈》）今以之入夹钟羽，则其煞声必用"合"字，盖夹钟羽为黄钟律七调之一也。如姜夔《凄凉犯》，自注"仙吕调犯双调"（双调原作"商调"，按吴文英词注"仙吕调犯双调"，则姜词"商"字实"双"字传写之讹），双调正名夹钟商，仙吕调正名夷则羽，均入中吕律。则其煞声必用“上”字，盖两调均属中吕律也。其他注明犯调之词，如吴文英《古香慢》注“夷则商犯无射宫”之类，均可以此类推。至若周邦彦之《玲珑四犯》入黄钟商（俗呼大石调），煞声用“四”字，与姜夔之《玲珑四犯》入夹钟商（俗呼双调），煞声用“上”字，则所用之宫律，本自不同，不能混为一谈；即其所犯者，亦必互异。词固有调名同而所用之律字不同，即所归之宫调不同者：如《小重山》调，韦庄作入夹钟商，煞声用“上”字；而张先所作，一入夹钟宫，煞声用“下一”字，一入中吕宫，煞声用“上”字。如《虞美人》调，崔令钦《教坊记》以入夷则闰（俗呼林钟角，又名商角），煞声用“尺”字，李后主词即入此律（《尊前集》注），而周邦彦词入黄钟宫，煞声用“合”字。如《感皇恩》调，《宋志》以入夹钟商，煞声用“上”字，张先词入夹钟宫，煞声用“下乙字（另一首标中吕宫，殆即夹钟宫俗名）；周邦彦词又入黄钟商，煞声用“四”字。如《暗香疏影》调，吴文英词入夷则宫（汤擎民按：吴文英《暗香》注夷则宫，《暗香疏影》注夹钟宫），煞声用“下工”字；而张肯词入夹钟宫，煞声用“下一”字。诸如此类，不胜枚举。必因当时歌法不同，故宫调亦随之变易也。他如《三犯渡江云》《四犯令》《四犯翦梅花》《八犯玉交枝》之属，或为合调，或为合律，睹名知义，此不具述。

犯声之外，尚有所谓“过腔”者，亦转调类也。如张先之《转声虞美人》，自注“入高平调”。按《虞美人》调，依上举无入高平调者，此云高平调即林钟羽，煞声用“乙”字矣。晁无咎之《消息》，自注“自过腔，即越调《永遇乐》”。按《永遇乐》调，天基排当乐入夹钟宫，煞声用“下乙”字；柳永、吴文英词入林钟商，煞声用“工”字；此云“越凋”，则为无射商，煞声用“合”字矣。凡此，皆过腔也。又姜夔《湘月》词自序云：“即《念奴娇》之鬲指声也，于双调中吹之。鬲指今谓之过腔。”《念奴娇》本大石调，即黄钟商，煞声用“四”字；鬲指声入双调，则中鬲高大石一宫，煞声用“上”字矣。故鬲指亦过腔也。方成培《词麈》云：“盖《念奴娇》本大石调即太簇商，双调为仲吕商，律虽异而同是商音，故其腔可过。太簇当用‘四’字，仲吕当用‘上’字，今姜词不用‘四’字住，而用‘上’字住，箫管‘四’‘上’字中间只鬲一孔，笛‘四’‘上’字两孔相联，只在鬲指之间。又此两调毕曲当用‘一’字、‘尺’字，亦鬲指之间，故曰鬲指声也。吹竹便能过腔，正此之谓。”

至若一调之中，有平韵作仄韵或仄韵作平韵者，如《满庭芳》原系平韵，而张埜有仄韵体；如《塞垣春》原系仄韵，而周密有平韵体；如《声声慢》有平韵仄韵两体。凡此等类，苟非注明宫调者，均与宫调无关。词固有宫调同而平仄异体者，如《柳梢青》词，沈璟《古今词谱》云：“中吕宫曲，有平仄二调。”则平仄韵之无关于宫调可见。

七、宫调与声情之关系

宫调与声情，关系至切。宋词今虽不能歌唱，然当时作者，实与歌唱结不解缘。声情不同，唱法从之而异，而其所用之宫调亦随时变动，所谓“移宫换羽”也。今取宋词有注宫调者细加比勘，犹可仿佛其厓略。如张先《天仙子》词，或入中吕宫即道宫，或入仙吕调即夷则羽；《醉桃源》词，或入仙吕调，或入大石调即黄钟商；必非无意为此，与声情有关也。又查柳永《乐章集》，同为《望远行》也，而入仙吕调者与般涉调者异；同为《倾杯乐》也，而仙吕宫、大石调、林钟商、黄钟羽、散水调俱各不同，亦必非无意为此，与声情有关也。各宫调之声情如何，在词中已无确切之实证，《雍熙乐府》有宫调声情之说云：

> 黄钟宫宜富贵缠绵，正宫宜惆怅雄壮，大石调宜风流蕴藉，小石调宜旖旎妩媚，仙吕宫宜清新绵邈，中吕宫宜高下闪赚，南吕宫宜感叹伤惋，双调宜健捷激袅，越调宜陶写冷笑，商调宜凄怆怨慕，林钟商调宜悲伤宛转，般涉羽调宜拾掇坑堑，歇指调宜急并虚揭，高平调宜涤荡滉漾，道宫宜飘逸清幽，宫调宜典雅沉重，角调宜呜咽悠扬。

上说并见周德清《中原音韵》。然止六宫十一调，视张炎所列者，已损去一宫一调。盖元时以高宫归并于正宫，又以中吕、仙吕、黄钟三调与六宫复，故去之，妄易以宫调、角调、商角调；更缺一正平调，故存六宫十一调也。此虽为曲立论，与词不无出入，然取较现存曾注宫调之词，其声情所属，所差亦觉不远。

沈璟《古今词谱》将词归纳入十九调，与上举及张说又微有出入。十九调者：一、黄钟，二、正宫，三、大石，四、小石，五、仙吕，六、中吕，七、南吕，八、双调，九、越调，十、商调，十一、林钟，十二、般涉，十三、高平，十四、歇指，

十五、道宫，十六、散水，十七、正平，十八、平调，十九、琴调也。其散水、平调、琴调，为张、周等书所不载；其所辑录者俱唐、宋、元音，果以其所录者，核以上列声情之说，则某调某词之声情如何，尤易考见。

宫调之有关于声情，固矣，然声情与词调亦有关系。一词调分入数宫者，自属常有（如《喜迁莺》词，据《古今词谱》，有以入黄钟宫者，有以入正宫者，有以入南吕者。又如徐昌图之《临江仙》为仙吕，而牛希济之《临江仙》为南吕之类），然就其大致而言，究以某词调属某宫调为多。故吾人即词调亦可以考求宫调不同之声情。声情婉约者，其用调与豪放者不同；声情高朗清疏者，其用调与沉顿幽咽者不同。《花间》之小令，大都宜于婉约，故北宋初期以及喜婉约者多用之。《水调歌头》《六州歌头》《满江红》《百字令》《贺新郎》等调，大都宜于豪放，故喜豪放者多用之。《风流子》《摸鱼儿》《齐天乐》《汉宫春》等词，大都宜于高朗清疏，故笔调高朗清疏者多用之。《绕佛阁》《尉迟杯》《国香慢》《大酺》《兰陵王》《还京乐》《霓裳中序第一》《暗香》《疏影》《徵招》《角招》《凄凉犯》等，大都宜于沉顿幽咽，故欲表沉顿幽咽之情调者多用之。其他飘逸、艳绮、流美等等，都有其适切之词调，不能遍举。总之，声情之有关于律调，则可断言也。杨守斋《作词五要》论择腔、择律、按谱等，实有连带关系，不容偏废尔。

第三章　论调谱

词之初起，盖同乐府，无特定调名。调名果起于何时，历时久远，未易究诘。《朱子语类》论诗篇曰：“古乐府只是诗，中间却添了许多泛声。后来怕失了泛声，逐一添个实字，遂成长短句，今曲子便是。”《全唐诗》词类小叙云：“唐人乐府，元用律、绝等诗，杂和声歌之。其并和声作实字，长短其句以就曲拍者为填词。”以歌唱之理推之，似长短句之发生在诗之后，而词之调名，亦从诗之题名渐渐脱变而出。故若《江南弄》《忆江南》《杨柳枝》《竹枝》等调名，殆与诗题无异；然谓词即承五、七言律、绝诗来，则又不尽然也。词固有一部分由近体诗递变而成；其因乐歌关系，而别制新调者亦不少。据前人考定，词乐即燕乐，燕乐盖隋时由西域传入；迨传入中土后，与中乐融合而另成一种特异之音调，文人或乐工，不得不再用一种特异之形式以相配叶也。观崔令钦《教坊记》所列曲名三百三十五调，其为新制者殊夥；即以现存最古之词籍《云谣集杂曲子》一加考核，亦决非由近体诗递变而成者。故以词为诗之余者固非；谓词之发生，其始必甚短者亦非确论。汪森谓“古诗之于乐府，近体之于词，分镳并驰，非有先后。谓诗降为词，以词为诗之余，殆非要论矣”，说较圆通。特词仍不无由近体诗推衍者耳。其纯系诗体如《瑞鹧鸪》《木兰花》《小秦王》之类靡论矣。若无名氏之《回纥曲》：

阴山瀚海信难通，幽闺少妇罢裁缝。缅想边庭征战苦，谁能对镜治愁容？久戍人将老，须臾变作白头翁。

冯延巳之《抛球乐》：

逐胜归来雨未晴，楼前风重草烟轻，谷莺语软花边过，水调声长醉里听。款举金觥劝，谁是当筵最有情。

之类，纯用近体诗之句法。顾敻《杨柳枝》：

秋夜香闺思寂寥，漏迢迢。鸳帏罗幌麝烟销，烛光摇。　正忆玉郎游荡去，无寻处。更闻帘外雨潇潇，滴芭蕉。

每句增三字，均随诗韵，第三句仄字煞脚者，亦以仄韵叶。此全用诗体添字作和声也，贺铸《太平时》：

秋尽江南叶未凋，晚云高。青山隐隐水迢迢，接亭皋。　二十四桥明月夜，弭兰桡。玉人何处教吹箫？可怜宵！

之类，全取杜牧诗以添字，惟第三句添字后用韵仍用平韵，以示全首一律，则与顾作纯为句末和声又稍变耳。诸如此类，则谓其与近体诗分镳并驰，虽百口莫辩也。因此，吾人探求词调来源，亦当作两面观：一为承袭；一为创制。其由诗来而未加变化，即用诗之题名或略加增减与诗之题名相类者，则属承袭；其因乐歌关系而另作新曲者，如唐明皇之《紫云回》《万岁乐》《夜半乐》《还京乐》《凌波神》《荔枝香》《阿滥堆》《雨淋铃》《春光好》（见《碧鸡漫志》）、《踏歌》（见《辇下岁时记》）、《秋风高》（见《开元轶事》）、《一斛珠》（见《梅妃传》），无名氏之《凤归云》（与柳永作不同）、《天仙子》（与皇甫松作不同）、《竹枝子》《破阵子》（与李煜作不同）之类，则属创制。

至词调命名之由来，则种类不一，其可考见者，约有下列各种：

一、以词中所咏之事物为调名

杨慎云："唐人《醉公子》词：'门外猧儿吠，知是萧郎至。刬袜下香阶，冤家今夜醉。　扶得入罗帏，不肯脱罗衣。醉则从他醉，还胜独睡时。'唐词多缘题所赋，《临江仙》则言水仙，《女冠子》则述道情，《河渎神》则咏祠庙，《巫山一段云》则状巫峡，如此词题曰《醉公子》，即咏公子醉也。"（《词品》）《填词名解》云："和凝作望梅花词，即名《望梅花》。"按唐五代词，其词调之名称，每与词中所写之事物相应，非如后来之于调外更加标题，以著明所抒写之事物也。除杨氏所举者外，如张说之《舞马词》，皇甫松之《采莲子》《浪淘沙》，李景伯、沈佺期之《回波乐》，张松龄之《渔父》，张志和之《渔歌子》等，皆是。

二、以词中之情意为调名

此类与前相似，亦以词中之内容命名，惟一则以事物，一则以情意而已。如《长相思》写久别之情，《谪仙怨》写迁谪之感，《更漏子》之写夜长难寐，《定西番》之写边塞穷愁，《梦江南》

之写天涯离恨之类。唐五代词，莫不如此，虽不标题，而词旨自与调名切合。

三、以词中之字句为调名

此类复可分为三项：甲、以起句为调名者，如韩翃之《章台柳》，白居易之《花非花》，段成式之《闲中好》，后唐庄宗之《一叶落》之类是。乙、以末句为调名者，如唐玄宗之《好时光》、吕岩之《梧桐影》之类是。丙、摘句中之字为调名者，如后唐庄宗之《如梦令》、（杨慎《词品》"《如梦令》"条云："唐庄宗词云……此庄宗自度曲也。乐府取词中'如梦'二字名曲。"按：杨说盖本苏轼。《东坡词·如梦令》自序云："此曲本唐庄宗制，名《忆仙姿》，嫌其名不雅，故改为《如梦令》。庄宗作此词，卒章云'如梦，如梦，和泪出门相送'，因取以为名云。"）毛文锡之《纱窗恨》是。（毛文锡词："月照纱窗恨依依。"调名本此。）

四、以句举词因而名调

此与以字句为调名者，取义微有不同，此例以宋词为多，唐五代词则罕觏。因有名之调，作者甚多，不易辨记其为谁氏之作，即以某人所作某调中之起、结句或警句以另标调名也。如因苏轼之《念奴娇》而别名《大江东去》或《酹江月》，因苏轼之《贺新郎》而别名《乳燕飞》或《风敲竹》，因秦观之《水龙吟》而别名《小楼连苑》，因晁补之之《摸鱼儿》而别名《买陂塘》。其例实繁，不胜遍举。其初亦不过以记其为某人所作之词而已。

相呼成习，则遂用以名调矣。至若贺铸、张宗瑞之集中多自改新名者，则与此用意不同，不当例视，然亦因此而调名愈益繁复。

五、以篇之字数为调名

如《十六字令》《百字令》是。

六、以句之字数为调名

如《三字令》通体皆三字句是。（《三字令》昉自后蜀欧阳炯。无名氏《词通·论名》谓："《四字令》实亦每句四字者，其后两句之六字五字，殆有衬字耳。"说颇有理，然究未见通首皆四字句之词，未得实证，故不列入。）

七、以句法名调

如王丽真之《字字双》词，句句皆有双字，因即以为调名。

八、取古人诗语以为调名

杨慎曰："词名多取诗句，如《蝶恋花》则取梁元帝'翻阶蛱蝶恋花情'，《满庭芳》则取吴融'满庭芳草易黄昏'，《点绛唇》则取江淹'白雪凝肤貌，明珠点绛唇'，《鹧鸪天》则取郑嵎'春游鸡鹿塞，家在鹧鸪天'，……《西江月》，卫万诗'只今惟有西江月，曾照吴王宫里人'之句也，《潇湘逢故人》，柳浑诗句也。《粉蝶儿》，毛泽民词'粉蝶儿共花同活'句也。（汤擎民按：《全宋词》作"粉蝶儿，这回共花同活"。）余可类推，不能悉载。"又曰："韩翃诗'踏莎行草过春溪'，词名《踏莎行》本此。”(《词品》)都穆曰:“《满庭芳》取柳柳州‘满庭芳草积’,《玉楼春》取白乐天诗‘玉楼宴罢醉和春’,《丁香结》取古诗‘丁香结恨新’,《霜叶飞》取杜诗‘清霜洞庭叶,故欲别时飞’,《宴清都》取沈隐侯‘朝上阊阖宴,夜宴清都阙’。”(《南濠诗话》)按:两家所举,虽不尽确,胡应麟《少室山房笔丛》、邹祗谟《远志斋词衷》对此均有驳议,然有一部分词名取自诗语,则为不可掩饰之事实。特不可每调均刺取古人诗句中语,以其有偶合者即认为其调名所自出耳。

九、以非所咏事物为调名

杨慎曰:“‘菩萨蛮’,西域妇髻也;‘苏幕遮’,西域妇帽也;‘尉迟杯’,尉迟敬德饮酒必用大杯,故以名曲;‘兰陵王’,每入阵必先歌其勇也;‘生查子’,查,古‘槎’字,张骞乘槎事也。”(《词品》)都穆曰:“《荔枝香》出《唐书》,贵妃生日,命小部奏新曲,未有名,适进荔枝至,因名《荔枝香》;《解语花》出《天宝遗事》,亦明皇称贵妃语。”(《南濠诗话》)《中朝故事》:“骊山多飞鸟,名阿滥堆,明皇御玉笛采其声翻为曲子名,左右皆传唱之。”(按:杨慎谓太白诗“羌笛横吹阿亸回”,番曲名,张祐集有阿滥堆即此也。番人无字,止以声传,故随中国所书人各不同耳,难以意求也。又别出“阿滥堆”条,引张祐诗、贺方回词、《中朝故事》及《酉阳杂俎》。)《乐府杂录》:“明皇自潞州入平内难,半夜斩长乐门关领兵入宫,后撰《夜半乐》曲。”唐史:“民间以明皇自潞州还京师,夜半举兵诛韦皇后,制《夜半乐》《还京乐》二曲。”《嘉祐杂志》:“梅圣俞说,始教坊家人市盐，于纸角中得一曲谱，翻之，遂以名。今《双调盐角儿令》是也。”《南部新书》及《杜阳杂编》：“大中初，女蛮国入贡，危髻金冠，缨络被体，号‘菩萨蛮队’，遂制此曲。”（《碧鸡漫志》引）如此等类，不可胜纪，盖皆就其时随所触发之事物以名调，而词之内容不必与调名相应也。

十、以地名作调名

《新唐书》称：“天宝乐曲，皆以边地名，若凉州、伊州、甘州之类。”按：伊州，词调不传；甘州则有《甘州子》《甘州令》《甘州曲》与《八声甘州》；凉州则有《梁州令》，“梁”即“凉”也。又词调中之《六州歌头》，陆蓥《问花楼词话》谓系唐之西边伊州、梁州、甘州、石州、渭州、氐州也。《乐府衍义》引岑参诗注云：“六州，伊、渭、梁、氐、甘、凉也，一作伊、梁、甘、石、胡渭、氐州。”他若《西河》《氐州第一》《石州慢》《西平乐》等，虽得名由来不易知，然顾名思义，其必与地名有关也。至《燕山亭》为宋徽宗在燕山时作，《扬州慢》为姜夔过维扬时作，《荆州亭》因自荆州亭柱间得名，其调名即取地名，尤显而易见。

十一、以人名作调名

如《念奴娇》，世传唐明皇时，念奴有色，善歌，宫伎中第一，因制《念奴娇》曲。（见《开元天宝遗事》，王灼曾疑之。）如《安公子》，《乐府杂录》载，隋炀帝将幸江都，乐工王令言者妙达音律，其子弹胡琵琶，作《安公子》曲。如《何满子》，白居易谓何满子，沧州歌者，开元中，进此曲以赎死。如《谢秋娘》(即《忆江南》),《乐府杂录》谓始自朱崖李太尉镇浙日，为亡妓谢秋娘作，本名《谢秋娘》，后改此名(指《忆江南》)，亦曰《梦江南》。如《师师令》，相传宋汴京有名妓李师师，此调系张先为李妓作。如《多丽》，明人卓珂月谓系张均妓名，善琵琶。《填词名解》："解红，石晋和凝歌童也。凝为制《解红》一曲，初为五句，后乃衍为《解红儿慢》。"此皆为某人作词，即以某人名调者。

调名原起，大略如此。毛先舒《填词名解》与汪伋《词名集解》两书，专言此事，可以参看。(二书均不随身，无从引入。)邹祗谟谓："大率古人由词而制调，故命名多属本意；后人因调而填词，故赋寄率离原辞。"沈豳祈云："唐词多述本意，故有调无题。以题缀调，深乖古则。"(《词衷》引)所论能见其大。词调至繁，佚词至夥，复时有演变，时易名目，一一推凿，何能尽符原指？孔子曰："多闻阙疑。"又曰："于其所不知，盖阙如也。"倘非确可征信者，尽可付诸缺如，不必逐调而求其原起也。(往阅《填词名解》与《词名集解》二书，觉穿凿附会处，不一而足。惜原书不在，不得一发其谬。有志之士，倘得取二书详加研讨，作一考信录，亦有功词学不浅也。)

词调日繁，名字多歧，而一调之中，又复体制不一，择调填词，深感纷舛，于是为之疏别加以条理之词谱出焉。词谱起自何时，已难考定。据明孙能传、张萱等《内阁藏书目录》"《乐府混成集》"条云："莫详编辑姓氏，皆词曲也。内有腔板谱，分五音十二律，类次之，原一百二十七册，今缺二十二册。"此书今虽不传，然可考见明以前已有词谱之巨著。今所传者，当推张南湖《诗余图谱》、程明善《啸余图谱》及赖以邠之《填词图谱》。其书以白黑及半白半黑圈标明平仄及可平可仄，颇予填词者以便利。然舛误杂出，前人已多驳议。清初万红友树乃搜采唐、五代十国、宋、元名作，排比而求其格式谱律，成《词律》二十卷，凡六百六十调，一千一百八十余体。虽不免尚有遗漏疏误，而能于荆棘之内力辟康庄，实为词学中一最宏伟之贡献。康熙朝，王奕清等之《钦定词谱》列调八百二十有六，为体二千三百余；沈辰垣等《历代诗余》列调一千五百四十，视万书搜罗尤众（《钦定词谱》实多取万氏说，特讳言之耳），而颇泛滥，不若万书之精。自后若叶小庚申芗之《天籁轩词谱》、谢默卿元淮之《碎金词谱》，其考明音律，视万书尤精；注明旁谱处，尤为万书所未及。顾采取有限，故仍不若万书之流行。至同治时，徐诚庵本立作《词律拾遗》八卷，补调一百六十五，为体一百七十九，暨补体三百十六，都凡四百九十五体，合之原书共八百二十五调，一千六百七十余体。杜筱舫文澜复作《校勘记》二册，分注于《词律》本调之下；并作"补遗"，增五十调。于是《词律》一书，遂为词家之南董，后有继作，大抵不出《词律》（合徐、杜言）之范围。惟可为其修正校订者则仍不乏。若凌廷堪之《燕乐考原》、吴蘅照之《莲子居词话》、方成培之《词麈》、谢章铤之《赌棋山庄词话》、谢元淮之《填词浅说》、江顺诒之《词学集成》、蒋敦复之《芬陀利室词话》、张德瀛之《词征》，其考究音律，讨论声韵，多足补《词律》之所未逮。

番禺徐棨戟门著《词通》及《词律笺榷》二书，于万氏书多所纠正。《词律笺榷》一书，尤为精审，足为万氏功臣。惜全书稿仅五卷，当非完璧。现藏武进赵氏（叔雍），龙榆生（沐勋）为录登《词学季刊》，别无传本。兹过录一则，以见一斑：

《相见欢》《锦堂春》《锦堂春慢》

《乌夜啼》始于南唐李后主，凡二首。一为三十六字，又名《相见欢》者。一为四十七字，欧词又名《圣无忧》，而宋调添一字，又名《锦堂春》者也。李后主自创之调，而不自嫌同名。词调同名者固甚多，本不可以尽避；万氏强欲避之，以三十六字者题为《相见欢》。《相见欢》之名，本亦见于五代，犹可说也；乃四十七字者，竟用四十八字宋词之名，题为《锦堂春》，并注云："《锦堂春》，原别名《乌夜啼》。"是则以后掩前，且夺李词而不入体，仅辨其即是《锦堂春》，而不知其恰非《锦堂春》焉。杜氏《校勘记》以为未安；余则以为有心立异，遂致过于武断而不自觉，甚且谓："《相见欢》宋人名为《乌夜啼》，而《锦堂春》亦名《乌夜啼》，因致传讹不少；断从唐人为《相见欢》，而《锦堂春》亦仍其名，俱不以《乌夜啼》乱之。"殆颇沾沾自喜。不知三十六字之《乌夜啼》，实唐词本名，而《相见欢》之名，则已稍后。若宋词四十八字之《锦堂春》，又较唐词四十七字之《乌夜啼》已加一字，为体不同。况宋词亦多题作《乌夜啼》者，《锦堂春》实其别名。《词律》喧宾夺主，反谓不以《乌夜啼》乱之，实大误也。至声句之间，亦多误者。两遍结句皆九字，万氏注作六字、三字两句，乃又云："皆是九字句，亦可于第四字略断。"然则究当为九字句乎？为六字、三字句乎？抑亦为四字、五字句乎？《南歌子》之九字句，则作六、三；《江城子》之九字句，则作四、五；此调九字句，则模棱两可：非作谱之道也。两结句第五字平仄通用，失注。又换头是短叶，非换韵；且诸家之作，有不叶者，有叠叶者，有次句叶平者，不名一格，万氏皆失之。(《词律笺榷》卷二)

其辨别之精卓，实足使万氏俯首！考究词律之精，以余所见，殆莫逾于徐氏戟门者矣。好学深思之士，倘能继是而作，则《词律》一书，庶几可无遗憾欤！

现人林大椿著《词式》一书，共十卷，采调八百四十，为体九百二十四，于僻调拗体，既未备录；而注平仄用韵，亦有率误；只取《图谱》《词律》《词谱》等书改换书名，略附源流、名解，无所发明，仅便携带及初学之参阅而已。任二北氏主重编词律，最有特识。其言曰：

如今重编，最好断代为序：唐词先于宋词，而金、元、明、清之调，亦附于宋词之后；至于每一代中，又依创始人或始见之书之先后为序。(《词学研究法》)

复就唐调、宋调各举一例：

《采桑子》

(创始)

始见南唐中主李璟词。

(调略)

双叠，四十四字。前后各七四四七，四句，三平韵。

(宫调)

唐大曲，属太簇角；《尊前集》注“羽调”；《乐府雅词》注

“中吕宫”;《九宫大成谱》属“南大石调”。

（名解）

唐教坊大曲有名《采桑》者，一名《杨下采桑》，一作《凉下采桑》，词名本此。

（别名）

有四：南唐李后主词名《丑奴儿令》、冯延巳词名《罗敷艳》、宋贺铸词名《丑奴儿》、陈师道词名《罗敷媚》。

（变格）

有《摊破丑奴儿》，列入宋调。至于黄庭坚之名《促拍丑奴儿》者、朱敦儒之名《促拍采桑子》者，乃《摊破南乡子》之误；及辛弃疾之《丑奴儿近》、潘元质之《丑奴儿慢》，均不过与本调别名有关，与本调其实无涉。

亭（可仄）前　春（可仄）逐　红　英　尽（句）舞（可平）态　徘　徊（韵）细（可平）雨　霏　霏（叶）不（可平）放　双眉　时（可仄）暂　开（叶）绿（可平）窗　冷（可平）静　芳　音　断（句）香（可仄）印　成　灰（叶）可（可平）奈　情　怀（叶）欲（可平）睡　朦　胧　入（可平）梦　来（叶）（录《尊前集》）

《摊破丑奴儿》（唐调《采桑子》之变格）

（创始）

宋赵长卿。

（调略）

就《采桑子》前后阕各加助语及和声之句。双叠六十字。前后各七四四九六,五句，四平韵。

（名解）

因宋人称《采桑子》为《丑奴儿》，故得此名。

（别名）

有二：赵氏《惜香乐府》题作《一剪梅》，注云：“或刻《摊破丑奴儿》。”《一剪梅》一名，另有本调，故不用之，以免混淆。《钦定词谱》名《摊破采桑子》，盖改用《丑奴儿》本名也，宋人实未有之。

（律要）

助语必为“也罗”二字，和声之句，亦必前后阕相同。

树（可平）头　红（可仄）叶　都　飞　尽（句）景（可平）物　凄　凉（韵）秀（可平）出　群　芳（叶）又　见　江　梅　浅（可平）淡　妆（句中叶）也　罗（句）真　个　是（读）可　人　香（叶）兰（可仄）魂　蕙（可平）魄　应　羞　死（句）独（可平）占　风　光（叶）梦（可平）断　高　唐（叶）月（可平）送　疏　枝　过（可平）女　墙（句中叶）也　罗（句）真　个　是（读）可　人　香（叶）（录《惜春乐府》）

《饮定词谱》云：“楚词押韵句或用助语词，汉赋亦多如此，故此词第四句，当于‘也’字点句。坊本或于‘妆’字点句，及‘也罗’二字相连点句者，皆非。金词高平调《唐多令》两结句，俱有‘也罗’字。南北曲《水红花》结句亦有‘也’字、‘罗’字。又《广韵》七歌云：‘罗，歌词也。’此词两结，‘香’字重押，其为歌时之和声无疑。”

按："也罗"乃连声，若于"也"字点句，则"罗"一字独立，恐非歌时情形，故仍将"也罗"二字相连点句。

任氏于列谱之外，更有"创始""调略""宫调""名解""别名""律要""别体""变体"八项（别体、变体，另见其《水调歌头》例，兹不引出），实发前人所未发。果能依此体例以重编词律，自足以凌驾前哲，沾溉后学。惟此举甚费工力，又有若干词调，不得兼明八项者，故除"创始""调略"两项外，余皆不必每调全具。（此层任氏固自言之矣。）至编纂之次第，任氏主断代为序，谓"一面既然得为词谱，一面亦可当作词史观"，则愚见颇不敢苟同。盖词谱与词史之性质，根本不同：词史以明词学之源变，而词谱以便作者之倚声；词史可资平昔之诵习，而词谱以备用时之检查。世固未有日读词谱之人，则虽有词史之效亦奚以为？编纂词史固成为专业，其于各时期转变之形迹、所以转变之原因以及作家之事实等均须详加论述，又岂词谱之仅就谱调疏解者所能尽？即如词谱之体式，琐细至极，亦予研习者以不便；欲便于研习，又恐失之粗疏。故余意词谱与词史，均为词学上不可易视之伟著，不能于同书中两收其效。"目不两视而明，耳不两听而聪"，有志之士，毕一业而后事他业可耳。词谱之作，仍以字数多少，依次排列为宜。以一调为主名，其有别体，则附列其后。惟终以字数相近者方可并列；若《卜算子》之与《卜算子慢》、《浣溪沙》之与《浣溪沙慢》之类，则不得仍依万氏之例，列《卜算子慢》于《卜算子》之下，列《浣溪沙慢》于《浣溪沙》之下，须另以慢词字数列于他卷。其偷声、添字、捉拍、摊破之调亦然。如此，则编著以字数为准之体例既纯；于用者可依字检查，亦甚便利。

“二十字起至五十九字为小令，六十字起至九十二字为中调，九十三字起至百数十字俱为长调。不知何人画此界限？”此无锡顾彩《草堂嗣响·凡例》中语也。“五十八字为小令，五十九字至九十字为中调，九十一字以外为长调，古人定例也。”此钱塘毛先舒《词韵》中语也。古实无此分界，小令、中调、长调之名，亦始见顾刻《草堂诗余》。且果以多少一字即定为小令、中调或长调，说亦不可通。如《系裙腰》调，魏夫人作五十八字，而张先作六十一字，将定为小令乎，抑中调乎？又如《满江红》调，吕渭老作有八十九字、九十一字两体，程垓、张元幹、姜夔作又九十三字，柳永《乐章集》四首中，一首九十一字，两首九十三字，一首九十七字，将定为中调乎，抑长调乎？凡此，皆妄作聪明，不可为训者也。

词调以体制言，有令、近、引、慢、摘遍、序子等名目；以单篇言，有单调、双调、双拽头、三叠、四叠等名目。若摊破[1]、捉拍[2]、减字、添字等，则就本调加以变换者，既成新调，自不当与本调并列。更有联章者：分题联章，若四时、八景、十二月鼓子词之类；一题联章，若《九张机》之九首相联而只咏一题之类是。有成套者：同调每词各演一事，若《调笑转踏》之类；同调多词只演一事，若赵德麟《蝶恋花》之类是。诸如此

[1] 毛滂《东堂词》，《摊破浣溪沙》作《摊声浣溪沙》。

[2] 现存“捉拍”见于《词律》者，仅《满路花捉拍》《捉拍丑奴儿》两调；而据杜筱舫《校勘记》，《捉拍丑奴儿》且当作《捉拍南乡子》；《满路花》之“捉拍”两字系后起别名，原调即作《满路花》。则“捉拍”之调，究以何者为准，殆不可考矣。

类，则关乎作法，与谱调无涉，如欲采取入谱，则仍当以一首为据。此外，若法曲、大曲、鼓吹之类，见于前人词集或为前人词话所并及者，当各举例，庶不疏漏。

明人制调，万氏《词律》不收，实具卓见。以词之谱法、歌法，南宋末年已多失传，元曲代兴，词乐已成绝响，明人已不谙词之谱法、歌法，何所据而能自制新调？故就严格论，此等创调，自应摈弃。惟时至今日，则词根本成为文人欣赏之具，已无协乐之可能，则虽非元人以上之词调，若明之杨升庵、清之纳兰容若等所制之新调，亦不妨兼收并蓄。均之不能协乐，则明清人之制作与唐、宋、金、元人之制作何择焉？只须注明来历，俾谨于择调之士，知所去取可耳。

第四章　论章句

积字成句，积句成章，故论词之格局之先，必讲求字、句与章法。

词之用字，于音义外，更有添、减、偷、衬之法。于调中本字，不足于意，而添字以助之者，谓之“添字”；减调中本字别成新调，而仍不失本调声情者，谓之“减字”；调中本字，于声觉有未足，而加字以衬声者，谓之“衬字”；约调中之虚声本字别成新调而仍保持本调声情者，谓之“偷声”。词之有“添字”“减字”“衬字”“偷声”，推其始，殆皆以声为主，历时稍久，增其声者实以字，损其字者亦不存其声，于是除调中特加标明者外，仅得钩稽其字数增损之迹，以测其增损之状；声情之原，已无可按。倘以诗乐衡之，其初必有如“妃呼豨”之类徒有其声羌无实义可寻者，顾已不可得而考见矣。（万树谓词无衬字，殆亦以其难以考见耳。）

词属长短句，故其句法特为参差：少或一字，多至九字，而同字数之句，亦因所入之调不同而生乖异。如同为五字句，入

《扬州慢》者与入《生查子》《千秋岁》者不同；同为七字句，入《唐多令》者与入《浣溪沙》《鹧鸪天》者不同；同为八字句，入《还京乐》者（“中有万点相思清泪”）与入《淡黄柳》（“怕梨花落尽成秋色”）、《侍香金童》者（“念一瞬韶光堪重惜”）不同；同为九字句，入《解蹀躞》（“泪珠都作秋宵枕前雨”）、《暗香疏影》（“凝寒又不与众芳同歇”）者与入《相见欢》《虞美人》者不同。更有同在一调中，同字数之句调连用而句法各自不同者，如《雨霖铃》之“念去去千里烟波，暮霭沉沉楚天阔”，《绮罗香》之“渐惊他秋老梧桐，萧萧金井断蛩暮”，《霜花腴》之“记年时旧宿凄凉，暮烟秋雨野桥寒”。上句句法为上三下四，下句句法为上四下三，绝不得以对偶法填入。此外，词中拗句尤多，如《大酺》“虫网吹粘帘竹”，《关河令》“秋阴时晴渐向暝”，《秋宵吟》“今夕何夕恨未了”，《凄凉犯》“怕匆匆不肯寄与误后约”等句，平仄拗口，不可改用顺适。诸如此类，学者均宜特加之意也。

词之章法，以言运用，自属变化无方，不易划成定式；即其有成式可按者，亦甚繁复，须加探讨。以名称言，有令、引、近、慢、犯、摘遍、序子等；以篇幅言，有单调、双叠、三叠、四叠、转踏等；复有不换头、换头、双拽头之别，有一题联章、分题联章之分。凡此诸体，各不相犯，著有成式，可得遵循。

兹编所述，于字则言其音、义、虚、实；于句则言其长短、平仄之异同；于章则言其组织离合之方式。俾学者可由字以造句，合句以成章。至遣辞谋篇之优劣美丑，属诸技巧问题者，则于后论格局、修辞时讨究。章句止于成章，成章而后可与言美富精妙也。

一、字

字有义异而音亦随之而异者，其在声律之文，关系至大。如“思想”之“思”为平声，而“芳思”之“思”当读仄；“睡觉”之“觉”为去声，而“知觉”之“觉”当读入。类此者，苟不细审，极易误用。略举数例，以资隅反。

“中兴”　此“中”字当读若“众”。毛公《烝民》诗序云“任贤使能，周室中兴”，杜预《左传序》云“祈天永命，绍开中兴”，陆德明并音丁仲反。杜甫诗：“今朝汉社稷，新数中兴年。”又：“万里伤心严谴日，百年垂死中兴时。”李商隐诗：“路有论冤谪，言皆在中兴。”皆本陆音。与“中外”之“中”不同音。

“斤斤”　此“斤”字当读“仅”。《诗》“斤斤其明”，毛传：“明察也，又重慎也。”《后汉书·吴汉传》：“斤斤谨质，形于体貌。”皆读去声也。与“斤两”之“斤”不同音。

“大较”“较然”　此“较”字并应读入声，音“角”。《左传》襄二十一年杜注“较然正直”，陆德明曰：“较，音角。”《史记·律书》：“岂与世儒暗于大较。”索隐注：“较，音角。”与“计较”“比较”之“较”不同音。

“无尽藏”　此“藏”字音“脏”，读去声。《易》“慢藏诲盗”，《诗》“亶侯多藏”，并音才浪反。洪迈《容斋随笔》载《玉津园喜晴诗》：“上苑春光无尽藏，可须羯鼓更催花。”亦以“藏”作仄读，与“中心藏之”之“藏”不同音。

此皆常用之字而时至不自觉察者。他如吴梅《词学通论》中所举：

屈信（申）　信义（迅）　造作（早）　造就（糙）

矛盾（忍）　甲盾（遁）　窒塞（色）　边塞（赛）

冯妇（逢）　冯河（平）　女红（工）　红紫（洪）

戕害（祥）　牁戕（臧）

之类，皆音义随所用而不同，为学词者所当留意。又有诗词中曾用之单字其音义易致忽略者，如：

“泥”　作软缠用时读乃计切。杜甫诗：“忽忽穷愁泥杀人。”元稹诗：“泥他沽酒拔金钗。”杜牧诗：“为郡异乡徒泥酒。”杨乘诗：“昼泥琴声夜泥书。”柳永词：“泥欢邀宠最难禁。”邓文原词：“银灯影里泥人娇。”均读去声，与“泥涂”之“泥”字不同音。

“凝”　作固结用时读牛孕切。白居易诗：“落絮无风凝不飞。”又：“舞繁红袖凝，歌切翠眉愁。”张先词：“莲台香烛残痕凝。”柳永词：“爱把歌喉当筵逞，遏天边乱云愁凝。”均读去声，与“凝妆”“凝眸”之“凝”字不同音。

类此者多，能于读词时用心体会，自无失粘之病。有用叠字或一助字而义同一字者，如“人儿”“人人”“奴奴”之类，亦不可不知。（言“奴奴”者始自黄庭坚词“奴奴睡，奴奴睡也奴奴睡”。实鄙俚，不可为训。）

词中添、减、偷、衬之字，多不可考，减、偷尤为难知。其添、衬字不别成新调犹得按索者，大率用虚字也。如周邦彦《浪淘沙慢》“正拂面垂杨堪揽结”句，陈允平和作云“恨入回肠千万结”。减少一字，则周词之“正”字，衬字也。如周邦彦《风流子》“羡金屋去来，旧时巢燕，土花缭绕，前度莓墙”，以“羡”字领四句；贺铸词作“彩笔赋诗，禁池芳草，香鞯调马，辇路垂杨”，去一领字，则周词之“羡”字，衬字也。《满江红》下阕两七字句，各家皆然。赵鼎作云“欲待忘忧除是酒，奈酒行欲尽愁无极”，则“奈”字是添衬字也（《词学集成》曾拈出此例）。《满庭芳》过阕第一句各家均用五字句，而张耒作“嗟吁人生随分足”，则“嗟吁”两字，添衬字也。《烛影摇红》第二句，各家皆作七字句，王诜词云“向夜阑乍酒醒心情懒”，则“向”字、“乍”字皆衬字也。尹鹗《拨棹子》第四句，第一首作“小槛细腰无力”六字句，而第二首作“将一朵琼花堪比”为七字句，则“将”字为衬字也。《青玉案》第二句，各家均作六字句，而史浩作三首均为七字句，是史作多一衬字也。又若《唐多令》第三句，各家均作七字句，而吴文英作“纵芭蕉不雨也飕飕”，为八字句，是吴作多一衬字也（《词统》注“纵”字为衬字）。《浪淘沙》后阕第三句原七字，吴遵岩作八字句，是吴作多一衬字也。《青玉案》过片第二句，各家用七字句，曹勋二首均用八字句——“咏好句须还凤楼手”“粲十里冰姿步时绕”，是曹作有一字为衬字也。比较宋元人名作（其不成家数者自不可信），凡同调或和作而字句互相出入者，均可视为添衬之例。沈际飞谓“文义偶不联贯，用一二字衬之，密按其音节虚实间，正文自在”是也（见《古香岑草堂诗余·发凡》）。其明标添字如《添字采桑子》之类，其为添字，更不待言。惟衬字与添字亦微有别，衬字无标作调名者，故仍以虚字为多；添字则已标明调名，故虚声均已填入实字，按调倚声，亦未有视为虚声者。观赵长卿《摊破丑奴儿》，于前后阕均增入“也罗，真个是可人香”八字，则当时于本调增损之例，犹得仿佛，特不易考索耳。

张炎云：“词与诗不同，词之句语，有二字三字四字至六字七八字者，若堆叠实字，读且不通，况付之雪儿乎？合用虚字呼唤，单字如‘正’‘但’‘任’‘甚’之类，两字如‘莫是’‘还又’‘那堪’之类，三字如‘更能消’‘最无端’‘又却是’之类。此等虚字，却要用之得其所。若使尽用虚字，句语又俗，必不质实，恐不无掩卷之诮。”（《词源》）虽为运用立论，属诸技巧问题，然虚字之于词，其重要性可见。故张德瀛论用字之法，谓“虚字宜详，实义可略”。（《词征》）盖实字孔繁，势难列举；虚字有限，略可揭出；因之，历来论字法者，多详虚字，而研习之者，亦于虚字特别留意也。兹依张例，再举习见之虚字于下：

单字　“只”“漫”“纵”“奈”“便”“算”“况”“更”“想”“料”“怕”“看”“记”“问”“怎”“莫”“正”“念”“叹”。

两字　“那堪”“那知”“漫道”“况值”“好是”“莫是”“试问”“记曾”“纵把”“争道”“未许”。

三字　“更那堪”“怎知道”“君不见”“倩何人”“空负了”“最无端”“君知否”“莫不是”“且消受”“都忘却”“况而今”“待分付”“都付与”。

此外，有词人所用生僻字，虽不尽可以效法，而亦不可不知者，并列于后：

瞧　欧阳修词：“今朝陡觉凋零瞧。”瞧，助辞也。东坡词：“时与瞧渔蓑。”瞧，同“晒”。

𢠸　黄庭坚词："画出西楼一𢠸秋。"（山谷词多怪字，兹举一例。）𢠸，陟孟反，开张画缯也，见《龙龛手鉴》。

挼　唐无名氏词："碎挼花打人。"冯延巳词："手挼红杏蕊。"黄简词："妆成挼镜问春风。"挼，奴讹切，又奴回切，两手相切摩也，见《说文》。

㩮　尹焕词："点点爱轻㩮。"蒋捷词："漫细把寒花轻㩮。""㩮"与"绝"同，断也，见《词征》。又即"掷"字，见《雨村词话》。

要　周邦彦词："贪要不成妆。"蒋捷词："羞与闹蛾争要。"要，嬉也。

舀　秦观词："半缺椰瓢共舀。"舀音拗，见《古今词话》。

矬　欧阳炯词："豆蔻花间矬晚日。"矬，昨和切，短也，见《词征》。

拚　晏幾道词："已拚长在别离中。"李甲词："拚则而今已拚了。""拚""判"同。楚人挥弃物谓之"拚"，见《方言》。

䟃　高观国词："䟃将花路。"䟃，散走也，见《玉篇》。

赚　欧阳修词："谁把佳期赚。"赚，稚陷切，诳骗也。

叵　温庭筠词："虽叵耐。"薛昭蕴词："叵耐无端处。""叵""叵"同，不可也，见《说文》。

侭　许岷词："当初不合侭饶伊。"晏幾道词："侭无端尽日东风恶。"此"侭"字犹"任"也，即忍切，见《词征》。

絮　刘夷叔词："休絮，休絮。"方言以濡滞不决为"絮"，见《通雅》。

划地　毛幵词："划地春寒。"辛弃疾词："划地东风欺客梦。”又：“绿窗刬地调红妆。”刬，平也，见《集韵》。刬地，言快便也，见《古今词话》。

睚睽　杨炎正词：“捧杯更著睚睽唱。”睚睽，江西土语，犹言随意也，见《雨村词话》。

端的　高观国词：“端的此心苦。”端的，犹的确也。

假饶　柳永《木兰花》：“假饶花落未消愁。”杨无咎词：“假饶薄命。”蒋捷词：“假饶无分入雕阑。”假饶，犹纵令也。

不成　荣樵仲词：“不成天也、不容我去乐清闲。”张翥词：“不成便没相逢日。”不成，犹难道也。

二、句

词之句法，虽参差不齐，而字数相同之句，以所入之调不同，每生歧异，此中确有成规，不容混用。兹将一字句至九字句之平仄，先行剖析，然后论列各种句法之构造与变化。

一字句　此惟《十六字令》首句有之。平声，起韵。如周晴川《十六字令》“眠，月影穿窗白玉钱”是。

二字句　二字句，大率不出“平仄”“仄平”“平平”“仄仄”四种。用于换头作“平仄”句者，如柳永《白苧》之“追惜，燕然画角”，姜夔《霓裳中序第一》之“幽寂，乱蛩吟壁”，王沂孙《无闷》之“清致，悄无似”是。用于换头作“平平”句者，如姚云文《紫萸香慢》之“凄清，浅醉还醒”，周邦彦《渡江云》之“堪嗟，清江东注，画舸西流，指长安日下”是。用于中间之短句作“平仄”者，如唐庄宗《如梦令》之“如梦，如梦，残月落花烟重”，欧阳炯《定风波》之“独凭绣床方寸乱，肠断，泪珠穿破脸边花”，吴文英《惜秋华》之“清浅，瞰沧波静衔秋痕一线”是。用于中间之短句作“平平”者，如冯延巳《南乡子》之“薄幸不来门半掩，斜阳，负你残春泪几行”，柳永《临江仙慢》之“心摇，奈寒漏永，孤帏悄，泪烛空烧”，苏轼《醉翁操》之“琅然，清圆，谁弹？响空山，无言”是。至若顾敻《河传》起句之“曲槛”，柳永《笛家弄》过片之“别久”，则为“仄仄”句。温庭筠《河传》之“少年，好花新满船”“柳堤，不闻郎马嘶”，顾敻《河传》之“断肠，为花须尽狂”，则为“仄平”句。凡用“仄仄”“仄平”之句，其上一字多可通平，故四种中，实以“平仄”“平平”为正格。惟毛滂《忆秦娥》起句作“夜夜”，叠仄字，且用韵，不可用作“平仄”。

三字句　三字句平仄凡八种：“平仄仄”“仄平平”“平平仄”“仄仄平”“平仄平”“仄平仄”“平平平”“仄仄仄”是也。“平仄仄”句，如《梦江南》之“兰烬落”，《归国谣》之“江水碧”，《破阵乐》之“云际寺，林下路”是。“仄平平”句如《更漏子》之“柳丝长”，《一萼红》之“古城阴”，《夏云峰》之“宴堂深”，《十二时慢》之“晚晴初”，《多丽》之“晚山青”，《春从天上来》之“酒微醒”，《如鱼水》之“劝琼瓯”是。“平平仄”句，如《谒金门》之“空相忆”，《鹤冲天》之“余花乱”，《大酺》之“春禽静”，《瑞龙吟》之“章台路”是。“仄仄平”句，如《喜迁莺》之“锦翼鲜”，《喜春来》之“问暮鸦”，《翠羽吟》之“绀露浓，映素空”是。“平仄平”句，如《河传》之“溪水西”，《更漏子》之“南浦情”，平韵《满江红》之“闻佩环”“帘影间”是。“仄平仄”句，如《天仙子》之“泪珠滴”，《角招》

之“为春瘦”,《兰陵王》之“柳阴直”“恨堆积”是。“平平平”句，如平韵《忆秦娥》之“栖乌惊”,《寿楼春》之“良宵长”,《六州歌头》之“思悲翁”是。“仄仄仄”句，如《相见欢》之“剪不断”,《一叶落》之“一叶落”,《浪淘沙慢》之“弄夜色”,《梅花引》之“缚虎手”是。

四字句　四字句平仄凡十六种。兹各举一例并说明如下：1．“平平仄仄”，如《琐窗寒》“窗涵月影”。2．“仄仄平平”，如《扬州慢》“十里扬州”。3．“平仄仄平”，如《四园竹》“萤度破窗”。4．“仄平平仄”，如《倾杯乐》“水横斜照”。5．“平平平仄”，如《潇湘逢故人慢》“薰风初动”。6．“仄仄仄平”，如《感皇恩》“往事旧欢”。7．“平仄平平”，如《探春慢》“衰草愁烟”。8．“仄平仄仄”，如《恋芳春慢》“燕泥破润”。9．“平平仄平”，如《绮寮怨》“何须渭城”。10．“仄仄平仄”，如《月中仙》“已醉离别”。11．“平仄平仄”，如《索酒》“天地如绣”。12．“仄平仄平”，如《醉太平》“小冠晋人”。13．“仄平平平”，如《寿楼春》“照花斜阳”。14．“平仄仄仄”，如《戚氏》“风露渐变”。15．“仄仄仄仄”，如《吊严陵》“暝霭向敛”。16．“平平平平”，如《歌头》“西园长宵”。

五字句　五字句平仄约有二十四种，分别举例于后：1．“仄仄平平仄”，如《醉妆词》“莫厌金杯酒”。2．“平平仄仄平”，如《醉公子》“金铺向晚扃”。3．“平平平仄仄”，如《梦芙蓉》“仙云深路杳”。4．“仄仄仄平平”，如《诉衷情》“柳弱蝶交飞”。5．“仄仄仄平仄”，如《惜秋华》“十载寄吴苑”。6．“平平平仄平”，如《诉衷情》“辽阳音信稀”。7．“平仄平平仄”，如《凄凉犯》“追念西湖上”。8. “仄平仄仄平”，如《生查子》“那知本未眠”。9. “仄平平仄平”，如《绮寮怨》“晓风吹未醒”。10. “平仄仄平平”，如《南浦》“波暖绿粼粼”。11. “平仄平仄仄”，如《扫地游》“春事能几许”。12. “仄平仄平平”，如《兰陵王》“奈鸾凤欢疏”。13. “仄平平平仄”，如《尾犯》“想丹青难貌”。14. “仄平平仄仄”，如《酒泉子》“洞房空寂寞”。15. “平仄仄平平”，如《荷叶杯》“携手暗相期”。16. “平平仄平平”。如《四槛花》“疏篁晓风清”。17. “仄仄平仄仄”，如《凤池吟》“几百年见此”。18. “仄仄平仄平”，如《无闷》“放绣帘半钩”。19. “平仄仄平仄”，如《暗香》“香冷入瑶席”。20. “平平仄平仄”，如《应天长》“沉沉暗寒食”。21. “仄仄仄仄平”，如《惜黄花慢》“衬落日坠红”。22. “平平平平仄”，如《大酺》“邮亭无人处”。23. “平平平平平”，如《寿楼春》“裁春衫寻芳”。24. “仄仄仄仄仄”，如《浣溪沙慢》“水竹旧院落”。

六字句　六字句平仄约三十二种。1. “平平仄仄平平”，例：《乌夜啼》“帘帏飒飒秋声”。2. “仄仄平平仄仄”，例：《红窗听》“莫惜明珠百琲”。3. “平平平仄平平”，例：《相思儿令》“谁教杨柳千丝”。4. “仄仄仄平平仄”，例：《破阵子》“蜡烛到明垂泪”。5. “仄仄平平平仄”，例：《解蹀躞》“候馆丹枫吹尽”。6. “平平平仄平平”，例：《玉蝴蝶》：“秋风凄切伤离”。7. “平平仄平平仄”，例：《折红梅》“红梅数枝争发”。8. “仄仄平仄平平”，例：《多丽》“浩月千里澄辉”。9. “平仄仄仄平平”，例：《河传》“遥见翠槛红墙”。10. “仄仄平仄平仄”，例：《梦还京》“旅馆虚度残岁”。11. “仄仄仄平仄仄”，例：《鹤冲天》“未省展眉则箇”。

12．“仄平仄仄平平”，例：《新荷叶》“放船且向前汀”。13．“仄平仄平仄仄”，例：《瑶阶草》“那堪昼闲日永”。14．“平仄仄仄平平”，例：《散余霞》“春梦枉恼人肠”。15．“平仄平平仄仄”，例：《昭君怨》“春到南楼雪尽”。16．“仄平平仄平平”，例：《华清引》“独留烟树苍苍”。17．“平仄平平平仄”，例：《珠帘卷》“烟雨蒙蒙如画”。18．“仄平平仄平仄”，例：《握金钗》“晚来红浅香尽”。19．“平仄仄平平仄”，例：《风入松》“临镜舞鸾离照”。20．“平仄仄平平平”，例：《过涧近》“千里火云烧空”。21．“仄平仄平平仄”，例：《子夜歌》“酒醒不知何处”。22．“平平平仄平仄”，例：《哨遍》“琴书中有真味”。23．“仄平仄仄平仄”，例：《夜半乐》“冻云黯淡天气”。24．“平仄仄平仄仄”，例：《玉女摇仙佩》“须信画堂绣阁”。25．“平平仄仄仄仄”，例：《临江仙引》“凝情望断泪眼”。26．“仄仄仄仄平平”，例：《临江仙引》“尽日独立斜阳”。27．“仄仄仄仄平仄”，例：《莺啼序》“泪墨惨淡尘土”。28．“平平平仄仄仄”，例：《霓裳中序第一》“沉思年少浪迹”。29．“平平仄平仄仄”，例：《莺啼序》“残寒正欺病酒”。30．“平仄平平仄平”，例：《河传》“烟浦花桥路遥”。31．“平仄平仄平平”，例：《一萼红》“云意还又沉沉”。32．“平平平平平仄”，例：《瑞龙吟》“纤纤池塘飞雨”。（汤擎民按：6于3重出，14于9重出，实为三十种。）

七字句　七字句平仄约四十三种。1．“平平仄仄仄平平”，例：《木兰花慢》“情知雁杳与鸿冥”。2．“仄仄平平仄仄平”，例：《偷声木兰花》“柳外秋千出画墙”。3．“仄仄平平平仄仄”，例：《安公子》“拾翠汀州人寂静”。4．“平平仄仄仄平平”，例：

《西河》“山围故国绕清江”。5. “平平仄仄平平仄”，例:《六丑》“钗钿坠处遗芳泽”。6. “仄仄平平仄平仄”。例:《八归》“倚竹愁生步罗袜”。7. “平仄平平仄平仄”，例:《兰陵王》“应折柔条过千尺”。8. “仄平平仄平平仄”，例:《夜半乐》“断鸿声远长天暮”。9. “仄平仄平平仄仄”，例:《多丽》“有翩若惊鸿体态”。10. “平仄仄平平仄仄”，例:《吊严陵》“回首暮云千古碧”。11. “仄平仄仄平平仄”，例:《接贤宾》“几回饮散良宵永”。12. “仄仄仄平平仄仄”，例:《送征衣》“竟就日瞻云献寿”。13. “仄仄平平平仄平”，例:《春风袅娜》“笑挽罗衫须少留”。14. “平平仄仄仄平仄”，例:《期夜月》“香檀急扣转清切”。15. “平平平仄仄平平”，例:《惜黄花慢》“牛山何必独沾衣”。16. “平平仄平平平仄”，例:《醉公子》“相思暗惊清吟客”。17. “平平平仄平平仄”，例:《归朝欢》“新春残腊相催迫”。18. “平仄平平仄仄平”，例:《忆瑶姬》“千里沉沉障翠峰”。19. “仄平平仄平仄仄”，例:《轮台子》“九疑山畔才雨过”。20. “仄平仄仄平平仄”，例:《秋霁》“爱渠入眼南山碧”。21. “平仄平平仄平平”，例:《换巢鸾凤》“天念王昌忒多情”。22. “仄仄平平仄平平”，例:《马家春慢》“命化工倾国风流”。23. “平仄仄仄平平仄”，例:《阳春》“因甚自觉腰肢瘦”。24. “仄平平仄平平仄”，例:《望江怨》“马嘶残雨春芜湿”。25. “仄平平仄仄平平”，例:《翠羽吟》“冷光摇荡古青松”。26. “仄仄仄仄平平仄”，例:《过涧歇近》“幸有散发披襟处”。27. “仄平平平仄仄仄”，例:《三台》“见梨花初带夜月”。28. “仄平仄仄仄平平”，例:《高山流水》“素弦一一起秋风”。29. “平平仄仄平仄仄”，例：《解红慢》“尘寰百岁能儿许”。30.“仄仄仄平平平仄”，例：《破阵乐》“望故苑楼台霏雾”。31.“平仄平平平仄仄”，例：《宝鼎现》“浓焰烧空连锦砌”。32.“仄平仄平平平仄”，例：《马家春慢》“渐庭馆帘栊春晓”。33.“平平仄平仄平平”，例：《花犯》“今年对花太匆匆”。34.“平仄平平平平仄”，例：《贺新郎》“吹尽残花无人见”。35.“仄仄仄仄仄平平”。例：《紫萸香慢》“又忆漉酒插花人”。36.“仄平仄仄平仄仄”，例：《瑶阶草》“照花独自怜瘦影”。37.“仄仄平平平平仄”，例：《大圣乐》“画舫西湖浑如旧”。38.“平仄仄平平平仄”，例：《花发状元红慢》“娇燕语雕梁留客”。39.“仄平仄仄仄仄仄”，例：《西河》“酒旗戏鼓甚处市”。40.“仄平平平平平仄”，例：《哨遍》“觉从前皆非今是”。41.“仄仄平平平平平”，例：《寿楼春》“自少年消磨疏狂”。42.“平平平平仄仄仄”，例：《关河令》“秋阴时晴渐向暝”。43.“平平仄平平平平”，例：《醉翁操》“惟翁醉中知其天”。（汤擎民按：4于1重出，20于11重出，24于8重出，实为四十种。）

以上七格，词句中平仄之法略尽矣。至八字句如《尉迟杯》之“算九衢红粉皆难比”，乃合“一七”句法而成；如《哨遍》之“但知临水登山啸咏”，乃合“二六”句法而成；如《金缕曲》之“枉教人梦断瑶台月”，乃合“三五”句法而成。九字句如《江神子慢》“金莲衬小小凌波罗袜”，乃合“三六”字句而成；如《虞美人》之“恰似一江春水向东流”，乃合“二七”字句而成；如《相见欢》之“寂寞梧桐深院锁清秋”，乃合“六三”字句而成。此外，八字句如《还京乐》之“中有万点相思清泪”，

《换巢鸾凤》之“定知我今无魂可销”,《龙山会》之“待月向井梧梢上摇”,《惜花春起早慢》之“流莺海棠枝上弄舌”,《彩云归》之“惟有临歧一句难忘”,《西平乐》之“争知向此征途迢递”之类;九字句如《江城子慢》之“想伊不整啼妆影帘侧”,《留客住》之“怎生向主人未肯交去”,《暗香疏影》之“凝寒又不与众芳同歇”之类,非由字数较少之句合成者,其平仄均不得轻为移易,数量较少,不另分列句中之平仄。

句之平仄既明,可进而言句之组织与正变。

通常二字句,多为一字组,自无研讨之必要。三字句虽较可变化,然亦不过名词、形容词之组合,或名词、动词之组合而已。如“柳丝长,春雨细”,名词在前,形容词在后之句法也。如“花阴月,柳梢莺”,本名在后,而形容之者居前之句法也。又如“春日宴”,则成名词与动词组合之一完全句矣。亦有仅为极简单之一字组者,如“一叶叶,一声声”之类是。至若“莫无情”“将奈何”之类,仍可视同一字组,表现之语气不同耳。大抵三字句至多不过两步(顿),其可分为三步者,除叠字外不可见,三叠字如“莫,莫,莫”之类,则又不得归入三字句也。

四字句之组织法约有三种:1.“二、二”句,如《雨霖铃》“寒蝉凄切”是。2.“一、三”句,如《迷神引》“引胡笳怨”是。3.“一、二、一”句,如《八声甘州》“上琴台去”是。第一种最普通,第二、三两种,非有定格之调,不得乱用。第三种亦有认为“上三下一”句者,其例极少。

五字句之组织法约有四种:1.“二、三”句,如《卜算子》“漏断人初静”是。此类最多,通常之五字句多如此。2.“一、四”句，如《无闷》“放绣帘半钩”是。此类以一字领四字之句亦不少。3.“三、二”句，如《秋蕊香》“浑未识清妍”是。此类最少，与上一下四者极易混同。4.“二、二、一”句，如《菩萨蛮》“敛眉含笑惊”。此类与第一种相似，惟如牛峤此句，必分三步也。

六字句之组织法约有四种：1.“二、四”句，如《红窗听》“莫惜明珠百琲”是。此类最多，间或用作对句。亦有以两字领四字而与下句四字对者。2.“二、二、二”句，如《百宜娇》“灯火裁缝砧杵”。类此作三步者殊少。3.“四、二”句，如《宴琼林》“皓雪肌肤相亚”。此类句法亦不多，易与作三步者混也。4.“一、五”句，如《留春令》“便添起春怀抱”。此类以一字领五字者不多见。

七字句之组织法约有四种：1.“四、三”句，例如《中兴乐》“池塘暖碧浸晴晖”。此类最多，与七言诗句同。2.“三、四”句，例如《唐多令》“燕辞归客尚淹留”。此类较少，在第三字着逗者则甚多，然非纯属七字句，故不得并论。3.“二、五”句，例如《柳含烟》“乐府吹为横笛曲”。此类与第一种除下五字须与下句五字对者外，与第一类可通，不甚拘执。4.“一、六”句，例如《西平乐》“叹事与孤鸿尽去”。此类以一字领六字，每与下六字句作偶句。

八字句之组织，有“一、七”“二、六”“三、五”三种，例见前。九字句之组织，有“二、七”“三、六”“四、五”三种，例亦见前，兹不复出。

折腰句　词中有所谓“折腰句”者，实则六字句中在第三字可以点逗者。如《眉妩》之“乘一舸镇长见”，《夜游宫》之“看黄昏灯火市”，《凤衔杯》之“空目断遥山翠”等是。以句中间可以折断，故名“折腰”。

尖头句　陈锐《词比》中有“尖头句”之例，移录如下：尖头五言偶句，“对暮山横翠，衬梧叶飘黄”（《临江仙》），“绣鸳鸯枕暖，画孔雀屏高”（《献衷心》），“系长江舴艋，拂深院秋千”（《行香子》）；尖头七字偶句，“惊粉重蝶宿西园，喜泥润燕归南浦”（《绮罗香》），“念双燕难凭远信，指暮天空识归艎”（《玉蝴蝶》），“正依约冰丝射眼，更荏苒蟾玉西飞”（《步月》）。所谓“尖头句”，盖即五字句中用“一、四”法，与七字句中用“三、四”法者，以上轻下重，故名“尖头”。推之，则四字句中之用“一、三”句法，六字句中之用“一、五”或“二、四”句法，八字句中之用“一、七”“二、六”“三、五”句法者，均可谓之尖头句也。

偶句　三字偶句，如“柳丝长，春雨细”是。四字偶句，如“做冷欺花，将烟困柳”是。五字偶句，如“飘零疏酒盏，离别宽衣带”是。六字偶句，如“云度小钗浓鬓，雪透轻绡香臂”是。七字偶句，如“无可奈何花落去，似曾相识燕归来”是。

叠句　一字句叠，如《思帝乡》“花，花”是。二字句叠，如《如梦令》“如梦，如梦”是。三字句叠，如《潇湘神》“斑竹枝，斑竹枝”是。四字句叠，如《采桑子》“爱上层楼，爱上层楼”是。五字句叠，如《东坡引》“光阴如捻指，光阴如捻指”是。叠句最多不过五字，五字以上句叠者不经见。

复句　篇中复用句，如赵长卿《摊破丑奴儿》前阕结“也罗，真个是可人香”，后阕结复用此八字。苏轼之《皂罗特髻》“采菱拾翠”四字，篇中凡七见。类此者无别首可覆按，殆有定格，不得随意入以不同之句调也。

三、章

词之句法，长短不一，章法亦然。唐宋人言词，多直呼本调调名，至明顾梧芳刻《草堂诗余》，始有小令、中调、长调之分，亦以篇幅之长短约为界划云尔。（说已见前）然前人于此，已多驳议；依仍其说，恐滋误会。兹以单调、双叠、三叠、四叠等分说。

一、单调　单调词以十六字令（张于湖作称《苍梧谣》）为最短，（万树《词律》首列皇甫松《竹枝词》，仅为两句七言诗，犹未成词体也。）以《寿山曲》为最长——六十字，三十字前后者为最多。随举一例如下：

路入南中，桄榔叶暗蓼花红。两岸人家微雨后，收红豆，树底纤纤抬素手。（欧阳炯《南乡子》）

二、双叠　前后两段者谓之双叠，以朱敦儒之《柳枝》——三十二字为最短，他如《归自谣》《定西番》《长相思》《相见欢》《风光好》等，亦均在四十字内。以苏轼之《哨遍》——二百零三字为最长。他如《抛球乐》《穆护砂》等，均在一百六十字以外。双叠在词调中占最多数。例如：

渐亭皋叶下，陇首云飞，素秋新霁。华阙中天，锁葱葱佳气。嫩菊黄深，拒霜红浅，近宝阶香砌。玉宇无尘，金茎有露，碧天如水。　　正值升平，万几多暇，夜色澄鲜，漏声迢递。南极星中，有老人呈瑞。此际宸游，凤辇何处，

度管弦清脆。太液波翻，披香帘卷，月明风细。（柳永《醉蓬莱》）

此前后段字数、句法不同者，慢词多如此。慢词之前后段同者，如：

缚虎手，悬河口，车如鸡栖马如狗。白纶巾，扑黄尘，不知我辈，可是蓬蒿人。衰兰送客咸阳道，天若有情天亦老。作雷颠，不论钱，谁问旗亭，美酒斗十千？　酌大斗，更为寿，青鬓长青古无有。笑嫣然，舞翩然，当垆秦女，十五语如弦。遗音能记秋风曲，事去千年犹恨促。揽流光，系扶桑，争奈愁来，一日却为长。（贺铸《梅花引》）

此则前后段字数、句法完全吻合，其在慢词，殊不多见。短调则类此者多，殆双叠之名所由出也。例如：

情高意真，眉长鬓青。小楼明月调筝，写春风数声。

思君忆君，魂牵梦萦。翠绡香暖云屏，更那堪酒醒！（刘过《醉太平》）

三、三叠　有双拽头与非双拽头之别。双拽头者，第一、二段之句法、平仄均同也。如：

章台路，还见褪粉梅梢，试花桃树。愔愔坊陌人家，定巢燕子，归来旧处。　黯凝伫，因念个人痴小，乍窥门户。侵晨浅约宫黄，障风映袖，盈盈笑语。　前度刘郎重到，访邻寻里，同时歌舞。唯有旧家秋娘，声价如故。吟笺赋笔，犹记燕台句。知谁伴，名园露饮，东城闲步？事与孤鸿去，探春尽是，伤离意绪。官柳低金缕，归骑晚、纤纤池塘飞雨；断肠院落，一帘风絮。（周邦彦《瑞龙吟》）

自“章台路”至“归来旧处”，与“黯凝伫”至“盈盈笑语”，句法、平仄全同，即属双拽头。此类甚少，非双拽头者则较多。非双拽头者亦称“三换头”。例如：

冻云黯淡天气，扁舟一叶，乘兴离江渚。渡万壑千岩，越溪深处。怒涛渐息，樵风乍起，更闻商旅相呼，片帆高举。泛画鹢，翩翩过南浦。　望中酒旆闪闪，一簇烟村，数行霜树。残日下、渔人鸣榔归去，败荷零落，衰柳掩映，岸边两两三三，浣纱游女，避行客，含羞笑相语。　到此因念，绣阁轻抛，浪萍难驻。叹后约、丁宁竟何据？惨离怀、空恨岁晚归期阻。凝泪眼、杳杳神京路。断鸿声远长天暮。（柳永《夜半乐》）

三叠之调，现存者，据《词谱》，仅《西河》《十二时慢》《兰陵王》《瑞龙吟》《夜半乐》《宝鼎现》《三台》《戚氏》八调，未确。《剑器近》《绕佛阁》与《秋宵吟》均双拽头，应分三叠也。（《塞翁吟》依万氏注，亦当分三叠，为双拽头。）至王安石《甘露歌》，虽《乐府雅词》录入作三叠词，《词谱》从之，曹元忠跋《临川先生歌曲》，已辨其非词，自难列入。

四、四叠　四叠又称“序子”。词调以四叠为最长，而四叠以吴文英之《莺啼序》三篇为最著，盖文英自度曲也。陈耀文《花草粹编》载郑意娘《胜州令》，亦四叠，今可考见者，仅此两调而已。兹录吴文英《莺啼序》之一于后：（彭致中《鸣鹤余音》载吕洞宾《莺啼序》一首，与吴作律调不符，或系别调，或有阙失。）

残寒正欺病酒，掩沉香绣户。燕来晚、飞入西城，似说春事迟暮。画船载、清明过却，晴烟冉冉吴宫树。念羁情，游荡随风，化为轻絮。　　十载西湖，傍柳系马，趁娇尘软雾。溯红渐、招入仙溪，锦儿偷寄幽素。倚银屏、春宽梦窄，断红湿、歌纨金缕。暝堤空，轻把斜阳，总还鸥鹭。幽兰旋老，杜若还生，水乡尚寄旅。别后访、六桥无信，事往花萎，瘗玉埋香，几番风雨？长波妒盼，遥山羞黛，渔灯分影春江宿，记当时、短楫桃根渡。青楼仿佛，临分败壁题诗，泪墨惨淡尘土。　　危亭望极，草色天涯，叹鬓侵半苎。暗点检、离痕欢唾，尚染鲛绡；亸凤迷归，破鸾慵舞。殷勤待写，书中长恨，蓝霞辽海沉过雁，漫相思、弹入哀筝柱。伤心千里江南，怨曲重招，断魂在否？

摘遍　此体盖摘取大曲或法曲中之一遍而成。如《泛清波摘遍》，即摘《泛清波大曲》中之一遍而成；《薄媚摘遍》，即摘《薄媚大曲》中之一遍而成。亦犹《霓裳中序第一》之从《霓裳曲》十二叠中摘出第七叠成“中序第一”也。既已成为散词，则亦与慢词无甚分别。例如晏幾道《泛清波摘遍》：

催花雨小，著柳风柔，都似去年时候好。露红烟绿，尽有狂情斗春草。长安道，秋千影里，丝管声中，谁放艳阳轻过了。倦客登临，暗惜光阴恨多少。　　楚天渺，归思正如乱云，短梦未成芳草。空把吴霜点鬓华，自悲清晓。帝城杳，双凤旧约渐虚，孤鸿后期难到。且趁朝花夜月，翠樽频倒。

《宋志》有林钟商《泛清波大曲》。沈括云：“凡曲有数叠者，裁截用之，谓之‘摘遍’，此盖摘《泛清波》曲之一遍也。”(《梦溪笔谈》)赵以夫之《薄媚摘遍》亦然，摘取《薄媚大曲》中“入破第一”之一遍为之，故句法全与《薄媚大曲》“入破第一”相合。他若《采莲令》《水调歌头》《法曲献仙音》《氐州第一》《八声甘州》《梁州令叠韵》《六么令》《大圣乐》《万年欢》《感皇恩》《石州慢》《六州歌头》《剑器近》等，诸凡大曲、法曲中所有之调名，均系就大曲、法曲中摘其一段而成，特其原有之大曲、法曲多不流传，又或经文人增润删易之后，不得一一据实考明耳。吴梦窗《梦行云》词，自注：“一名六么花十八。”“六么”本大曲，此特其中之一叠，亦摘遍类也。

转踏　此属联章体，一称“缠达”，亦称“传踏”。或以多词咏一题；或各首分题，而互相联系，体式不一，类多于本词外，穿插诗文以当叙述，如曲之插入诗话及科、白然。兹举洪适《番禺调笑》如下：

《番禺调笑》

句队

盖闻五岭分疆，说番禺之大府；一尊属客，见南伯之高情。摭遗事于前闻，度新词而屡舞，宫商递奏，调笑入场。

羊仙

黄木湾头声哄然，碧云深处起非烟。骑羊执穗衣分锦，快睹浮空五列仙。腾空昔日持铜虎，嘉瑞能名灼前古。羽人叱石会重来，治行于今最南土。

南土，贤铜虎，黄木湾头腾好语，骑羊执穗神仙五，拭目摩肩争睹。无双治行今犹古，嘉瑞流传乐府。

药洲

传闻南汉学飞仙，炼药名洲雉堞边。炉寒灶毁无踪迹，古木闲花不计年。惟余九曜巉岩石，寸寸沦漪湛天碧；画桥彩舫列歌亭，长与邦人作寒食。

寒食，人如织，藉草临流罗饮席。阳春有脚森双戟，和气欢声洋溢。洲边药灶成陈迹，九曜摩挲奇石。

海山楼

高楼百尺迩严城，披拂雄风襟袂清，云气笼山朝雨急，海涛侵岸暮潮生。楼前箫鼓声相和，戢戢归樯排几柁？须信官廉蚌蛤回，望中山积皆奇货。

奇货，归帆过，击鼓吹箫相应和。楼前高浪风掀簸，渔唱一声山左。胡床邀月轻云破，玉麈飞谈惊座！

素馨巷

南国英华赋众芳，素馨声价独无双；未知蟾桂能相比，不是人间草木香。轻丝结蕊长盈穗，一片瑞云萦宝髻；水沉为骨麝为衣，剩馥三薰亦名世。

名世，花无二，高压阇提倾末利，素丝缕缕联芳蕊，一片云生宝髻，屑沉碎麝香肌细，剩馥薰成心字。

朝汉台

尉佗怒臂帝番禺，远屈王人陆大夫；只用一言回倔强，遂令魋结换襟裾。使归已实千金橐，朝汉心倾比葵藿。高台突兀切星辰，后代登临奏音乐。

音乐，传佳作。盖海旌幢开观阁，绮霞飞渡青油幕。好是登临行乐。当时朝汉心倾藿，望断长安城郭。

浴日亭

扶胥之口控南溟，谁凿山尖筑此亭？俯窥贝阙蛟龙跃，远见扶桑朝日升。蜃楼缥缈擎天际，鹏翼缤翻借风势。蓬莱可望不可亲，安得轻舟凌弱水。

弱水，天无际，相去扶胥知几里？高亭东望阳乌起，杲杲晨光初洗。蓬莱欲往宁无计，一展弥天鹏翅。

蒲涧

古涧清泉不歇声，昌蒲多节四时青。安期驾鹤丹霄去，万古相传此化城。依然丹灶留岩穴，桃竹连山仙境别。年年正月扫松关，飞盖倾城赏佳节。

佳节，初春月，飞盖倾城尊俎列。安期驾鹤朝金阙，丹灶分留岩穴。山中花笑秦皇拙，祠殿荒凉虚设。

贪泉

桄榔色暗芭蕉繁，中有贪泉涌石门。一杯便使人心改，属意金珠万事昏。晋时贤牧夷齐比，酌水题诗心转厉。只今方伯擅真清，日日取泉供饮器。

饮器，贪泉水，山乳涓涓甘似醴。怀金嗜宝随人意，枉受恶名难洗。真清方伯端无比，未使吴君专美。

沉香浦

炎区万国侈奇香，稛载归来有巨航。谁人不作芳馨观？巾箧宁无一片藏？饮泉太守回瓜戍，搜索越装舟未去。薏苡何从起谤言？沉香不惜投深浦。

深浦，停舟处，只恐越装相染污。奇香一见如泥土，投着水中归去。令公早晚回朝著，无物迟留鸣橹。

清远峡

腰支尺六代难双，雾鬓风鬟巧作妆。人间不似山间乐，身在帝乡思故乡。南来万里舟初歇，三峡重过惊久别。玉环留着缀相思，归向青山啸明月。

明月，舟初歇，三峡重过惊久别！玉环留与人间说，诗罢离肠千结。相思朝暮流泉咽，雾锁青山愁绝！

破子

南海，繁华最，城郭山川雄岭外，遗踪嘉话垂千载，竹帛班班俱在。元戎好古新声改，调笑花前分队。

高会，尊罍对，笑眼茸茸回盼睐，蹋筵低唱眉弯黛。翔凤惊鸾多态。清风不用一钱买，醉客何妨倒载。

遣队

十眉争艳眼波横，霓袖回风曲已成。绛蜡飘花香卷穗，月林乌鹊两三声。歌舞既终，相将好去。

以“调笑词”分咏羊仙、药洲、海山楼、素馨巷、朝汉台、浴日亭、蒲涧、贪泉、沉香浦、清远峡十景，而总名曰“番禺调笑”，联章分咏法也，并“破子”两首，词凡十二首。开端先用“句队”，总叙缘起，以下每首用七言诗八句，四平韵，四仄韵，即以诗末两字为词首；大抵诗则徒诵，而词则歌唱也。末缀“破子”两首，然后以“遣队”收场。开端“句队”或名“掾，白语”，见毛滂《东堂词》。收场“遣队”，或名“放队”，见宋无名氏《调笑集句》及郑仅（彦能）《调笑转踏》。“遣队”多仅七绝一首，不缀“歌舞既终，相将好去”八字。又毛滂作每首所咏之题，均列于正文之后，余则多同此式。董解元《西厢》，先有诗句而后弹曲子，与此体绝类，殆同出一源也。

联章　此体不以“转踏”名，无“句队”“破子”等名目。

有数首相联而只咏一题者，如欧阳修之《采桑子》十一首，咏西湖之胜，则首冠以序引是。有多首相联以咏一种故事者，如赵德麟之《商调蝶恋花》十首，咏崔莺莺张君瑞事是。（原词见赵德麟《侯鲭录》。）亦有以一调而咏四时或十二月如鼓子词者，如欧阳修之《渔家傲》十二首是。兹举欧词为例：

《采桑子》

昔者王子猷之爱竹，造门不问于主人；陶渊明之卧舆，遇酒便留于道上。况西湖之胜概，擅东颍之佳名。虽美景良辰，固多于高会，而清风明月，幸属于闲人。并游或结于良朋，乘兴有时而独往。鸣蛙暂听，安问属官而属私；曲水临流，自可一觞而一咏。至欢然而会意，亦傍若于无人。乃知偶来常胜于特来，前言可信；所有虽非于己有，其得已多。因翻旧阕之词，写以新声之调。敢陈薄伎，聊佐清欢。

一

轻舟短棹西湖好，绿水逶迤，芳草长堤，隐隐笙歌处处随。　无风水面琉璃滑，不觉船移，微动涟漪，惊起沙禽掠岸飞。

二

春深雨过西湖好，百卉争妍，蝶乱蜂喧，晴日催花暖欲然。　兰桡画舸悠悠去，疑是神仙，返照波间，水阔风高飏管弦。

三

画船载酒西湖好，急管繁弦，玉盏催传，稳泛平波任醉眠。　行云却在行舟下，空水澄鲜，俯仰流连，疑是湖中别有天。

四

群芳过后西湖好，狼藉残红，飞絮蒙蒙，垂柳阑干尽日风。　　笙歌散尽游人去，始觉春空，垂下帘栊，双燕归来细雨中。

五

何人解赏西湖好，佳景无时，飞盖相追，贪向花间醉玉卮。　　谁知闲凭阑干处，芳草斜晖，水远烟微，一点沧洲白鹭飞。

六

清明上巳西湖好，满目繁华，争道谁家，绿柳朱轮走钿车。　　游人日暮相将去，醒醉喧哗，路转堤斜，直到城头总是花。

七

荷花开后西湖好，载酒来时，不用旌旗，前后红幢绿盖随。　　画船撑入花深处，香泛金卮。烟雨微微，一片笙歌醉里归。

八

天容水色西湖好，云物俱鲜，鸥鹭闲眠，应惯寻常听管弦。　　风清月白偏宜夜，一片琼田，谁羡骖鸾？人在舟中便是仙。

九

残霞夕照西湖好，花坞苹汀，十顷波平，野岸无人舟自横。　　西南月上浮云散，轩槛凉生，莲芰香清，水面风来酒面醒。

十

平生为爱西湖好，来拥朱轮，富贵浮云，俯仰流年二十春。　　归来恰似辽东鹤，城郭人民，触目皆新，谁识当年旧主人。

十一

画楼钟动君休唱，往事无踪，聚散匆匆，今日欢娱几客同。　　去年绿鬓今年白，不觉衰容。明月清风，把酒何人忆谢公。

十一首中，惟末首首句无“西湖好”三字，殆亦有“收场”之意，与首“序引”遥相呼应，特联章体不着“句队”“遣队”等名称耳。至若周密以《木兰花慢》十阕分咏十景，张龙荣以《应天长》十阕分咏西湖十景之类，则各自标调，不必联系，非联章体也。此外如宋无名氏之《九张机》，《乐府雅词》以之入“转踏”类，而九首相联，虽有小序及诗引起，七绝及“敛袂而归，相将好去”八字收场（另一首无小序及收场），而无“句队”“遣队”等名称，体例介乎“转踏”与“联章”之间，不另立名目。

大曲　大曲原与散词不同。然宋人词集中亦有冠以大曲者，史浩《鄮峰真隐大曲》，尤其著者也。史氏大曲，有《采莲》《采莲舞》《太清舞》《柘枝舞》《花舞》《剑舞》《渔父舞》等，其著“舞”字诸首，均有叙白，惟《采莲》纯系词体。《采莲》凡八首相连，第一延遍，第二攧遍，第三入破，第四衮遍，第五实催，第六衮，第七歇拍，第八煞衮，盖徒歌无舞，纯乎其为词也。《乐府雅词》有专列大曲栏，内录董颖《道宫薄媚》，旁标“西子词”，子目为排遍第八，排遍第九，第十攧，入破第一，第二虚催，第三衮遍，第四催拍，第五衮遍，第六歇拍，第七煞衮。诸首中字数、句法不同，且以第八居首，而以第七煞，不知何故。其各首用韵，亦以同部之平仄韵通协，法同作曲，特曾慥以之选入《乐府雅词》，则亦如史氏大曲类也。词之结构，至于大曲，最为完备矣。（篇幅过长，不引例，学者自览观焉。）

第五章　论意格

章句仅言成章，意格则畅论命意用笔之各种方法，已较章句做进一步之讨究。譬之绘理，章句言其点线体面之构造而已，意格则论其正侧俯仰疏密之态势也。譬之兵书，章句言其军旅营伍之组织而已，意格则论其进退攻守静动之阵容也。故章句只道其常，意格则兼求其变；章句易明，而意格难知。有一成不变之章句，而无一成不变之意格。

然则兹编之论意格，不几犹“画脂镂冰”，劳而无当耶？是又不然。章学诚有言：“古人文成法立，未尝有定格也。传人适如其人，述事适如其事，无定之中有一定焉。知其意者，旦暮遇之。不知其意，袭其形貌，神弗肖也。”（《古文十弊》）论文如此，论词亦何独不然。欲于无定之中求其一定，使人心知其意，得以“旦暮遇之”，此古今文学评论之书之所由作也。唐宋以来之词籍，其可传者，不下千数百家，论其意格，何种蔑有，要在学者能爬梳剔抉，细为归纳耳。况著论成说者，亦数在不少，倘能加以整比，尤足以资遵循。今兹所论，即本斯义。将前人所有之成式与前人所已论列者，综成若干条则，以便学者之考镜。至神而明之，存乎其人，非必斤斤于古人之成法也。

一、命意

一意而复笔者有之，未有无意而得成文者。周济讥张炎词“惟换笔，不换意”（《宋四家词选·序论》)。亦谓其意薄云尔，非有无意之笔也。况周颐曰：“词贵意多，一句之中亦忌复。”又曰：“作词不拘说何事物，但能句中有意即佳。”则命意之重要可见。故一篇局势之奇正，关乎用笔，而在用笔之先，实唯命意。刘勰所谓“意翻空而易奇”是也。固有意主故常，而辞务清新者，此盖所以济意之穷，以视辞浅而意深者自远不及，不可悬为准则。张炎云：“作慢词看是甚题目，先择曲名，然后命意；命意既了，思量头如何起，尾如何结，方始选韵，而后述曲。”（《词源》下“制曲”条）于命意、构格、用笔之次序，言之最为清晰。兹归纳前人讨论命意之法，可得下列诸说。

（一）清新

意由己出，不经前人道过，而又不涉晦涩暗昧者，谓之清新。然非不可运用古事或引用古人成语也，古事古语，能加以变化，或位置得宜，均不失其为清新。如苏轼之“破帽多情却恋头”（《南乡子》)，翻用孟嘉落帽之事也。如李清照之“清露晨流，新桐初引”（《壶中天慢》)，沿用《世说》成语也。王安国《清平乐》：“小怜初上琵琶，晓来思绕天涯。不肯画堂朱户，春风自在杨花。”小怜为齐后主冯淑妃名。熟事熟语，一经运用，均成清新，殆与自出新意者无异。故命意清新与用事用语仍不相背，此亦学者不可不知也。

杨缵曰：

第五要立新意（按：江顺诒《词学集成》引此句注云：“后人填词止此耳。务求尖新，不近自然，更俗。杨升庵、王弇州诸君正自不免。”），若用前人诗词意为之，则蹈袭无足奇者。须自作不经人道语，或翻前人意，便觉出奇。（《词源》附“作词五要”）

张炎曰：

词以意趣为主，不要蹈袭前人语意。（《词源》下）

沈谦曰：

立意贵新。（《填词杂说》）

沈义父曰：

作小词只要些新意，不可太高远。（《乐府指迷》）

李渔曰：

文字莫不贵新，而词为尤甚。不新可以不作。意新为上。……所谓意新者，非于寻常闻见之外，别有所闻所见，而后谓之新也；即在饮食居处之内，布帛菽粟之间，尽有事之极奇，情之极艳，询诸耳目，则为习见习闻，考诸诗词，实为罕听罕覯，以此为新，方是词内之新，非《齐谐》志怪，《南华》志诞之所谓新也。（《窥词管见》）

俞彦曰：

遇事命意，意忌庸，忌陋，忌袭。（《爰园词话》）

按：此从反面立论，意亦主清新也。

（二）高妙

高妙者，超脱凡俗之谓，在意不在貌。

黄山谷曰：

语意高妙，似非吃烟火人语，非胸中有万卷书，笔下无点尘俗气，孰能至此。（评苏轼《卜算子》“缺月挂疏桐”首。）

按：语意之应高妙，固矣，然须接近自然，不可流于狂怪，狂怪亦前人所忌。

沈义父曰：

发意不可太高，高则狂怪而失柔婉之意。（《乐府指迷》）

（三）幽远

不胶于现前迹象，而别有境界情思耐人寻绎者，谓之幽远。

况周颐云：

吾苍茫独立于寂寞无人之区。忽有匪夷所思之一念，自沉冥杳霭中来，吾于是乎有词。洎吾词成，则于顷者之一念，若相属，若不相属也。而此一念方绵邈引演于吾词之外，而吾词不能殚陈，斯为不尽之妙。非有意为是不尽，如书家所云，“无垂不缩，无往不复”也。（《蕙风词话》卷一）

此最善论幽远之妙，特不标幽远为矩矱耳。

陆行直曰：

命意贵远。（《词旨》上）胡元仪释：“曲则远也。”

许宗彦曰：

命意幽远，用情温厚，上也。（《莲子居词话序》）

（四）沉挚

思沉力厚，真切动人，谓之沉挚。轻浮则不沉，肤廓则不挚，看似平易而实甚深透者，斯足以当之，在运意不在措辞也。

陈人中曰：

以沉挚之思，而出之必浅近，使读者骤遇之如在耳目之前，久诵之而得隽永之趣：则用意难也。(《宋六十一家词选·叙论》引)

（五）层深

此与沉挚不同，沉挚虽意主深透而变动无常，此则一层深一层，如剥蕉抽丝，层出不穷，所谓“山重水复疑无路，柳暗花明又一村”之境界似之。

毛先舒曰：

词家意欲层深。(《古今词论》引)

刘熙载曰：

一转一深，一深一妙。此骚人三昧，倚声家得之，便自超出常境。(《艺概》)

沈祥龙曰：

词贵愈转愈深。稼轩云：“是他春带愁来，春归何处？却不解带将愁去。”玉田云：“东风且伴蔷薇住；到蔷薇春已堪怜。”下句即从上句转出，而意更深远。(《论词随笔》)

贺裳曰：

词家用意极浅，然愈翻则愈妙。(《皱水轩词筌》)

按：意浅而愈翻愈妙，亦层深法也。然用意太深，亦是一弊。

庄棫曰：

又或用意太深，词为义掩，虽多比兴之旨，未发缥缈之音。(《复堂词序》)

(六) 超奇

超奇近高妙而未必高妙，近清新而不止清新。好处在不落常套，其病则每流于生险晦僻。

孙麟趾曰：

用意须出人意外。(《词径》)

仲雪亭曰：

作词用意，须出人想外。(《古今词论》引)

按：出人意想之外，即超奇也。能致力于此，自可有所创获而不至滑俗。

(七) 空灵

空灵对质实言。用意在离即之间，不拘拘于事物迹象也。

张炎曰：

词要清空，不要质实。清空则古雅峭拔；质实则凝涩晦昧。(《词源》下)

刘熙载曰：

空中荡漾，最是词家妙诀。上意本可接入下意，却偏不入，而于其间传神写照，乃愈使下意栩栩欲动。《楚辞》所谓"君不行兮夷犹，蹇谁留兮中洲"也。(《艺概》)

沈祥龙曰：

词当于空处起步，闲处着想。空则不占实位，而实意自笼住；闲则不犯正位，而正意自显出。若开口便实，便正，神味索然矣。(《论词随笔》)

（八）婉曲

本意不明透说出，而于其上下四方委曲以达之者，谓之婉曲。用笔、修辞，均有婉曲之格，命意亦然。世称某家作品以婉曲著者，不唯其辞笔，用意亦有莫大之关系。

张綖曰：

少游多婉约，子瞻多豪放，当以婉约为主。(《词谱》)

蔡小石曰：

夫意以曲而善托，调以杳而弥深。(《拜石词序》)

况周颐曰：

词能直固大佳。顾所谓直，诚至不易。不能直，分也。当于无字处为曲折，切忌有字处为曲折。(《蕙风词话》卷一)

按："无字处为曲折"，即意曲也。

（九）含蓄

含蓄与婉曲微有分别，含蓄者，正意约略表露于词句中，而使人在此若隐若现之辞句中可探索得深长之意味也。

江顺诒曰：

诗尚讽谕，词贵含蓄。(《词学集成》卷八"崇意"条)

沈祥龙曰：

含蓄无穷，词之要诀。含蓄者，意不浅露，语不穷尽，句中有余味，篇中有余意，其妙不外寄言而已。(《论词随笔》)

又曰：

词贵意藏于内，而迷离其言以出之，令读者郁伊怆快，于言外有所感触。(同上)

况周颐曰：

吾词中之意，唯恐人不知，于是乎勾勒。夫其人必待吾勾勒而后能知吾词之意，即亦何妨任其不知矣。曩余词成，于每句下注所用典。半塘辄曰："无庸。"余曰："奈人不知何？"半塘曰："傥注矣，而人仍不知，又将奈何？矧填词固以可解不可解，所谓烟水迷离之致，为无上乘耶？"(《蕙风词话》卷一)

按：况、王此说，不尚勾勒而重烟水迷离之致，义近含蓄，特未标明耳。

前人论命意之法，大略具是。虽说各不同，而各有其独到之处。此与题材有密切关系，殆不可一概论也。大抵抒情之什宜婉曲、层深；模山范水之什宜空灵、高妙；咏物之什宜清新；感怀之什宜沉挚；寄兴之什宜超奇、幽远；托讽之什宜含蓄。故命意在审题之后，苟题不宜于词者，直可不作，任用何种命意方法无当也。沈祥龙曰："作词须择题。题有不宜于词者，如陈腐也，庄重也，事繁而词不能叙也，意奥而词不能达也。几见论学问，述功德，而可施诸词乎？几见如少陵之赋《北征》，昌黎之咏《石鼓》，而可以词行之乎？"(《论词随笔》）诚深知此中甘苦之论。前人词题之运用，至苏、辛而极，过此则当出之以矜慎。

二、用笔

命意既定，须讲用笔。用笔之法，约而为言，不外提、顿、承、转、顺、逆、正、反诸种，而一经运用，变化无方，参错回互，不可究极。留、勒、放、流、扫、撇、擒、纵等名词，为前人已经取用者，尤足令人目眩。盖词体原极复杂，其本质最宜表现繁复之情意，在我国文字中，篇幅相等者，上自诗，下至曲，旁及其他各种文体，殆无一可与比拟。以故其笔法之繁复，亦迥出他种文字之上，一首百字左右之慢词，竟有可分为十余小段者，其用笔变换之繁复可想。浅尝辄止之士，每视为“文字之谜”，非无因也。（胡适之即曾以南宋咏物词为“做谜”。）然果能细加寻绎，亦自有其不容紊乱之条理在。本斯条理以读前人之词，则可迎刃而解；以自运笔，则可易于成篇，不得以其不易讲求而扬弃之也。兹分全篇、起、结、过片各方面挨次列举前人成说于后：

（一）全篇

张炎曰：

一曲之中，安能句句高妙，只要拍搭衬副得去，于好发挥笔力处，极要用工，不可轻易放过，使人击节可也。（《词源》下）

按：张氏此文，虽入“句法”条，实则所谓“拍搭衬副”，均属用笔也。

沈义父曰：

作大词先须立间架，将事与意分定了。第一要起得好，中间只铺叙，过处要清新，最紧是末句，须是有一好出场方妙。作小词只要些新意，不可太高远；却易得古人句同，亦要练句。(《乐府指迷》)

陆行直曰：

对句好可得，起句好难得，收拾全藉出场。(《词旨》上)

又曰：

制词须布置停匀，血脉贯穿，过片不可断曲意，如常山之蛇，救首救尾。(同上。按陈继儒有说与此略同，不并引。)

按：布置兼命意、用笔而言；而“常山蛇”之喻，则纯乎言用笔矣。

李渔曰：

意之曲者词贵直，事之顺者语宜逆，此词家一定之理。(《窥词管见》)

又曰：

认定开首一句为主，二句之材料，不用别寻，即在开首一句中想出，如此相因而下，直至结尾，则不求一气而自成一气，且省却几许淘摸工夫。(同上)

按：此两则虽兼言词、语、气脉，而实与用笔有关。

又曰：

双调虽分二股，前后意思必须联属。若判然两截，则是两首单调，非一首双调矣。大约前段布景，后半说情者居多，即《毛诗》之兴、比二体；若首尾皆述情事，则赋体也。即使判然两事，亦必于头尾相属处，用一二语或一二字作过文，与作帖括中搭题文字，同是一法。（同上）

又曰：

词内人我之分，切宜界得清楚。首尾一气之调易作，或全述己意，或全代人言，此犹戏场上一人独唱之曲，无烦顾此虑彼。常有前半幅言人，后半幅言我；或数句皆述己意，而收煞一二语忽作人言；甚至有数句之中，互相问答，彼此较筹，亦至数番者，此犹戏场上生、旦、净、丑数人迭唱之曲，抹去生、旦、净、丑字面，止以曲文示人，谁能辨其孰张孰李？词有难于曲者，此类是也。必使眉清目楚，部位井然。大都每句以开首一二字作过文，过到彼人身上，然后说情说事。此其浅而可言者也。至有不作过文，直讲情事，自然分出是人是我，此则所谓神而明之，存乎其人者矣。（同上）

李东琪曰：

小令叙事须简净，再着一二景物语，便觉笔有余闲。中调须骨肉停匀，语有尽而意无穷。长调切忌过于铺叙，其对仗处，须十分警策，方能动人。设色既穷，忽转出别境，方不窘于边幅。（《古今词论》引）

毛先舒曰：

李易安春情“清露晨流，新桐初引”，用《世说》，全句浑妙。尝论词贵开宕，不欲沾滞，忽悲忽喜，乍远乍近，所为妙耳。如游乐词须微有愁思，方不痴肥。李春情词，本闺怨，结云："多少游春意！日高烟敛，更看今日晴未？"(《壶中天慢》)忽尔开拓，不但不为题束，并不为本意所苦，直如行云舒卷自如，人不觉耳。(王又华《古今词论》引)

又曰：

前半泛写，后半专叙，盖宋词人多此法。如子瞻《贺新凉》，后段只说榴花，《卜算子》后段只说鸣雁，周清真"寒食"词，后段只说邂逅，乃更觉意长。(同上)

又曰：

长调如娇女步春，旁去扶持，独行芳径，徙倚而前，一步一态，一态一变，虽有强力健足，无所用之。(同上)

胡仔曰：

凡作诗词，要当如常山之蛇，救首救尾，不可偏也。如晁无咎作中秋《洞仙歌》辞，其首云："青烟幂处，碧海飞金镜，永夜闲阶卧桂影。"固已佳矣。其后云："待都将许多明，付与金尊，投晓共、流霞倾尽。更携取、胡床上南楼，看玉做人间，素秋千顷。"若此可谓善救首尾者也。(《苕溪渔隐丛话后集》卷三十九)

谢章铤曰：

长调要转折矫变，短调要词长意惝恍。(《赌棋山庄词话》卷二)

刘熙载曰：

词之章法，不外相靡相荡，如奇正、实空、抑扬、开合、工易、宽紧之类是也。(《艺概·词概》)

又曰：

词中承接转换，大抵不外纡徐斗健，交相为用，所贵融会章法，按脉理节拍而出之。（同上）

又曰：

词或前景后情，或前情后景，或情景齐到，相间相融，各有其妙。（同上）

又曰：

词要放得开，最忌步步相连；又要收得回，最忌行行愈远。必如天上人间，去来无迹，斯为入妙。（同上）

又曰：

小令难得变化，长调难得融贯。其实变化融贯，在在相须，不以长短别也。（同上）

又曰：

词之妙全在衬跌。如文文山《满江红·和王夫人》云："世态便如翻覆雨，妾身元是分明月。"《酹江月·和友人驿中言别》云："镜里朱颜都变尽，只有丹心难灭。"每二句若非上句，则下句之声情不出矣。（同上）

又曰：

昔人论词，要如娇女步春。余谓更当有以益之，曰：如异军特起；如天际真人。（同上）

沈祥龙曰：

词之妙在透过，在翻转，在折进。"自是春心撩乱，非关春梦无凭"，透过也。"若说愁随春至，可怜冤煞东风"，翻转也。"山映斜阳天接水，芳草无情，更在斜阳外"，折进

也。三者不外用意深而用笔曲。(《论词随笔》)

又曰：

长调须前后贯串，神来气来，而中有山重水复，柳暗花明之致。(同上)

贺裳曰：

词莫病于浅直。(《皱水轩词筌》)

况周颐曰：

词笔固不宜直率，尤切忌刻意为曲折。以曲折药直率，即已落下乘。昔贤朴厚醇至之作，由性情学养中出，何至蹈直率之失。若错认真率为直率，则尤大不可耳。(《蕙风词话》卷一)

又曰：

词能直固大佳，顾所谓直，诚至不易。不能直，分也。当于无字处为曲折，切忌有字处为曲折。(同上)

又曰：

作词须知暗字诀，凡暗转、暗接、暗提、暗顿，必须有大气真力斡运其间，非时流小惠之笔能胜任也。(同上)

又曰：

词中转折宜圆。笔圆下乘也；意圆中乘也；神圆上乘也。(同上)

又曰：

词不嫌方。能圆见学力，能方见天分。但须一落笔圆，通首皆圆；一落笔方，通首皆方。圆中不见方，易；方中不见圆，难。(同上)

按：上数则，虽不专言用笔，而间涉用笔之方，故并引入。

蒋兆兰曰：

词之为文，气局较小，篇不过百许字，然论用笔，直与古文一例。大抵有顺笔，有逆笔，有正笔，有侧笔，有垫笔，有补笔，有说而不说，有不说而说。起笔要挺拔，要新警；过片要不即不离；收笔要悠然不尽，余味盎然；中间转接叠用虚字，须一气贯注，无虚字处或用潜气内转法。蒙常谓作一词能布置完密，骨节灵通，无纤毫语病，斯真可谓通得虚字也。(《词说》)

上列诸说，细为归纳，则用笔之法：第一须有轻重，主要与衬副须分配得宜；第二须有转折，直泻而下，易犯单薄率浅，能暗转尤见工力；第三须能融贯，虽用笔变换或转出别境时，仍须一气贯串；第四须明虚实，有泛写，有专叙，虚实相生，自不呆滞；第五须有照应，前有伏笔，后有回顾，救首救尾，自然紧凑；第六须有开阖，要放得开，收得回，庶不拖沓，不散漫；第七小令须简净，中调须停匀，长调须顿宕。总之，贵变化，忌平直，则各家立论之所同，特各有侧重之点耳。

(二) 起

沈义父曰：

大抵起句便见所咏之意，不可泛入闲事，方入主意。咏物尤不可泛。(《乐府指迷》)

沈祥龙曰：

诗重发端，惟词亦然，长调尤重。有单起之调，贵突

兀笼罩，如东坡“大江东去”是。有对起之调，贵从容整炼，如少游“山抹微云，天粘衰草”是。(《论词随笔》)

又曰：

词当于空处起步。(同上，引见前。)

况周颐曰：

近人作词，起处多用景语虚引，往往第二韵方约略到题。此非法也。起处不宜泛写景；宜实不宜虚，便当笼罩全阕，他题便挪移不得。唐李程作《日五色赋》，首云：“德动天鉴，祥开日华。”虽篇幅较长于词，亦以二句檃栝之，尤有弁冕端凝气象。此旨可通于词矣。(《蕙风词话》卷一)

以上论起笔，宜特加注意者，约有四端：①不可太过肤泛；②不可过于平质；③宜切定题旨；④当笼罩全篇大意。不平质每陷肤泛；切本意又易陷于平质；在若离若即之间，此层最需体会。要能情景交融，则既无泛写景物之病，亦自不落呆相。

(三)结

沈义父曰：

结句须要放开，含有余不尽之意，以景结情最好。如清真之“断肠院落，一帘风絮”，又“掩重关遍城钟鼓”之类是也。或以情结尾，亦好。往往轻而露，如清真之“天便教人，霎时厮见何妨”，又云“梦魂凝想鸳侣”之类，便无意思，亦是词家病，却不可学也。(《乐府指迷》)

按：况周颐云：

元人沈伯时作《乐府指迷》，于清真词推许甚至，唯以

“天便教人，霎时厮见何妨”“梦魂凝想鸳侣”等句为不可学，则非真能知词者也。清真又有句云：“多少暗愁密意，唯有天知。”“最苦梦魂，今宵不到伊行。”“拚今生、对花对酒，为伊泪落。”此等语愈朴愈厚，愈厚愈雅，至真之情，由性灵肺腑中流出，不妨说尽，而愈无尽。南宋人词如姜白石云：“酒醒波远，政凝想、明珰素袜。”庶几近似，然已微嫌刷色。诚如清真等句，唯有学之不能到耳。如曰不可学也，讵必颦眉搔首，作态几许，然后出之，乃为可学耶！明已来词，纤艳少骨，致斯道为之不尊，未始非伯时之言阶之厉矣。(《蕙风词话》卷二)

刘体仁曰：

词起结最难，而结尤难于起，盖不欲转入别调也。“呼翠袖为君舞”，“倩盈盈翠袖，揾英雄泪”，正是一法。然又须结得有“不愁明月尽，自有夜珠来”之妙乃得。美成“元宵”云：“从舞休歌罢。”则何以称焉。(《七颂堂词绎》)

张砥中曰：

凡词前后两结，最为紧要：前结如奔马收缰，须勒得住，尚存后面地步，有住而不住之势；后结如众流归海，须收得尽，回环通首源流，有尽而不尽之意。(《古今词论》引)

泰按：《董解元西厢记》眉评论曲有云：“曲有煞尾，有度尾，煞尾如战马收缰，度尾如水穷云起。”

沈谦曰：

填词结句，或以动荡见奇，或以迷离称隽，着一实语败矣。康伯可“正是销魂时候也，撩乱花飞”，晏叔原“紫

骝认得旧游踪，嘶过画桥东畔路”，秦少游“放花无语对斜晖，此恨谁知？”深得此法。(《填词杂说》)

李渔曰：

有以淡语收浓词者，别是一法，内有一片深心，若草草看过，必视为强弩之末；又恐人不得其解，谬谓前人煞尾，原不知尽用全力，亦不必尽顾上文，尽可随拈随得，任我张弛。效而为之，必犯锐始懈终之病。亦为饶舌数语：大约此种结法，用之忧怨处居多，如怀人、送客、写忧、寄慨之词，自首至终，皆诉凄怨，其结句独不言情，而反述眼前所见者，皆自状无可奈何之情，谓思之无益，留之不得，不若且顾目前，而目前无人，只有此物。如“心事竟谁知，月明花满枝”，“曲终人不见，江上数峰青”之类是也。此等结法最难，非负雄才、具大力者不能，即前人亦偶一为之，学填词者，慎勿轻效。(《窥词管见》第十五则)

况周颐曰：

李方叔《虞美人》……歇拍云：“碧芜千里思悠悠，唯有霎时凉梦到南州。”尤极淡远清疏之致。(《蕙风词话》卷二)

又曰：

王易简《谢草窗惠词卷·庆宫春》歇拍云：“因君凝伫，依约吴山，半痕蛾绿。”易简《乐府补题》诸作，颇脍炙人口。余谓此十二字绝佳，能融景入情，秀极成韵，凝而不佻。(同上)

以上论结笔，须特加留意者约有四端：①须情景交融，即以景结情；②须用灵活句调；③须能含蓄有远致；④用质实句意时，须朴厚拙重。此四者以用质实句结最难，非有极为切挚之情味，不易取胜也。除上举况周颐所引周邦彦词句外，如柳永《定风波》之“镇相随，莫抛躲。针线闲拈伴伊坐，和我，免使年少光阴虚过”，陆淞《瑞鹤仙》之“待归来先指花梢教看，却把心期细问。问因循过了青春，怎生意稳”，均可谓之“愈朴愈厚，愈厚愈雅，至真之情，由性灵肺腑中流出，不妨说尽，而愈无尽”者。普通作法，以景结情者最多。盖以景结情，既易灵活含蓄，自不犯“死执”也。

（四）过片

张炎曰：

作慢词……最是过片不要断了曲意，须要承上接下，如姜白石词云：“曲曲屏山，夜凉独自甚情绪。”于过片则云：“西窗又吹暗雨。”此则曲之意脉不断矣。（《词源》下）

沈义父曰：

过处多是自叙，若才高方能发起别意。然不可太野，走了原意。（《乐府指迷》）

刘体仁曰：

中调、长调转换处，不欲全脱，不欲明粘。如画家开阖之法，须一气而成，则神味自足，以有意求之不得也。（《七颂堂词绎》）

刘熙载曰：

词有过变，隐本于诗。《宋书·谢灵运传论》云：“前有浮声，则后须切响。”盖言诗当前后变化也。而双调换头

之消息，即此已寓。(《艺概》)

沈祥龙曰：

词换头处谓之过变，须辞意断而仍续，合而仍分，前虚则后实，前实则后虚，过变乃虚实转捩处。(《论词随笔》)

况周颐曰：

过拍只须结束上段，笔宜沉着。换头另意另起，笔宜挺劲。(《蕙风词话》卷一)

以上论过片。一须结上，一须开下，故亦承亦转，不粘不脱。顾亦有例外者，如清真之《应天长慢·寒食》，上半言寒食，下半专言邂逅；东坡之《贺新凉》，上半写夏日景况，而过片以下专咏榴花；(毛先舒曾指出)稼轩之《感皇恩·读〈庄子〉，闻朱晦庵即世》，上半写读《庄子》，而过片以下专悼晦翁，此又别成一格，不能以常法拘也。谭复堂评东坡《贺新凉》云："颇欲与少陵《佳人》一篇互证。后半阕别开异境，南宋惟稼轩有之，变而近正。"虽曰"近正"，实是变格，自非高手，不可轻于尝试也。

用笔之法，上述略具规模。尚有古人不加明言，可由揣摩而仿佛其一二者：

(1)气直注，不加穿插，脱换虽多，主位不变者，如柳永《卜算子慢》下阕：

脉脉人千里。念两处风情，万重烟水。雨歇天高，望断翠峰十二。尽无言、谁会凭高意？纵写得离肠万种，奈归鸿谁寄！

自"脉脉"句一点后，逗出"念"字，以下均由"念"字生出，虽多层折，而一气直贯到底。此种笔法，易陷薄弱，最需意足；

意足则语不落空，笔能振起。北宋大家乐章、东坡、淮海、东山诸人集中，用此笔法者随处可见。

（2）虚实相生，正反互用，一挑一刷，开阖灵快者，如晁补之之《水龙吟·次韵林圣予惜春》：

问春何苦匆匆，带风伴雨如驰骤。幽葩细萼，小园低槛，壅培未就。吹尽繁红，占春长久，不如垂柳。算春常不老，人愁春老，愁只是、人间有。春恨十常八九，忍轻辜、芳醪经口。哪知自是，桃花结子，不因春瘦。世上功名，老来风味，春归时候。纵樽前痛饮，狂歌似旧，情难依旧。（《乐府雅词》卷上"纵樽前"三句作"最多情犹有，樽前青眼，相逢依旧"。）

开首两句一挑，下六句即实叙春况，"算春"数句，即以开阖笔作推断，而作意全出。意犹程正伯《水龙吟》之"算好春长在，好花长见，原只是、人憔悴"，而用笔不同。程用直滚，而此有开阖，故特为陡健。下阕"春恨"两句撇开，而"那知"三句，又以实笔直说。"世上"三句平叙，而"纵樽前"三句，又以开阖笔作推断。用笔虚实相生，开阖自如，最为生动，可药平钝。顾语语精力弥满，又非搔首弄姿，肤泛流滑者所得借口也。

（3）将明本旨，先自矜持，故作腾拿，层层跌入者，如冯延巳之《蝶恋花》：

六曲阑干偎碧树。杨柳风轻，展尽黄金缕。谁把钿筝移玉柱？穿帘燕子双飞去。　满眼游丝兼落絮。红杏开时，一霎清明雨。浓睡觉来莺乱语，惊残好梦无寻处。

主旨在结韵，而惝恍迷离，层层生脱，万户千门，令人目眩，郁伊善感，寄托遥深，触绪增悲，随境抒怀，笔法最高，亦最不易学。

（4）正言若反，欲愁不愁，忙里调情，似怨非怨者，如李清照之《满庭芳》下阕：

> 从来，知韵胜，难禁雨藉，不耐风揉。更谁家横笛，吹动浓愁？莫恨香消玉减，须信道迹扫情留。难言处：良宵淡月，疏影尚风流。

用“从来”“莫恨”“须信道”等字眼，一若满怀愁怨，雾散烟消者然，实则强自解脱，何曾解脱？看插入“更谁家”一笔与“难言处”一结，情意跃现。则不言愁怨者，正愁怨之极，所谓“愁多翻自笑”耳，非真“澹乎其若忘”也。以实笔表虚情，自得深婉不迫之趣。

（5）意有所属，语不专注，借人映己，运实于虚者，如苏轼《江城子》：

> 门外行人，立马看弓弯。

不说自己钟情，而说行人痴望。如辛弃疾《念奴娇·书东流村壁》：

> 楼空人去，旧游飞燕能说。

不云重来有人琴之感，而云“旧游飞燕能说”。又：

> 闻道绮陌东头，行人曾见，帘底纤纤月。

不谓前事涌现眼前，而谓“行人曾见”。如姜夔《扬州慢》过片：

> 杜郎俊赏，算而今重到须惊。纵豆蔻词工，青楼梦好，难赋深情。

不写自己不堪回首之情，而以杜司勋事作替。凡此，皆实情虚写，不粘不脱，可药呆诠之弊。大抵前前后后多用实笔者，最当运用此种笔法，使境界较为宏阔，局势较为顿宕。

（6）意直语曲，无露不缩，逆写倒装，弥见笔力者，如张先《醉垂鞭》：

昨日乱山昏，来时衣上云。

言昨日来时衣上云，直使乱山皆昏也。周济评以“横绝”，实则倘用直说，则用夸饰格之修辞而已，不觉其“横”也，“横”在用笔之倒装。又如王安国《清平乐》：

满地残红宫锦污，昨夜南园风雨。

言昨夜南园风雨后，残红满地如宫锦之污矣。直说则平凡之描绘景物而已，一用倒装笔调，则觉深透浓至，精力弥满。谭献评云：“‘满地’两句倒装见笔力。”殊有见地，因意境平凡，修辞平凡，欲使之较为生动、有神采，则唯有在用笔求之也。

此外，如用复笔之重峦叠嶂，不厌其多；用挺笔之奇峰突起，不觉其断；用钝笔之不嫌其滞；用折笔之不见其弱；用荡漾之笔而转觉其沉至——凡此之类，皆于此道曾三折肱者，取古人名作，一一体会，妙处自见，不能遍举。

第六章　论寄托

一

自常州诸词老论词专重意格，卺言比兴，力崇词体，上媲风骚，以深美闳约为主，以醇厚沉着为归，阐发“意内言外”之旨（见张惠言《词选叙》及金应珪《词选后序》）。于是，“寄托”之说，霞蔚云蒸，倚声之士，咸极重视。其评论古人之词也，虽一草一木之微，亦莫不求其有无寄托与其寄托之所在；其自为词也，虽身世家国之感、悲愤激烈之怀，亦类思隐约其辞，假诸美人香草、贞虫巧鸟等物类以出之，大有非寄托不足以言词之概。谭复堂（献）曰：

> 作者之用心未必然，而读者之用心何必不然。（《复堂词录叙》）

此读词必须具寄托之眼光，即或失之穿凿亦所不恤之说也。周止庵（济）曰：

> 词非寄托不入。（《宋四家词选序论》）

此为词必须运用寄托手段，无寄托不足以言词之说也。周氏又云：

> 初学词求有寄托，有寄托则表里相宣，斐然成章；既成格调，求无寄托，无寄托则指事类情，仁者见仁，智者见智。(《介存斋论词杂著》)

其以寄托为词学之命脉、学词之枢机，立论尤为剀切。近人吴瞿安（梅）谓："唯有寄托，则辞无泛设，而作者之意，自见诸言外，朝市身世之荣枯，且于是乎觇之焉。"(《词学通论》) 殆即"表里相宣，斐然成章"之意。抑周氏所谓"无寄托"，非不必寄托也，寄托而出之以浑融，使读者不能斤斤于迹象以求其真谛，若可见若不可见，若可知若不可知，往复玩索而不容自已也。曰"仁者见仁，智者见智"，则其意有所属可知。曰"求无寄托"，则其有意为无寄托，使有寄托者貌若无寄托可知。故又称：

> 词中求词，不如词外求词。

夫读词者必当于"词外求词"，则其寓有寄托于无寄托中之意，不几昭然若揭耶？刘融斋（熙载）曰：

> 词以不犯本位为高。东坡《满庭芳》"老去君恩未报，空回首弹铗悲歌"，语诚慷慨，然不若《水调歌头》"我欲乘风归去，又恐琼楼玉宇，高处不胜寒"，尤觉空灵蕴藉。(《词概》)

陈亦峰（廷焯）曰：

> 黍离麦秀之悲，暗说则深，明说则浅。曾纯甫词如："雕阑玉砌，空余三十六离宫。"又云："繁华一瞬，不堪思忆。"又云："重台歌舞无消息，金樽玉管空陈迹。"词极感慨，但说得太显，终病浅薄。(《白雨斋词话》)

“以不犯本位为高”，“说得太显，终病浅薄”是皆主寄托须出之以浑融者。至若沈约斋（祥龙）谓：

> 词贵意藏于内，而迷离其言以出之，令读者郁伊怆怏，于言外有所感触。(《论词随笔》)

则直为周氏“求无寄托”说下精切之注脚矣。故周氏所谓“无寄托”乃真有所寄托也。

寄托者何？况夔笙（周颐）于其《词学讲义》曾作如下之解释：

> 词,《说文》:“意内而言外也。”意内者何？言中有寄托也。所贵乎寄托者，触发于弗克自已，流露于不自知，吾为是词而所寄托者出焉，非因寄托而为是词也。有意为是寄托，若为吾词增重，则是骛乎其外，近于门面语矣。

周氏主“非寄托不入”，而况氏主“非因寄托而为是词”；周氏主“求有寄托”“求无寄托”，而况氏不主“有意为是寄托”。立论一似相反。然细推况氏意，殆恶夫“骛乎其外，近于门面语”者而为是言耳，殆欲使人不为刻露之寄托耳。世固有貌为寄托而中无所有之词，未有真诚有所寄托而绝不用意者。（情感流露于不自知者有矣；意有所属，而谓不自知，其谁信者？）且况氏此说，殆专就周氏“求无寄托”之说发挥，虽不言有意为无寄托，而主寄托之必须力求浑融，与周氏初无二致也。吴瞿安曰：“所谓寄托者，盖借物言志，以抒其忠爱绸缪之旨，《三百篇》之比兴,《离骚》之香草美人，皆此意也。”(《词学通论》）此又专就寄托之本义言，与周、况之就作法言略异。顾寄托之旨，盖不外是。夫必“借物言志”，则其所言者虽不必专务拗晦，使人日叩玄亭以问奇字，然其不敢明言之隐衷可知也。故工于寄托者，其为词也，乃多惝恍迷离，不落言诠，令读者骤遇之，仿佛在耳目之前，深味之，乃觉有悠远之义，不易知其情之所由生与其意之所专指。所谓“脉络井井，而卒焉不得其端倪”（冯梦华论《梦窗词》用笔语），不惟用笔有然，深于寄托之词，大都如是也。

二

寄托之深、浅、广、狭，固随其人之性分与身世为转移，而寄托之显晦，则实左右于其时代环境。大抵感触所及，可以明言者，固不必务为玄远之辞以寄托也。故唐、五代词，虽镂玉雕琼，裁花剪叶，绮绣纷披，令人目眩，而不必有深大之寄托。（有寄托者，极为少数，殆成例外。）以其时少忌讳，则滞著所郁，情意所蓄，不妨明白宣泄发抒也。北宋真、仁以降，外患浸亟，党派渐兴，虽汴都繁丽，不断歌声，而不得明言而又不能已于言者，亦所在多有，于是辞在此而意在彼之词，乃班秩以出。及至南宋，则国势陵夷，金元继迫，忧时之士，悲愤交集，随时随地，不遑宁处，而时主昏庸，权奸当道，每一命笔，动遭大僇，逐客放臣，项背相望，虽欲不掩抑其辞，不可得矣。故词至南宋，最多寄托，寄托亦最深婉。朱锡鬯（彝尊）谓：

> 词至南宋始极其工，宋季而始极其变。（《词综·发凡》）

其所以力求工或变者，固不仅辞章技术之关系，盖寄托所在，不得不求工或变也。惟极其工、极其变，其寄托乃不伤崭露、不易指陈。周止庵谓：

> 北宋词多就景叙情，故珠圆玉润，四照玲珑；至稼轩、

白石一变而为即事做景，使深者反浅，曲者反直。(《介存斋论词杂著》)

“就景叙情”，则寄托所在，自然流露，至易按索。至“即事做景”，则明欲说是事，而不敢明说是事，寓诸景物之中，使读者不易知其寄意为何，此中固有难言之痛也；虽貌若“浅”“直”，彼其初固先欲泯灭寄托之痕迹，而设诸不相关系之辞以为生发矣。是其浅者，有意使之浅，直者，有意使之直，殆有甚深甚曲之真意蕴其中，不当徒视其形式而浅直之也。吴瞿安谓，“意之曲者，词贵直”(《词学通论》)，庶几近之。刘融斋《词概》称：

北宋词用密亦疏，用隐亦亮，用沉亦快，用细亦阔，用精亦浑。南宋只是掉转过来。

盖亦与寄托有关。就南宋之社会环境言，倘师北宋之疏、快、阔、亮，则难以寄托，即寄托亦难深远，其“掉转过来”固大有意在，非偶然也。若即此而强为轩轾，虑非刘氏之本意。盖刘氏固非不尊寄托者，其言曰：

词之妙莫妙于以不言言之。非不言也，寄言也，如寄深于浅、寄厚于轻、寄劲于婉、寄直于曲、寄实于虚、寄正于余，皆是。(《艺概·词概》)

殆以寄托为词最妙之一境矣。又曰：

词莫要于有关系。张元幹仲宗因胡邦衡谪新州作《贺新郎》送之，坐是除名，然身虽黜，而义不可没也；张孝祥安国于建康留守席上，赋《六州歌头》，致感重臣罢席：然则词之兴、观、群、怨，岂下于诗哉！（同上）

“兴、观、群、怨”之义，不有寄托，曷由彰哉？谭复堂谓：

“《乐经》亡而六艺不完，……生今日而求乐之似，不得不有取于词。”又谓：“言思拟议之穷，而喜怒哀乐之相发，向之未有得于诗者，今遂有得于词。”（见《复堂词录叙》）其尊崇词体，抑且在诗之上，则寄托之效也。盖“人心不能无所感，有感不能无所寄托，寄托不厚，感人不深”。（陈亦峰《白雨斋词话》自序）寓感、感人，咸惟寄托是赖。然则南宋人词之多所寄托者，正其忧生念乱之感甚深，有不容自已者在，其社会环境，盖实迫之使然矣。孟子谓：“诵其诗，读其书，不知其人可乎？是以论其世也。”余谓读词亦应作如是观。陈亦峰论碧山词，谓：“读碧山词者，不得不兼时势言之。”余谓岂独读碧山词为然，读一切词，均不可忽略其有无寄托，即亦不可忽略其时势也。不知其人之所处，则不明其寄意之所在，不知其寄意之所在，则不能下确切之品评，“物色牝牡骊黄外”，吾未见其有当也。故读词须先抉别其有无寄托；欲知其有无寄托，则须具知人论世之明。

三

有寄托之词，大抵体属比兴，而矢口直陈不与者，既无所用其假借，其盘郁于中者，举宣泄乎外，一望了然，固不关乎寄托也。（此就命意言；若用笔之横放杰出者，不尽无寄托也。）即以一人之词为例，如岳鹏举（飞）之《满江红》：

怒发冲冠，凭阑处、潇潇雨歇。抬望眼，仰天长啸，壮怀激烈。三十功名尘与土，八千里路云和月。莫等闲、白了少年头，空悲切。　靖康耻，犹未雪；臣子恨，何时灭？驾长车踏破、贺兰山缺。壮志饥餐胡虏肉，笑谈渴饮匈奴血。待从头、收拾旧山河，朝天阙。

悲愤之怀，壮烈之志，和盘托出，绝无隐蓄，此不关乎寄托也；至其《小重山》词：

昨夜寒蛩不住鸣，惊回千里梦，已三更。起来独自绕阶行，人悄悄，帘外月胧明。　白首为功名。旧山松竹老，阻归程。欲将心事付瑶琴，知音少，弦断有谁听？

则真有寄托之作也。故国怕回首，而托诸惊梦；所愿不得偿，而托诸空阶明月；咎忠贞不见谅于当轴，致坐失机宜，而托诸瑶琴独奏，赏音无人，盖托体比兴也。陈藏一（郁）《话腴》谓："'欲将心事付瑶琴，知音少，弦断有谁听？'盖指和议之非。"斯言得之。故求寄托于词中者，当在此而不在彼。盖词之为体，不同诗文，篇幅有限，最长亦不过二百余字，不容尽情直泻，故贵含蓄婉约。（从另一方面言，即沉郁顿挫也。）含蓄婉约，则可广事包罗，虽措辞无多，可令人寻绎其无穷之意味；又同一含蓄婉约之文字，就本事抒写者，辞止而事尽，只能使人感其所感，不能使人感其所不感，其意味又不若出之以比兴之体之深远。（如上举岳鹏举《满江红》词一阕，非不慷慨激昂，可歌可泣，顾其耐人寻味之程度，殊不若其《小重山》也，故从词之本身论，则以《小重山》为高格。）比兴之体，固异说纷纭，甚难究诘，而寄托所在，则可断言。近人黄季刚（侃）《文心雕龙札记·比兴》云：

原夫兴之为用，触物以起情，节取以托意。故有物同而感异者，亦有事异而情同者，循省六诗，可摧举也。夫《柏舟》命篇，《邶》《鄘》两见，然《邶》诗以喻仁人之不用，《鄘》诗以譬女子之有常。《杕杜》之目，《风》《雅》兼存，而《小雅》以譬得时，《唐风》以哀孤立。此物同而感异也。九罭鳟鲂，鸿飞遵渚，二事绝殊，而皆以喻文公之失所。牂羊坟首，三星在罶，两言不类，而皆以伤周道之陵夷。此事异而情同也。……

此虽释“兴”，义实蒙“比”；盖兴中不妨有比，观其屡用“喻”“譬”可知。词人比兴，联类无穷，涵义愈广，愈耐玩索；印象既深，力量斯大，凡百艺文，莫能外是，非独倚声一道也。蒋纯甫（敦复）谓：

词原于诗，即小小咏物，亦贵得风人比兴之旨。(《芬陀利室词话》)

刘融斋亦称：

词深于兴，则觉事异而情同，语浅而情深。(《词概》)

纯甫言其然，融斋则进言其所以然。惟“情同”，斯能感人；惟“情深”，斯能入人心坎，而使之哀乐无端，末由自主。历代词人之善于素描者，殆莫逾于李后主，然其入宋以后感慨苍凉之作，类以比兴之体抒写（此亦与时代环境有关），而其最足名世者，亦为入宋以后之作，则其故从可知矣。

历览词籍，比兴而兼赋体者最多，纯用比兴者次之。诚以景物与情事互用者，触景生情，随情写意，易著笔，且易工也。纯用比兴者，未落笔之先，已觉选材为难；已落笔之后，又须铢两悉称，太显，或失之浅，太隐，或失之晦，太务高远，又或失之狂怪，殊未易为力也。又，比兴途径，亦各不同：或取资闺帷之内、羁旅之中，柔情绮思，忆别伤离，而身世家国之怀寓焉

（如韦端己《菩萨蛮》之类）。或取资于自然风景，无知物类，听睹所及，曲写毫芥，而身世家国之怀亦寓焉（如姜尧章《暗香》《疏影》之类）。寓诸闺帷羁旅中者，欲人即小以见大也；寓诸风景物类中者，欲人触类以引伸也。然即人事以论时事，易"犯本位"；若假物类以喻时事，则非精心抉剔，不易认识，且亦可以强辨（如前黄季刚氏所引之例）。故时忌愈多者，咏物之什乃愈出。北宋有寄托之词，多属抒写私情，南宋有寄托之词，多属描摹物类，非无故也。所谓"词至北宋而始大，至南宋而遂深"，即此一端，略可考见。至托兴吊古，则本已无关时事，途径自无歧异。

陈亦峰氏之解沉郁也，谓："意在笔先，神余言外，写怨夫思妇之怀，寓孽子孤臣之感。凡交情之冷淡，身世之飘零，皆可于一草一木发之；而发之又必若隐若见，欲露不露，反复缠绵，终不许一语道破。匪独体格之高，亦见性情之厚。"（《白雨斋词话》）余意此语正可移用于词之比兴。"意在笔先，神余言外"，此正比兴之所长，为谈寄托者所当知者也。真有寄托之词，大都"意在笔先"（即上文所称有意为之）；而必欲使之貌似无寄托者，以其"神余言外"也。宋词寄托之深厚，殆无过于碧山咏物诸作（宋遗民如王炎午、汪水云、梁隆吉诸人之作，辞非不美，终觉露骨，即玉田之超卓，其寄托亦逊碧山之醇厚）。试细味之，何等刻意经营？盖其"求无寄托"，已臻浑融之境，经意如不经意耳。（周止庵谓中仙"着力不多"，殆专就其成章以后言。）夫必经意为寄托之辞，而后词境拓而词体尊。倘必待其自然触发，则比兴之义微矣，虽穷极工巧，亦终于雕虫小技而已。

四

能于寄托中以求真情意，则词可当史读。何则？作者之性情、品格、学问、身世以及其时之社会情况，有非他种史料所得明言者，反可于词中得之也。周止庵《论词杂著》有云：

感慨所寄，不过盛衰：或绸缪未雨，或太息厝薪，或己溺己饥，或独清独醒，随其人之性情、学问、境地，莫不有由衷之言，见事多、识理透，可为后人论世之资。诗有史，词亦有史，庶乎自树一帜矣。

居今日而尚论古人，以量言，词自非诗比；以质言，则词洵不次于诗也。叶水心（适）谓：

亮（陈亮）每一章就，辄自叹曰："平生经济之怀，略已陈矣。"予所谓微言，多此类也。

则于词可见经济之怀也。黄师宪（公度）《知稼翁集跋》云：

公登第后，为赵忠简所器，而秦桧颇衔之。及召赴行在，虽知非当路意，而迫于君命，故作《青玉案》词，有云："欲倩归鸿分付与；鸿飞不住。倚栏无语，独立长天暮！"盖去就早定矣。（师宪子沃跋）

则于词可明去就之志也。他若陆友仁《研北杂志》载：

叔原（晏幾道）监颍昌府许田镇，手写自作长短句上府帅韩持国。持国报书："得新词盈卷，盖才有余而德不足者，愿有余之才，补不足之德，不胜门下老吏之望云。"……大帅之严，犹尽门生忠于郎君之意，在叔原为甚豪，在韩公为甚德也。

是又即其词以判其人之才德矣。刘融斋曰：

> 桓大司马之声雌，以故不如刘越石。岂惟声有雌雄哉？意趣气味皆有之。品词者辨此，亦可因词以得其人矣。（《词概》）

夫以声音之末，犹可因以知其人，专凭意趣气味，尚得确切之认识；果能精抉其寄托之所在，则虽巧佞之徒，亦无能潜遁于其间矣。盖我国士大夫，素以词为末技小道，其或情意不能自遏，不敢宣诸诗文，每于词中发泄之。此种不容不言而又不容明言之情意，最为真实，其人之真性情、真品格，胥可于是观之焉。故如范仲淹、韩琦、司马光、欧阳修诸名公，其德业事功彪炳百世者，可于其他文字考见之；至其私情私行之表露，则莫著于其所作词。如范之《御街行》、韩之《点绛唇》，皆"极有情致"（《词品》）；六一之"婉丽"，"无愧唐人《花间集》"（罗大经及尤侗评语）；温公之"风味极不浅"（赵德麟语，《阳春白雪》引作"雅亦风情不薄"）：具见其风流旖旎之情怀。用知"簸钱""宝髻"之辨，真乃无谓，儿女私情，圣哲固所不免也。"不以一眚掩大德"，况并非"一眚"，而诸公之真情性，反可借见一二乎？又若康伯可（与之）初上中兴十策，而晚厕缪相十客之列，前后异守，反复无常，所作词亦侧艳娇媚，羌无气骨。李童山（调元）《雨村词话》：

> 词至南宋而极，然词人之无行，亦至南宋而极。而南宋人之无行，至康与之尤极。与之有声乐府，受知秦桧，桧生日，献《喜迁莺》词，中有"总道是文章孔孟，勋庸周吕"，显为媚灶，不顾非笑，可谓丧心病狂。

詹天游游宴狎邪，国破家亡，一不撄心；其所为词，亦“绝无黍离之感、桑梓之悲”。（杨慎《词品》评语）《乐府纪闻》：

故宋都尉杨震招詹天游宴，出诸姬侑觞。天游属意名粉儿者，口占《浣溪沙》：“不曾真个也消魂。”杨遂赠之，曰：“请天游真个消魂也。”时传天游以艳词得名，所游俱狭邪一径。有送童瓮天《齐天乐》一阕，正伯颜下江南之日，兵后归杭，全无黍离之感。元时士习，一至于此！（“元时士习”《词苑》引作“宋季士习”，杨慎《词品》“詹天游”条亦云：“宋末之习，上下如此，其亡不亦宜乎！”）

周止庵谓：“梅溪好用偷字，品格便不高。”（《宋四家词选序论》）刘融斋谓“周旨荡而史意贪”，虽若“足以解颐”（王国维《人间词话》评周、刘论词语），究非无根之谈。至若柳永、王沂孙辈之无他文可传者，其全人格均寄托于词，足补史氏之阙，尤不待言。

更有借词以托讽谏之意者，此殆本诸主文谲谏，言者无罪、闻者足戒之旨。罗大经《鹤林玉露》云：

南唐张泌、潘佑、徐铉、汤悦，俱有才名。后主于宫中作红罗亭，四面栽红梅，欲以艳曲记之，佑应令云：“楼上春寒山四面，桃李不须夸烂熳，已失了东风一半。”时已失淮南，故佑以词谏云。按江邻幾《杂志》作韩熙载和词云云，时已割淮南与周矣。杨升庵《词品》云：“盖讽其地渐侵削也，可谓得讽谕之旨。”沈约斋《论词随笔》引此于“一半”下云：盖谓外多敌国，地日侵削也。后主为之罢宴。词能如此，何减乐章？

佑词虽不全，深得比兴之义、讽谕之旨，即此已可概见。夫以后主之风情逸荡者，殆不适以正言规谏（《南唐书》载佑屡上谏章，均不见用，后主纳小周后时，大宴群臣，韩熙载以下皆为诗以讽，后主亦不之谴而已，不果纳也，是则以诗文谏者，固不一而足），故投其所好，而借桃李东风以见意，蕴藉亦复剀切，吾知后主读此，必如冷水浇背，陡然一惊也。王铚《默记》谓："李主既入宋，徐铉往见，后主默不言，忽长吁曰：'当时悔杀了潘佑、李平！'"则后主岂真能无动于衷，卒至亡国者，咎不在不知，知而不能毅然改行，势已无可如何也。此等规谏之词，义正通于诗骚，亦史氏所取资也。

五

论词之不能蔑视寄托，斯固然矣；然一意以寄托说词，而不考明本事，则易失穿凿附会。如温飞卿（庭筠）儇薄无行，不修边幅，其所为词，当无感念身世、怆怀家国之可言，而张皋文评其《菩萨蛮》词谓："此感士不遇也，篇法仿佛《长门赋》，……'照花'四句，《离骚》初服之意。"又谓："青琐、金堂、故国、吴宫，略露寓意。"（《词选》）以此解词，未免忽略其为人，而太事索隐。《栩庄漫记》谓其"以说经家法，深解温词，实则论人论世，全不相符"，殆非过言。飞卿即因失意而为是词，其寄托亦不若是其深远，反不如汤若士（显祖）"芙蓉浴碧，杨柳挹青，意中之意，言外之言，无不巧隽入妙"（《花间集评》）之评，更为确切也。王静安（国维）《人间词话》谓：

固哉皋文之为词也！飞卿《菩萨蛮》、永叔《蝶恋花》、子瞻《卜算子》，皆兴到之作，有何命意？皆被皋文深文罗织。对于专以寄托论词者痛下针砭，则恶其穿凿附会，反失其实也。（王氏论“隔”“不隔”，似亦为主寄托者发。）皋文论词，诚不无矫枉过正之弊；顾谓其论飞卿词过事深求则可，并永叔《蝶恋花》、子瞻《卜算子》亦谓“有何命意”，则尚未为公允，殆又失之貌取也。永叔《蝶恋花》“庭院深深”之指宫廷，“雨横风狂”之指群小，“泪眼问花”两句之自嗟谠言不用、奸说竞进，寓意盖甚明显，讵得谓为偶然！至子瞻《卜算子》之或为王氏女子作（见吴曾《能改斋漫录》、王楙《野客丛书》），或为温都监女作（见《古今词话》引龙辅《女红余志》，《野客丛书》引王说说），或取兴鸟择木之意（见陈鹄《耆旧续闻》），或系咏雁而别有寄托（《古今词话》。按：《草堂诗余》《花草粹编》均作咏孤雁），或纯为刺时之作（赵万里辑鲖阳居士《复雅歌词》，注见《类编草堂诗余》引，亦见《梅墩词话》引），虽难确断其寄托之所在，然有所寓意，则旧说具在，不容抹杀也。故欲免浅薄或失真之病，盖有待于本事之考明。（考明本事即知人论世所有事也。）苟本事未谙，而妄加指引，则诚不若付诸阙如，以俟仁智之自见。

考明本事，莫正确于作词者之自序或自注：如东坡、白石之多作小序，以明作词之动机或故实；陈敬叟（以庄）之《水龙吟》自注“记钱塘之恨”，使人知其为谢太后随虏北去作，斯固然矣。次则笺注尚焉。笺注之作，以时代最先者最足征信。宋人注词，如曹鸿注《叶石林词》，曹杓注《清真词》，惜均不传，即傅幹（一作“洪”）注坡词，亦仅存残帙（龙榆生《东坡乐府笺》均经收入），则又不得不更求其次：杨湜《古今词话》（赵辑六十七则）、鲖阳居士《复雅歌词》（赵辑十则）、杨绘《时贤本事曲子集》（赵辑本事九则），以及黄昇《绝妙词选》、周密《绝妙好词》所附引语，皆所谓“硕果仅存”者；他如王灼《碧鸡漫志》、吴曾《能改斋漫录》、胡仔《苕溪渔隐丛话》、周密《浩然斋雅谈》，以及赵德麟《侯鲭录》、王明清《挥麈余话》、释惠洪《冷斋夜话》等宋人笔记，亦多可取资。总之，考究愈详，则词之本意弥彰。时至今日，词家考证之学，殆成专门之业，不但附庸蔚为大国而已，其亦主寄托、尊词体之常州诸词老所不及料者欤！

常州词老专尚寄托，而高谈北宋；浙水词人，不言寄托，而侈论南宋，均使人不能无所致疑于其间。夫以寄托论词，北宋固不若南宋之富且深也，常州诸老岂不喻此，而存一代不如一代之见？（周氏《词选》标举四家，虽若未祖北宋，然其视北宋词高于南宋，则言论所及，不容掩饰。刘子庚《词史》亦谓“有清二百六十八年，浙派主南宋，常州派主北宋”。）而卒至衡词主旨，与选词标准不甚相入者，则其只主寄托而忽略词家考证之业，有以致之也。夫不使人从考明本事中以求寄托，则望文生义、模糊影响之谈，将见层出不穷，穿凿附会，又奚足怪！是亦贤者千虑之一失，而为谈寄托者所当知者也。倘谓凡词必有寄托，除寄托不足以论词。一隅之见，迂腐之谈，尤不待辩。略举数例，以实吾说，以殿吾篇。

峭碧参差十二峰，冷烟寒树重重。瑶姬宫殿是仙踪，金炉珠帐，香霭昼偏浓。　一自楚王惊梦断，人间无路相逢。至今云雨带愁容，月斜江上，征棹动晨钟。（牛希济

《临江仙》)

此词纯系比兴，寄亡国之感也。仇山村评："芊绵温丽极矣，自有凭吊凄怆之意，得咏史体裁。"斯语得之。蒋一葵《尧山堂外纪》载："同光三年，唐命蜀旧臣赋蜀亡诗，牛希济一律末云：'古往今来亦如此，几曾欢笑几潸然。'唐主曰：'希济不忘忠孝也。'赐缎百，词亦富赡。"可以互证。词其作于入唐后乎？

二社良辰，千家庭院，翩翩又睹双飞燕。凤凰巢稳许为邻，潇湘烟暝来何晚。　乱入红楼，低飞绿岸，画梁轻拂歌尘转。为谁归去为谁来？主人恩重珠帘卷。(陈尧佐《踏莎行》)

释文莹《湘山野录》："皇祐中，吕申公致仕，仁宗询卿退何人可代？申公遂引文惠，仁宗深然之，遂大拜。后文惠极怀荐引之德，因撰燕词云云。携觞相馆，使人歌之。申公笑曰：'自恨卷帘人已老。'文惠应声曰：'莫愁调鼎事无功。'二人相许，何等蕴藉。"朱翌《猗觉寮杂记》："张曲江为李林甫所忌，甚危，作归燕诗赠之云：'无心与物竞，鹰隼莫相猜。'林甫意稍释。陈文惠用吕申公荐入相，文惠作新燕词歌以侑酒云：'为谁归去为谁来，主人恩重珠帘卷。'燕子一也，或以解怨，或以感恩。"按：此以燕子自比，以凤凰、主人比申公，纯用"显比法"以寓感恩意。(黎锦熙《比兴篇》：显比法者，物非同类，事不相蒙；惟德与情，有酷似者，以此况彼，挈以比辞，两端俱明，故谓"显比"。)

脸霞红印枕，睡觉来、冠儿还是不整。屏间麝煤冷；但眉峰压翠，泪珠弹粉。堂深昼永，燕交飞、风帘露井。恨无人说与相思，连日带围宽尽！　重省、残灯朱幌，淡月纱窗，那时风景。阳台路迥，云雨梦，便无准。待归来先指花梢教看，欲把心期细问。问："因循过了青春，怎生意稳？"（陆淞《瑞鹤仙》）

张叔夏评此词并稼轩《祝英台近》云："皆景中带情，而存骚雅。故其燕酣之乐、别离之愁、回文题叶之思、岘首西州之泪，一寓于词。若能屏去浮艳，乐而不淫，是亦汉魏乐府遗意。"（《词源·赋情》）董子远云："刺时之言。"叔夏之评，侧重情感；子远之评，专言意义：其为有寄托之词则一。余意陆氏为放翁雁行，生当南渡之初，颇闻汴京之盛，必有寓感于其间；儿女私情，特藉以表出耳。（张叔夏词多寄托，而《词源》不著寄托之条，殆亦讳莫如深者。）观其开首即用"还是"，便有执迷不悟、江河日下之慨；"屏间"三句，愁恨重重也；"堂深昼永"，宫殿之冷落也；"恨无人"两句，惜无贤佐也；"重省"三句，忆前日之繁华也；"阳台"三句，叹有志未逮也；"待归来"以下，反复叮咛，其指陈时事，尤为缠绵蕴藉：凡此皆寄托甚深，不应徒作艳词观，殆周止庵所谓"即事做景"者。陈鹄《耆旧续闻》称为盼盼作，亦借为发端耳，当非本意，不足深信。王壬秋（闿运）谓："小说造为咏歌姬睡起之词，不顾文理，本事之附会，大要如此。"洵非过论。（宋人笔记小说，亦有不大可信者：如东坡《卜算子》，据黄鲁直之评、张文潜之诗，显系在黄州作；而《女红余志》等［见前］谓作于惠州，并言与温氏女关系；又如稼轩《祝英台近》托兴深远，张皋文、谭复堂、黄蓼园均经评论，张端义《贵耳集》附会吕正己女事。若此之类，皆不足信。本事亦有捏造者，要当以正史为主、杂说为辅，此层不可不知。）

> 一襟余恨宫魂断，年年翠阴庭树。乍咽凉柯，还移暗叶，重把离愁深诉。西窗过雨，怪瑶佩流空，玉筝调柱。镜暗妆残，为谁娇鬓尚如许？　铜仙铅泪似洗，叹移盘去远，难贮零露。病翼惊秋，枯形阅世，消得斜阳几度！余音更苦。甚独抱清商，顿成凄楚？谩想薰风，柳丝千万缕。

（王沂孙《齐天乐·咏蝉》第二首）

张皋文云："此伤君臣晏安，不思国耻，天下将亡也。"（《词选》）周止庵云："此家国之感。"（《词辨》）端木子畴（埰）云："详味词意，殆亦黍离之感耶？'宫魂'字点出命意；'乍咽''还移'，慨播迁也；'西窗'三句，伤敌骑暂退燕安如故；'镜暗'二句，残破满眼，而修养饰貌，侧媚依然，衰世臣主，全无心肝，千古一辙也；'铜仙'三句，宗器重宝均被迁夺，泽不下究也；'病翼'二句，更是痛哭流涕、大声疾呼，言海岛栖流，断不能久也；'余音'三句，遗臣孤愤，哀怨难论也；'漫想'二句，责诸臣到此尚安危利灾，视若全盛也。"（王幼遐四印斋《花外集跋》引）张、周言其略，而端木辨其详，均不失本词寄托之旨。盖碧山词"品最高，味最厚"（陈亦峰语），"餍心切理，言近指远"（周止庵语），"其咏物诸篇，并有君国之忧"（张皋文语）。如《天香》咏龙涎香，《庆清朝慢》咏榴花，《水龙吟》咏海棠、咏白莲、咏落叶，《齐天乐》咏蝉第一首，《一萼红》咏红梅，《花犯》咏苔梅，《扫花游》赋秋声、赋绿阴，《眉妩》赋新月等，情缘物起，哀感无穷，皆应有所寄托。虽其事迹颇难考见，读者不可不作如是观也。

第七章　论修辞

一、引　言

我国文学，无论其为文言或语体，对于修辞，均须讲求，方法甚多，形式不一，欲细为研究，使成体系，加以说明，殊非易事。至于词之修辞，尤称微妙难识，繁复难理。推原其故，盖有数端：一者，填词须依调谱，调谱所限，难免雕琢，雕琢既多，势难保持自然，不得不生奇变；二者，词之句调，长短错出，原以协乐为主，有时竟至凑韵凑字（如欧阳修《临江仙》“雨声滴碎荷声”之押韵“声”字即是凑韵；如柳永《早梅芳》之“归来吾乡我里”，史浩《千秋岁》之“吾乡我里，偕老真无比”，既曰“吾乡”，复云“我里”，即是凑字），一旦付之雪儿，又常肖其口吻，如是则运用修辞之方，自难一遵常轨；三者，词主侧艳，则情重缠绵，意在美妙，则辞多夸饰，缠绵不至于流荡忘返，夸饰不至于全离本真，其关键皆恃乎修辞技巧之运用；四者，称物指事，类迩义远，既尚隐微，自多回曲，隐微回曲，在作者固具有深意，在读者当别有会心，作者之表出与读者之探求，均惟修辞是赖；五者，当情有难已之时，放言未必见许，或急不暇择之际，正语翻如梦呓，于是乍吞乍吐，胡帝胡天，本自不索解人，岂易一一理解？此等修辞，尤为特异——有此五因，故词之修辞现象，最为繁杂，而其修辞技巧之运用，亦万有不齐。兹篇所述，略具椎轮而已，事属草创，未敢遽云完备也。

二、词之修辞与作风

作风不同，修辞斯异，盖作风就整体言，修辞就个体言；作风就已成之形式言，修辞就运用之技巧言，二者固有密切之关系也。作风变，其修辞技巧之运用必随之而变；作风不变，则虽其词之内容屡变，其修辞技巧之运用自若也。例如李煜之词，自其内容观之，盖经三变矣：始而愉快，继而忧郁，终乃悲苦，一随其身世之环境为转移。然其有感即发，遇事直书，"乱头粗服"之作风——即其修辞技巧之运用，则未始或异。故修辞与作风，犹影之随形，响之应声，何种作风，则用何种之辞、字，殆必趋于一律。

词之作风可分成若干派，其修辞亦然，括而为言，可分四派：

（一）拙质

拙质一派，最尚白描，甚少粉饰，抒情适如其情，叙事适如其事。其修辞之目的，在明白，在逼真，即偶用想象，略施衬副，亦必深入浅出，绝不费解。此其长处在切挚动人，而其短处在浅陋凡近。偏重内容美，忽略形式美，非有真情实感者不易下笔，故特重体会与经验。惟善体会、多经验者，斯能恰到好处，专恃工力者最多只能讲求形式上之自然。内容苟不深美，虽形式自然，难免浅陋凡近也。故在修辞技巧言，拙质为最初步；而以修辞效用言，则拙质为最成功，盖惟拙质之语调，入人最易而感人最深也。大抵一种文体产生之初期，拙质之作品最多，以其偏重内容美而忽略形式美也；然当一种文体既已发展成熟时，亦有专事讲求拙质者，则以一方既厌雕缋满眼之修辞美，一方又深知入人最易、感人最深之拙质美之有广溥之效用也。王鹏运曰："宋人拙处不可及，国初诸老拙处亦不可及。"（见《蕙风词话》）最近词家每标"重""拙""大"为作词之极诣；彭孙遹谓："词以自然为宗，但自然不从追琢中来，便率易无味。"（《金粟词话》）则皆词学发达后之词家专意讲求拙质美、自然美之明征也。夫如是，则拙质为修辞之最初步者反成修辞之最高点矣。故初期之拙质，为自然之拙质，其美在内容；后期之拙质，为由"追琢中来"之自然拙质，其着力在修辞，但不至于"率易无味"，则犹兼重内容耳。故拙质一派，似若与修辞无关，而言修辞者仍不能不讲求拙质。拙质之词：唐人最多，《云谣集》与《尊前集》所收唐人词，大都属于拙质一派；五代北宋人词，亦屡见不鲜；南宋以下词，间有一、二而已。然以拙质名家者，则自古及今，未之或觏，故有拙质之篇章，无拙质之专集，即如知讲求拙质、讲求自然之王鹏运、彭孙遹辈，试读王之《半塘定稿》与彭之《延露词》，亦不尽拙质，不尽自然也。兹举唐宋人词各一首，以见一斑：

凤归云　　（唐）无名氏

怨绿窗独坐，修得为君书。征衣裁缝了，远寄边虞

（隅）。想得为君贪苦战，不惮崎岖。中朝沙碛里，只凭三尺，勇战奸愚。　　岂知红脸，泪滴如珠？枉把金钗卜，卦卦皆虚。魂梦天涯无暂歇，枕上长嘘。待卿回，故日容颜憔悴，彼此何如！

斗百花　　　　　　　　　　　（宋）柳　永

满搦宫腰纤细，年纪方当笄岁，刚被风流沾惹，与合垂杨双髻。初学严妆，如描似削身材，怯雨羞云情意，举措多娇媚！　　争奈心性，未会先怜佳婿，长是夜深，不肯便入鸳被。与解罗裳，盈盈背立银釭，却道"你但先睡"。

抒情叙事，明白晓畅，绝无雕饰，而自具真美。北宋以前词，有当时极负盛名，传唱几遍，今日读之，觉平平无奇者，一方固由声乐谐叶之美，吾人已无由窥见；一方则在于不加敷抹，容易使人感受也。此皆属于拙质一派之词，又非专讲修辞者所能为役。故挽近词人，虽极意讲求"重""拙""大"，重大诚可学而能，至拙质一层，欲复北宋以前之旧观，则终不可得也。

（二）雅丽

雅丽一派，最重辞藻，于修辞技巧，极为讲究：镂金错采，骇绿纷红，设色选声，铢两悉称，使人目眩，使人意荡；方之诗文，颇近齐梁，以视拙质，霄壤判矣。其上焉者，先具美质，复施严妆，临镜笑春，当垆卖艳，盛丽妖冶，兼而有之，所谓"游金、张之堂，揽嫱、施之袂"者也。其修辞之目的在求雅丽，多形状之辞，兼比兴之义，细意琢磨，不惮涂抹，欲以人力，巧夺天工，故有实质平庸，一经润色，顿足移魂荡魄者。以修辞效用言，或仅限于文人学士之欣赏；而以修辞技巧言，则无式不备，无美不收。此在一种文学演进之过程观之，惟发展至最灿烂之时期能臻此境，过此非晦昧则变质矣。词自《花间集》作者历北宋晏氏父子，欧阳修、张先、柳永、贺铸、秦观、周邦彦，以至南宋之姜夔、史达祖、王沂孙等，莫不以雅丽为归，推为词之正统派焉。举例如次：

菩萨蛮　　　　　　　　　　（唐）温庭筠

宝函钿雀金鸂鶒，沉香阁上吴山碧。杨柳又如丝，驿桥春雨时。　　画楼音信断，芳草江南岸。鸾镜与花枝，此情谁得知！

木兰花　　　　　　　　　　（宋）晏幾道

鞦韆院落重帘暮，彩笔闲来题绣户。墙头丹杏雨余花，门外绿杨风后絮。　　朝云信断知何处？应作襄王春梦去。紫骝认得旧游踪，嘶过画桥东畔路。

大酺　　　　　　　　　　（宋）周邦彦

对宿烟收，春禽静，飞雨时鸣高屋。墙头青玉旆，洗铅霜都尽，嫩梢相触。润逼琴丝，寒侵枕障，虫网吹粘帘竹。邮亭无人处，听檐声不断，困眠初熟。奈愁极频惊，梦轻难记，自怜幽独！　　行人归意速，最先念、流潦妨车毂。怎奈向、兰成憔悴，卫玠清羸，等闲时、易伤心目！未怪平阳客，双泪落、笛中哀曲。况萧索、青芜国。红糁铺地，门外荆桃如菽，夜游共谁秉烛？

翠楼吟　　　　　　　　　　（宋）姜　夔

月冷龙沙，尘清虎落，今年汉酺初赐。新翻胡部曲，听毡幕元戎歌吹。层楼高峙，看槛曲萦红，檐牙飞翠。人姝丽，粉香吹下，夜寒风细。　　此地宜有词仙，拥素云黄鹤，与君游戏。玉梯凝望久，叹芳草萋萋千里！天涯情味，仗酒祓清愁，花消英气。西山外，晚来还卷，一帘秋霁。

绮罗香　　　　　　　　　　（宋）史达祖

做冷欺花，将烟困柳，千里偷催春暮。尽日冥迷，愁里欲飞还住。惊粉重、蝶宿西园，喜泥润、燕归南浦。最妨他、佳约风流，钿车不到杜陵路。　　沉沉江上望极，还被春潮晚急，难寻官渡。隐约遥峰，和泪谢娘眉妩。临断岸、新绿生时，是落红、带愁流处。记当日、门掩梨花，翦灯深夜语。

诸制皆精巧工丽，字字几经锤炼而后出，骤览之不易得解，细加咀嚼，情味乃觉无穷，非深于此道者不易为亦不易辨，斯真修辞之上驷也。为此等词者，色、味、声、情种种，无一可以忽略，大抵色须鲜妍明艳，味须隽永浓至，声须响亮谐协，情须委婉深曲，诸美毕具，而后能使实质平庸者成为美妙，实质美妙者弥增其动人之力量。故有一词之成，“过旬涂稿乃定”（姜夔《庆宫春》序中语），十词之成，“阅数月而后定”（周密《木兰花慢》序中语）者，其经营之苦，可想而知。惟其成词之不易，故研治词之修辞者，对此尤宜竞竞也。

（三）疏快

疏快一派，最重流利跳荡，往来飘忽，不易纳以常轨，既殊拙质，亦异雅丽。大抵主拙质、主雅丽者之修辞多冲澹、委婉、幽静与细腻，而主疏快者之修辞，则多超逸、呼应、翻腾与阔大，二者作风，截然不同，前者以柔厚密丽为美，后者则以雄健顿宕为美。疏快派视雅丽为后起，而其流亦甚长，宋自苏轼以降，若晁补之、朱敦儒、辛弃疾、陆游、刘克庄、刘过、刘辰翁以及金之蔡松年、吴彦高、元好问等，均此派之卓卓者。推其为此之意，殆亦久厌绮罗香泽，故尔别张一军也。此派词之长处，在摒去堆砌、敷抹与晦昧之弊而有独往独来之概，无事不可入词，无意不可入词，不尽以词为言情之作，使词界大加开拓，词体得与诗、文同尊，分道扬镳，不复受人鄙夷而目为小道；其短处即在取材太易，俯拾即是，时时陷于浅率，亦或失之粗犷。其选字贵大而圆，工巧非所尚也；其遣辞造句贵显豁而生动，凝炼非所尚也。天风海涛之声，固不伦于银箫玉笛，与庙堂之钟磬，亦各殊其音响焉。例如：

水调歌头　　（宋）苏　轼

明月几时有？把酒问青天。不知天上宫阙，今夕是何年。我欲乘风归去，又恐琼楼玉宇，高处不胜寒。起舞弄清影，何似在人间？　转朱阁，低绮户，照无眠。不应有恨，何事长向别时圆？人有悲欢离合，月有阴晴圆缺，此事古难全。但愿人长久，千里共婵娟！

聒龙谣　　（宋）朱敦儒

肩拍洪崖，手携子晋，梦里暂辞尘宇。高步层霄，俯人间如许。算蜗战、多少功名？问蚁聚、几回今古？度银潢、展尽参旗，桂花澹月飞去。　天风紧，玉楼斜，舞万女霓袖，光摇金缕。明廷宴阕，倚青冥回顾。过瑶池、重借双成，就楚岫、更邀巫女。转云车、指点虚无，引蓬莱路。

念奴娇　　　　　　　　　　（宋）辛弃疾

我来吊古，上危楼、赢得闲愁千斛。虎踞龙蟠何处是？只有兴亡满目。柳外斜阳，水边归鸟，陇上吹乔木。片帆西去，一声谁喷霜竹？　　却忆安石风流，东山岁晚，泪落哀筝曲。儿辈功名都付与，长日惟消棋局。宝镜难寻，碧云将暮，谁劝杯中绿？江头风怒，朝来波浪翻屋。

大江东去　　　　　　　　　　（金）蔡松年

倦游老眼，放闲身管领黄华三日。客子秋高茅舍外，满眼秋岚欲滴。泽国清霜，澄江爽气，染出千林赤。感时怀古，酒前一笑都释。　　千古栗里高情，雄豪割据，戏马空陈迹！醉里谁能知许事，俯仰人间今昔。三弄胡床，九层飞观，唤取穿云笛。凉蟾有意，为人点破空碧。

临江仙　　　　　　　　　　（金）元好问

邂逅一尊文字饮，春风为洗愁颜。花枝入鬓笑诗班。登临千古意，天淡夕阳闲！　　南去北来行老矣，人生茅屋三间。何人得似谢东山？紫箫明月底，高竹倚风鬟。

或气象雄阔，笔力健举，或意态萧闲，风神澹宕，无一靡弱句，无一尖纤字，不尚彩色而自能动人。律以常例：文字素朴者宜说明、记叙，彩藻富丽者，宜抒情、述感，文字素朴而欲其动人情感乃至使人惊心动魄，则于修辞技巧之运用必有异乎常轨者，即多用易引人刺激之字眼，多用特为灵活之句法，化平庸为生新，驱质实使超脱。疏快派之修辞，殆皆类此。

（四）险涩

险涩以修辞言，非别体僻调之谓。险易见巧，涩易得重，故欲辞巧而句重者，每尚险涩。一种文体，于既已发展后而逐渐凝固时，大都有此斗险逞涩之习。以词之历程观之，则此派之产生，一方由过事雅丽而陷入锤凿，一方则以厌恶疏快而专事琢雕，时期实在上列数派之后。北宋词家，如张先之奇矫、贺铸之幽索、周邦彦之老辣，手法不同，而修辞均主雅丽，尚未至于险涩也。李清照有“险韵慵烹”之语，然观其所自作，亦不与险涩派类。至南宋吴文英出，始以险涩为主，用字惟求新僻，造句力避圆熟，一意既立，层折必多，一笔之用，顺逆必判，显豁之作，十无一二，点滴不苟，穷极修辞，较雅丽派，尤为特甚。合者亦可以人巧夺天工，使人神观飞越；其下者，则至于蒙头盖面，堆垛晦昧，真意难明，劳而无功，欲益反损焉。自吴文英以下，若杨缵、若周密、若陈允平，均此派之翘楚也。常州词派乃至近百十年来专学梦窗者，为数甚多，每悬“涩”字为作词之无上法门。承学之士，雕肝镂肾，一字之改，或十数次，一词之成，动辄经月，用心愈苦，则于修辞之道，致力愈深，修辞技巧，至此乃奇变异常，不可方物。平情而论：险涩非词之病，险涩而至汩没真意，乃真大病耳。此则不善运用修辞技巧者之过，于修辞之真价，固无或少减也。险则易怫常情，涩则易伤气格，险而能安，涩而能达，固词坛之佳制，抑非寝馈功深者莫能为也。例如：

澡兰香　　　　　　　　（宋）吴文英

盘丝系腕，巧篆垂簪，玉隐绀纱睡觉。银瓶露井，彩篝云窗，往事少年依约。为当时、曾写榴裙，伤心红绡褪萼。黍梦光阴，渐老汀州烟蒻。　莫唱江南古调，怨抑难招，楚江沉魄。薰风燕乳，暗雨梅黄，午镜澡兰帘幕。念秦楼、也拟人归，应翦菖蒲自酌。但怅望、一缕新蟾，随人天角！

曲游春　　（宋）周　密

禁苑东风外，飏暖丝晴絮，春思如织。燕约莺期，恼芳情偏在，翠深红隙。漠漠香尘隔，沸十里、乱丝丛笛。看画船、尽入西泠，闲却半湖春色。　柳陌，新烟凝碧，映帘底宫眉，堤上游勒。轻暝笼寒，怕梨云梦冷，杏香愁幂。歌管酬寒食，奈蝶怨，良宵岑寂！正满湖碎月摇花，怎生去得！

绛都春　　（宋）陈允平

鞦韆倦倚，正海棠半坼，不耐春寒。殢雨弄晴，飞梭庭院绣帘闲。梅妆欲试芳情懒，翠颦愁入眉弯。雾蝉香冷，霞绡泪揾，恨袭湘兰。　悄悄池台步晚，任红薰杏靥，碧沁苔痕。燕子未来，东风无语又黄昏。琴心不度春云远，断肠难托啼鹃。夜深犹倚，垂杨二十四栏。

设色选声，凿险锤幽，迥不犹人，匠心独运，虽由雅丽派出，而雕炼过之，此三首者，犹其情辞并茂者耳。张玉田媲之为“七宝楼台，炫人耳目”，实为确论；顾谓其“拆碎下来，不成片段”，则似不尽然。主险涩者之用字，诚不免于尖纤，然而不至于薄弱小巧者，则其造句运笔能涩之效也。盖字句涩则求重易，意笔涩则求厚易，尖纤而济之以重厚，故不流于薄弱或小巧，此则在修辞上盖煞费经营，非可一蹴而几矣。

上列四派，自其产生之时期言，拙质最先，次为雅丽，次为疏快，最后乃为险涩，过此以往，虽有特著之作家，举莫能外此范围也。疏快薄彩藻略近拙质，而视拙质为奔放；险涩重彩藻略近雅丽，而视雅丽为斫削，至于修辞技巧之运用，各有其独到之处，未易强为轩轾也。

三、词之修辞与方言名物

欧美各国文字，纯属标音，故语言与文字恒趋一致；我国文字，大都表意，故语言与文字每相悬绝。以相悬绝故，于精研文学者，或可不顾其文字与语言如何殊异，而抗心往昔，一味高古，甚至赏音极罕而亦有悠然自得之趣。既成惯习，欲求其文字接近语言，反无能为役焉。斯则欧美各国以文字不切合方言为难能，而我国反以文字切合方言为难能矣。然我国之文学作品，因欲摹状口吻或适切身份而故使文字切合方言名物者亦往往有之，是则欧美各国以文字不切合方言为造作，而我国反以文字切合方言为造作矣。其在于词，运用方言名物者尤屡见不鲜，盖为修辞之效用计，不得不尔。余尝深求其故，觉可明言者约有数端：其一，词本由诗演进而成，唐人唱诗，类有泛声，就泛声添实字，斯成长短句之词，既属表声，则不得不闯入方言；其二，词之初起，多为胡儿里巷之曲，或直接受其影响，胡儿里巷之曲，自不能摒绝方言名物，专事典丽雅正；其三，词之制作，恒随歌儿倡女之口调以配合文字，欲使之毕肖口调，势须涉及方言；其四，词为协乐之文字，初意固在悦耳，欲求悦耳，必当存真，有非沿用方言名物不可者；其五，词流行广泛之后，道士僧流或用以作宣传之具，目的既在宣传，则随缘说法，自以运用方言名物为宜；其六，文人戏谑、调情之作，为博得较为浓厚之情趣，时亦涉及方言名物——因此种种，于是词中之修辞，对方言名物乃不能忽视矣。大抵方言名物运用之多少，随所施之人物为转移，故无专用方言名物之作家，惟主拙质或疏快者不以方言名物入词为嫌，较喜用之而已。然如张先、柳永、黄庭坚、秦观之流，固非以拙质或疏快见长者，其集中亦往往有夹用方言名物之作，偶然兴到，信笔所之，又不能以派别拘耳。兹于宋金人词中，略举实例如下。

（一）方言

1．一字

矄　张先《踏莎行》："密意欲传，娇羞未敢，斜偎象板还偷矄。"

瞅　欧阳修《渔家傲》："今朝陡觉凋零瞅。"陈克《鹧鸪天》："瞅来打鼓侬吹笛，催送儿郎踏浪花。"辛弃疾《清平乐》："梅花可瞅摧残。"万俟咏《武陵春》："可瞅是不宜春。"

夯　黄庭坚《忆帝京》："那人知后，怕夯你来僝僽。"

瞰　黄庭坚《少年心》："便与拆破，待来时鬲上与厮瞰则箇。温存着，且教推磨。"

斗　秦观《满园花》："待收了孛罗，罢了从来斗。"

嗏　辛弃疾《南乡子》："不问因由便去嗏。"

哪　辛弃疾《南乡子》："系上裙腰稳也哪。"又《江神子》："良自苦，为官哪。"又《鹧鸪天》："些底事，误人哪。"

咱　辛弃疾《眼儿媚》:“莫因别箇，忘了人咱。”

箇　苏轼《蝶恋花》:“病绪厌厌，浑似年时箇。”

恁　柳永《昼夜乐》:“早知恁的难凭，悔不当初留住。”姜夔《月下笛》:“自恁虚度。”王观《木兰花令》:“因甚眉头长恁皱。”

啰　黄庭坚《鼓笛令》:“更有些儿得处啰。”

厮　曹组《脱银袍》:“更上弄交番厮替。”又《忆瑶姬》:“恁时节若要眼儿厮觑，除非会圣。”又《红窗迥》:“一日厮赶上，五六十里。”

赚　沈会宗《柳摇金》:“被东风赚开一半。”

须　吴文英《三姝媚》:“春梦人间须断，但怪得当年，梦缘能短。”

能　例见上。

2. 二字

轻捻　蒋捷《秋夜雨》:“漫细把寒花轻捻。”尹焕《霓裳中序第一》:“人何在？忆渠痴小，点点爱轻捻。”

呷丁　杨炎正《桃源忆故人》:“睚睽呷丁些来酒。”

搁就　黄庭坚《归田乐》:“是人惊怪，冤我忒搁就。”秦观《满园花》:“我当初不合苦搁就。”杨端臣《渔家傲》:“好教受，看谁似我能搁就。”王观《木兰花令》:“东君有意偏搁就。”

哄嗽　柳永《传花枝》:“解刷扮，能哄嗽，表里都峭。”

火色　辛弃疾《好事近》:“觑着这般火色，告妈妈将息。”

漫諕　张先《生查子》:“近日见人来，却恁相漫諕。”

巴巴 辛弃疾《南乡子》："病得那人妆晃子，巴巴，系上裙腰稳也哪。"

晃子 例见上。

孛堆 毛滂《浣溪沙》："瑶瓮孛堆春这里，锦屏屈曲梦谁边？"

旺瞜 苏轼《浣溪沙》："迁客不应常旺瞜。"

可憋 例见上页一字栏"憋"字条。

推磨 例见上页一字栏"嗽"字条。

抛弹 柳永《鹤冲天》："何况经岁月，相抛弹。"

恧峭 朱敦儒《减字木兰花》："恧峭惺惺，不肯随人独自行。"

抽头 曹勋《诉衷情》："得抽头处好抽头，等待几时休！"

能亨 徐似道《一剪梅》："他年青史总无名，我也能亨，你也能亨。"

则箇 柳永《鹤冲天》："好天好景，未省展眉则箇。"王观《庆清朝慢》："晴则箇，阴则箇，饾饤得天气有许多般。"无名氏《谒金门》："休只坐，也去看花则箇。"

怕里 周密《一枝春》："还怕里帘外笼莺，笑人醉语。"又《露华》："怕里早莺啼醒。"马庄父《月华清》："怕里又悲来，老却兰台公子"。

匹似 苏轼《减字木兰花》："一语相开，匹似当初本不来。"

巴得 陈著《卜算子》："望得眼儿穿，巴得心头热。"

虫儿 黄庭坚《步蟾宫》："虫儿真箇忒灵利，恼乱得道人眼起。"

膇膜 杨炎正《柳梢青》："捧杯更着膇膜喝。"又《桃源忆故人》："膇膜呷丁些来酒。"

屡鬾 黄庭坚《鼓笛令》："共道他家有婆婆，与一口、管教屡鬾。"

忔戏　赵长卿《探春令》：“幡儿胜儿都姑婔，戴得更忔戏。”

端叠　王诜《黄莺儿》：“愁未见，苦思量，待见重端叠。”

端的　沈唐《念奴娇》：“厚约深盟，除非重见，见了方端的。”

刘弇《宝鼎现》：“想当时折赠，端的凭谁付与。”

厮勾　赵令畤《清平乐》：“天色清明厮勾。”

虺逗　曹组《脱银袍》：“告官里，虺逗高阳饿鬼。”

解火　赵可席“屋上戏书”（调名原缺）：“三场捱了两场过，只有这番解火。”按：张继先《更漏子》：“是和非，双打过，免共相磨生火。”则此云“解火”，正与“生火”相反，不相磨擦也。又《更漏子》：“诵真经，期万过，未灭无明心火。”义亦可参。

刬地　辛弃疾《念奴娇》：“刬地东风欺客梦，一枕云屏寒怯。”又《贺新郎》：“转越江刬地迷归路。”王庭珪《虞美人》：“花衢柳陌年时静，刬地今年盛。”

3．三字

借人么　张先《踏莎行》：“轻轻试问‘借人么？’佯佯不觑云鬓点。”

撞腮春　张先《浣溪沙》：“多情应得撞腮春。”

罗皂丑　秦观《满园花》：“近日来，非常罗皂丑。”

怎奈向　周邦彦《大酺》：“怎奈向兰成憔悴，卫玠清羸，等闲时易伤心目。”又《拜星月》：“怎奈向一缕相思，隔溪山不断！”

这些箇　朱敦儒《鼓笛令》：“残梦不须深念，这些箇光阴煞短。”

憨抹挞　僧惠洪《渔家傲》：“炙背横眠真快活，憨抹挞，从教院主无须发。"

闵子里　赵长卿《簇水》："闵子里施纤手。"

官㞗懒　辛弃疾《玉楼春》："心如溪上钓矶闲，身似道旁官㞗懒。"注曰："谚云：'馋如鹞子，懒如㞗子。'"

4．四字

打笃磨槎　曹组《脱银袍》："打笃磨槎来根底。"

三平二满　辛弃疾《鹧鸪天》："百年雨打风吹却，万事三平二满休。"

抵孔火岍　长筌子《神仙会》："不肯回头，抵孔火岍贪恋。"

罗噔哩噔　长筌子《绛都春》："罗噔哩噔，鸾歌舌诞，恣情吟和。"

5．五字

猫儿拽不出　长筌子《杨柳枝》："恋火猫儿拽不出，忒痴顽！"

6．六字

谢三娘全不识　吕圣求《河传》："常把那目字横书，谢三娘全不识。"按："谢三娘不识四字罪字头"，宋谚也，见况周颐《玉梅词话》。

7．七字

六只骰儿六点儿　苏轼《减字木兰花》："要赌休痴，六只骰儿六点儿。"

（二）名物

登钩　张先《西江月》："小打登钩怕重，尽缠绣带由长。"

威音　长筌子《青玉案》："威音那畔，几人曾到，别有逍遥处。"

火院　长筌子《一枝春》："昼夜火院煎苦，沉埋花酒丛中，孽重修难改。"又《解愁》："火院忧他妻共子，更不念自身憔悴。"

心风　朱敦儒《西江月》："穷后常如囚系，老来半似心风。"

孟婆　宋徽宗《月上海棠》："孟婆，且与我做些方便。"蒋捷《解佩令》："春雨如丝，绣出花枝红袅，怎禁他孟婆合皂。"

尖泥　陈克《鹧鸪天》："倾两耳，斗双螭，家家春酒泻尖泥。"

教池　陈克《鹧鸪天》："侬今已是沧浪客，莫向尊前唱教池。"按：《教池回》系调名，史浩《鄮峰真隐词》有《教池回》调咏竞渡。

孛罗　秦观《满园花》："待收了孛罗，罢了从来斗。"

玉东西　周紫芝《南柯子》："殷勤犹劝玉东西，不道使君肠断已多时。"

脱空经　蜀妓《鹊桥仙》："多应念得脱空经，是那个先生教底？"

络丝娘　苏轼《浣溪沙》："隔篱娇语络丝娘。"

海里猴儿　苏轼《减字木兰花》："今来十四，海里猴儿奴子是。"

海底猴儿　石孝友《亭前柳》："识尽千千并万万，那得恁海底猴儿。"

诸所引之方言，有可以下确解者，如"恁"之为"如此"，"厮"之为"相"，"划地"之为"忽然"是；有可以仿佛其义解者，如"能亨"之犹"宁馨"（义犹这个、这样），"怕里"之犹"恐怕"是；有至今犹有沿用者，如"火色""晃子""三平二满""猫儿拽不出"等是；自余则有并其意之谁属亦不能揣摩得之者。至于名物，则尤为难知，惟当时词之用方言名物，虽大家亦不以为嫌，则必有非典雅之字眼所得替代者，非专意为此使异地异时之人难解之辞也。以余所考：用方言名物者，以赠送或纪实之作为多。盖赠妾妓、歌女、情妇或寓规劝世人之作，自不必讲求典雅；即纪民情、风俗之篇什，亦贵能表出其特殊之风味。次则平昔狎习之人，亦不妨运用方言名物以取笑乐。其因口调、音乐等关系而运用方言者，则虽典雅之作仍可夹入，如赵长卿《摊破丑奴儿》之用“也罗”，纯属衬声，无伤其词之雅丽也。

四、词之修辞与诗歌

词之兴起，在诗歌之后，其修辞受诗歌之影响特多，如《胡渭州》《小秦王》《三台》《阳关》《雨霖铃》《竹枝》《杨枝》之类，以形式言，皆绝句诗耳。故初期词调，与诗歌相去不远，唐人集中，诗词每有不加分辨者。盖使词之体式为三五七言之长短句，则诗固亦不无此制也。迨词体既已确立，乃与诗分道扬镳，由令词而引、近，而慢词，而序子，逐步推演，去诗日远，顾其修辞，则仍不离乎诗；不惟不离乎诗，能融化诗人句法，且为词中高手焉。周邦彦，世所谓“词圣”也，词之有邦彦，盖犹诗之有杜甫。然观刘潜夫之评曰“美成颇偷古句”，陈质斋之评曰“美成词多用唐人诗檃栝入律，混然天成”，张叔夏之评曰“美成词浑厚和雅，善于融化诗句”，沈伯时之评曰“作词当以清真为主，盖清真最为知音，无一点市井气，下字运意，皆有法度，往往自唐宋诸贤诗句中来”。是则邦彦之所以为“圣”，其修辞之善于运用诗句，亦其一端也。故黄庭坚之序《小山词》，亦称其能“寓以诗人句法，清壮顿挫，能动摇人心”。历览词籍，其修辞诗歌化者不胜枚举。其兼擅诗词者，固时时猎取诗语以入词；即无诗可传之词家如柳永、刘一止、王之道、朱翌、曹勋、张抡、高观国、卢祖皋、张镃、吴文英等，其运用诗语以入词处，亦屡见不鲜。何则？盖声律文字，诗简单而词复杂，学词者每先学诗，所学在是，则所用每不离乎是，一也；彩藻之薮，惟诗最富，学词者于词外自不得不取资于诗，二也；“诗以道性情”，本质与词合，诗心与词心殆可融成一片，学词者自不能歧视诗而舍诗不读，三也。于是古人教人以学词之方，每由诗入。

张炎曰：“句法中有字面，盖词中一个生硬字用不得，须是深加锻炼，字字敲打得响，歌诵妥溜，方为本色语。如贺方回、吴梦窗皆善于炼字，字面多于温庭筠、李长吉诗中来。”（《词源》下）

沈义父曰：“要求字面，当看温飞卿、李长吉、李商隐及唐人诸家诗句中字面好而不俗者，采摘用之。”（《乐府指迷》）

杨慎曰：“填词虽于文为末，而非自《选》诗、乐府来，亦不能入妙。”（《词品》卷一）

王士禛曰：“词中佳语，多从诗出。如顾太尉‘蝉吟人静，斜日傍小窗明’，毛司徒‘夕阳低映小窗明’，皆本黄奴‘夕阳如有意，偏傍小窗明’。若苏东坡之‘与客携壶上翠微’（《定风波》），贺东山之‘秋尽江南草未凋’（《太平时》），皆文人偶然游戏，非向《樊川集》中作贼。”（《花草蒙拾》）

贺裳曰：“词家多翻诗意入词，虽名流不免。”（《皱水

轩词筌》)

刘体仁曰："词有与古诗同义者，'潇潇雨歇'，《易水》之歌也，'同是天涯'，麦薪之诗也；'又是羊车过也'，团扇之辞也；'夜夜岳阳楼中'，'日出当心'之志也；'已失了春风一半'，鲵居之讽也；'琼楼玉宇'，《天问》之遗也。"(《七颂堂词绎》)

田同之曰："词与诗体格不同，其为摅写性情，标举景物，一也。"(《西圃词话》)

凡此皆以诗词有相通之义，词不能不受诗之影响，故学词不能不兼事诗也。词之受诗影响，略为归纳，可得六事：

(一)全用前人诗句者

篇中沿袭前人诗句在两句以上者，例如秦观《临江仙》：

千里潇湘挼蓝浦，兰桡昔日曾经。月高风定露华清，微波澄不动，冷浸一天星。　　独倚危樯情悄悄，遥闻妃瑟泠泠。新声含尽古今情。曲终人不见，江上数峰青。

末两句连用钱起诗句。又如辛弃疾《水调歌头》：

我亦卜居者，岁晚望三间。昂昂千里，泛泛不作水中凫。好在书携一束，莫问家徒四壁，往日置锥无。借车载家具，家具少于车。　　舞乌有，歌亡是，饮子虚，二三子者爱我，此外故人疏，幽事欲论谁共？白鸥飞来似可，忽去复何如！众鸟欣有托，吾亦爱吾庐。

前结两句用孟郊诗句，后结两句用陶渊明诗句。如滕宗谅《临江仙》：

湖水连天天连水，秋来分外澄清。君山自是小蓬瀛。气蒸云梦泽，波撼岳阳城。　　帝子有灵能鼓瑟，凄然依旧伤情！微闻兰芷动芳馨。曲终人不见，江上数峰青。

前结两句，用孟浩然诗句，后结两句，用钱起诗句。又如宋祁《鹧鸪天》：

画毂雕鞍狭路逢，一声肠断绣帘中！身无彩凤双飞翼，心有灵犀一点通。　　金作屋，玉为笼，车如流水马如龙。刘郎已恨蓬山远，更隔蓬山一万重。

前结两句，后结两句，均用李商隐诗句。又如贺铸《晚云高》（即《太平时》）：

秋尽江南草未凋，晚云高。青山隐隐水迢迢，接亭皋。　　二十四桥明月夜，弭兰桡。玉人何处教吹箫？可怜宵！

篇中除三字句外，竟纯由杜牧一首绝句演成，沿袭而至于全篇录出，殆无以复加矣！

此外，用诗中零句入词者，尤指不胜屈，略举例证如后：

梨花一枝春带雨。（柳永《倾杯》）

曲终人不见。（柳永《河传》）

江上数峰青。（贺铸《满庭芳》）

天若有情天亦老。（欧阳修《减字木兰花》）

尽是刘郎去后栽。（苏轼《南乡子》）

莫待无花空折枝。（黄庭坚《南乡子》、欧阳修《减字木兰花》）

且看欲尽花经眼。（黄庭坚《鹧鸪天》）

十年一觉扬州梦。（黄庭坚《鹧鸪天》，又贺铸《忍泪吟》，即《丑奴儿》。）

车如鸡栖马如狗。（贺铸《行路难》）

亭皋木叶下。（张耒《风流子》）

飞入寻常百姓家。（贺铸《第一花》，即《鹧鸪天》）

芭蕉不展丁香结。（贺铸《石州慢》）

曾向瑶台月下逢。（毛滂《浣溪沙》）

落花时节又逢君。（辛弃疾《上西平》）

思君不见令人老。（辛弃疾《水龙吟》）

不尽长江滚滚流。（辛弃疾《南乡子》）

永夜角声悲自语。（汪元量《望江南》）

安得并州快剪刀。（汪元量《卜算子》）

满城风雨近重阳。（姚述尧《朝中措》）

花气浑如百和香。（赵彦端《菩萨蛮》《画堂春》）

天际识归舟。（秦观《望海潮》）

相看如梦寐。（黄庭坚《谒金门》，又毛滂《临江仙》。）

残夜水明楼。（王以宁《水调歌头》）

云卧衣裳冷。（卢祖皋《卜算子》）

留得一钱看。（辛弃疾《临江仙》）

山水有清音。（辛弃疾《水调歌头》）

鸟度屏风里。（周邦彦《蓦山溪》，用李白诗句。）

对酒当歌。（柳永《蝶恋花》，用曹操《短歌行》句。）

好是渔人披得一蓑归去，江上晚来堪画。（柳永《望远行》。按："江上晚来堪画处，渔人披得一蓑归"，为郑谷诗。）

（二）将前人诗句减字者

取古人诗句减去一字二字乃至三字，一望而知为沿袭诗句者，例如黄庭坚《西江月》：

断送一生惟有，破除万事无过。

两句均用韩愈诗句而各减去“酒”字。柳永《醉蓬莱》：

渐亭皋木下，陇首云飞。

用柳恽“亭皋木叶下，陇首秋云飞”诗句，而上句减“叶”字，下句减“秋”字。又如辛弃疾《贺新郎》：

高阁临江渚。

将王勃诗“滕王高阁临江渚”句减去“滕王”两字。辛弃疾《感皇恩》：

七十古来稀。

将杜甫诗“人生七十古来稀”句减去“人生”两字。苏轼《十拍子》：

狂夫老更狂。

将杜甫诗“自笑狂夫老更狂”句减去“自笑”两字。又如刘一止《踏莎行》：

二水中分，三山半落。

用李白诗“三山半落青天外，二水中分白鹭洲”两句各减去三字。辛弃疾《沁园春》：

岂有文章，漫劳车马。

用杜甫诗“岂有文章惊海内，漫劳车马驻江干”两句各减去三字。辛弃疾《念奴娇》：

疏影横斜，暗香浮动。

用林逋诗“疏影横斜水清浅，暗香浮动月黄昏”两句各减去三字。

（三）将前人诗句增字者

取古人诗句增一二字乃至三四字，一望而知为沿袭诗句者，例如毛滂《玉楼春》：

只有青青河畔草。

将古诗“青青河畔草”句增两字。又如周邦彦《渔家傲》：

帘前重露成涓滴。

取杜诗增“帘前”两字。又周邦彦《西平乐》：

身与塘蒲共晚。

取李贺诗“身与塘蒲晚”句增一“共”字。辛弃疾《满江红》：

笑江州司马太多情，青衫湿。

将白居易诗“江州司马青衫湿”句增四字。

（四）将前人诗句增减字者

如苏轼《江城子》：

欲待曲终寻问取，人不见，数峰青。

又刘一止《鹊桥仙》：

春风真个，取将花去，酬我清阴满院。

用王安石诗“春风取花去，酬我以清阴”，增“真个”“将”三字，减“以”字。

（五）将前人诗句易字者

取古人诗句更易一字即作词句者，此例以周邦彦为最多，如《瑞龙吟》之

事与孤鸿去，

取杜牧诗“事逐孤鸿去”易一字；《少年游》之

春色在桃枝，

取林逋诗“春色在桃蹊”易一字；《渔家傲》之

黄鹂久住如相识，

取戎昱诗“黄莺久住如相识”易一字。又如姜夔《淡黄柳》之

怕梨花落尽成秋色，

取李贺诗“梨花落尽成秋苑”易一字。

（六）全首融化诗句者

单句融化诗句者，以周邦彦为最多，他家所作，亦举不胜举；至全首均融化诗句者，颇为罕覯。兹举吴彦高之《人月圆》为例：

南朝千古伤心事，犹唱《后庭花》！旧时王、谢，堂前燕子，飞向谁家？　　恍然一梦，仙肌胜雪，宫髻堆鸦。江州司马，青衫泪湿，同是天涯！

元好问谓：“彦高北迁后，为故宫人赋此。时宇文叔通亦赋《念奴娇》，先成，而颇近鄙俚，及见彦高此作，茫然自失！是后有求作乐府者，叔通即批云：‘吴郎近以乐府名天下，可往求之。’”观此，则通首融化诗句而成者，不惟无沿袭之嫌，且受人激赏，

获享盛名，则无怪乎词句之多出于诗矣。

（七）檃栝诗语成词者

此类与上融化诗语成词者微有不同：融化诗语成词者，其所取之诗语不限于某篇，此则有指定之篇章为蓝本，即由所指定之篇章檃栝而成者。例如苏轼《水调歌头》：

昵昵儿女语，灯火夜微明。恩怨尔汝来去，弹指泪和声。忽变轩昂勇士，一鼓填然作气，千里不留行。回首暮云远，飞絮搅青冥。　众禽里，真彩凤，独不鸣。跻攀寸步千险，一落百寻轻。烦子指间风雨，置我肠中冰炭，起坐不能平。推手从归去，无泪与君倾。

檃栝韩愈《听颖师弹琴》诗；辛弃疾《声声慢》：

停云霭霭，八表同昏，尽日时雨濛濛。搔首良朋，门前平陆成江。春醪湛湛独抚，恨弥襟闲饮东窗。空延伫，恨舟车南北，欲往何从！　叹息东园佳树，列初荣枝叶，再竞春风。日月于征，安得促席从容？翩翩何处飞鸟，息庭柯好语和同。当年事，问几人亲友似翁？

檃栝陶渊明《停云》诗。米友仁《阳春词》有《诉衷情》题为“渊明诗”，又有《念奴娇》，题为“裁成渊明《归去来辞》”，皆标明所檃栝者。

此外，有将前人诗句两句中一句抄袭，一句略改句法者，如洪适《蝶恋花》之

漠漠水田飞白鹭，夏木阴阴，巧啭黄鹂语。

将王维诗“漠漠水田飞白鹭，阴阴夏木啭黄鹂”两句袭用，特下

句格于调谱，句法略变而已。

观上数事，词受诗歌影响之大从可知矣。至五七言之词句似诗句者尤多，大约所谓“诗人之词”，其遣辞造句，受诗之影响特深，即余所谓雅丽派者也；次则疏快派之词家，以不重雕饰辞语，往往即以熟习之诗语为词语；他若拙质派之不厌鄙俗，险涩派之惟求刻深，其受诗之影响较微，甚且以词语类诗语悬为禁诫焉。

五、词之修辞与散文

自小令扩为慢词，内容逐渐宽展，取材亦逐渐广泛，前之取资于诗歌者，至是乃采及精美之文句；自议论之词兴，取材乃愈益复杂，经、史、诸子以至佛典、小说，亦在所猎取之列矣。词而至于可以议论出之，乃不得视为小道，而足与诗、文并驾矣。顾词体之尊，亦即词体之坏。何则？曩之仅取资于诗歌者，纯乎为抒情之什，摛辞必择其美，感人惟求其深。逮乎取材已杂，则劝说、训示等等意义非纯文学作品所宜有者，亦无所不具，辞既不必精美，侈陈义理类乎歌诀、语录者亦往往有之，谓非词体之坏而何！故取资于诗歌者，词之正也；取资于经、史、诸子及其他杂书者，词之变也。由未成熟而渐臻成熟，既已成熟则渐形变质，一切文体，咸遵斯轨，非特词体为然。推其所以不得不变之故，有数端焉：一则以抒情之什，至北宋柳永、秦观等出，已难以复加，杰出之士如东坡、山谷等乃不得不别开生面而渐趋理趣，理趣则非诗歌所得范围矣；一则以词至北宋，专家辈出，已不以词为小道，欲求其道之益尊，自不得囿于美人、芳草、风、花、雪、月而专为抒情之什；一则以唐、五代、北宋初期之词，大都专以应付歌者，元祐以降，士大夫往往以词为往还酬酢之具，其意义实较应歌者为广，既不必其可歌而适切歌者之口调，则亦普通表情达意之诗歌类耳，经、史、诸子、佛典、小说何施而不可。职是之故，乃有散文化之词别张一军以与诗歌化者抗。苏轼、朱敦儒、辛弃疾、刘过、刘克庄、刘辰翁等其尤著者也。至僧道者流如张伯端、夏元鼎、长筌子等之所作，尤富劝惩之意味，有类散体之文告然。其他作家，兴之所到，偶用文语者亦所在多有。兹就辛弃疾词中择其用经语，用子语，用史语，用文语，句调酷类散文；通首集经句，通首集子句，通首酷类散文及以诗一章与散文一章揉合成词者，各举例证，以见一斑：

（一）用经语

今我来思，杨柳依依。(《一翦梅》)

谁适为容。(《醉翁操》)

行藏用舍，人不堪忧；一瓢自乐，贤哉回也。(《水龙吟》)

谁识稼轩心事，似风乎、舞雩之下？(《水龙吟》)

门外沧浪水，可以濯吾缨。(《水调歌头》)

搔首踟蹰，爱而不见。(《沁园春》)

看江头，有女如云。(《新荷叶》)

忧心悄悄。(《踏莎行》)

周情孔思。(《贺新郎》)

已而已而。(《婆罗门引》)

（二）用子语

有客问洪河，百川灌雨，泾流不辨涯涘，于是焉河伯欣然喜，以天下之美尽在己。(《哨遍》)

不龟手药。(《醉翁操》)

（三）用史语

生子当如孙仲谋。(《南乡子》)

人生行乐耳，身后虚名，何似生前一杯酒？（《洞仙歌》)

一斗一石皆醉。(《水调歌头》)

桃李无言，下自成蹊。(《一翦梅》)

定是留中了。(《菩萨蛮》)

而今老矣。(《行香子》)

叹人生不如意事，十常八九。(《贺新郎》)

须富贵何时。(《临江仙》)

（四）用文语

一觞一咏。(《满庭芳》，又《水龙吟》)

恩不甚兮轻绝。(《喜迁莺》)

富贵非吾愿，皇皇乎欲何之？（《哨遍》)

明日落花寒食，得且住，为佳耳。(《霜天晓角》)

余既滋兰九畹，又树蕙之百亩。(《水调歌头》)

似兰亭列叙时人，后之览者，又将有感斯文。(《新荷叶》)

入宫见妒。(《满庭芳》)

（五）散文体之句调

用之可以尊中国。（《满江红》）

更十岁太公方出将，又十岁武公方入相。（《最高楼》）

古来贤者，进亦乐，退亦乐。（《兰陵王》）

我觉其间，雄深雅健、如对文章太史公。（《沁园春》）

江左沉酣求名者，岂识浊醪妙理？（《贺新郎》）

不恨古人吾不见，恨古人不见吾狂耳。（《贺新郎》）

凡我同盟鸥鹭，今日既盟之后，来往莫相猜。（《水调歌头》）

（六）全首用经句

进退存亡，行藏用舍，小人请学樊须稼。衡门之下可栖迟，日之夕矣牛羊下。　　去卫灵公，遭桓司马，东西南北之人也。长沮桀溺耦而耕，丘何为是栖栖者！（《踏莎行》）

（七）全首用子句

一以我为牛，一以我为马。人与之名受不辞，善学庄周者。　　江海任虚舟，风雨从飘瓦。醉者乘车坠不伤，全得于天也。（《卜算子》）

（八）全首散文体

池上主人，人适忘鱼，鱼适还忘水。洋洋乎、翠藻青萍里。想鱼兮、无便于此。尝试思：庄周正谈两事——一明豕虱一羊蚁。说蚁慕于膻，于蚁弃知；又说于羊弃意。甚虱焚于豕独忘之，却骤说于鱼为得计！千古遗文，我不知言，以我非子。　　噫！子固非鱼，鱼之为计子焉知？河水深且广，风涛万顷堪依。有网罟如云，鹈鹕成阵，过而留泣计应非。其外海茫茫，下有龙伯，饥时一啖千里；更任公五十犗为饵，使海上人人厌腥味。似鹍鹏、变化能几。东游入海此计，直以命为嬉。古来谬算狂图五鼎，烹死指为平地。嗟鱼欲事远游时，请三思、而行可矣！（《哨遍》）

（九）以诗一章散文一段糅合成词

昔时曾有佳人，翩然绝世而独立，未论一顾倾城，再顾又倾人国。宁不知其倾城倾国，佳人难再得。看行云行雨，朝朝暮暮，阳台下，襄王侧。　　堂上更阑烛灭，记主人、留髡送客。合尊促坐，罗襦襟解，微闻芗泽。当此之时，止乎礼义，不淫其色。但啜其泣矣，啜其泣矣，又何嗟及！（《水龙吟》，稼轩自序：“爱李延年歌，淳于髡语，合为词，庶几《高唐》《神女》《洛神赋》之意云。”）

总上观之，稼轩用辞之根源，显有轨迹可循。大约用经则取《诗经》最多，次为《论语》；用子则以《庄子》为最多，间用《老子》《列子》语意；用史则以“四史”为主，间或采及《晋书》；用文则多出《楚辞》、陶集、《兰亭序》及其他晋人小品。《诗》《骚》取其缠绵，《庄》《列》取其清旷超妙，“四史”及晋文取其雅秀隽逸。书诰典礼诘屈繁重之辞固所不取，六朝骈体浮艳侧媚之文亦在摒弃之列。是知以散文语入词者，其修辞虽若不拘，而亦非漫无准则也。

六、词之修辞诸现象

词之修辞现象，甚为繁复，兹归纳为四部门：一曰配置辞位，二曰表现声态，三曰增扩意境，四曰变化本质，而于每一部门中分若干式，各举例证，系以说明。虽未足以包举词中所有之一切修辞现象，庶几略有友纪，可得窥见其大凡焉。

（一）配置辞位

兹所谓“辞”，盖兼指字与句而言。片辞只字，不经累积，难生情味，尽人皆知；然有累积成为句调之后，而仍不生情味者，则配置不得其宜也。故辞位之配置，为言修辞学者所必当讲求。辞位之配置每易与彩藻之猎取混，实则二者根本不同。辞位配置之功效，在其配置之有法，或重叠，或牵连，或回环，或照应，能使阅者在单简之辞句中得有繁复之情味；若作者本已有许多不同之字、辞、句供其驱使，则其动人之力量，应归功于彩藻之猎取。猎取彩藻，属于材料之掇拾；配置辞位，属于方法之运用，显然有不同之点，未可混而为一也。配置辞位之最见功效且最易为力者为重叠式，而最难为力且最为巧妙者为回文式，他若蝉联、回环、排比等式均系乎辞位之配置。兹分述于后：

1. 重叠式

重叠式有叠字、叠辞、叠句三种。三种中叠字最多，叠辞次之，叠句最少。有属于修辞技巧运用，亦有为调谱所限不得不重叠者。其限于调谱者与修辞无关，不加引例，只于每类之后略为说明。所举之例，亦均为备格而已，不求详尽也。

（1）叠字

名词叠用例：

离聚此生缘，无计问天天。（张先《梦仙乡》）

惜春春寂寞，寻花花冷落。（刘圻父《霜天晓角》）

心心口口长恨昨，分飞容易当时错。（晏幾道《醉落魄》）

有个人人，飞燕精神。（柳永《浪淘沙令》）

每遇著、饮席歌筵，人人尽道，可惜许老了。（柳永《传花枝》）

按：此"人人"系多数，与上引用在动词后之"人人"指单人者有别。

动词叠用例：

恨恨君何太极，记得娇娆无力，独坐思量愁似织，断肠烟水隔。（魏承班《谒金门》）

双成伴侣，去去不知何处，有佳期！（尹鹗《女冠子》）

寻寻觅觅。（李清照《声声慢》）

奈君王眷眷，苍生恋恋，那肯放、钱塘渡。（陈著《水龙吟》）

行行又历孤村，楚天阔、望中未晓。（柳永《轮台子》）

副词叠用例：

翠娥执手送临歧，轧轧开朱户。（柳永《采莲令》）

谁在鞦韆，笑里轻轻语？（李冠《蝶恋花》）

语低低、笑咭咭。（秦观《品令》）

心下始觉宁宁。（沈会宗《汉宫春》）

鸾镜佳人，得得浓妆样样新。（贺铸《减字木兰花》）

形容词叠用例：

庭院深深深几许？（冯延巳《蝶恋花》）

惜弯弯浅黛长长眼。（张先《卜算子慢》）

柳影深深细路，花梢小小层楼。（晏幾道《清平乐》）

西楼酒面垂垂雪，南苑春衫细细风。（晏幾道《鹧鸪天》）

柳外重重叠叠山，遮不断、愁来路。（徐俯《卜算子》）

感叹词叠用例：

休休休便休，美底教他且。（张先《生查子》）

休休！这回去也，千万遍阳关，也则难留。（李清照《凤凰台上忆吹箫》）

行乐，燕雏莺友，浪语狂歌，休休莫莫！（仲并《瑞鹤仙》）

偷闲好，便明朝有约，莫莫休休。（刘辰翁《沁园春》）

遇酒且呵呵！人生能几何？（韦庄《菩萨蛮》）

按："呵呵"是笑声，通常亦归入感叹词类。叠字之用，如《字字双》《钗头凤》之类，为调谱所限者，兹不举出。

（2）叠辞

两字辞叠用例：

旧游旧游今在否？花外楼，柳下舟，梦也梦也梦不到，寒水空流。（蒋捷《梅花引》）

二、三字辞叠用例：

美人兮美人兮未知何处？（史达祖《惜黄花》）

按：叠辞之用，多缘调谱，如《调笑》《如梦令》《转应曲》等之叠用两字辞，《忆秦娥》《潇湘神》等之叠用三字辞是。此等叠辞，均关乐律，与修辞技巧无涉，故不引以为例。

又有两字倒叠例：“醉醒醒醉，凭君会取皆滋味。”见黄庭坚《醉落魄》序引《醉醒醒醉曲》。

（3）叠句

句意上下相缩合者，例如：

陌上莺啼、蝶舞、柳花飞。柳花飞，愿得郎心，忆家还早归。（牛峤《感恩多》）

按：此“柳花飞”，原亦一辞组而已，以其必当断句，且自成句，故虽三字叠用，仍归叠句之列。又，上“柳花飞”与上“莺啼、蝶舞”并列，而下“柳花飞”则承上文而来，虽单举“柳花”，实为“莺”“蝶”“柳”三物之节缩句将以引入下意也，两叠句中，一意属上，一意属下，故名为“上下相缩合者”。

句意加重者，例如：

莫风流，莫风流！风流后、有闲愁。（张先《庆佳节》）

烟迷露麦荒池柳，洗雨烘晴，洗雨烘晴，一样春风几样青。　　提壶脱袴催归去，万恨千情，万恨千情，各自无聊各自鸣。（辛弃疾（丑奴儿》）

按：上两例中之叠句，均属句意加重者。其不同于表现声态者，则因仅为叠用，于语气上绝无作意变化，仍不过辞位之配置，表示其意义之郑重而已。此等用法，大都含有感叹类中之叮咛、惊异、赞美或决绝之成分，即此两例可见。又遇叠句处，虽亦与调谱有关，如《感恩多》《丑奴儿》《一翦梅》等调每每有用叠句者；然不用叠句者尤多，则仍非为调谱所限，而关乎修辞技巧之运用也。至若《法驾导引》前后阕起叠三字句（刘辰翁所作，起云“棠阴日，棠阴日”，过片云“和气满，和气满”，凡十首均如此用法），《东坡引》之前后阕均必叠用五字句（赵长卿所作，前结“恼人频嚼蕊，恼人频嚼蕊”，后结“光阴如撚指，光阴如撚指”），《摊破丑奴儿》之前段结句与后段结句必叠用（赵长卿所作，前段结句与后段结句均用“也罗，真个是可人香”），纯因调谱制定如此，原与修辞无关，自不能相提并论。又贺铸《琴调相思引》：“终日怀归翻送客，春风祖席南城陌，便莫惜离觞频卷白。动管色，催行色，动管色，催行色。　何处投鞍风雨夕？临水驿，空山驿，临水驿，空山驿。纵明月相思千里隔，梦咫尺，勤书尺，梦咫尺，勤书尺。”上阕两句双叠，下阕四句双叠，另首亦同此格，当系谱调所定也。

此外，有句意重叠而句法略有出入者，亦附列于此。如柴望《阳关三叠》：

> 奈此去君出阳关，纵有明月，无酒酌故人！奈此去君出阳关，明朝无故人！

2．蝉联式

上下前后，互相牵连，句似重出，意若层深，略同重叠式而较多变化，名之曰“蝉联式”。蝉联式用法亦各不同，细为分析：有以句首语辞相绾合者，谓之“并头蝉联式”；有以下句句首与上句句尾相绾合者，谓之“接顶蝉联式”；有以下句句腰与上句句首或以下句句首与上句句腰相绾合者，谓之“串腰蝉联式”；有于各句句尾辞语相复叠者，谓之“叠尾蝉联式”；更有忽分忽合，体式无常，而其分合之迹，仍系乎辞语之复出者，谓之“离合蝉联式”。

（1）并头格例：

少年听雨歌楼上，红烛昏罗帐；壮年听雨客舟中，江阔云低断雁叫西风！（蒋捷《虞美人》）

一爵喉初润，两爵面微酡，三爵腾腾耳热，四爵眼模糊，五爵氤氲浃背，六爵淋漓泼袖，七爵笑胡卢。醉倒便酣卧，红袖不须扶。（王初桐《水调歌头》）

按：上列两例，均以句首相缩合，而叠用在第二字。亦有叠用第一字者，例如：

无穷官柳，无情画舸，无根行客。（晁补之《忆少年》）

见分明：见汝焚香，见汝损眉青，见汝小鬟扶起，独自拜双星。（吴兰修《喝火令》）

（2）接顶格例：

①山行日日妨风雨，风雨晴时君不去。（辛弃疾《玉楼春》）

②酒行如过雨，雨尽风吹去，吹去复盈杯，一春能几回？（赵彦端《菩萨蛮》）

③坞里溪桥桥里树，树梢屋角溪隅。溪回桥转忽模糊。云多山见少，花满路疑无。（孙振豪《临江仙》）

按：①例虽蝉联而义有正反，近于开阖式；②③例虽蝉联而辞多缭绕，近于回环式。

（3）串腰格例：

①西风只道悲秋瘦，却是西风未得知。（刘仲尹《鹧

鸪天》)

②花径里一番风雨，一番狼藉。(辛弃疾《满江红》)

按：①例系以下句句腰与上句句首缩合；②例系以上句句腰与下句句首相缩合。至如晏幾道《蝶恋花》：“罗带同心闲结遍，带易成双，人恨成双晚。”则以上句句尾与下句句腰相缩合，另成一格。

(4)叠尾格例：

①春晴也好，春阴也好，著些儿春雨越好。(蒋捷《解佩令》)

②花无人戴，酒无人劝，醉也无人管。(黄公绍《青玉案》。汤擎民按：此词《阳春白雪》卷五列为无名氏作。)

③宜禾黍，秋成处处宜禾黍。(贺铸《渔家傲》)

按：①③例句末字叠，固属叠尾；②例句末以上两字均叠，亦可归入叠尾之列，犹并头之①②例均叠句首第二字仍归之于并头也。

(5)离合格

先分后合例：

云髻坠，凤钗垂，髻坠钗垂无力、枕函欹。(韦庄《思帝乡》)

水是眼波横，山是眉峰聚。欲问行人去那边？眉眼盈盈处。(苏轼《卜算子》)

见也如何暮？别也如何遽？别也应难见也难，后会难凭据。　去也如何去？住也如何住？住也应难去也难，此际难分付！(石孝友《卜算子》)

未解画船留待月，缓歌金缕细留云，将云带月入东门。（毛滂《浣溪沙》）

欲行且起行，欲坐重来坐；坐坐行行有倦时，更枕闲书卧。（辛弃疾《卜算子》）

先合后分例：

再拜陈三愿：一愿郎君千岁；二愿妾身常健；三愿如同梁上燕，岁岁长相见。（冯延巳《长命女》）

风雨替花愁，风雨罢，花也应休。劝君莫惜花前醉，今年花谢，明年花谢，白了人头。（赵秉文《青杏儿》）

凭画阑、那更春好（花好）酒好人好。春好尚恐阑珊，花好又怕，飘零难保。直饶酒好（如）渑，未抵意中人好。（程垓《四代好》）

按：离合式之修辞，不论其为先分后合或先合后分，其当分时，义各独立；而均为类似之事状，故当其合后，可以融成一片。即有看似相反之事状如“去”与“住”，“行”与“坐”之属，其表出时亦必不以相反之笔调写之，故仍不碍其为各义独立之蝉联式，而不与回环式混。

3．回环式

辞有重叠，义相蝉联，而正喻互陈，宾主相宣，往复缭绕者，名曰“回环式”。回环式因辞义运用之不同，又可分为“交错”“顺序”与“反复”三种。

（1）交错格例：

①年年游子惜余春，春归不解招游子。（贺铸《踏莎行》）

②欲上高楼本避愁，愁还随我上高楼。（辛弃疾《鹧

鸪天》)

③算春长不老，人愁春老，愁只是、人间有。(晁补之《水龙吟》)

④都道无人愁似我；今夜雪，有梅花，似我愁。(蒋捷《梅花引》)

按：各句复叠处，既非重叠式之叠句，亦为蝉联式各例中所无。即如①例之复叠辞，似蝉联式中之接顶格（上句句尾“春”字，与下句句首叠），又似蝉联式中之串腰格（上句句腰“游子”与下句句尾叠），交错回互，不得不为别立一式，以免蒙混。

（2）顺序格例：

①相逢欲话相思苦，浅情肯信相思否？还恐漫相思，浅情人不知！（晏幾道《菩萨蛮》)

②花非花，雾非雾。夜半来，天明去。来如春梦不多时，去似朝云无觅处。(白居易《花非花》)

③因甚不归来？甚归来不早？（张炎《珍珠令》)

按：①例中之“相思”“浅情”虽回环叠用，而句意逐层开展，逐层深切，次序甚正，与交错格不同。②③例句意亦顺序开展，逐层加深。

（3）反复格例：

笑客处如归，归处如客。(柴望《齐天乐》)

江梅也似山人，山人到老梅亲。(赵彦端《清平乐》)

归休去，去归休！（辛弃疾《鹧鸪天》)

按：此三例句法有类回文，而实非回文；有类交错，而实非交错，顺逆恰合，反复言之而已，仍当属诸回环式也。

4. 排比式

句法重叠，排偶用之，而字面不尽同者，谓之“排比式”。排比式复有数种不同写法，其各句中性质相类者，谓之“相因排比”；各句中义不相蒙者，谓之“相对排比”；各句中意义恰恰相反者，谓之“相反排比”。

（1）相因格例：

①溪痕浅，云痕冻，月痕淡，粉痕微。（高观国《金人捧露盘》）

②据我看来何所似？一似韩家五鬼，又一似杨家风子。（蒋捷《贺新郎》）

③空弹粉泪，难托清尘。但楼前望，心中想，梦中寻。（朱敦儒《行香子》）

按：①例中之“浅”“冻”“淡”“微”，均属幽静之情调、阴黯之色彩；②例中之“韩家五鬼”“杨家风子”，均属荡检逾闲、不遵常轨而乱作妄为之人物：物类虽殊，性质正复相似；③例中之“望”“想”“寻”，同为表达相思之苦，而且逐层加深。

（2）相对格例：

著一阵、霎时间底雪；更一个、缺些儿底月。（辛弃疾《最高楼》）

银字笙调，心字香烧。（蒋捷《行香子》）

梦湘云，吟湘月，吊湘灵。（高观国《金人捧露盘》）

香心静，波心冷，琴心怨，客心惊。（同上）

按：四例中所写各事物，虽可串合，而义各独立，不相依倚，故谓之“相对格”。此外，有“自对格”，如苏轼《谒金门》

之“一片懒心双懒脚”，《天仙子》之“千回来绕百回看”，陈与义《菩萨蛮》之“宜风宜月还宜雨”。又有“相对复自对格”，如苏轼《浣溪沙》之“香在衣裳妆在臂，水连芳草月连云”，曹勋《选冠子》之“红叶黄花，水光山色，常爱晓云晴霁”。

（3）相反格例：

一霎儿晴，一霎儿雨，正是催花时候。（易彦祥《喜迁莺》）

欲住也，留无计；欲去也，来无计。（程垓《酷相思》）

按：两例中之“晴”与“雨”为相反之天气，“住”与“去”为相反之事状，故以之归入“相反格”。

5. 回文式

辞位之配置，以回文式最为奇巧。除通体回文者，须另出一首始见回文外，其他各回文体，每首中字均复出或仅少数字不复出，故每首中用字仅及半数或略溢出半数而已，则为此体者，不惟组纫特工而已，用字之简省，亦为他体所无也。回文式可分为“逐句回文”“分段回文”与“通体回文”三种。

（1）逐句回文例：

落花闲院春衫薄，薄衫春院闲花落。迟日恨依依，依依恨日迟。　　梦回莺舌弄，弄舌莺回梦。邮便问人羞，羞人问便邮。（苏轼《菩萨蛮》）

白头人笑花间客，客间花笑人头白。年去似流川，川流似去年。　　老羞何事好？好事何羞老？红袖舞香风，风香舞袖红。（张安国《菩萨蛮》）

按：此体双句均倒叠单句，一字不易，故虽八句，实则四句之辞字而已。必也每两句中之单、双句句法、字数全同者，始得恰合回文。苟每两句中之单、双句句法、字数参差不同者，则倒叠只能限于双句之句法，单句字数溢出双句者，无法全叠。如下例：

皇州新景媚晴春，春晴媚景新。万家明月醉风清，清风醉月明。　　人游乐，乐游人，游人乐太平。御楼神圣喜都民，民都喜圣神。（梅窗《阮郎归》。按：据周泳先考定，梅窗即黄应辰。）

除过片三句外，顺句均视倒叠句溢两字，故不能尽叠。

（2）分段回文例：

过雨轻风弄柳，湖东映日春烟。晴芜平水远连天，隐隐飞翻舞燕。　　燕舞翻飞隐隐，天连远水平芜。晴烟春日映东湖，柳弄风轻雨过。（苏轼《西江月》，一作梅窗词。）

细细风清撼竹，迟迟日暖开花。香帏深卧醉人家，媚语娇声娅姹。　　姹娅声娇语媚，家人醉卧深帏。香花开暖日迟迟，竹撼清风细细。（黄庭坚《西江月》）

按：此均以后段倒叠前段者，因两段之句法不同，有在上段为句中之字，而在下段为句尾。

（3）通体回文例：

倾城一笑得人留，舞罢娇娥敛黛愁。明月宝鞲金络臂，翠琼花珥碧搔头。　　晴云片雪腰肢袅，晚吹微波眼色秋。清露亭皋芳草绿，轻绡软挂玉帘钩。（郭世模《瑞鹧鸪》）

按：此则通首可以倒叠，倒叠后可重出一首，原文并不复出也。试为倒叠之，成下词：

钩帘玉挂软绡轻，绿草芳皋亭露清。秋色眼波微吹晚，裊肢腰雪片云晴。　　头搔碧珥花琼翠，臂络金鞲宝月明。愁黛敛娥娇罢舞，留人得笑一城倾。

张德瀛《词征》卷一谓毛大可《浣溪沙》以下一首回前，未详所本，实则宋人已有此体，特其另出之一首不重录耳。

（二）表现声态

表现声态者以表现声势状态为主。表现声势与表现状态又各有所偏重；表现声势重在声气之感应，处处若有对方之人或人格化之物接受其意旨与言论，而其语调即为此对方之人或人格化之物而发；表现状态重在事状之描写，处处体察对象之真实而使之再现于眼前。此种修辞技巧之运用，既非仅凭辞位之配置，亦非凭其意想而谋境界之开扩，又与变化本质者不同。以语气之转变，事象之显晦，为其运用之目标。呆滞者灵活之，平浅者深曲之，晦昧者豁露之，或从虚处生根，或从实处着力，随所运用，不脱本体。关于表现声势者，有“呼应式”“敲问式”“告语式”“开阖式”等等；关于表现情态者，有“白描式”“婉曲式”等等。

1. 呼应式

将明本意，先设疑难，语既灵活，义更警醒。此种写法，必有虚宕，必有断案，虚宕为“呼”，断案即“应”。呼应之中，其事象纯一者，谓之“纯一呼应”；其有所呼与所应之事象义虽相通，实非一物者，谓之“对比呼应”。更有所呼与所应之事象全不相涉者，谓之“离立呼应”。各举例证于下：

（1）纯一呼应例：

①为君持酒劝斜阳，且向花间留晚照。（宋祁《玉楼春》）

②持酒劝云云且住，凭君碍断春归路。（秦观《蝶恋花》）

③道是花来春未，道是雪来香异。竹外一枝斜，野人家。（郑域《昭君怨》）

④谁道闲情抛掷久？每到春来，惆怅还依旧。（冯延巳《蝶恋花》）

⑤莫道狂夫不解狂，狂夫老更狂。（苏轼《十拍子》）

⑥莫恨梦难成，梦无凭。（王山樵《昭君怨》）

⑦是他春带愁来，春归何处？却不解带将愁去。（辛弃疾《祝英台近》）

⑧何处合成愁？离人心上秋。（吴文英《唐多令》）

⑨一夜梦魂何处？那回杨叶楼中。（晏幾道《清平乐》）

⑩断魂何处？梅花岸曲，小小红楼。（严仁《诉衷情》）

⑪莫将清泪湿花枝，恐花也、如人瘦。（周邦彦《一落索》）

⑫试问泪弹多少？湿遍楼前草。（朱敦儒《桃源忆故人》）

⑬莫道不消魂，帘卷西风，人比黄花瘦。（李清照《醉花阴》）

⑭山色谁题？楼前有雁斜书。（吴文英《高阳台》）

按：①②③例，虽不设问，而一因一果，呼应分明。④⑤⑥⑦⑧诸例呼应事象之纯一，绝无疑问。⑨例以下，所应者似出于所呼者之外，实则用意仍系纯一，呼为提出，应为具体之答案而已，并未于所呼之外，别有因果类似之事象以相比勘也，故仍归在纯一呼应例中。

（2）对比呼应例：

①何事狂夫音信断？不如梁燕犹归。（顾夐《临江仙》）

②谁道人生难再少？君看流水尚能西。（苏轼《浣溪沙》）

③谁道绸缪两意坚？水萍风絮不相缘。（杜安世《渔家傲》）

按：三例中所呼者为人事，而所应者为物类，取物类以比较人事，或语意相反，如①③例；或语意相联，如②例，其为两相比较则一也。

（3）离立呼应例：

①莫更登楼，坐想行思已是愁。（张先《偷声木兰花》）

②墙头唤酒，谁问讯、城南诗客？岑寂，高树晚蝉，说西风消息。（姜夔《惜红衣》）

此项例较前举诸例为复杂，如①例出意为登楼，而申说为坐想行思，情味虽可通，而前后事状各自离立；②例其所问者为"谁问讯、城南诗客"，而答案除"岑寂"外，更出"高树晚蝉，说西风消息"，则情味虽可融通，而两事各自离立，既殊纯一，亦异对比，故为别辟一项。

2. 敲问式

不下断语，仅作疑问，而答案如何，使人于问题中自行探索者，谓之"敲问式"。敲问式中又可分为四项：其有不及对方，仅系自问，或虽书明所问之人，而仍属自问者，谓之"自问格"；其有对方虽不指出，而其问题分明为对方而发，或对方已经明显指出者，谓之"对问格"；其有事象难知，或事象先见，而并非人事，故作探诘者，谓之“推问格”；其有发问者与被问者之主名，均明白指出，而均属假设者，谓之“设问格”。

（1）自问格例：

①来时醉倒旗亭下，知是阿谁扶上马？（晏幾道《玉楼春》）

②想东园桃李自春，小唇秀靥今在否？（周邦彦《锁窗寒》）

③坐中应有赏音人，试问回肠曾断未？（晏幾道《玉楼春》）

④泪眼倚楼频独语：“双燕来时，陌上相逢否？”（欧阳修《蝶恋花》）

按：①例所指之人不道破；②例所指之人已明白说出；③例则被问之人亦指出，一若非自问然，实则被问之人即发问者之化身，仍属自问也。④例更取双燕以关合其所指之人，意境较宽，亦属自问。四例均自问，而语意之运用微有不同。

（2）对问格例：

①独掩画屏愁不语，斜欹瑶枕髻鬟偏。此时心在阿谁边？（欧阳炯《浣溪沙》）

②兰麝细香闻喘息，绮罗纤缕见肌肤。此时还恨薄情无。（欧阳炯《浣溪沙》）

③问甚时同赋，三十六陂秋色？（姜夔《惜红衣》）

④问诗仙，缘底事，愧幽州？知音定在何许？此语为谁留？（元好问《水调歌头》）

按：第①②③例，虽不标明被问之人，而被问者为谁，显而易见，断与自问不同。④例则被问者已明白指出。

（3）推问格例：

为问行云，谁伴朝朝？（贺铸《摊破木兰花》）

落叶西风，吹老几番尘世？（张东泽《疏帘淡月》）

玉扆眷深，金瓯望重，何人暗草黄麻？（刘一止《望海潮》）

问谁将千斛，霏瑛落屑，吹上花枝？（仲并《八声甘州》）

春去尚来否？（刘辰翁《兰陵王》）

甚独抱清高，顿成凄楚？（王沂孙《齐天乐》）

天上飞乌，问谁遣东生西没？（元好问《满江红》）

按：诸例中，有不必问者，亦有无可问者，而均以推勘之语意出之，而欲探求其原因。此种辞例，用者极多，意味极为深长。

（4）设问格例：

①白鸥问我泊孤舟，是身留，是心留？心若留时，何事锁眉头？（蒋捷《梅花引》）

②双燕归来问我："怎生不上帘钩？"（万俟咏《木兰花慢》）

③见梅惊笑，问经年何处，收香藏白？似语如愁，却问我："何苦红尘久客？"（朱敦儒《念奴娇》）

按：①例以"白鸥"为发问者，②例以"燕"为发问者，而均以"我"为被问者；③例则以"梅"和"我"互问。实则白鸥、燕和梅何曾能发问，我又何曾被问，均属假设而已。

3．告语式

以自己之感触或意愿，用告语之语气表达者谓之"告语式"。

告语之中，可分为“祈求”“开说”“虚告”“实陈”等格。

（1）祈求格例：

若到江南赶上春，千万和春住！（苏轼《卜算子》。按：一作王观词。）

莫把幺弦拨，怨极弦能说。（张先《千秋岁》）

（2）开说格例：

春不负人人自负，君看流觞，只恁良宵度。厌浥小桃如泣诉，东风莫漫飘红雨。（王之道《蝶恋花》）

莫将愁绪比飞花，花有数，愁无数。（朱敦儒《一落索》）

（3）虚告格例：

天若有情容我诉，“春来底事多阴雨”？（王之道《蝶恋花》）

移床就、碧梧翠竹，寄语倩、姮娥伴宿。（朱敦儒《杏花天》）

（4）实陈格例：

濛濛雨，黄鹂飞上，数声宜听。（曹勋《月上海棠慢》）

须记岁月堪惊，最难管、苍华满镜生！（曹勋《四槛花》）

4．开阖式

情意直说，恐伤平浅或质实，故将声势变化使较曲折灵活者，谓之“开阖式”。正副虚实，往复高下，相提并列。或先正后副，或先副后正，或前虚后实，或前实后虚，或如往而复，乍高乍下，而其故作开阖之声势则一也。开阖式中，又可分为三项：一正一副，上下相成者，谓之“正副相足格”；一虚一实，前后并提者，谓之“虚实并提格”；往复高下，乍推乍就者，谓之“往复高下格”；不说本意，故作开阖之势者，谓之“含蓄不露格”。

（1）正副相足格例：

年来自笑，无情何事、犹有多情遗思？（叶梦得《永遇乐》。一作苏轼词，误。）

不怕逢花瘦，只愁怕、老来风味。（程垓《水龙吟》）

不是怨极愁浓，只愁重见了相思难说。（程垓《念奴娇》）

不是不相逢，泪空滴、年年别袖。（仲并《蓦山溪》）

不贪欹钿枕，偏爱倚花枝。（史浩《临江仙》）

清谈到底成何事，回首新亭、风景今如此。（汪元量《莺啼序》）

以上诸例，副意在上、正意在下者。

且尽樽前今日意，休记绿窗眉妩。（李南金《贺新郎》）

也拟临朱户，叹因郎憔悴，羞见郎招。（周邦彦《忆旧游》）

绿酒多斟，白须休觑，飞丹约定烟霞侣。与君先占赤城春，回桡早趁桃源路。（朱敦儒《踏莎行》）

以上三例，正意在上、副意在下者。

（2）虚实并提格例：

人间自是有情痴，此恨不关风与月。（欧阳修《木兰花》）

随分村歌社舞，何须问武宿文星。（王以宁《满庭芳》）

纵得相逢留不住，何况相逢无处。（晏幾道《清平乐》）

（3）往复高下格例：

去路香尘莫扫，扫即郎去归迟。（韦庄《清平乐》）

未碍飞绵，一高千丈，风力微时稳下来。（冯取洽《沁园春》）

（4）含蓄不露格例：

新来瘦，非关病酒，不是悲秋。（李清照《凤凰台上忆吹箫》）

不知为甚，落花时节，都是颦眉。（尹焕《眼儿媚》）

5. 白描式

不用替代，绝无缘饰，坦直说出者，谓之“白描式”。白描亦殊不易，在未着笔之先，须体察深透，下笔又贵拙重，贵精到。倘专用力于字面词句之修炼，或仅着意在粗枝大叶之事状而作平浅之叙述，则失白描之真义矣。盖白描之足以动人，不仅在事态之逼真，尤重在情味之活现。虽含蕴无穷之情味，亦当使人一目了然而作深长之吟赏，绝对不必分其心力于字义或辞组之探讨，此其在修辞技巧上之运用所以异于其他种种格式也。白描式又可分为“直述事状”“表现情态”“摹象口吻”几种不同之写法。

（1）直述事状例：

换我心为你心，始知相忆深。（顾敻《诉衷情》）

相见争如不见？有情还似无情。（司马光《西江月》）

闻人话着仙卿字，瞋情恨意还须喜。何况草长时，酒前频见伊。（张先《菩萨蛮》）

平生自负，风流才调。口儿里、道知张陈赵。唱新词，改难令，总知颠倒。解刷扮，能哄嗽，表里都峭。每遇著、饮席歌筵，人人尽道：可惜许老了！　阎罗大伯曾教来，道人生、但不须烦恼。遇良辰，当美景，追欢买笑。剩活取

百十年，只恁厮好。若限满、鬼使来追，待倩个、掩通著到。（柳永《传花枝》）

（2）表现情态例：

将见客时微掩黛，得人怜处且生疏。（孙光宪《浣溪沙》）

忍泪佯低面，含羞半敛眉。（韦庄《女冠子》）

帘外辘轳声，敛眉含笑惊！（牛峤《菩萨蛮》）

佯不觑人空婉约，笑和娇语太猖狂。忍教牵恨暗形相！（毛熙震《浣溪沙》）

金约腕，玉搔头，尽教人看却佯羞。（无名氏《鹧鸪天》）

髻子偎人娇不整，眼儿失睡微重。（秦观《临江仙》）

欲舞还羞，美盼娇回碧水秋。（王之道《减字木兰花》）

欲语含羞，敛容微笑，心事如何说？（张纲《念奴娇》）

（3）摹象口吻例：

好是问他“来得么？”和笑道：“莫多情！”（张泌《江城子》）

黛眉长，檀口小，耳畔向人轻道：“柳阴曲，是儿家，门前红杏花。”（张先《更漏子》）

与解罗裳，盈盈背立银釭，却道：“你但先睡。”（柳永《斗百花》）

爱道：“画眉深浅入时无？”（欧阳修《南歌子》）

笑问：“鸳鸯两字怎生书？”（同上）

6. 婉曲式

此式与上白描式恰相反。凡可直说之意而不直说，而必委婉曲折以赴之，使阅者一望而知其意之所在，此其一；亦有因直说妨浅率，曲说妨烦琐，乃隐约其辞者，此其二；更有不关用意之婉曲，而故意在所要说之左右前后加以描摹渲染，使本意更增动人之力量者，此其三。总之，不直说本意而又不掩饰本意，婉曲以出之者，均谓之“婉曲式”。依上列三种特征，可得三种不同之修辞方式，即“反说”“借说”与“繁说”是。

（1）反说例：

①休相问！怕相问！相问还添恨！（毛文锡《醉花间》）

②休相忆！莫相忆！相忆情难极！（同上第二首）

③休苦意，说相思，少情人不知。（张先《更漏子》）

④不是不相逢，泪空滴年年别袖。（仲并《蓦山溪》）

按：①②例，明谓应相问、相忆，而故以相反之语辞出之，其意犹易见；若③例，实说“少情人不知”，则恐人知其多情之意见于言外，辞弥淡而情弥苦矣。④例不说离别，而说“不是不相逢”，则再别之情更难堪。

（2）借说例：

①枕障熏炉隔绣帏，二年终日两相思。杏花明月始应知。（张曙《浣溪沙》）

②惆怅玉笼鹦鹉，单栖无伴侣。（韦庄《归国谣》）

③情脉脉，意忡忡，碧云归去认无踪。只应曾向前生里，爱把鸳鸯两处笼。（柳永《鹧鸪天》。按：调名原作《瑞鹧鸪》，误。）

④别后几番明月，素娥应是消魂。（晏幾道《清平乐》）

按：①例之“杏花明月”，②例之“玉笼鹦鹉”，③例之“只应”两句，④例之“素娥”句，均系“借说”。分明谓“心事两人知”，而假之当时两人欢共时之“杏花明月”；分明自言独居之苦，而假之“鹨鹚单栖”；分明是恨此生之分离，而假之前生两处笼鸳鸯；分明是人消魂，而假之“素娥”，用意婉曲而不繁言，阅者自知其情意之所属，是修辞甚高境界。（此与譬况不同，直说而出之以假饰而已，玩“始应知”“惆怅”“只应”“爱把”和“应是”等动字可喻。）

（3）繁说例：

①朱唇未动，先觉口脂香。（韦庄《江城子》）

②何事春工用意，绣画出、万红千翠？（柳永《剔银灯》）

③欲说又休，虑乖芳信；未歌先咽，愁近清觞。（周邦彦《风流子》）

④送了栖鸦复暮钟，阑干生影曲屏东，卧看孤鹤驾天风。（陈与义《浣溪沙》）

按：①例只写“口脂香”，②例只写“万红千翠”，③例只写寂无声响，其余文字均是繁辞，故作意态也。至④例言日暮月上而已，而侈说许多物类以表出之，亦繁说也。

（三）增扩意境

增扩意境者，不以直接坦率之意境为限，诸凡与所欲表现之意境有关者尽量运用，使欲表现之意境增加强度之力量以深入感受者之心坎者也。重在意象之开展，而亦不废辞藻之涂饰；惟不关乎辞位之配置与语气之转变，则与上列之表现声态及配置辞位者截然不同。上列两种修辞方法，均在同一之意境及辞料中讨消息；此则力谋意境与辞料之增扩，特未至于变化本质耳。此在修辞上所占之成分最多，其效用亦最易见。因意境本义，统指内在之意想与外表之境界而言，即兼包内容与形式。意境之增扩，无异整个命意与修辞之增扩，自非局部点滴讲求者所可比拟。不过所欲论列者只限修辞之有关增扩意境部分，并非全部讨论命意与修辞而已。关于意境之增扩部分，其修辞方式，约有“拈连式”“映衬式”“譬喻式”“铺张式”“袭用式”“双关式”等等。

1．拈连式

事象易见，德性难知，两类并举，即以易见喻难知；人具灵觉，物多昒昧，两类并举，即以灵觉明昒昧：若斯之伦，咸属“拈连”。又中情所往，有感斯应，无间时空，纷至沓来，前后左右，联类附从，不离其宗，亦拈连也。此式仍可分为七项：由物象关联到情事者，谓之“内拈格”；以情事附着于物象者，谓之“外拈格”；同类物象、情事互相牵合者，谓之“类拈格”；因眼前之物象、情事而追及已往者，谓之“前拈格”；因眼前之物象、情事而顾及方来者，谓之“后拈格”；因此方之物象、情事而推及彼方者，谓之“对拈格”；因此方之物象、情事而产生想望者，谓之“预拈格”。

（1）内拈格例：

①玉容光照菱花影，沉沉脸上秋波冷。（魏承班《菩萨蛮》）

②帘外五更风，吹梦无踪。（欧阳修《浪淘沙》，一作无名氏词。）

③重门不锁相思梦，随意绕天涯。（赵令畤《锦堂春》）

④敲碎离愁，纱窗外、风摇翠竹。（辛弃疾《满江红》）

（2）外拈格例：

①归云一去无踪迹，何处是前期。（柳永《少年游》）

②待繁红乱处，留云借月，也须拚醉。（程垓《水龙吟》）

按：上列两格，均情事与物象融合抒写，欲辨别内拈或外拈，则当以句意所属为准。

内拈格中之①例，以光影而拈在“脸上”，②例以风吹而拈在“梦”中，③例以锁门之锁而用在“相思梦”，④例以摇竹之风而敲碎“离愁”，均以用在事象者拈连情意，是由外而内也。

外拈格中之①例对“归云”而言“踪迹”，②例对“云”“月”而言“留”“借”，均以用在人事情意者拈连物象，是由内而外也。由外而内者为“内拈”，由内而外者为“外拈”，虽情意、事象融成一片，仍可细加辨别。

（3）类拈格例：

映月论心处，偎花见面时。（孙光宪《南歌子》）

已拆鞦韆不奈闲，却随蝴蝶到花间。（晏幾道《浣溪沙》）

信人间、自古销魂处，指红尘北道，碧波南浦，黄叶西风。（贺铸《好女儿》）

屡逢迎，几许缠绵意，记鞦韆架底，樗蒲局上，祓禊池边。（贺铸《好女儿》）

认情通、色受缠绵处，似灵犀一点，吴蚕入茧，汉柳三眠。（贺铸《好女儿》）

览胜情无奈，恨难招、越人同载。会凭紫燕西飞，更约黄鹂相待。（贺铸《菱花怨》）

看取镊残双鬓，不随芳草重生。（贺铸《清平乐》）

须知此去应难遇，直待醉方休。如今眼底，明朝心上，后日眉头。（张孝祥《眼儿媚》）

憔悴鬓点吴霜，念想梦魂飞乱。（周邦彦《玲珑四犯》）

少年怀古有新诗，清愁不是伤春作。（刘一止《踏莎行》）

（4）前拈格例：

故国烟深，想溪树何处？（刘一止《雪月交光》）

想君思我锦衾寒。（韦庄《浣溪沙》）

（5）后拈格例：

明月明年，此身此夜，知与谁同惜。（刘一止《念奴娇》）

自从今日转船头，他时扶杖叟，独立向沧洲。（刘一止《临江仙》）

（6）对拈格例：

遥想易水燕山，有人方醉赏，六花如席。（王周士《念奴娇》）

遥知新妆了，开朱户，应自待月西厢。（周邦彦《风流子》）

（7）预拈格例：

小徘徊，莫停杯，来岁花时，相望两悠哉！（刘一止《江城子》）

天便教人，霎时厮见何妨？（周邦彦《风流子》）

待归来，先指花梢教看，却把心期细问，问“因循、过了青春，怎生意稳？”（陆淞《瑞鹤仙》）

2. 映衬式

人事景物，虽不同科，果能细为寻绎，时有类似之点：即寻常听睹之间，可以互相生发者，亦复为数不少。故善于修辞者，每每刺取景物，配合人事，或移将人事，融入景物，使意境益加繁复，作用能起变化。此类作法，在修辞学上，名曰“映衬式”。映衬式因运用之方式不一，又可分为六种不同之写法，即“借物起人”“移物作人”“以人拟物”“托情于物”“人物交映”及“即物即人”是。

（1）借物起人格

先言物类，转入人事，物理人情，密合无间者属此格。例：

无赖是黄鹂，唤起空愁绝。（无名氏《生查子》）

萧萧江上荻花秋，做弄许多愁。（无名氏《眼儿媚》）

晓日窥轩双燕语，似与佳人，共惜春将暮。（秦观《蝶恋花》）

月明门外子规啼，唤得人愁，争似唤人归？（程垓《虞美人》）

骄马向风嘶，道归犹未归。（赵文鼎《菩萨蛮》）

还怕粉云天冻起，悠悠，化作相思一片愁！（韩文璞《南乡子》）

按：上例虽人物并列，然专看写物时，并无人在，物与人初无关系，必用串合字，如“唤起”“做弄”“共惜”“唤”“道”“化作”之类，而后始由物及人，故曰“借物起人”。

（2）移物作人格

以物性作人性，所叙述者物，而表现情态时则人也。此则将物类人格化，躯体物而精神则人。要在活字使用得宜，著一二字而精神全变矣。顾犹不同替代式与化成式者，则以人之精神附丽于物，物之本质仍不变耳。例：

①零落花无语。（魏承班《生查子》）

②一江春浪醉醒中。（无名氏《浪淘沙》）

③野棠梨雨泪阑干。（晏幾道《鹧鸪天》）

④乱红飘砌，滴尽胭脂泪。（韩琦《点绛唇》）

⑤长条故惹行客，似牵衣待话，别情无极。（周邦彦《六丑》）

⑥山中花笑秦皇拙。（洪适《番禺调笑·蒲涧》）

⑦藻荇萦回，似留恋、鸳飞鸥浴。（高观国《解连环》）

⑧碧云犹作山头恨，一片西飞一片东。（刘仲尹《鹧鸪天》）

⑨杨花点点是春心，替风前、万花吹泪。（张炎《西子妆慢》）

⑩今夜西窗雨，断肠能赋江南句。（汪元量《惜分飞》）

按：上例中，如⑤例、⑦例均有“似”字，似与譬喻式混，实则譬喻式之正、喻各居对立地位，此则主、从分明，以情意所感受者移附物态而已，二者仍微有别。又如④例、⑧例、⑩例，似与拈连式之外拈格混，实则亦不尽同，外拈格虽以用在情意者拈连物象，而动作仍属于人；此则虽以人之情意表现物态，其动作则归诸物也。

（3）以人拟物格

情事属人，动作亦属人，而取象于物，以物态象征情事也。此与前格恰相反，前格句意属物，而此格句意属人。例：

①楼上醉和春色寝。（欧阳炯《玉楼春》）

②入鬓秋波常似笑。(欧阳澈《玉楼春》)

③欲见回肠，断尽金炉小篆香。(秦观《减字木兰花》)

按：上①例之“春色”、②例之“秋波”、③例之“小篆香”，皆系物象而用作人事，以人观物象，而复以物象表人事，故曰“以人拟物”。

(4)托情于物格

此格与前格颇似，其所不同者：前格利用物象象征情事，此格则假借物象发抒怀感；前格人在物中，此格则人自人、物自物，不相融合也。例：

①秦筝算有心情在，试写离声入旧弦。(晏幾道《鹧鸪天》)

②且将此恨，分付庭前柳。(李之仪《谢池春》)

③凭断云留取，西楼残月。(周邦彦《浪淘沙慢》)

④一襟幽事，砌蛩能说。(周密《玉京秋》)

上诸例中，①例借物抒情，②例将情付物，③例凭物留情，均极明显；惟④例无寄托字样，实则惟砌蛩能说出一襟幽事，则亦以幽事托诸砌蛩也。

(5)人物交映格

或先物后人，或先人后物，或人物互错，句有轻重而语相映带者，均属此格。例：

泪珠若得似珍珠，拈不散，知何限，串向红丝应百万。(无名氏《天仙子》)

照花前后镜，花面交相映。(温庭筠《菩萨蛮》)

更被银台红蜡烛，学妾泪珠相续。(无名氏《清平乐》。

《尊前集》作李白词，疑误。）

照影摘花花似面，芳心只共丝争乱。（欧阳修《蝶恋花》）

上列诸例，写人写物，位置虽不一致，然当写人时有物在，写物时有人在，情事与物象交映，故与“借物起人格”及“以人拟物格”虽有类似之点而仍不尽同。

（6）即物即人格

人物交融，不着异相，描写最浑成，体察最精细，必情事与物象纤悉靡间者始得用此种写法。例：

交枝红杏笼烟泣。（牛峤《菩萨蛮》）

梅酸心未老，藕断丝犹嫩。（《千秋岁》。旧题欧阳修作，唐圭璋《全宋词》作明杨基词。）

红解笑，绿能颦，千般恼乱春。（晏幾道《更漏子》）

薄情风絮难拘束，飞过东墙不肯归。（李元膺《鹧鸪天》）

牡丹花重翠云偏。（陈克《浣溪沙》）

断雨残云无意绪。（毛滂《惜分飞》）

上例颇似“人物交映格”，而其所以不同者，则前者人事、物象并写；此则只写物象，而人之情意即寓其中。又颇与“化成式”相似，其所以不同者，虽以人之情态写物之情态，而不必以物化人，终竟为物之情态也。

3．譬喻式

意难直陈，情有隐曲，则辞取比况，其由来尚矣。“金锡以喻明德，珪璋以譬秀民；螟蛉以类教诲，蜩螗以写号呼；浣衣以拟心忧，席卷以方志固。”（《文心雕龙·比兴》）《诗》《骚》以来，不废斯义，故词人摛辞，实多寄托。顾兹所论列者，又不尽符前说：或明或隐，必露正意；间或借用，亦殊象征。（论修辞者，或以象征为借喻，余实不敢苟同。象征应归寄托，且其义殊广，可别成部门，非譬喻式所得范围也。）略为区分，可得三格："正喻并列""正喻互较"及"正喻融合"是也。

（1）正喻并列格

正意喻意，同时并列，不分轻重者属之。例：

暗想玉容何所似？一枝春雪冻梅花。（韦庄《浣溪沙》）

问君还有几多愁？恰似一江春水向东流。（李煜《虞美人》）

离恨恰如春草，更行更远还生。（李煜《清平乐》）

长于春梦几多时，散似秋云无觅处。（晏殊《木兰花》）

尽教春思乱如云，莫管世情轻似絮。（晏幾道《玉楼春》）

个人轻似低飞燕，春来绮陌时相见。（晏幾道《菩萨蛮》）

约略整环钗影动，迟回顾步佩声微。宛是春风胡蝶舞，带香归。（贺铸《摊破浣溪沙》）

江上澄波似练，沙际行人如蚁。（赵彦端《喜迁莺》，一作瞿佑词。）

功名相避，去如飞鸟。（辛弃疾《水龙吟》）

身如西瀼渡头云，愁抵瞿塘关上草。（陆游《木兰花》）

上例均以景物比喻人事者。亦有以人事比喻景物者，如下列三例：

自在飞花轻似梦，无边丝雨细如愁。（秦观《浣溪沙》）

烟雨偏宜晴更好，约略西施未嫁。（辛弃疾《贺新郎》）

秋宵秋月，一朵荷花初发，照前池，摇曳熏香夜，婵

娟对镜时。　　蕊中千点泪，心里万条丝，恰似轻盈女，好风姿。（欧阳炯《女冠子》）

正意为景物，而人事反作喻意矣。

上列诸例中，均有譬况之语辞绾合，如“恰似”“宛是”“似”“如”“抵”之类是。亦有省去譬况绾合辞者，如下例：

①倚筝飞雁辞行。（晏幾道《风入松》）

②英英妙舞腰肢软，章台柳，昭阳燕。（柳永《柳腰轻》）

③柔情一点蔷薇血。（刘天迪《蝶恋花》）

①例言倚筝如飞雁之辞行，②例言妙舞腰肢软，如章台之柳，如昭阳飞燕也：均省“如”字。③例言柔情恰似蔷薇血也，省“恰似”二字。

上诸例均正意在前，喻意在后。又如：

丁香露泣残枝，算未比、愁肠寸结。（蔡伸《柳梢青》，一误作贺铸词。）

见了千花万柳，比并不如伊。（柳永《玉蝴蝶》）

明月明月明月，争奈乍圆还缺？恰如年少洞房人，暂欢会、依前离别。（柳永《望汉月》）

镜样清流环样绕，笑赐湖、一曲夸唐敕。（冯取洽《贺新郎》）

上列诸例，均有譬况语辞以相绾合，如“未比”“比并”“恰如”“样”是。亦有省去譬况绾合辞者，如：

①远山眉黛长，细柳腰肢袅。（晏幾道《生查子》）

②雁齿桥红，裙腰草绿。（张先《破阵乐》）

①例言眉黛长如远山，腰肢弱如细柳也，两“如”字省。②

例言桥红如雁齿，草绿似裙腰也，省“如”字、“似”字。此以裙腰比草绿；亦有以芳草比裙腰者，如贺铸《摊破木兰花》：“芳草裙腰一尺围。”诸如此类，省去譬况语词，已成形容词化，而与形容词无异矣。

上例喻意在前，正意在后。

大抵正喻并列格，正意在前、喻意在后者，多用譬况缩合辞；喻意在前、正意在后者，多省去譬况缩合辞。斯其大较也。

（2）正喻互较格

正、喻意并提，而质或量互有轻重者属之。例：

芳醪何似此情浓？（贺铸《浣溪沙》）

行云犹解傍山飞，郎行去不归。（欧阳修《阮郎归》）

秋月春花，输与寻常姊妹家。（辛弃疾《减字木兰花》）

餐荐夕英，杯迎朝露，世味何如此味哉！（冯取洽《沁园春》）

上例喻意在前，正意在后。

①愁绪多于花絮乱，柔肠过似丁香结。（程垓《满江红》）

②柳溪人影乱于云。（毛滂《浣溪沙》。旧作陆游词，误。）

③歌舞斗轻盈，不许杨花上锦茵。（朱敦儒《南乡子》）

上例正意在前，喻意在后。

凡互较时，多用比较级之缩合字，如“犹解”“输与”“何如”“多于”“过似”“乱于”之类是。然亦有用另种口气表现者，如③例之“不许”是，“不许”云者，言杨花之轻盈比之犹有逊色，故不许其来此混充也。惟类此种写法极少耳。此类互较写法，或以显浅比较艰深，或以具体比较抽象，而其于正意之外，再取喻意以相形容，则仍系正、喻并用者，特两意略分轻重而已。

（3）正喻融合格

正意、喻意，一并提出，而交错混合，羌无畛域，不易划分者属之。例：

①满身香雾簇朝霞。（韦庄《浣溪沙》）

②骨香腰细见沉檀。（韩偓《浣溪沙》）

③脸边霞散酒初醒，眉上月残人欲去。（晏幾道《木兰花》）

④来时红日弄窗纱，春红入睡霞。（晏幾道《阮郎归》）

⑤愁鬟香云坠，娇眸冰玉裁。（秦观《南歌子》）

⑥挥玉箸，洒真珠，梨花春雨余。（秦观《阮郎归》）

⑦衣上雨，眉间月，滴不尽，颦空切。（程垓《满江红》）

⑧淡淡青山两点春，娇羞一点口儿樱。一梭儿玉一绱云。（詹玉《浣溪沙》）

上例正意、喻意，并不分写，而显有分别，极耐玩索。此种写法，视前数格，更为精妙。顾有须加细辨者：如①例似“以人拟物格”，而着重比况，似“替代式”而不易主名。如⑤例似省去缩合字之“正喻并列格”，而添一动字（着“坠”“裁”之动字，为前正喻并列格所无。前者若“飞雁辞行”之类，均作名词字组用也），便意在融合。

譬喻式大略如上所述。此外，有不用缩合字而两句对立，至难辨别其是否为譬喻式者，如温庭筠《菩萨蛮》：

绣衫遮笑靥，烟草黏飞蝶。

普通均作一句写人事，一句写景物解。余意下句之景物，即系上句之比喻。“烟草”比“绣衫”，“飞蝶”比“笑靥”，绣衫之遮笑靥，正如烟草之黏飞蝶，特省去譬喻式之绾合字而已，与正意在前、喻意在后之“正喻并列格”，殆无二致。因对此两句说解不一，不列正格，附录于此，以质解人。

4．铺张式

感人力量，寓于刺激；刺激愈强，感人愈深。故辞意铺张，历古不废。“是以言峻，则嵩高极天；论狭，则河不容舠；说多，则子孙千亿；称少，则民靡孑遗；襄陵举滔天之目，倒戈立漂杵之论。”（《文心雕龙·夸饰》）所谓“深者入黄泉，高者出苍天，大者含元气，纤者入无间”（扬雄《解嘲》），盖皆铺张之辞也。凡事所必无、理所可有者，辞人属笔，每每如此，是为“铺张”。仲任之著《艺增》，彦和之述《夸饰》，称名不同，其义一也。诗文不免，惟词亦然。括而为言，有“推扩”“类比”与“凑拍”三种写法。即主题放大言之者为“推扩”，意最显豁；取与主题相类似之事物以相比附而放大言之者为“类比”，意较深广；不明示主题，尽取他种事物以相影射且放大言之者为“凑拍”，意最刻炼。兹分述于下：

（1）推扩格

就主题极量夸张，或及物或不及物，性质并不变易者，属此一格。例：

天涯地角有穷时，只有相思无尽处。（晏殊《玉楼春》）

哀筝一弄湘江曲，声声写尽湘波绿。（晏幾道《菩萨蛮》。一作张先或陈师道词，均误。）

渐写到别来，此情深处，红笺为无色。（晏幾道《思

远人》)

算应负你，枕前珠泪，万点千行。(苏轼《雨中花慢》)

白首送春拚一醉，东风吹破千行泪。(苏轼《蝶恋花》)

无情汴水自东流，只载一船离恨、向西州。(苏轼《虞美人》)

明朝酒醒大江流，满载一船离恨、向衡州。(陈与义《虞美人》)

慢垂霞袖，急趋莲步，进退奇容千变。算何止、倾国倾城，暂回眸、万人肠断。(柳永《柳腰轻》)

按：上例虽将主题之力量尽量铺张，而其结果限于力量之所到，本质依然，不加比附，间或将抽象之主题具体表现而已(如“一船离恨”之属)。

(2)类比格

就主题之力量加以比附，以增益其力量之动人者，属于此格。例：

人生无物比多情，江水不深山不重。(张先《木兰花》)

千里恩深云海浅，民爱比、春流不断。(张先《离亭宴》)

泪眼送君倾似雨。(辛弃疾《蝶恋花》)

旧恨春江流未尽，新恨云山千叠。(辛弃疾《念奴娇》)

纵使登高宁忍看，昏复旦，心肠似铁还须断。(洪皓《渔家傲》)

多情多病，万斛闲愁量有剩。(贺铸《减字木兰花》)

上例有近似譬喻式者，惟譬喻式只取妙肖，不重夸饰，此则比附中必寓夸饰，斯其异也。

（3）凑拍格

主题与取作形容之事物相去甚远，或竟不出主题，惟作抽象之抒写，有似凑拍者，属于此格。例：

①尽吸西江，细斟北斗，万象为宾客。（张孝祥《念奴娇》）

②寒玉嘶风，香云卷雪，一串骊珠引。（滕宾《百字令》）

③雪因舞态羞频下，云为歌声不忍行。（无名氏《鹧鸪天》）

④当年酒狂自负，谓东君以春相付。（贺铸《天香》）

⑤昨日乱山昏，来时衣上云。（张先《醉垂鞭》）

⑥诗涛入笔悬河倒，万里云天为君扫。（王之道《青玉案》）

上例所形容者均属想象之辞，有提明主题者，如④例是。有在主题中即羼入想象者，如⑤例之“衣上云”、⑥例之“诗涛”是。至若①例之专凭意象、②例之专取神态，其用法虽不同，其为铺张则一也。

5. 袭用式

人之情意，本有同然，其在事物，亦或巧合，欲出心裁，既损精而劳神；袭用陈言，得事半而功倍。是以凡有古人所言，先获我心者，不妨猎取，加以熔铸，使情理密合，事物融通，如天衣之无缝，亦技之至神者也。其用古人句意、法度者，更仆难终，不加论列。兹所欲言者，约有二种：即“集句”与“改窜”是也。

（1）集句

集句词，全篇不改易或添减一字者，惟集诗句为可能，他皆不可能也。故于上“词之修辞与散文”章中所举集经、子、文句者亦有之，然以谱调关系，总不能一无出入。兹所举例，专取其全无出入者，故惟限于集诗句之作。此例，在宋词中，以余所见，以荆公之作为最先。王荆公《菩萨蛮》集句云：

海棠乱发皆临水，君知此处花何似？凉月白纷纷，香风隔岸闻。　　啭枝黄鸟近，隔岸声相应。随意坐莓苔，飘零酒一杯。

此荆公自标题集句词也。又《菩萨蛮》云：

数家茅屋闲临水，单衫短帽垂杨里。今日是何朝，看予度石桥。　　梢梢新月偃，午醉醒来晚。何物最关情，黄鹂三两声。

此虽不自标“集句”，而亦集句词也。（吴曾《能改斋漫录》卷十七云：“王荆公筑草堂于半山，引入功德水，作小港，其上叠石作桥，为集句填《菩萨蛮》云。”可当此词之小序。）荆公诗集句者多而且妙，偶然兴到，亦以此法为词耳。自后为集句词者，多于每句之下，自注出处，如苏东坡《南乡子》集句云：

何处倚阑干（杜牧）？弦管高楼月正圆（杜牧）。蝴蝶梦中家万里（崔涂）。依然。老去愁来强自宽（杜甫）。　　明镜借红颜（李商隐）。须著人间比梦间（韩愈）。蜡烛半笼金翡翠（李商隐），更阑。绣被焚香独自眠（许浑）。

篇中除两字句外，均用唐人诗句，用句时并不改易一字也。东坡《南乡子》集句凡三首，均注明出处，此其一例。此外，如赵彦端等亦有集句词，大都用《菩萨蛮》调者最多，以均属五、七字句，易于凑合也。汪元量有《忆王孙》九首，题为“集句数首，甚婉娩，情至可观”。至清朱彝尊更有集句之词集矣。彝尊《蕃锦集》，全系集句词，于词集中虽别开生面，以非偶尔涉笔，专意为此，便有不甚自然者，亦有未免割裂者。兹录其最自然美妙者《菩萨蛮》一首为例：

遥看一处攒云树（王维），秋花锦石谁能数（杜甫）。犬吠水声中（李白），回流映似空（卢照邻）。　绿阴生昼静（韦应物），乱竹开三径（王勃）。未惜马蹄遥（杜甫），看余渡石桥（宋之问）。

（2）改窜

改窜已成之作，似非袭用。实则先有成作为蓝本，虽更易辞语，或别出新意，仍不免其为袭用也。此类作法，亦有两种：有略改辞语而意境与原作微异者，有别出新意而套用成作略加变换者。例如琴操之《满庭芳》：

山抹微云，天连衰草，画角声断斜阳。暂停征辔，聊共饮离觞。多少蓬莱旧侣，频回首、烟霭茫茫。孤村里、寒鸦万点，流水绕红墙。　魂伤！当此际，轻分罗带，暗解香囊。谩赢得、青楼薄倖名狂。此去何时见也，襟袖上、空有余香。伤心处，高城望断，灯火已昏黄！

袭用秦观词，略改几字并另协他韵而已。《能改斋漫录》称：“杭之西湖，有一倅闲唱少游《满庭芳》，偶然误举一韵云：‘画角声断斜阳。’妓琴操在侧云：‘画角声断谯门，非斜阳也。’倅因戏之曰：‘尔可改韵否？’琴即改作‘阳’字韵云……东坡闻而称赏之。”观此则袭用之迹愈显。（秦词甚著，不引出。）又如无名子之《行香子》：

清要无因，举选艰辛，系书钱、须要十分。浮名浮利，虚苦劳神。叹旅中愁，心中闷，部中身！　　虽抱文章，苦苦推寻。更休说、谁假谁真？不如归去，作个齐民。免一回来，一回讨，一回论。

此则语调虽袭和苏作，而意味不同也。洪迈《容斋四笔》卷十五云："东坡公《行香子》小词云：'清夜无尘，月色如银，酒斟时、须满十分。浮名浮利，虚苦劳神。叹隙中驹，石中火，梦中身！　　虽抱文章，开口谁亲？且陶陶、乐尽天真。几时归去，作个闲人，对一张琴，一壶酒，一溪云。'绍兴初，范觉民为相，以自崇宁以来，创立法度，例有泛赏。……遂为画一规式，有至夺十五官者，虽公论当然，而失职者胥动造谤，浮议蜂起，无名子因改坡语"云云。则此词意境虽不如东坡之超脱浑洒，其袭用坡词以成词，固无可疑也。

袭用式与引用古人成语者微有不同：引用属局部，袭用属整体；引用则于本意之外加引古人成句以为材料之增饰而已，袭用则驱使古句以发抒我之情意，故属意境之增扩。袭用式在意境之增扩而不属于材料之附加，故虽集句，而不隶于辞位之配置，盖除所集之古句外，别无辞句供其配置，虽巧于配置者亦无能为役也。

6．双关式

辞语不殊，而情事双关，指物亦用寓意者。此在歌谣小曲中最多，词却甚少。盖文人命笔，或以影射，或用寄托，类皆出之以整篇，不斤斤于零星字眼也。然在小词中亦时或见有用此作法者，例如：

作客在江西，富贵此间稀。终日红楼上，频频舞着棋。满满满酌醉如泥，轻轻更换金卮。尽日贪欢逐乐，此是富不归。

(《长相思》，敦煌发见之唐词，依唐圭璋校定。惟“舞”字唐校疑“爱”字之误，因作“爱”字，则似不若仍旧也。)

此词中之“频频舞着棋”，即系双关用法。一方言着棋之事；一方复谐音，言“频频慕着渠”也。“舞”“慕”轻重唇不同而已，实同音，“棋”即“渠”也。又如张先《系裙腰》：

东池始有荷新绿，尚小如钱，问何日藕，几时莲？

“藕”“莲”谐“偶”“怜”，语意双关，故沈际飞评曰：“末句即诗之杂体，如双声、叠韵、离合、回文及五色、四时、药名、县名之类，一时活计也。在诗可憎，词原有可取。”又如：

日出西山雨，无晴又有晴。乱山深处过清明，不见彩绳花板、细腰轻。(苏轼《南歌子》)

开首两句双关，“晴”字一方言事物；一方即“情”之谐音。此系从《竹枝词》中“东边日出西边雨，道是无晴还有晴”得来。

又有隐字格者，于句意中隐含某字，义亦双关，特双关可摘字指出，此则在整句或句与句组合后乃见所隐之字耳。沈雄云：

秦少游《水龙吟》“小楼连苑横空”隐“娄东玉”字，《南柯子》“一钩斜月挂三星”隐“陶心儿”字；何文缜《虞美人》“分香帕子柔蓝腻，欲去殷勤惠”，隐“惠柔”字。兴会所至，自不能已，大雅之作，政不必然。若黄山谷《两同心》云“你共人女边着子，争知我门里担心”，隐“好闷”两字。总因“黄绢幼妇，外孙齑臼”八字作俑，而下流于

"秋在人心上，心在门儿里"，便开俚浅蹊径。(《古今词话》卷上)

此与东坡檃栝退之诗、山谷檃栝永叔文、稼轩檃栝渊明诗同以檃栝之手法出之，而此则双关，仍属意境问题耳。

(四)变化本质

变化本质者，不惟颠倒其位，高下其声，或增扩其意，如上所论各种修辞方式而已，在所欲表现之事物之本质亦加以变化之谓。故以修辞之效用言，一与他种修辞法相若；但以修辞之力量言，则此为最高度之运用手腕。盖修辞而至于主题、事物等实体现象亦出之以变化，则其力量无以复加矣。变化本质之修辞法，约可分为两类：即"替代式"与"化成式"。以程度论，替代较化成浅，而其为变化本质则一也。兹分述于下：

1. 替代式

以他种之物类或人事而替代此种物类或人事者，谓之替代式。此与移物作人者微有不同：移物作人者，物类人格化；此则以甲代乙或以丙代丁，本质变换后仍存相等之本质，尢所用其"化"物为人，必加揣摩而后知也。又与以人拟物者不同：以人拟物者，人事以物类作象征；此则明系实指语句，主名变换而已，无所用其象征也。替代式复有三种写法：即"以物代人""以古人代今人"及"以特名代通名"是。

(1)以物代人

以可以拟人之物替代人，而其动作亦系人之动作者属之，例：

①远山低尽不成歌。(晏幾道《浣溪沙》)

②遥想酒醒来，无奈玉销花瘦。（秦观《如梦令》）

③簟纹如水浸芙蓉，起来娇眼未惺忪。（周邦彦《浣溪沙》）

①例以“远山”代“眉”，②例以“玉”与“花”代“人”，因①例之“不成歌”与②例之“销”“瘦”均系人事，故知上文之物即以代人也。③例以“芙蓉”代“美人”，“簟纹如水”者，言簟之凉耳，苏轼诗“簟纹如水帐如烟”，辛弃疾词“纱厨如雾，簟纹如水，别有生凉处”（《御街行》），用法均同，由“凉”义而涉想及“水”，更由“水”而涉想及“浸”，于是“凉簟卧美人”，乃成“簟纹如水浸芙蓉”矣。主名仍属替代美人之“芙蓉”，故下即紧接人事“起来娇眼未惺忪”，其写法与①②例正同也。凡用替代辞者，替代之主名如不揭出，语意便不可通。既揭主名而出之以替代，故非“譬喻”，亦殊“映衬”。试以“芙蓉”句与黄庭坚《采桑子》之“雨打芙蓉泪不干”句一加较观，便可了然。黄句之“芙蓉”固可作“美人”解，然上文用“雨打”，即直接与“芙蓉”发生关系，不能以他辞替代矣。假如解作“雨打美人泪不干”，更复成何语意？然周邦彦此句则适与相反，假如“芙蓉”不解作“美人”，则与“簟纹”不能直接发生关系，“簟纹浸芙蓉”又成不可通。“簟纹凉卧美人”耳，几见“簟纹”能“浸芙蓉”耶？一用作替代不可通，一必须用作替代始可通，故前者属“映衬”，而后者属“替代”。他如晏幾道《清平乐》：

莺来燕去，宋玉墙东路。

以“莺”“燕”代所见之人，以“宋玉墙东路”代所见之地。李清照《点绛唇》：

露浓花瘦，薄汗轻衣透。

以“露”代汗，以“花”代人，均此类也。

（2）以古人代今人

只求情事相类，即以替代，不受时间制限，亦不问其他联系事状者，属此一类。例：

①欢笑地，转头都做江淹恨。（《千秋岁》，明杨基词，见《眉庵集》卷十二。《草堂诗余续集》卷下作欧阳修词，误。）

②前度刘郎重到，访邻寻里，同时歌舞，惟有旧家秋娘，声价如故。（周邦彦《瑞龙吟》）

③消瘦休文，顿觉春衫褪。（赵元镇《点绛唇》）

④杜郎俊赏，算而今重到须惊。（姜夔《扬州慢》）

①例以“江淹恨”代“自己之恨”，②例以“刘郎”自代，③例以“消瘦休文”代“自己消瘦”，④例以“杜郎”自代，此皆以古人替代今人也。类此之例甚多，如张纲《绿头鸭》之“奈潘鬓霜蓬渐满，况沈腰革带频宽”等，不能遍举。大抵以情事相类，即以替代，使人可由所替代之人，联想出许多情事，于修辞上实以简驭繁之法，非有意用“古典”也。

（3）以特名代通名

此类之特名，亦系在某种情事之下最特著之名字始用以替代，与上举以古代今者略同，而微有分别者，则以古代今者，多用自代，而此类则用以泛指而已。例：

①可羡邻姬十五，金钗早嫁王昌。（晏幾道《河满子》）

②白藕香中见西子，玉梅花下遇昭君，不曾真个也销魂！（詹玉《浣溪沙》）

①例之“王昌”，系替代一切白面郎，②例之“西子”“昭君”系替代绝代佳人（虽指粉儿，仍可作如是观），其替代之范围，实视仅用古人自代者为广。

2. 化成式

化成式者，化虚为实，或化实为虚，化物作人，或化人为物，辞语本质有所化而后成焉者也。虚者实之，则辞较明确：实者虚之，则义不专指；化物作人，则物类能感；化人为物，则连类无穷：斯皆运思之首选，修辞之上驷也。兹分“化虚为实”“化实为虚”“化物作人”及“化人为物”四类依次述之。

（1）化虚为实格

此格复可分为二项：

甲、以可听睹之事物，表不可闻见之情思，化抽象为具体者。例：

①剪不断，理还乱，是离愁。（李煜《相见欢》）

②夜来绮席亲曾见，撮得精神滴滴娇。（苏轼《鹧鸪天》）

①例之“离愁”，②例之“精神”，均为不可听睹者，而一则用“剪”用“理”，一则用“撮得”，用“滴滴”，则虚者皆实矣。

乙、对意想之境界，出之以写实之笔调，一若确有其事者。例：

如今直上银河去，同到牵牛织女家。（刘禹锡《浪淘沙》）

貌掩巫山色，才过濯锦波。阿谁提笔上银河，月里写嫦娥？（毛文锡《巫山一段云》）

青山欲共高人语，联翩万马来无数。烟雨却低回，望来终不来。（辛弃疾《菩萨蛮》）

上三例均为意想中所有而事实所不有者，一经以写实之笔出之，则情事跃然纸上，虚处皆实矣。

（2）化实为虚格

此格复可分三项：

甲、眼前事物，专以故事比拟者。例如：

> 何当夜召入连昌，飞上九天歌一曲。（柳永《木兰花》）

实则言何时得为君王一奏歌曲耳。而以连昌宫为假借，则不胶着矣。

乙、自抒怀感，而虚托外物者。例如：

> 蝴蝶梦中千种恨，杜鹃声里三更月。最无情、鸿雁自南飞，音书缺！（汪元量《满江红》）

实则自言怨恨与盼不到北方消息耳，而假蝶梦、鹃声、雁讯言之，则实处皆虚矣。

丙、现实事物，而若即若离，不落呆相者。例如：

> 燕子楼空，佳人何在？空锁楼中燕。（苏轼《永遇乐》）

实则用张建封燕子楼事，而反覆虚宕，则连类无穷矣。又如：

> 恨芳菲世界，游人未赏，都付与、莺和燕。（陈亮《水龙吟》）

实则言繁华衰歇，无复当年盛况耳。一经虚写，则感怆无限矣。

（3）化物作人格

凡抒写物类而具人之意识、官能者，均属此格。例：

> ①冷艳幽香奇绝，粉金裁雪。无端又欲恨春风，恨不解、千年结。（韦骧《洛阳春》）

> ②月桥花院，琐窗朱户，只有春知处。（贺铸《青玉案》）

③更蜂腰簇翠，燕股横金，勾引东风，也知芳思难禁。（韩疁《高阳台》）

上例略同“移物作人格”，所不同者，表现情态时，与人事全同，而其所意识者亦系人事也。如①例所“恨”者为“不解千年结”，②例所知者为“月桥花院，琐窗朱户”，③例所“知”者为“芳思难禁”，均人事也。

（4）化人为物格

凡抒写人事而以物类表出者属此一格。例：

①藕花相向野塘中，暗伤亡国，清露泣香红。（鹿虔扆《临江仙》）

②桐树花深孤凤怨，渐遏遥天，不放行云散。（柳永《凤栖梧》）

上例略同“以人拟物格”，所不同者，抒写物类时，虽贯以人之情意，而不露以人观物之痕迹，只觉与物俱化。如①例伤恸者为“藕花”，②例兴怨者为“孤凤”，不见人在，而处处却有人在也。

词之修辞现象，其为普通修辞学所得理解者，大约如上所述。至夫特为奇异之句调，在普通修辞学上无类可归者，当别著于篇，非兹文所及论列矣。